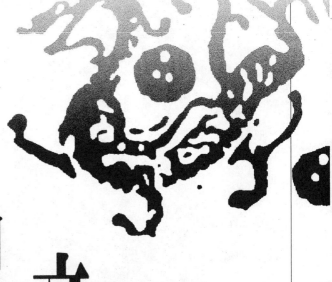

中國古代文學史

隋唐五代

2

主　　編
....
馬積高、黃　鈞

本冊執筆
....
劉上生　胡　遂
趙曉嵐

顧　　問
....
姜亮夫

目錄

第四篇

隋唐五代文學

（公元589～960年）

概　說

㈠隋唐五代的歷史發展

　　公元五八一年，楊堅奪取了北周政權，建立隋朝。八年後，南進滅陳，結束了東晉以來長達二百七十多年的南北分裂局面，使中國重新統一。隋朝的統一，消除了地域限制，南北兩種不同文風得以交流，爲文學的進一步發展創造了條件。但由於從隋統一至隋亡不到三十年，故隋代文學只能是從南北朝文學到唐代文學的一個過渡時期。

　　在隋末羣雄混戰過程中，隴西軍事貴族李淵、李世民父子趁機起兵，攻占長安，建立唐朝，再度統一了全國。唐代是中國封建社會經濟文化高度繁榮發展的時期。從唐高祖武德元年（公元618 年）起，到哀帝天祐四年（公元 907 年）止，共二百八十九年。唐初，唐太宗曾採取一系列積極措施發展生產。政治也比較開明，社會相對安定，到唐玄宗開元年間，經濟文化達到繁榮的頂點。國力强盛，疆域闊大，對外經濟、文化交流也十分活躍，唐帝國成爲當時世界上最强大的先進國家。但是到玄宗後期，由於土地兼併的加劇，社會矛盾又開始趨於激化，加之玄宗本人日漸昏庸，耽湎聲色，任人失當，終於在天寶十四年（公元 755 年）爆發了歷時八年的「安史之亂」，使大半個中國遭受嚴重破壞，唐王朝從此一蹶不振。藩鎮割據、宦官專權、朋黨傾軋，各種矛盾愈演愈烈；賦稅繁重，廣大民衆破產流亡，最後導致了咸

通十五年（公元 874 年）王仙芝、黃巢領導的大起義。因此，整
個唐代歷史可以天寶十四年（公元 755 年）爲界劃分爲前後兩個
階段。安史之亂的爆發不僅是唐王朝由盛而衰的轉折點，而且，
不少人認爲它也是中國封建社會由上升階段走向衰落階段的分水
嶺。從九〇七年唐亡到九六〇年宋王朝建立止這五十多年，是歷
史上所謂的「五代十國」時期①。這個時期由於戰亂頻仍，政權
不斷更替，經濟蕭條，文學成就不高。只有「詞」這種新興的文
學體裁，在社會環境相對安定一些的南唐、西蜀，由於統治者本
身的愛好和提倡，才得到進一步的發展。

二唐代文學的全面繁榮

隋唐五代文學，由於前之隋，後之五代，時間都不長，且社
會動蕩，兩者都屬歷史轉折時期，因此只有唐代文學是這段時期
文學的重點，而且是三千年古代文學有數的高度繁榮時期之一。

在唐代，源遠流長的中國古代文學發展到一個前所未有的輝
煌燦爛的階段，整個文壇出現了百花盛開、全面繁榮的局面。各
種文學體裁都得到長足的發展，都有較大的成就。在衆多的文學
形式中，成就最突出的還是詩歌。聞一多曾經說過：「一般人愛
說唐詩，我卻要講『詩唐』，詩唐者，詩的唐朝也。」（《聞一多
說唐詩》）可以說，唐代文學的繁榮，正是以詩歌的高度成就作
爲標誌的。

唐詩成就繁榮的表現，首先是作品數量極多，據明末文學家
胡震亨《唐音癸籤》統計，唐人有別集者共六百九十餘家。又據清
代康熙年間彭定求等人編定的《全唐詩》所錄，就有詩人二千二百
餘人，詩作四萬八千九百餘首。這還不是全部，因爲年代久遠，
散佚遺漏的作品肯定不少。今人王重民、孫望等就搜集了佚詩二
千多首，編入《全唐詩外編》。僅就以上數字，就足以說明當時詩

歌創作的盛況了。而且，唐詩涉及範圍很廣。詩歌在當時已經不是少數文人的專利品，如《全唐詩》作者小傳所記錄的詩人身分，上自帝王將相、后妃宮女，下至販夫走卒、倡優釋道，幾乎包括了社會各個階層。同時，寫詩也被廣泛地運用到生活的各個領域，舉凡奏章、信札、寓言、遊記以及變文和其他通俗說唱文學，都可以用詩來表達，聞一多說過：「凡生活中用到文字的地方，他們一律用詩的形式來寫，達到任何事物無不可以入詩的程度。」（《聞一多說唐詩》）可見寫詩在當時已經成為一種相當普遍的社會風氣。其次是由漢魏樂府和古詩發展起來的詩體的完備與成熟。唐詩不但具備了五言、六言、七言、雜言等多種形式（還有更為古老的四言詩及楚歌體），而且在齊梁新體詩的基礎上正式形成五、七言近體詩。此外，唐人對古詩、樂府歌行也有一些創造和發展，七言古詩的大量湧現，以古題樂府寫時事和即事名篇的新題樂府的大量出現，尤為唐詩的一大特色。因此，從詩體來看，唐代也是一個百花爭艷的集大成的時代。唐人對詩歌內容的開拓和詩藝的創造尤多，成就輝煌。風格流派也異彩紛陳，不僅出現了像李白、杜甫這樣在世界文學史上享有盛名的偉大詩人，還產生了王維、白居易、李賀、李商隱、杜牧等一大批優秀的詩人。他們大都面向生活，勇於探索和實踐，積累了豐富的創作經驗。故一般來說，唐詩的水平超過了中國歷史上任何一個朝代，成為中國詩歌史上的黃金時代②。不僅如此，唐代還產生了一種新體詩——詞。它是適應音樂的變化而創作的新歌詞。中晚唐以後逐漸受到詩人的重視，經五代至宋而成為一種重要的詩體。

　　在唐代，不僅詩歌極為繁榮興盛，其他文學體裁如散文、小說也得到了很大的發展。尤其是中唐時期以韓愈、柳宗元為首的「古文運動」，更是以其傑出成就把我國的散文發展推到了一個

新的階段。晚唐時皮日休、陸龜蒙、羅隱等人的小品文，現實性
強，筆調犀利流暢，為後世此類文體開了先河。傳奇小說的大量
出現，標誌著我國古代小說作為一種獨立的文學體裁已經真正成
熟。它題材廣泛，較多地反映了當時的社會生活，和新起的變
文、話本一道，對宋以後通俗文學的興盛發展帶來了較大影響。
與此同時，駢文和辭賦也取得了新的成就。

㈢唐代文學繁榮的原因

關於唐代文學繁榮的原因，目前看法雖不完全一致，但大致
說來，有如下幾點。

**第一，唐代是中國封建社會繁榮鼎盛的時期，由於這一特定
的歷史環境，形成了文學發展的適宜土壤。**

唐代前期，國家高度統一，國力空前強大，政治也比較清
明，社會安定，這不僅激發起人們樂觀上進的信心、高度的民族
自豪感和愛國精神，而且使他們能夠南北自由來往，漫遊全國各
地。當時漫遊已成為一種社會風氣，不少詩人都曾有過一段漫遊
生活。由於漫遊，他們對祖國壯麗的山河和各地人民的生活有了
更廣泛的接觸，再加上從軍出塞得以深入到西域和中亞等地區，
使文人的視野更加開闊，精神生活更加豐富。這種開放的社會氛
圍和樂觀向上的社會心態都最適合產生積極浪漫的詩歌情調。加
之南北統一後，北方的剛健文風和南方重文采的文風相結合，更
使文學走上了文質並茂的康莊大道。特別是詩的創作呈現出嶄新
的面貌，唱出了時代的最強音。安史之亂後，唐王朝雖由盛而
衰，但前期的強盛仍然給人們留下深刻的印象，並喚起他們面對
生活、干預生活的激情，仍然使文學向深入反映社會矛盾、抨擊
社會弊端的道路發展。同時，在藝術上也繼承前人而追求新的創
造，從杜甫開始到中晚唐寫實諷諭詩的大量湧現和韓愈、柳宗元

等大力倡導的古文運動興起，就突出地代表著唐代後期文學發展的主導傾向。其他作家亦或多或少地反映了這個歷史性的變化。

　　第二，統治者的重視提倡，特別是科舉考試以詩賦取士，對詩歌繁榮也起了促進作用。

　　早在唐朝建國初期，唐太宗就開設弘文館、文學館，延攬當時著名的詩人、學者，並經常組織他們吟詠唱和。以後的歷代君主也有不少重視詩歌，有的還能自己動筆寫詩，太宗的詩成就較高，高宗、武則天常自製新詞入樂，文宗也曾經特置詩學士七十二人。對於當時著名的大詩人，他們也比較關心。王維死後，代宗曾關心他詩集的編纂工作；白居易去世，宣宗親自寫詩悼念他。不僅如此，統治者對詩歌的愛好、提倡與重視，還特別表現在進士科考試中設立「以詩賦取士」的制度上。即將寫作詩賦作為進士科考試中的重要內容，也包括大量的「行卷」之作③。尤其是後者，因較省試詩歌所受的清規戒律束縛要少，便於馳聘才情，進行較為新奇獨特的藝術構思，對詩歌技巧的提高有促進作用。明代胡震亨《唐音癸籤》說：「唐試士初重策，兼重經，後乃騎正詩賦。中葉後，人主至親為披閱，翹足吟詠所撰，嘆惜移時。或復微行，諮訪名譽，袖納行卷，予階緣。士益競趨名場，殫工韻律。詩之日盛，尤其一大關鍵。」宋代嚴羽在《滄浪詩話》中亦說：「或問唐詩何以勝我朝？唐以詩取士，故多專門之學，我朝之詩所以不及也。」雖然應試詩本身很少有好作品，但「丹霄路在五言中」，熱中仕進的知識分子卻因此而在學詩、寫詩上狠下功夫。白居易在《與元九書》中說自己知道有進士科以後就發憤讀書，「晝課賦，夜課書，間又課詩，不惶寢息矣。」可見「以詩取士」也為傑出詩人的湧現造就了基礎。同時，為了使自己的寫詩才能超出別人，詩人們也更加刻苦地研習詩歌技巧，提高藝術修養，這在客觀上對提高唐詩的質與量也起了促進作用。

　　第三，唐代社會思想文化比較開放活躍，有助於文學的百花
齊放，形成不同的風格和流派。

　　為了適應上升、變革時期的社會趨勢，唐代統治者在意識形
態方面採取了比較寬容的方針策略。在不危及國本的大前提下，
他們對各種社會思潮予以兼容並蓄，或大力扶植，或聽任自由，
或取長補短。這使得整個思想文化界出現了異彩繽紛的繁榮景
象。在唐代，不但儒、釋、道三家並存，而且任俠之氣也特盛。
唐太宗曾經組織許多學者考訂注釋《五經》等儒家經典，並頒行天
下，作為士人必須誦習的規範教材。道教教祖老聃，因與唐朝皇
帝同姓，故唐代歷朝皇帝都尊崇道教。高宗追尊老子為「太上玄
元皇帝」；玄宗更大興玄學，列《老子》、《莊子》、《列子》、《文
子》為經典，令生徒誦習，並依明經例舉行科舉考試。佛教在唐
代也得到極大發展，形成了眾多的宗派。尤其是禪宗，它在印度
禪學的基礎上，吸取儒、釋、道三家思想，構造出一種最適合士
大夫文人口味的宗教信仰，在唐中葉以後得到了廣泛的傳播。

　　由於唐承隋後建立起大一統封建王朝，北方少數民族遊牧尚
武的習氣也被吸納到當時社會生活中來，構成唐代文化的一個因
子。而由時代變革所引起封建禮教的相對鬆弛和人們主觀精神的
昂揚奮發，更使得人們偏於高估自身價值，強調個性自由，推崇
獨立人格，蔑視現存的秩序和禮法傳統的束縛。在唐代一些文人
身上，尤其是在許多盛唐詩人身上，存在著一種輕財重義、好勇
尚武、脫略使氣的俠士風度。它往往和士大夫文人宣洩懷才不遇
的抑鬱不平結合在一起，構成唐代文人尤其是盛唐詩人那種慷慨
激昂、奮進敢為的精神特質。同時，就整個唐代來說，政治比較
開明，文禁相對鬆弛，不像以後朝代那樣對人們思想嚴加禁錮。
唐代文人生活在這樣一個比較開放、活躍的社會環境中，思想一
般比較活躍。他們對於各種思想文化雖或各有偏重（如李白崇

道、杜甫宗儒、王維好佛），但多不拘一格，各取所需。這種不
獨尊一家的開放心態，也有助於文壇上百花齊放，有助於各種風
格流派的產生。

　　第四，文人隊伍成分的變化，也是促進唐代文學繁榮並取得
高度成就的原因。

　　形成於漢末的門閥士族，經歷了幾百年，到隋末已經逐漸衰
微，隋代廢除「九品中正制」，改行科舉考試，打破了魏晉以來
門閥士族壟斷政權的局面，為庶族士子提供了進身之階。唐承隋
制，除了繼續從科舉途徑選拔人才之外，還通過均田制等一系列
政治措施的實行，使中下層庶族地主勢力進一步得到發展。他們
逐步登上了政治舞臺，進而占領文壇。在唐代文人隊伍中，出身
於世家的貴族詩人和出身下層的貧民詩人只占較小比重，多數都
是出身寒門的庶族知識分子。這一成分的變化，對於唐代文學的
思想內容有重大影響。這些人比較接近下層平民，了解社會，敢
於在作品中反映民生疾苦，揭露社會弊病。同時，由於本階層在
政治上處於上升階段，他們的精神也大多昂揚奮發、富於理想和
熱情。唐詩對於南朝詩歌一個明顯的進步，就是加強了詩歌同人
民生活及思想感情的聯繫，增強了詩歌謳歌進步理想、渴望奮發
有為的昂揚情調，從而既充實了詩歌的內容，擴大了詩歌的表現
範圍，也提高了詩歌的境界，使唐詩在詩史上獲得了更重要的地
位。變文、俗賦、民間曲子詞等通俗文學的興起，更是下層文人
參加文學創作的結果。

　　第五，唐代其他各種藝術門類的全面繁盛，對唐代文學的繁
榮發展也起了積極作用。

　　在唐代，由於經濟的發達和中外文化的廣泛交流，音樂、繪
畫、舞蹈、書法等各種藝術門類也得到了普遍的發展。在音樂方
面，唐代的樂工在中國傳統音樂的基礎上吸收了外來音樂的優美

樂調，製成《十部樂》④。不少樂工把衆多的七絕名篇配樂歌唱，
也促進了詩人們爲配樂而積極創作新詩。至於詞的興起，更是適
應音樂變化的產物。爲了把有聲無形的音樂藝術化爲具體可感的
藝術形象，詩人們還創造了一系列藝術表現手法，爲豐富詩歌表
現功能積累了寶貴的經驗。而繪畫藝術的發達，則有助於詩歌意
境的創造和深化。盛唐時代，大量山水畫的產生與山水田園詩的
興盛有密切的關係，有的文人本身就兼山水詩人與畫家爲一體。
不少山水詩不僅借鑑了山水畫在立意、構圖、描繪、渲染等方面
的具體技巧，而且在美學意義上也受到南宗山水畫理論的影響：
重寫意而不重寫實，重神韻而不重形似。這對詩歌意境的創造，
從理論到實踐無疑都有啓發作用。不僅如此，繪畫還帶來了題畫
詩的興盛。唐代許多詩人都用詩歌來評畫、論畫，借以表達自己
的審美理想和藝術見解。至於舞蹈、書法、雕塑等藝術對詩、
賦、文的影響也是比較明顯的。因描寫音樂、繪畫、舞蹈、書
法、雕塑等藝術而產生的名篇佳作更是不勝枚舉⑤。總之，唐代
各種藝術門類全面繁榮的局面，既豐富了唐代文學的題材，也完
備了唐詩及其他文學形式的表現技巧，對唐代文學的健康發展產
生了不可低估的影響。

最後，唐代文學的繁榮也是文學本身發展的結果。

以唐詩爲例，它的繁榮就是在特定的社會歷史條件下，文學
自身演變的產物。我國古代的詩歌源遠流長，到唐代，已經經歷
了近兩千年的歷史。自《詩經》、《漢樂府》以來重寫實的傳統和自
《楚辭》以來重幻想的傳統爲我國詩歌發展奠定了良好的基礎。魏
晉南北朝的樂府民歌又爲後世詩歌從思想內容到藝術技巧提供了
豐富的養料。尤其是魏晉以來文學的覺醒，文人創作的樂府、古
詩的興盛，聲律說的創立，以及劉勰《文心雕龍》、鍾嶸《詩品》等
一些對文學創作經驗作系統總結與批評的理論著作的出現，都爲

唐詩的繁榮發展準備了條件。唐代詩人正是在前人的基礎上，把
詩歌推進到一個更爲完美、成熟的新階段。當然，六朝詩歌的某
些不良風氣也曾經延續到唐詩，從初唐四傑、陳子昂到李白、杜
甫，唐朝詩人經歷了一個如何全面正確地繼承六朝詩歌遺產的問
題。唐詩的發展，同正確解決這個批判繼承的問題幾乎是同步
的。魏晉南北朝時，五七言新體詩因「永明體」、「四聲八病」
說法的出現，人們已經開始有意識地在創作中講求音律諧和、對
仗工穩。但律詩的定型與發展，還有待於後來者進一步的加工。
即如歌行、樂府等古體詩也需要另闢蹊徑、別開生面才能有新的
發展和創造。這些都在唐代詩人面前展開了藝術探索的廣闊空
間，這些正是唐代詩人用力最勤、收穫最富的地方。唐詩萬紫千
紅的滿園春色，正是詩歌本身的這種發展契機同適宜於詩歌發展
的一定社會條件匯合的結果。

㈣唐代文學的發展歷程

　　唐代文學經歷了一個漫長的發展過程，各種體裁的發展不平
衡，但有一個共同發展趨勢。大致說來，詩的發展的階段性較爲
明顯，一般爲初、盛、中、晚四段，文、賦的發展與詩略似。不
同的是，詩的高潮在盛唐、中唐；文、賦則在初、盛唐仍基本上
沿襲六朝的駢體，僅在革除六朝華麗之風的程度上有所區別，而
創作高潮及顯示唐賦、唐文的獨特面貌則在中唐古文運動逐漸興
盛之後。詞和傳奇小說以及變文等通俗文學興起的時間尚待進一
步論定，然而嶄露頭角則可肯定在中、晚唐及五代。這裡主要就
唐詩的發展作簡要的論述。

　　把唐詩的發展分爲四段由來已久。宋代嚴羽《滄浪詩話》首先
把唐詩分爲「唐初」、「盛唐」、「大曆」、「元和」、「晚
唐」五體，元代楊士弘在《唐音》中又將「大曆」、「元和」兩體

合併爲「中唐體」。至明初高棅編《唐詩品匯》時，才明確提出：
「至於聲律興象，文詞理致，各有品格高下之不同。略而言之，
則有初唐、盛唐、中唐、晚唐之不同。」高棅所確定的四分法，
爲後代多數研究者及文學史家所採用⑥。至於唐詩四期的起迄，
各家又都議論紛紜，莫衷一是，一般文學史也都說法不一。我們
根據唐代文學發展的具體情況，折衷各家說法⑦，大致以高祖、
太宗、高宗、武后、中宗、睿宗時爲初唐（公元 618～711
年），玄宗、肅宗時爲盛唐（公元 712～761 年），代宗、德
宗、順宗、憲宗、穆宗、敬宗時爲中唐（公元 762～826 年），
文宗、武宗、宣宗、懿宗、僖宗、昭宗、哀帝時爲晚唐（公元
827～907 年）。這只是一個大致的劃分法。紀昀說得好：「其
分初、盛、中、晚，蓋宋嚴羽已有是說。二馮（指馮舒、馮班兄
弟）嘗以劉長卿亦盛亦中之類，力攻其謬。然限斷之例，亦論大
概耳。寒溫相代，必有半冬半春之一日，遂可謂四時無別哉！」
（《四庫總目》卷一八九）劃分有助說明文學發展的階段性，但並
不排斥少數跨時期的作家。

1、初唐

唐詩處於繁榮昌盛的醞釀準備階段，詩壇上一方面還受著齊
梁餘風的影響，一方面又不斷透出新的氣息。初唐詩歌的發展主
要表現在兩個方面：

一是詩體的創造。如七言歌行在「四傑」手中得到發展，近
體詩在沈、宋手中定型；二是詩壇風氣轉變，詩歌逐漸從狹窄的
宮廷走向廣闊的社會，逐步擺脫浮華纖弱的積習走上健康發展的
軌道。大體說來，在唐初的四、五十年裡，一些大臣如魏徵、李
百藥等將前期的衰敗與文風的頹靡直接聯繫，認爲浮艷綺麗的齊
梁詩風是導致亡國的禍根，必須摒棄。但詩人們又難以擺脫前代
影響，此時詩壇的主要創作傾向還是沿襲齊梁餘習，所謂「承陳

隋風流，浮靡相矜」（《新唐書》卷二〇一）。以上官儀爲代表的
宮廷詩人，在形式上重視聲律、用典，所寫內容也大多是一些歌
功頌德的應制之作。高宗時，王勃率先起來反對雕飾華艷的詩
風，接著，楊炯、盧照鄰、駱賓王也起而響應。他們的詩歌，在
內容和思想感情上都突破了宮廷詩的局限，逐漸轉向對江山塞漠
和個人性靈的抒寫，給唐詩帶來了新氣息，但在詞采上還未能擺
脫六朝的綺麗。繼「四傑」之後，陳子昂更爲徹底地批判齊梁詩
風，高倡建安風骨，明確提出以復古爲革新的文學主張，他的詩
作也能顯示出迥拔時俗的剛健風骨。正是陳子昂詩歌的理論與實
踐，進一步廓清了六朝以來的綺靡詩風，爲唐詩的健康發展開闢
了道路。

2、盛唐

　　盛唐在唐詩發展史上雖爲時較短，但成就卻最高。在這五十
多年裡，湧現了一大批風格各異的傑出詩人。他們懷著宏偉的理
想和抱負，以蓬勃的生氣和熱烈的感情，去表現那個時代種種激
動人心的生活。伴隨著盛唐文人士子從軍熱和隱逸風而勃興的是
邊塞詩和山水田園詩，以高適、岑參爲代表的邊塞詩派和以王
維、孟浩然爲代表的山水田園詩派儘管在題材、風格和審美情趣
上有種種不同，但有一點卻是共同的，那就是它們的基調都是健
康、明朗、清新自然而富有生氣的，它們都擴大了唐詩的題材，
從不同方面以新奇的意境、豐富的技巧充實了唐詩的寶庫。

　　隨著唐帝國上升到繁榮的頂點又跌入長時間的戰亂，盛唐詩
歌的主流也從高歌理想轉變爲客觀寫實。玄宗開元年間，唐帝國
的強盛達到頂點。在這個空前繁榮上升的歷史階段裡，人們對國
家前途充滿了希望，建功立業、實現理想抱負成了盛唐詩人最強
烈的人生追求。當時詩人大多都富於浪漫氣質，樂觀向上，對自
己的才華極爲自信，即使當他們接觸到日益滋長的社會黑暗，也

帶著盛唐人特有的豪邁激昂氣魄發洩他們的不滿和反抗。在他們的詩歌作品中，無論是對理想前途的謳歌與展望，還是對人生失意的痛苦宣洩，都來自於希望實現自我價值的急切願望。李白就是這種詩歌創作潮流的突出代表，他以熱烈追求光明、猛烈抨擊黑暗、敢於蔑視權貴的神奇飄逸的詩篇，唱出了時代的最強音。

自玄宗天寶以後，政局急轉直下，面對唐王朝由盛及衰的殘酷現實，詩人們的浪漫豪情日益消退，詩壇主流也逐漸轉向對現實社會作深沈的思考與反映。杜甫就是這一時期中最優秀的詩人，他在戰亂前曾長期居住在當時的政治中心長安，對各種社會矛盾有比較清醒的認識，對潛在的社會危機有所預感，在戰亂中又被捲入社會的下層，和廣大民眾一起經歷顛沛流離，親身感受了動亂給人民帶來的深重苦難。他始終以積極的人生態度，大膽揭露社會矛盾，勇敢而眞實地爲國家的安危和民眾的哀樂而歌唱，這種豐富而深刻的生活體驗，使他的詩成爲這一時代的「詩史」。杜甫既是盛唐時代最後的一位詩人，同時也是首開中唐詩風的第一位詩人。他的反映民生疾苦的詩風爲中唐寫實詩風的發展開闢了道路。

盛唐在詩體上推陳出新的成就也是巨大的。首先是李白樂府詩的成就，他雖然較多襲用了漢代以來的古樂府舊題，但並不受原主題的束縛，他大膽地熔鑄進新的現實生活內容，傾瀉自己的思想感情，使許多樂府古題獲得了新的生命。其次是高適、岑參等人的七言歌行突破了初唐時駢偶整齊的格局，句式參差，章法多變。再次是李白、王昌齡等人的七絕達到化境，被推爲「神品」。最後是杜甫在古代詩歌體裁形式上繼往開來的集大成作用：他的七絕常以聯篇形式出現，在即事抒懷、描寫自然風景方面也別具一格；長篇五古舒卷自如，大大擴充了這種體裁表現生活的能力；律詩更達到了完全純熟的程度，晚年多用七律組詩的

形式來反映重大社會內容，又有意創造拗體來增強詩歌氣勢，打破了初唐以來七律在內容上多酬唱贈答、形式上圓熟平穩的陳舊平庸的格局；他的新題樂府緊密結合時事即事名篇，對中唐時期元、白等人的新樂府創作有直接的影響。總之，詩到盛唐，可謂質文並茂，彬彬稱盛。

3、中唐

中唐是我國文學史和詩歌發展史上少有的繁榮時期。盛唐雖是唐詩發展的高峯，但卻不免給人以詩歌一枝獨秀的感覺。而中唐古文運動的勃興，傳奇小說的成熟，民間曲子詞和講唱文學的流行，辭賦和駢文的新變，以及詩壇上眾多名家各擅勝場、不同流派風格盡態極妍的局面，才眞正形成了異彩斑爛的文學百花園。中唐詩歌和文學的全面成就不是偶然的。「安史之亂」後社會矛盾的暴露和發展，城市經濟的繁榮和市民娛樂生活的豐富，中外文化思想和文學藝術的進一步融合交流，出身庶族的士子隊伍的壯大和活躍，盛唐詩歌特別是杜甫詩歌成就的啓示和中唐詩人獨有的創新意識和創造才能等等，都從不同的方面刺激和推動著文學的發展。這一文學高潮並不是緊隨盛唐之後馬上出現的，其間也有一個曲折前進的過程。中唐前期（從寶應初到貞元前期，大體可以貞元八年韋應物去世爲標誌），詩壇呈現出盛唐詩風向新時期轉變的過渡性質的特點，作家雖多但創新者少。「大曆十才子」和劉長卿等專攻五言近體，詩風近似王維，雖有反映現實之作，藝術也圓熟妥貼，但終乏突破。顧況、戴叔倫、戎昱等繼承杜甫、元結，成爲中唐寫實諷諭詩派的先驅。李益、盧綸以邊塞詩著稱，具有中唐的時代特點。韋應物「高雅閒談，自成一家之體」（白居易《與元九書》），是中唐前期成就最高的傑出詩人。但總的說來，這一時期唐詩發展相對停滯，處於兩個高潮之間的低谷。

　　唐詩發展的第二個高潮是在貞元後期特別是元和年間到來的。這一時期數量多，詩人多，風格流派多，都超過了盛唐。尤其可貴的是，貞元、元和間詩人們一面繼續發揚以李白和杜甫為代表的重幻想和重寫實這兩個傳統，同時又把求新求變作為共同的藝術追求，「詩到元和體變新」（白居易《餘思未盡加為六韻重寄微之》），成為這一時期的突出特徵。但探索新變的具體道路和形式又各不相同。以白居易為代表的寫實諷諭詩派直陳時事，面向現實人生，產生了廣泛而深遠的社會影響。與他們的淺俗坦易詩風相並立的，是以韓愈為代表的險怪奇崛詩風，這是中唐兩個主要詩歌流派和創作羣體。這兩個詩派雖然各有大致相同的創作傾向，但許多詩人又能自成風格，卓然名家。在寫實諷諭詩派中，張籍、王建的樂府歌詩重藝術寫實，風格精警凝練，元稹、白居易則重美刺諷諭，講究鋪敍描寫。白居易既有大量優秀的諷諭詩作，又有系統的理論主張，成為這一詩派的集大成者。他還發展了長篇歌行的敍事藝術和古典詩歌的語言藝術，是李杜之後衣被後代的一大詩人。韓愈、孟郊都能硬語盤空，精思獨造，但韓氣豪，孟思深。韓愈雄奇恣肆，甚或不免於矜才使學，而孟郊則和賈島都以苦吟著稱，但又有「郊寒島瘦」之別。賈島與其詩友姚合另開清奇僻苦一派，影響晚唐五代以至後世。天才的青年詩人李賀更以富於浪漫色彩的奇情異想和幽峭冷艷的語言藝術獨樹一幟，在中唐詩壇大放光彩。他和元稹以不同風格開拓的艷情題材對晚唐李商隱、溫庭筠一派有直接的啓示。兩大詩派之外，劉禹錫以「詩豪」聞名，寫景抒情多寓人生哲理，積極樂觀，警闢雋永。他的《竹枝詞》等學習民歌，獨闢藝術新徑。柳宗元的山水田園詩和抒情詩，或近陶，或法「騷」，幽深峻潔，自成一格。

4、晚唐

　　晚唐是唐王朝的末期，也是唐詩發展的尾聲。唐詩的命運雖然最後不可避免地同唐帝國的淪落聯繫在一起，但是當唐帝國淪入「日薄西山」的境地之後，唐詩卻還放射過一段璀璨的夕陽餘暉。從文宗大和到宣宗大中年間，有「小李杜」之稱的傑出詩人李商隱、杜牧繼續開闢著具有藝術獨創性的詩歌創作道路。李商隱的詩歌深情綿邈，包蘊密致，反映了這一時期發展起來的幽美細約的審美情趣，開拓了以朦朧為特徵的審美境界。他還是杜甫之後的七律大家。杜牧的詩辭采清麗，情思俊爽，他和李商隱的七絕在李白、王昌齡、劉禹錫之後，仍能各自一家。面對衰季末世，晚唐詩壇上普遍瀰漫著一種感傷情調，詠史懷古和戀愛豔情成為流行題材。它們反映了詩人對社會現實的深重憂患和曲折諷諭，又表現了他們對現實的逃避和對風流享樂生活的追求。詩人對愛情的熱烈歌唱還在一定程度上反映了隨著中晚唐城市商業經濟發展而出現的市民階層的思想感情，它最終在詞這種配樂歌唱的新興詩體中找到了合適的土壤。以溫庭筠為代表的晚唐五代詞風就是這一影響的繼續。晚唐也有少數作家，如皮日休、杜荀鶴、聶夷中等人，面對朝政黑暗腐敗、人民貧困痛苦和唐末的社會動亂，他們繼承杜甫和中唐寫實諷諭詩派的傳統，寫了一些具有尖銳社會批判性質的詩歌，晚唐的這些詩歌和羅隱、陸龜蒙、皮日休等人的雜文小品一起，成為這個一塌糊塗的泥塘裡最後的光彩和鋒芒。但總的來說，它們成就有限，不能挽救當時日趨頹弱華靡的詩風和文風。在隱逸之士中，只有司空圖留下了一部對後代有深遠影響的詩歌美學著作《二十四詩品》，成為唐詩發展的理論總結。

　　綜觀以唐詩為代表的唐代文學，它的基本風貌和總的趨勢還是積極進取的。開放的社會環境，活躍的時代氛圍，使關心國

事、追求功業、希望實現個人價值成爲這一代文人的共同心態。由此而產生的飽滿的政治激情，對人生的熱愛和對青春、生命的珍惜，在他們的詩作中都得到了直接或間接的反映。他們渴望施展抱負，渴望改良政治，渴望享受人生，他們的歡樂和痛苦、歌頌與憤懣都是由此而來。而豐富的社會生活體驗、開放的社交活動範圍，不僅使他們走出個人的狹小天地，心胸開放，眼界開闊，對生活保持著一種新鮮而敏銳的感受，也使他們特別富於情感的抒發。從盛唐的殷璠、中唐的皎然、晚唐的司空圖等人所提倡的「興象」、「境象」、「韻外之致」、「味外之旨」等詩歌理論，可以看出他們所追求的是一種因景生情、融情入景、情景交融而且形象豐滿、含蘊深厚、能啓發人們不盡想像的藝術境界。與此相應，他們在詩歌表現上重意象而不重寫實，重情感的抒發而少有哲理思辯，以情感人而不以理服人。他們要求詩歌意境空靈，氣象渾厚而不看重縝密翔實。其詩作往往氣勢流走，情韻悠遠，語言既精練含蓄但又出以自然流暢，文辭優美動人卻並不刻意翻新出奇。

總之，唐代詩歌的主體風格正是「以丰神情韻擅長」（錢鍾書《談藝錄・詩分唐宋》），「如初發芙蓉，自然可愛」（胡應麟《詩藪》外編卷六）。魯迅說：「一切好詩，到唐已被做完。」（《答楊霽雲函》，見《魯迅書信集》下冊 699 頁）此說雖未免過於絕對，但也體現了對唐詩成就的高度肯定。

附 註

①五代十國，指朱溫在公元九○七年篡唐自立以後，中國北方黃河流域一帶先後建立的 5 個王朝：後梁（公元 907～923 年）、後唐（公元 923～936 年）、後晉（公元 936～946 年）、後漢（公元 947～950 年）、後周（公元 951～960 年），被稱爲「五代」。與

之同時，多數在南方，個別在北方，也先後建立了十個封建割據國家：吳（都揚州）、南唐（都金陵）、吳越（都錢塘）、前蜀、後蜀（均都成都）、楚（都潭州）、閩（都福州）、南漢（都廣州）、荊南（都荊州）、北漢（都太原），即所謂「十國」。在文學史上，以前蜀（公元 891～925 年）、後蜀（公元 925～965 年）和南唐（公元 937～975 年）最爲重要。

②明代胡應麟說：「盛矣，詩之盛於唐也！其體，則三、四、五言，六、七、雜言，樂府、歌行、近體、絕句，靡弗備矣。其格，則高卑、遠近、濃淡、淺深、巨細、精粗、巧拙、強弱，靡弗具矣。其調，則飄逸、渾雄、沈深、博大、綺麗、幽閒、新奇、猥瑣，靡弗詣矣。其人，則帝王、將相、朝士、布衣、童子、婦人、緇流、羽容，靡弗預矣。」（《詩藪》外編卷三）

③行卷，唐代應舉者在正式考試之前將自己平時精心結撰之詩文彙編成卷，投獻朝中名流顯貴，希望得到他們的賞識和推薦，以便順利通過考試，取得功名。在此以後又繼續投獻詩文，以鞏固印象，加深好感，稱爲溫卷。

④十部樂，又稱十部伎，是唐代宮廷用於宴享的成套樂舞。它是在隋代七部伎、九部伎的基礎上變化發展而成，有燕樂、清商、西涼、天竺、高麗、龜茲、安國、疏勒、康國、高昌共十部，都是當時各地進獻宮廷的民間樂舞。

⑤例如，描寫音樂藝術的有李頎《聽安萬善吹觱篥歌》、韓愈《聽穎師彈琴》、白居易《琵琶行》、李賀《李憑箜篌引》。描寫繪畫藝術的有杜甫《丹青引》、戴叔倫《題天柱山圖》、劉商《畫石》。描寫舞蹈藝術的有杜甫《觀公孫大娘弟子舞劍器行》、岑參《田使君美人如蓮花舞北旋歌》、白居易《霓裳羽衣歌》。描寫書法藝術的有杜甫《李潮八分小篆歌》和朱逵《懷素上人草書歌》等。

⑥亦有一些文學史及專著不採用「四分法」者。如謝无量之《中國大

文學史》即分唐初文學、武后及景龍時文學、開元天寶之文學、大
曆文學、元和長慶間文學和晚唐文學等六段。還有以安史之亂爲界
線的「兩分法」，見胡適《白話文學史》、聞一多《聞一多說唐詩》
（鄭臨川整理）、陸侃如、馮沅君《中國詩史》等。有以唐初至安史
之亂前爲唐前期、安史之亂爆發至穆宗長慶年間爲唐中期、敬宗寶
曆以下至唐末爲唐後期的「三分法」，見陳伯海《唐詩學引論》等。
有按文藝思潮的變遷，分爲唐初宮廷詩、「四傑」至盛唐的浪漫思
潮、杜甫至元和年間的寫實詩潮、李賀、李商隱以後的唯美詩潮、
唐末詩壇五個時期的「五分法」，見蘇雪林《唐詩概論》等。有按唐
代詩風轉變，把唐詩分成唐初、「四傑」至開元前、開元初至安史
亂前、安史之亂爆發至大曆初、大曆初至貞元中、貞元中至大和
初、大和初至大中初、大中初至唐末八個階段的「八分法」，見中
國社會科學院文學所編寫的《唐詩選・前言》。

⑦對於四期起迄，各家劃分多不相同。嚴羽《滄浪詩話》云：「唐初
　體，唐初猶襲陳、隋之體。盛唐體，景雲以後開元、天寶諸公之
　詩。……」高棅《唐詩品匯總序》則把貞觀、永徽至開元初視爲初
　唐，開元、天寶間視爲盛唐，大曆、貞元中視爲中唐，元和以後皆
　視爲晚唐。明中葉徐師曾《文體明辨序》說：「嘗試論之：梁陳至隋
　是爲律祖，至唐而有四等。由高祖武德初至玄宗開元初爲初唐，由
　開元至代宗大曆初爲盛唐，由大曆至憲宗元和末爲中唐，自文宗開
　成初至五季爲晚唐。然盛唐詩亦有一二濫觴晚唐者，晚唐詩亦有一
　二可入盛唐者，要當論其大概耳。」徐師曾雖主要是就近體詩所作
　的分期，但各段大致勻稱，故採此說者較多。但其間盛、中唐及
　中、晚唐兩段均不相銜接，前者中間空缺肅宗及代宗初期共八年，
　後者中間空缺穆宗、敬宗及文宗初期共 15 年。故游國恩等主編之
　《中國文學史》及《中國大百科全書・中國文學》中「隋唐五代詩」詞
　條（P.805），晚唐均從文宗大和年間算起。本書分法，基本採用
　徐師曾說，但略有調整。

第一章　隋及初唐詩歌

第一節　隋代詩歌

　　隋代（公元 581～618 年）是由分裂的南北朝向統一的唐朝過渡的一個短暫朝代。它只存在了三十八年，故從政權建設到文化的發展，都帶有比較明顯的過渡性。

　　隋代詩歌的發展，可以分爲文帝、煬帝前後兩個時期。

㈠隋文帝時期

　　隋文帝時期（公元 581～604 年），是隋代社會的上升時期。隋文帝在完成統一、改革政治制度的同時，也著手改革文風。文帝本人不好聲色，因此對浮艷的南朝文風十分反感。他大力提倡儒學，企圖改良風俗，開皇四年（公元 584 年）詔令「天下公私文翰，並宜實錄」（《資治通鑑》卷一百七十六）。後來治書侍御史李諤上書斥南朝文風是「競一韻之奇，爭一字之巧。連篇累牘，不出月露之形；積案盈箱，唯是風雲之狀」，並提出：「請普加採察，送台推劾。」（《隋書‧李諤傳》）文帝很賞識，把此文加批頒發全國。開皇九年（公元 589 年）滅陳後，又把陳後主周圍擅寫華艷宮詞的孔范、王瑳等四人治以教唆之罪，「流之遠裔」。隋代君臣這些自上而下地改革文風的做法，使當時的大部分作家都不敢片面追求辭采的華艷，開始滌除某些南朝文學作品那種爲文造情，拼湊堆砌、雕章琢句的習氣。其中一些重要

詩人如盧思道、薛道衡、楊素等，他們的創作雖然在詞句優美動人，聲韻和諧婉轉方面受到南朝文學的影響，但並不冶艷卑靡，而是表現出清新明朗的意境。他們的作品，代表了隋代文學的最高成就。當然，由於當時對南朝文學的認識尚比較膚淺，過多著眼於形式，這也必然限制了隋代文學取得進一步的發展。

盧思道

　　盧思道（公元 531？～582 年），字子行，范陽（今北京附近）人。曾仕北齊爲黃門侍郎，北周時授儀同三司，隋初官散騎侍郎。今存《盧武陽集》一卷，收詩二十七首。他擅長七言，其詩曾受到庾信稱讚，代表作有《從軍行》：

> 朔方烽火照甘泉，長安飛將出祁連。犀渠玉劍良家子，白馬金羈俠少年。平明偃月屯右地，薄暮魚麗逐左賢。谷中石虎經銜箭，山上金人曾祭天。天涯一去無窮已，薊門迢遞三千里。朝見馬嶺黃沙合，夕望龍城陣雲起。庭中奇樹已堪攀，塞外征人殊未還。白雪初下天山外，浮雲直上五原間。關山萬里不可越，誰能坐對芳菲月？流水本自斷人腸，堅冰舊來傷馬骨。邊庭節物與華異，冬霰秋霜春不歇。長風蕭蕭渡水來，歸雁連連映天沒。從軍行，軍行萬里出龍庭。單于渭橋今已拜，將軍何處覓功名？

這首詩前半寫將士們英勇出擊殺敵，後半寫思婦閨愁春怨，結尾對一心追求功名的將軍作出批評諷刺，用意深刻，是邊塞詩中的佳作。其內容充實，自非南朝詩歌可比。風格上則具有既剛勁雄健，又清麗流暢的特色，透露出南北文風交相融合的信息。而語言的駢雅典麗，工於對偶，巧於用事，諧於音律，又明顯開了初唐七言歌行的先河。

薛道衡

薛道衡（公元 540～609 年），字玄卿，河東汾陰（今山西萬榮）人。曾仕後魏、北齊、北周。隋時，曾從軍征突厥。歷任吏部侍郎、檢校襄陽總管、播州刺史等職，後任司隷大夫，因故獲罪入獄，被縊殺於獄中。薛道衡在隋代文壇上聲名顯赫，當時朝廷許多應用文章都是出於他的手筆。其作今存《薛司隷集》一卷，存詩二十餘首。他善於在溶合北朝質直用事和南朝音律技巧的基礎上，用精巧的語言表現人物細緻的內心情感活動。代表作有《昔昔鹽》：

> 垂柳覆金堤，靡蕪葉復齊。水溢芙蓉沼，花飛桃李蹊。採桑秦氏女，織錦竇家妻。關山別蕩子，風月守空閨。恆歛千金笑，長垂雙玉啼。盤龍隨鏡隱，彩鳳逐帷低。飛魂同夜鵲，倦寢憶晨雞。暗牖懸蛛網，空樑落燕泥。前年過代北，今歲往遼西。一去無消息，那能惜馬蹄。

詩中借助一系列有代表性的景物，勾畫出庭院的荒涼，思婦的慵懶、空虛和苦悶。尤其是「暗牖懸蛛網，空樑落燕泥」一聯，體物細膩，透過典型環境的描繪，顯示出人物孤獨寂寞的內心世界，語言工巧而感情眞切，不愧爲時人傳誦的佳句。相傳薛道衡即因此詩招致煬帝的嫉恨，致遭殺身之禍①。可見其藝術魅力强烈感人。這首詩在格律上已大體上接近初唐五言排律，除首尾兩聯之外，中間各聯句句皆對，大部分地方平仄都合乎律詩要求。

薛道衡的《人日思歸》詩也是傳誦一時的作品。「入春纔七日，離家已二年。人歸落雁後，思發在花前。」詩寫思鄉之情，語意含蓄委婉，接近唐人五絕風味。

薛道衡的邊塞詩也寫得不錯。與上述兩類題材的詩歌相比，更能體現出北朝詩歌雄渾剛健的本色。如《出塞》中「絕漠三秋暮，窮陰萬里生。寒夜哀笳曲，霜天斷雁聲」等句，境界開闊，氣氛悲壯，與南朝纖弱詩風迥然有別。

楊素

楊素（公元 544？～606 年），字處道，弘農華陰（今屬陝西）人。初仕北周，封清河郡公。入隋後加封上柱國，官御史大夫。楊素有文武之才，曾協助隋文帝統一中國。晚年參與煬帝宮廷政變，助桀爲虐，人品不足取。但他在文學上確有一定成就。今存詩二十餘首，主要是贈友感懷和邊塞征戰這兩類題材。作爲執政大臣，他權傾一時，功高震主，且素以權謀譎詐著稱，爲煬帝所忌，故內心恐懼不安，晚年寫下《贈薛播州》十四首，向密友薛道衡傾吐了自己哀傷沈痛的愁緒。詩中以大量的篇幅回憶與薛道衡一起的戰鬥經歷，最後寫到自己的遲暮餘悲和對朋友的思念。內容繁富，在藝術上結構嚴謹，章法井然，於精警凝煉之中，帶有一種質樸剛健而又沈摯感人的氣息。史書評之曰：「詞氣宏拔，風韻秀上，亦爲一時盛作。」（《隋書·本傳》）《山齋獨坐贈薛內史》敍述友情亦婉曲動人。詩中如「日出遠岫明，鳥散空林寂。蘭庭動幽氣，竹室生虛白」等句子寫山中景物與自己的寂寞情懷，也頗得南朝優秀山水詩的神韻。寫征戰題材的作品流傳下來的雖不多，但成就較高。如《出塞》其二：

> 漢虜未和親，憂國不憂身。握手河梁上，窮涯北海濱。據鞍獨懷古，慷慨感良臣。歷覽多舊迹，風日慘愁人。荒塞空千里，孤城絕四鄰。樹寒偏易古，草衰恆不春。交河明月夜，陰山苦霧晨。雁飛南入漢，水流西咽秦。風霜久行役，河朔備艱辛。薄暮

　　邊聲起，空飛胡騎塵。

此詩當爲詩人從軍紀實之作，詩中反映了他領兵出塞與突厥作戰
的生活體驗，描寫塞外的荒寒景色和將士們的艱苦生活，表現自
己衞國安邊的豪情壯志，風格遒健，境界壯大，一掃梁、陳風花
雪月的靡靡之音。當時薛道衡、虞世基都有唱和。

(二)隋煬帝時期

　　隋煬帝時期（公元 605～618 年），文壇上綺靡習氣又逐漸
占了上風。煬帝本人即爲其代表。

楊廣

　　隋煬帝楊廣（公元 569～618 年），《隋書·經籍志》著錄其
有集五十五卷，已佚。今存詩四十多首。他在歷史上是以荒淫無
道著稱的暴君，但在提倡文教事業方面還做了一些工作：如恢復
學校，設進士科，開創了中國歷史上一千多年以科舉取士的制
度。這相對魏晉以來的九品中正薦舉制度來說，無疑是有進步意
義的。後來唐因隋制，通過科舉考試確實選拔了不少優秀人才。
煬帝本人喜讀書，好文辭，勤著述，早在晉王府時便招攬了一批
以梁、陳舊臣爲主的文人學士。嗣位前後，曾組織他們進行修
撰，共成新書三十一部，計一萬七千餘卷。當然，煬帝作爲一個
喜好聲色玩樂的封建帝王，耽於荒淫奢侈的宮廷生活，也寫了不
少輕薄的宮體詩，以豔麗的辭藻歌詠腐朽的宮廷生活。如《喜春
遊歌》其中專寫宮廷歌舞佳麗嬌媚：「錦袖淮南舞，寶襪楚宮
腰。」其文辭情調與南朝宮體詩了無差異。其餘如《宴東堂》、
《江都宮樂歌》、《嘲司花女》等都是同類作品。在他的影響帶動
下，一時浮艷綺靡、空虛無聊的奉和應制之作泛濫詩壇，梁陳遺

風再度興起。如諸葛穎、袁慶、王冑、虞世基、虞世南等人，爲了取悅煬帝，都大寫艷詩。但這些人（包括煬帝在內），也寫過一些清新可讀之作，如煬帝的《野望》詩：

> 寒鴉飛數點，流水繞孤村。斜陽欲落處，一望黯銷魂。

詩歌意境明淨如畫，語言流暢自然，不失爲寫景佳作。他的兩首《春江花月夜》詩也寫得清新明朗，優美動人。

除隋煬帝外，其他一部分宮廷詩人也因生活遭際寫過一些情辭兼勝之作，如王冑的《別周記室》詩寫與貧交故人離別的悲愁，融情入景，聲韻和諧婉轉，十分感人。其餘如孔德紹的《夜宿荒村》，明余慶的《從軍行》，都抒寫了懷才不遇的憂傷，有眞情實感，而無矯揉造作之病。

民間歌謠

隋煬帝後期由於政治暴虐，民怨沸騰，在民間出現了一些揭露社會黑暗、反映人民痛苦、反抗暴虐統治的詩歌，如《大業長白山謠》：「長白山前知世郎，純著紅羅錦背襠。長矟侵天半，輪刀耀日光。上山喫獐鹿，下山喫牛羊。忽聞官軍至，提刀向前盪。譬如遼東死，斬頭亦何傷。」語言剛健質樸，風格粗獷豪邁，表現了廣大民衆因不滿朝廷征兵討伐遼東，聚衆武裝反抗，勇往直前的聲威氣勢。又如煬帝南下江都時聽到的《挽舟者歌》，通過訴說一個家庭的悲慘遭遇，控訴了暴政給人民大衆帶來的深重災難。當時在民間還流傳著一首無名氏的《送別詩》：

> 楊柳青青著地垂，楊花漫漫攪天飛。柳條折盡花飛盡，借問

行人歸不歸。

這首詩在內容上反映了人民對行役繁重的怨恨情緒，在藝術上則語言流暢，聲韻悠揚，而且，「至此七言絕句音律，始字字諧和」（胡應麟《詩藪·內編》卷6），是最早的一首成熟的七絕。

第二節　唐初的詩風和上官體

唐初的四、五十年，詩歌創作基本上局限在宮廷的狹窄範圍內。但其間也透露了新的氣息，並呈現出某種曲折的變化。

(一)唐太宗及其宮廷詩人

唐太宗是一位很有識見的政治家，也是一位愛好文學的詩人。因此，他對於文學的社會功用十分重視，他反對浮華淫麗的文風，他最為倚重的賢臣魏徵在《陳書·後主本紀後論》中批評這種文風為「不崇教義之本，偏尚淫麗之文，徒長澆偽之風，無救亂亡之禍」，主張以中和雅正之音來教化人民。魏徵還在《隋書·文學傳序》中提出合南北文學之所長的主張，說：「江左宮商發越，貴於清綺；河朔詞義貞剛，重乎氣質。……若能掇彼清音，簡茲累句，各去所短，合其兩長，則文質斌斌，盡善盡美矣。」這些看法，基本上還是正確的，對於唐代文學的健康發展，是有一定關係的。

唐太宗、魏徵等人的創作，也表現了某種新的氣象，如魏徵的《述懷》：「中原初逐鹿，投筆事戎軒。縱橫計不就，慷慨志猶存。杖策謁天子，驅馬出關門。請纓繫南粵，憑軾下東藩……人生感意氣，功名誰復論。」就風骨高騫，氣魄偉岸。為後來陳子昂、張九齡的《感遇》詩、李白的《古風》等開啓了先路。虞世南的

詩亦值得注意，他是陳、隋入唐的詩人，在陳時曾因「文章婉
縟」爲徐陵所稱賞，入隋後也寫過《應詔嘲司花女》等宮體詩，入
唐以後的詩風則有變化，雖寫了不少應制奉和詩，但也寫過一些
情辭慷慨，確有興寄的好作品，如《詠蟬》詩：「垂緌飲清露，流
響出疏桐，居高聲自遠，非是藉秋風。」格高意遠。其餘如《結
客少年場行》、《擬飲馬長城窟》、《從軍行》等，也措辭雅正，骨
氣勁健，可以看作是唐代邊塞詩的先聲。

　　不過，即使在太宗朝，詩歌也以宮廷內君臣唱和之作爲多。
由於這些創作的主題被限制在同一範圍內，不可能自由的抒發個
人情性，因此免不了要用華瞻的詞藻來掩飾空洞的內容。如太宗
曾寫有一首《正月臨朝》詩，羣臣如魏徵、楊師道、顏師古等便紛
紛起來和作。太宗原作還多少表現了一個成功的帝王的懷抱，羣
臣的和作就未免靠堆砌詞藻敷衍成篇。這是宮廷唱和詩的通病。
儘管如此，初唐的宮廷唱和詩仍與梁陳的宮體詩有別，與梁陳宮
體詩借珠簾錦帳，朱唇翠袖以寄託沒落帝王及文學侍從頹廢的享
樂思想不同，初唐宮廷詩所展示的巍峨的宮殿，整齊的儀仗，力
圖表現出新王朝創業者們的自豪感和自信心。

　　從太宗晚年到高宗初期，由於耽安太平日久，社會上滋生逸
樂的風氣。宮廷詩風也漸由中和雅正趨向華麗精美。到高宗顯
慶、龍朔年間（公元 656～663 年），歌功頌德已成陳詞濫調，
一味追求形式技巧的風氣又再度興起。這一時期對詩壇最有影響
的詩人是上官儀。

(二)上官儀和「上官體」

　　上官儀（公元 608?～664 年），字游韶，陝州陝縣（今河南
陝縣）人。《新唐書・藝文志》著錄其有集三十卷，已佚。《全唐
詩》存詩二十首，編爲一卷。他在太宗時曾任弘文館直學士及起

居郎，得到賞識。高宗時爲祕書少監，更受寵幸，宮中每有宴會，他都得以參加並應詔賦詩。他的詩大多寫於這種環境，故綺錯婉媚、華麗精工。如《早春桂林殿應詔》：「步輦出披香，清歌臨太液。曉樹流鶯滿，春堤芳草積。風光翻露文，雪華上空碧。花蝶來未已，山光曖將夕。」這還是他較好的作品。他的《八詠應制》就更加輕艷至極了，如「瑤笙燕始飴，金堂露初晞。風隨少女至，虹共美人歸」，「殘紅艷粉映簾中，戲蝶流鶯聚窗外」，與陳隋宮體詩已無多大差別。高宗龍朔二年（公元 662 年），上官儀遷西臺侍郎同東西臺三品，由於高居相位，他「綺錯婉媚」的詩歌也廣爲流傳，大受推崇，時人稱之爲「上官體」，並紛紛仿效。不過上官儀在寫作這種「綺錯婉媚」詩的同時，也總結歸納了一些六朝以來詩中運用對仗的寫作技巧，他提出所謂「六對」、「八對」②的修辭方法，對提高對仗技巧、推動律詩成熟有一定作用。

第三節　王績和四傑

㈠唐初民間詩人

　　正當初唐宮廷詩人在爲剛建立的李唐王朝高唱歌頌昇平的讚歌的同時，在民間，隱逸詩人王績卻唱起了沈鬱蒼涼的調子，以其清高淡遠的詩風自拔於那個崇尚富麗華贍的時代，並取得了一定的成就。大約與王績同時或稍後，在民間還流傳著與宮廷詩風截然不同的詩僧王梵志、寒山、拾得等人的通俗詩。

王績

　　王績（公元 585～644 年），字無功，號東皋子，絳州龍門

（今山西河津）人，大儒王通（號文中子）之弟。隋末曾任祕書正字，六合縣丞之類小官。由於仕途不得意，故行爲放曠，好飲酒，不喜禮教約束。隋末社會動亂，辭官歸家。唐初受徵召，官家每日給酒三升，不夠他喝，只好又特供一斗，終日酩酊大醉，時人號爲「斗酒學士」。後棄官歸家，隱逸終老。今存《東皋子集》五卷③，其中有詩五十多首。

王績雖以才學自負，但受老莊思想影響很深，任性自由，行爲放曠，故無論在隋末的亂世和唐初的有爲之時，皆格格不入，最終棄官歸隱。因此，他常以劉伶、阮籍、陶淵明自許，讚美隱居和歌頌飲酒是其詩中兩個最常見的主題。詩中一方面表現了憤世嫉俗、蔑視禮法、不滿現實的思想感情，如「眼看人盡醉，何忍獨爲醒」（《過酒家》）、「禮樂囚姬旦，詩書縛孔丘」（《贈程處士》）、「朱門雖足悅，赤族亦可傷」（《贈梁公》）；另一方面也流露了他的頹放與消沈，如《醉後》：「阮籍醒時少，陶潛醉日多。百年何足度，乘興且長歌。」《獨酌》：「浮生知幾日，無狀逐空名。不如多釀酒，時向竹林傾。」

王績在唐詩發展史上的意義在於：他是唐代山水田園詩的先驅人物，其詩歌對唐代五律的形成也有一定貢獻。試以其代表作《野望》爲例：

> 東皋薄暮望，徙倚欲何依。樹樹皆秋色，山山唯落暉。牧人驅犢返，獵馬帶禽歸。相顧無相識，長歌懷采薇。

這首詩通過對秋日山野中蕭瑟蒼茫的黃昏圖景的勾畫、渲染，表達出自己在現實生活中無人理解，只好隱居獨善的寂寞無聊心境。詩中寫景清新淡遠，抒情自然質樸，語言亦洗淨浮華、不事雕飾。有一種與六朝華麗綺靡、矯揉造作截然不同的樸素美。這

是較早出現的標誌著唐詩風格的山水田園詩。其次，這是一首完整的五言律詩。不僅中間兩聯對仗工整，而且平仄協調，完全符合格律要求。他的《贈程處士》《獨坐》《九月九日贈崔使君善為》等都是完全成熟的五律。可見王績也曾就律詩的形式作過一定的探索。

王績還有一首《秋夜喜遇王處士》：

> 北場芸藿罷，東皋刈黍歸。相逢秋月滿，更值夜螢飛。

詩寫躬耕田園的喜悅，頗得陶詩真趣。其興象超然，意境清逸，對盛唐王維、孟浩然的田園詩也有所啟迪。

王梵志、寒山等

王梵志（約公元590～660?年），原名梵天，黎陽（今河南浚縣東南）人。寒山（生卒年不詳，一說為太宗貞觀時人）④，一稱寒山子，居台州始豐（今浙江天台）之寒岩（即寒山）。拾得（生卒年不詳），居天台國清寺，與寒山為友。這三人都是唐代著名詩僧。他們的詩都具有語言淺顯、寓意深刻、類似佛家偈語的共同特點。

王梵志詩久佚，最早是從敦煌石窟中發現的，留下來的只有一些殘卷，經今人張錫厚進一步搜集整理，編成《王梵志詩校輯》一書，共三百四十八首，分六卷。其內容大部分是佛理說教，但也有少部分反映了當時社會的世態人情。如《世無百年人》：「世無百年人，強作千年調。打鐵作門限，鬼見拍手笑。」《梵志翻著襪》：「梵志翻著襪，人皆道是錯。乍可刺你眼，不可隱我腳。」雖然間或流露一些宗教思想，但語言明白，好懂好記，容易為下層人民所接受。

　　寒山詩《全唐詩》錄有三百餘首，除了宣揚佛道出世哲學的作品外，有不少寫景詩境界很幽美，如《寒山多幽奇》：

　　　　寒山多幽奇，登者皆恆懾。月照水澄澄，風吹草獵獵。凋梅雪作花，朹木雲充葉。觸雨轉鮮靈，非晴不可涉。

又如《今日巖上坐》：

　　　　今日巖上坐，坐久煙雲收。一道清溪冷，千尋碧嶂頭。白雲朝影靜，明月夜光浮。身上無塵垢，心中那更憂？

在清寒、冷峻的山林景物描寫中寄託著人物淡泊澄淨的襟懷品格，意境極爲幽遠。寒山對當時詩壇上過分講究聲律典雅的做法也很不滿，他說：「有箇王秀才，笑我詩多失。云不識蜂腰，仍不會鶴膝。平側不解押，凡言取次出。我笑你作詩，如盲徒詠日。」「有人笑我詩，我詩合典雅。不煩鄭氏箋，豈用毛公解？不恨會人稀，只爲知音寡。若遣趁宮商，余病莫能罷。忽遇明眼人，即自流天下。」（《全唐詩》卷八〇六）

(二)四傑的生平和作品

　　使唐詩面貌眞正有明顯改觀的詩壇風雲人物還是首推「初唐四傑」⑤，即王勃、楊炯、盧照鄰、駱賓王。

　　「四傑」是一批有抱負而政治地位不高的詩人，對綺錯婉媚的「上官體」深爲不滿。早在高宗龍朔初年，年輕的王勃就指責當時的文壇流弊是「文場變體，爭構纖微，競爲雕刻。糅之金玉龍鳳，亂之朱紫青黃；影帶以徇其功，假對以稱其美；骨氣都盡，剛健不聞」，所以他「思革其弊」（楊炯《王子安集序》）。

他的想法受到當朝大臣薛元超的鼓勵，得到已經成名的盧照鄰的支持，據楊炯的《王子安集序》說，由於王勃的改革倡議，使文壇上「長風一振……積年綺碎，一朝清廓」。當然，這些話多少有點同道之間互相吹捧之嫌，「四傑」反唯美主義的文學運動顯然沒有達到這樣徹底的效果，但至少表明在初唐詩壇上，由於「四傑」的出現，一個以下層詩人為主的進步詩歌流派已經成長，而宮廷詩的勢力開始日漸削弱了。

「四傑」雖各自經歷不同，但都具有位卑才高、恃才傲物的共同特點。因此往往不為貴族統治者所容，備受打擊，生活道路都較坎坷。四人中，除楊炯之外，其餘三人都不得善終，命運十分悲慘。

王勃

王勃（公元 650?～676 年），字子安，絳州龍門（今山西河津）人。他是王通的孫子，王績的侄孫。幼年即聰慧異常，六歲能作文，十五歲被作為神童推薦於朝廷，拜為朝散郎。後應沛王李賢召，任府中侍讀兼修撰。當時，諸王喜好鬥雞賭博，王勃因寫了一篇為沛王雞《檄英王雞》的遊戲文字，高宗認為這是挑撥諸王關係，把王勃逐出沛王府。此後他遠遊江漢，客居蜀中。後任虢州（今河南靈寶）參軍。因擅殺官奴，被免職。其父也受牽連被貶為交阯令。上元三年（公元 676 年），王勃往交阯探父，渡海時墮水驚悸而死，年僅二十七歲。

「四傑」中，王勃是才氣最大、成就較高的一個。相傳他作文不打草稿，先磨墨數升，然後引被覆面而臥，待深思熟慮後，忽然坐起，奮筆疾書，不易一字，時人謂之打「腹稿」。他的著述很多，除詩、賦、文外，尚有學術著作多種。楊炯曾於他身後編有《王子安集》二十卷，今存《四部叢刊》影印本及清乾隆間項家

達所輯《初唐四傑集》。

楊炯

　　楊炯（公元 650～693? 年），華陰（今屬陝西）人。年幼時「聰敏博學，善屬文」。高宗顯慶四年（公元 659 年），年十歲，舉神童。次年，待制弘文館。後應制舉，授校書郎、詹事司直。爲人「恃才簡倨」，嘲諷那些有名無實的朝官爲「麒麟楦」（見《雲仙雜記》），故不容於時。《舊唐書》說他對「王楊盧駱」的稱呼並不滿意，說：「吾愧在盧前，恥居王後。」可見其爲人之自負。武則天垂拱二年（公元 686 年），因其從弟參加徐敬業起兵事被牽連，貶爲梓州（今四川三台）司法參軍，此後在蜀中停留多年。晚年任婺州盈川（今江西境內）縣令，大約在武則天長壽元年（公元 639 年）前後，死於任上。楊炯原有文集三十卷，後皆散佚，今存明萬曆間童珮輯《盈川集》十卷本。

盧照鄰

　　盧照鄰（約公元 634～686？年）⑥，字升之，自號幽憂子，幽州范陽（今北京大興附近）人。自幼「閱禮而聞詩」，十多歲時學習文字訓詁及經史，博學善文。永徽五年（公元 654 年），授鄧王府典簽，還不到二十歲。爲了適應王府的環境，他早年也寫過一些精巧雅緻的宮體詩。後因「有橫事被拘」，幸得友人救助出獄（見盧照鄰《窮魚賦並序》）。乾封末（公元 668 年）出爲益州新都（今屬四川）尉。蜀地險阻，官職低微，他深感孤苦淒涼，詩歌內容也日漸充實。後患風疾，乃辭官歸。最後因不堪病痛折磨，自投潁水而死。盧照鄰晚年的作品由於處境惡化，風格變得更加嚴峻、淒苦。無論詩、文，在反映個人遭際時，都流露出對現實憤慨不平的情緒。今存《幽憂子集》七卷，乃

明人輯本。

駱賓王

　　駱賓王（公元 619～684 年後），字觀光，婺州義烏（今屬浙江）人。七歲時因隨口吟成《詠鵝》一詩，被譽爲神童。高宗永徽年間（公元 650～655 年），任道王府屬官。咸亨元年（公元 670 年），隨薛仁貴等出征邊塞，此後在四川宦遊多年，曾任武功主簿。儀鳳三年（公元 678 年），入朝爲侍御史，因多次上疏諷諫武后，被彈劾下獄。出獄後，貶臨海（今浙江天臺）縣丞。鬱鬱不得志。武后光宅元年（公元 684 年），徐敬業起兵反武氏，駱賓王奔赴揚州參加徐的幕府，並寫下了著名的《討武曌檄》。兵敗後，不知所終⑦。今存《駱賓王文集》四卷、六卷及十卷本多種，清人陳熙晉撰有《駱臨海集箋注》，最爲詳明。

(三)四傑對唐詩的貢獻

　　「四傑」在唐詩發展過程中的功績，大致說來有三點：

　　第一，把唐詩從宮廷、臺閣的狹小範圍中解放出來，逐漸走向廣闊的社會人生。

　　由於「四傑」地位低微，命運坎坷，所以能廣泛地接觸社會現實，對生活有較爲豐富而深刻的體驗。他們的詩歌題材比較廣泛，都寫過一些邊塞征戰詩，表達了那個時代文士的生活理想和價值取向。如楊炯的《從軍行》、盧照鄰的《紫騮馬》，都抒發了詩人嚮往殺敵報國、立功邊塞的雄心壯志。盧照鄰的《戰城南》、《上之回》，駱賓王的《從軍中行路難同辛常伯作》、《晚度天山有懷京邑》則反映了軍旅生活的艱苦卓絕。《邊庭落日》是駱賓王寫得氣概壯大的一篇作品，詩中寫道：

　　　　紫塞流沙北，黃圖灞水東。一朝辭俎豆，萬里逐沙蓬。候月
恆持滿，尋源屢鑿空。野昏邊氣合，烽迥戍煙通。脅力風塵倦，
疆場歲月窮。河流控積石，山路遠崆峒。壯志凌蒼兕，精誠貫白
虹。君恩如可報，龍劍有雌雄。

　　詩人儘管感到邊塞沙漠的荒涼困苦，從軍轉戰的風塵僕僕，但還
是有一股抑制不住的豪情壯志氣貫長虹，這種慷慨情懷在「四
傑」那裡是很有代表性的。

　　其次，揭露社會現實、同情婦女不幸遭遇、抒發懷才不遇的
憤慨，也是他們詩中寫得最多的題材。如盧照鄰的《長安古意》，
王勃的《銅雀妓》、《泥溪》，駱賓王的《帝京篇》、《疇昔篇》、《艷
情代郭氏答盧照鄰》等，或借古諷今，或直指時事，或抒發遭受
壓抑、迫害的不平。這部分詩歌大都充滿真情實感，具有強烈的
現實意義。

　　此外，贈別懷人、詠史詠物也是他們詩中經常吟唱的主題。
如王勃的《送杜少府之任蜀川》、楊炯的《送鄭州周司功》都表達了
或積極樂觀、或纏綿深厚的思想感情；盧照鄰《詠史四首》、駱賓
王《在獄詠蟬》也是確有興寄的好作品。

　　可見「四傑」詩歌的內容和題材已由「上官體」的應制、奉
和轉向對江山塞漠的描繪和個人情性的抒寫，他們將筆觸深入到
生活的各個方面，較全面地反映了初唐時代的社會風貌。

　　第二，高揚時代精神，以迥異於宮廷詩的「骨氣」和「興
寄」⑧，開啟了盛唐之音。

　　「四傑」生活在唐王朝處於上升階段的歷史環境中，他們都
懷抱政治理想，希望在這不平凡的時代裡做一番不平凡的事業。
而聰穎早慧、少負才名，又使他們對建功立業更加自信。「丈夫
皆有志，會見立功勳」（楊炯《出塞》）、「奮迅碧沙前，長懷白

雲上」（盧照鄰《浴浪鳥》），就是他們展望理想時充滿信心的豪情壯志。可是，另一方面，他們的恃才傲物又往往為統治者所不容，沈淪下僚、遭遇不幸是其共同命運，這種對生活的期望和對現實的感傷憤慨融匯交織在一起，就成為他們詩歌中呈現出的「骨氣」和「興寄」。由於這種「骨氣」主要是為時代所激發的追求功業的熱情和幻想，以及不甘心憔悴於聖明時代的梗概不平之氣，所以它既是建安風骨的繼承，又是盛唐精神的先導。

如王勃的《送杜少府之任蜀川》：

城闕輔三秦，風煙望五津。與君離別意，同是宦游人。海內存知己，天涯若比鄰。無為在歧路，兒女共沾巾。

詩寫送別朋友，抒發離情別緒的傳統題材，但在如何表現上，卻能擺脫舊套，不僅僅只停留在安慰惜別上面。詩中的「海內存知己，天涯若比鄰」是歷來傳誦的警句，它反映了詩人對友誼的珍惜和樂觀開朗的胸懷，表現了一種積極進取的人生態度和昂揚向上的時代氣息。

又如楊炯的《從軍行》：

烽火照西京，心中自不平。牙璋辭鳳闕，鐵騎繞龍城。雪暗凋旗畫，風多雜鼓聲。寧為百夫長，勝作一書生。

詩中歌頌投筆從戎的壯舉，抒發報國立功的豪情，充滿青年詩人熱情澎湃的幻想。尤其是尾聯所表達的人生理想和價值觀，在唐帝國走向繁榮強盛時代的中下層青年知識分子中，無疑是很有代表性的。

可是，當他們的遠大理想與現實發生矛盾、受到打擊之時，

這種追求功業的熱情往往變成一種憤世嫉俗的梗概不平之氣。他
們在悲嘆不遇的同時，抨擊權貴，揭露腐敗，讚美氣節，勉勵清
高。如盧照鄰的《長安古意》通過對漢代長安上層權貴瘋狂享樂，
社會畸型繁華景象的鋪陳描寫，指出盛極必衰，驕奢必亡，一切
聲色豪華都不能永恆，只有像自己這樣「寂寂寥寥揚子居，年年
歲歲一牀書。獨有南山桂花發，飛來飛去襲人裾」的清貧自守、
寂寞著述的文士節操才能萬古流芳。

駱賓王的《在獄詠蟬》也是一首風骨凝練的作品：

> 西陸蟬聲唱，南冠客思侵。那堪玄鬢影，來對白頭吟。露重
> 飛難進，風多響易沈。無人信高潔，誰為表予心？

詩中託物言志、憐物傷己，在表述自己蒙受冤獄、憤慨不平的同
時，揭露了世道的坎坷艱難。清人賀裳《載酒園詩話》評論說：
「隱然寫出狂狷一段，嘐嘐踽踽，不肯闇然媚世意。」正是看出
了此詩所表達的是一種志士仁人不肯媚世附俗的高潔襟懷。「四
傑」的這些代表作，格局宏大，骨氣剛健，寄慨遙深，已體現出
盛唐之音的先兆。

第三，他們還以大量的創作實踐，為唐代五言律詩的成熟和
七言歌行的發展作出了有益的探索。

「四傑」詩歌雖說各體皆備，但其中成就最突出的還是五言
律詩和七言歌行。五律以王、楊最為擅長，駱賓王也有不少佳
作。在「四傑」之前，初唐五古已注重駢偶對仗，聲調平仄也偶
有合律之處。但一般說來都過於典重板滯，缺乏流暢圓美的聲情
韻致。「四傑」則注意在偶句中參以散句，又適當運用虛詞連貫
上下句文氣，使聲調更加諧暢圓轉。如「與君離別意，同是宦游
人」、「那堪玄鬢影，來對白頭吟」，採用寓駢於散的流水對形

式，既聲情搖曳，又凝煉工致，與五古典重呆板的句法已有所不同。王勃的《送杜少府之任蜀川》、楊炯的《從軍行》，無論從平仄聲律、文字對仗及起結作法來看，都已經是符合格律的五言律詩。七言歌行則以盧、駱成就爲高。他們在南北朝樂府民歌的基礎上，擴展篇幅，還吸取辭賦的寫作手法，通過反覆的排比、勾連，以鋪張揚厲的筆勢、鏤金錯采的描繪和流利婉轉的聲調，寫繁華複雜的生活場景，使這類詩歌獲得了表現生活的更大能力。盧照鄰的《長安古意》，駱賓王的《帝京篇》、《疇昔篇》，即是這類詩歌的代表作。從這些作品中我們也可以看出「四傑」繼承齊梁而又從中變化出新的痕迹⑨。在他們的手中，五言絕句也得到了進一步的發展，王勃的《山中》、楊炯的《夜送趙縱》，都是格律相當成熟的作品。

　　「四傑」不僅給唐詩帶來了新鮮的內容和剛健活潑的風格，也促進了詩體發展。他們在推動唐詩健康發展過程中的功績是不可抹殺的。正如杜甫在《戲爲六絕句》中所寫的那樣：「王楊盧駱當時體，輕薄爲文哂未休。爾曹身與名俱滅，不廢江河萬古流。」

第四節　沈宋與律詩的確立

(一)沈佺期和宋之問

　　在「四傑」之後，沈佺期、宋之問進一步將已趨成熟的律詩形式肯定下來，使律詩開始定型。

　　沈佺期（公元 656～714 年），字雲卿，相州內黃（今屬河南）人。宋之問（約公元 656～712 年），字延清，汾州（今山西汾陽）人。兩人齊名，人稱「沈、宋」。他們同爲高宗上元二

年（公元 675 年）年進士，又一同諂事權貴張易之，深受武則天恩寵，經常出入宮廷，寫了不少奉和、應制詩。後期因張易之失勢牽連被貶或流放，才有機會體驗社會生活，寫了一些較有眞情實感的作品。

律詩與古體詩相對，又稱近體。它的形成經歷了較長時間和衆多詩人的實踐。自從建安以來，散文、辭賦和詩歌，都走上了駢偶的道路。齊永明時，沈約等人又提出「四聲八病」之說，有意識地探索詩歌音律美，形成了「永明體」。在此基礎上，經過不斷地發展完善，初唐詩人已經寫出了一批符合規範的五言律詩。前舉王績《野望》，楊炯《從軍行》、王勃《送杜少府之任蜀川》和駱賓王《在獄詠蟬》即其例。據統計：楊炯現存的十四首五言律詩，全部符合黏式律，說明他對這一體式已能運用自如。七言律詩的成熟則要稍後一些，太宗、高宗兩朝的有些七言八句詩雖然在中間兩聯注意了對仗，但大多平仄失調，不講黏綴。說明此時七律尚未完全成熟。到武則天時代，李嶠、蘇味道、沈佺期等人的七律應制之作大部分都符合規格，尤以沈佺期的合律之作最多。可見，沈宋的貢獻在於從前人和當代人應用格律形式的實踐經驗中，把已經成熟的形式肯定下來，最後完成「回忌聲病，約句準篇」（《新唐書·宋之問傳》）的任務，使律詩篇章確定，平仄、對仗規範化。王世貞《藝苑巵言》說：「五言自沈宋始可稱律。律爲音律法律，天下無嚴於是者。知虛實平仄不得任情，而法度明矣。」

律詩一般包括律類的五律、七律、排律和絕句類的五絕、七絕等五類。其格律要求比較嚴格。五律、七律定格爲八句。每兩句爲一聯，依次稱首聯、頷聯、頸聯、尾聯。每聯上句稱出句，下句稱對句。中間兩聯必須對仗，偶句句末字必須押韻，首句可押可不押，通常押平聲韻。十句以上者爲排律，排律篇幅不限，

除首、尾兩聯外，上下句都需對仗。絕句類定格爲四句，以五言、七言爲主，稱五絕、七絕。也有六言絕句。絕句一般不要求對仗，押韻也多爲平聲。此外，律絕詩句中對平仄聲調的安排也有嚴格的規定。如沈佺期《獨不見》（一作《古意呈喬補闕知之》）：

> 盧家少婦鬱金堂，海燕雙棲玳瑁梁。九月寒砧催木葉，十年征戍憶遼陽。白狼河北音書斷，丹鳳城南秋夜長。誰爲含愁獨不見，更教明月照流黃。

詩押下平聲「七陽」韻，首句入韻，中間兩聯對仗工整、氣勢流走。全詩平仄協調，堪稱七律的典範。

宋之問《渡漢江》也是一首完全符合格律的五絕佳作：

> 嶺外音書斷，經冬復歷春。近鄉情更怯，不敢問來人。

(二)文章四友

和「沈宋」同時，在律詩的最後確立上也作出了貢獻的還有「文章四友」。

「文章四友」是指武則天時期的宮廷詩人李嶠（公元644～713年，有文集五十卷，已佚）、蘇味道（公元648～705年，有文集二十卷，已佚）、崔融（公元653～706年，有文集四十卷，已佚）和杜審言。四人都寫了不少規範的律詩，其中以杜審言的成就最高。

杜審言

杜審言（公元645?～708?年），字必簡，祖籍襄陽，遷居

河南鞏縣。著有《杜審言集》十卷，已佚，今僅存一卷，存詩四十餘首，《全唐詩》編爲一卷。他是杜甫的祖父，武則天時受寵遇，寫了不少宮廷應制詩，但也有一些吟詠山水、贈別懷人之作，寫得眞實自然、淸新可喜。其中不少是格律工致的五律。如《和晉陵陸丞早春遊望》：

> 獨有宦遊人，偏驚物候新。雲霞出海曙，梅柳渡江春。淑氣催黃鳥，晴光轉綠蘋。忽聞歌古調，歸思欲霑巾。

詩中不僅對仗精整，平仄諧調，語言淸新流麗，在形式上完全符合律詩要求，而且立意頗新。詩人將遊子思鄉的失意情懷和對江南早春明媚春光的新奇感受交織在一起，雖有所感慨但情緒並不消沈，透過優美的景色描寫仍使人感到有一種欣欣生氣洋溢詩中，這種昂揚的情調也可看作是「四傑」詩風的繼續。胡震亨《唐音癸籤》說：「唐初無七言律，五言亦未超然；二體之妙，杜審言實爲首倡。」王夫之《薑齋詩話》說：「近體，梁陳已有，至杜審言而始叶於度」，都指出了杜審言在律體確立方面的貢獻。

總之，自「沈宋」和「文章四友」之後，近體詩和古體詩有了更明確的劃分。近體詩在唐詩中占的比重很大，是詩人們發揮藝術天才的主要園地。因此，它的形成，同初唐詩人在詩歌題材上的擴展和詩風的改進一樣，對唐詩取得高度成就具有深遠影響。

第五節　張若虛和劉希夷

劉希夷和張若虛是與「沈宋」同時而以七言歌行見長的著名

詩人。

㈠劉希夷

　　劉希夷（公元 651～679 年），字庭芝，汝州（今河南臨汝）人。少有文名，擅長七言歌行，所作多軍旅與閨情。他是一位頗具才華而又不幸早夭的詩人。生前並不爲人重視，死後卻受到稱道，據《大唐新語》說，孫季良編寫《正聲集》「以希夷爲集中之最，由是稍爲時人所稱」。他的代表作是《代悲白頭翁》。詩中將洛陽女子因憐惜落花而產生紅顏易老的愁思和白頭翁對世事變遷、富貴無常的感慨放在一起來寫，一方面鋪陳渲染富貴風流的社會生活環境：「公子王孫芳樹下，清歌妙舞落花前。光祿池臺開錦繡，將軍樓閣畫神仙」；一方面感嘆韶光易逝、世事無常：「宛轉蛾眉能幾時？須臾鶴髮亂如絲。但看古來歌舞地，惟有黃昏鳥雀悲。」表達的是青年詩人對人世繁華和青春生命的珍惜與留戀，對人生有限、富貴不常的無可奈何的感傷惆悵。這首詩還借鑒了南朝樂府詩的不少藝術經驗，通過排比、對偶、蟬聯、回文等一系列修辭手法的反覆運用，組織成許多精粹感人的警句，如「今年花落顏色改，明年花開復誰在？」「古人無復洛城東，今人還對落花風。年年歲歲花相似，歲歲年年人不同。」既發人深省，又給人以流暢婉轉的美的感受。

㈡張若虛

　　張若虛（公元 660～720 年），揚州人。曾任兗州兵曹。玄宗開元初年，與賀知章（公元 659～744 年）、張旭（公元 711 年前後）、包融（公元 727 年前後）並稱「吳中四士」。今僅存詩兩首，其中一首便是號稱「以孤篇橫絕全唐」的七言歌行名作《春江花月夜》⑩：

　　春江潮水連海平，海上明月共潮生。灩灩隨波千萬里，何處
春江無月明？江流宛轉繞芳甸，月照花林皆似霰。空裡流霜不覺
飛，汀上白沙看不見。江天一色無纖塵，皎皎空中孤月輪。江畔
何人初見月？江月何年初照人？人生代代無窮已，江月年年望相
似。不知江月待何人，但見長江送流水。白雲一片去悠悠，青楓
浦上不勝愁。誰家今夜扁舟子？何處相思明月樓？可憐樓上月徘
徊，應照離人妝鏡臺。玉戶簾中卷不去，擣衣砧上拂還來。此時
相望不相聞，願逐月華流照君。鴻雁長飛光不度，魚龍潛躍水成
文。昨夜閒潭夢落花，可憐春半不還家。江水流春去欲盡，江潭
落月復西斜。斜月沈沈藏海霧，碣石瀟湘無限路。不知乘月幾人
歸？落月搖情滿江樹。

　　《春江花月夜》本是樂府清商曲辭吳聲歌曲的舊題，相傳爲陳後主
創制。隋煬帝曾作此曲，但每首只四句二十字。而這首卻長達三
十六句，已非原來曲調。全詩緊扣題目春、江、花、月、夜五字
來寫。詩人寫月下的江流、月下的芳甸、月下的花樹、月下的沙
汀，這一切都因爲了有迷人的月色而顯得更加朦朧、神祕而又和
諧美麗。面對這如同夢幻般的光明澄澈的境界，詩人由對宇宙自
然的美及其永恆的嘆賞進而生發出人生短暫的惆悵；由月下江水
的流逝進而聯想到駕著扁舟在江中漂泊的遊子和思念遊子的閨中
少婦；在自然與人生相互對比和映襯中抒發對人生的感喟。月夜
的美景因這些富於哲學意味的詩句而增添神祕氣氛，望月懷人的
情緒又因這種對宇宙無窮的思索而變得深沈、幽邃。詩中雖帶有
不少淒涼傷感的成分，但並不消沈頹廢，它所表現出的那種對美
好事物的憧憬嚮往、對青春年華的無限珍惜以及對宇宙人生哲理
的思考探索，都已展示出清新健康的盛唐詩歌的風貌。

　　張若虛和劉希夷這兩篇七言歌行在文學史上都有著承先啓後的積極意義。與盧照鄰、駱賓王等人的歌行比較，雖少了些對社會生活畫面的舖陳揭示，卻增加了對宇宙人生哲理的思索詠嘆。兩詩所寫的雖多是南朝詩人常寫的景物，張詩月下懷人之思更是從謝莊《月賦》「隔千里兮共明月」化出，其聲情搖曳、語調婉暢亦從齊梁歌行脫胎，但雕繪滿眼的舖陳已多爲生動的白描點染所取代，色彩也由濃麗變得清淡，意境則更爲深遠。基本上擺脫了以賦爲詩的寫法，洗盡浮華藻艷，而意象更加清新美麗，抒情氣氛更加濃鬱。總之，張、劉歌行這種將複雜深沈的人生感受寄寓於悠揚婉轉的詠嘆之中的抒情方式，以及物我冥契、情景交融、含蓄蘊藉的詩歌意境的產生，都標誌著詩歌發展距離盛唐高峯已經不遠了。

第六節　陳子昂

　　與沈宋同時，陳子昂高倡建安風骨，爲扭轉詩壇風氣，引導唐詩朝著健康方向發展作出了貢獻。

(一)陳子昂的生平

　　陳子昂（約公元 659～700 年），字伯玉，梓州射洪（今屬四川）人。他出身富有，少好任俠，爲人有豪氣。十八歲折節讀書，杜門謝客，「專精墳典。數年之間，經史百家，罔不該覽」（盧藏用《陳氏別傳》）。二十四歲中進士，一度得到武則天的賞識，擢爲麟台正字。曾多次上書武則天要求改良政治，但「言多直切，書奏，輒罷之」（趙儋《右拾遺陳公旌德碑》）。後隨喬知之征西北，長壽二年（公元 693 年）入洛陽，升右拾遺。不久，爲武三思等陷害，以逆黨罪名下獄。出獄後，又隨建安王武攸宜

征契丹。武不知軍事，陳子昂一再進諫，未被採納，反遭降職處分。他痛感才能抱負不能施展，回京後不久就辭官還鄉了。後在家鄉爲縣令段簡誣害，死於獄中，年僅四十二歲。今存《陳伯玉文集》十卷⑪，《全唐詩》錄其詩二卷，共一百二十多首。

㈡陳子昂的思想和詩歌革新主張

陳子昂的思想是比較複雜的。他少時在家鄉受過道敎、佛敎影響，又好縱橫任俠，具有豪爽浪漫、敢作敢爲的性格⑫。晚年因失時不遇，又轉向老莊。但從他十八歲折節讀書到辭官回家前，主要還是接受了儒家思想的指導。從他向朝廷所上的一系列政論奏疏來看，其政治思想實質上是儒家王道仁政思想。他認爲治國的宗旨即「王政之責，莫大乎安人」，因此極力主張息兵、措刑、親農桑、倡節儉、除暴安民。在《諫雅州討生羌書》、《諫用刑書》、《諫政理書》中都一再呼籲不可勞民傷財、濫殺無辜。這些嚴正切實的見解都是針對當時對外窮兵黷武、對內鎭壓異己等而發的，由此可以看出陳子昂始終以關心國計民生爲己任，敢於直言進諫，是一個具有政治遠見的正派剛直的封建士大夫。

與這種敢於針砭時弊的政治態度相適應，陳子昂對當時文壇上風骨不振、興寄都絕的宮廷詩風也深爲不滿。在《修竹篇序》中，他明確提出了自己的詩歌革新主張：

> 文章道弊五百年矣。漢魏風骨，晉宋莫傳，然而文獻有可徵者。僕常暇時觀齊梁間詩，彩麗競繁，而興寄都絕，每以永嘆。思古人嘗恐逶迤頹靡，風雅不作，以耿耿也。一昨於解三處見明公《詠孤桐篇》，骨氣端翔，音情頓挫，光英朗練，有金石聲。遂用洗心飾視，發揮幽鬱。不圖正始之音，復睹於茲，可使建安作者相視而笑。

《修竹篇》是陳子昂見到東方虬《詠孤桐篇》（已佚）之後寫的一首詩，這篇序實際上是他提倡改革詩風的綱領。即繼續反對齊梁以來「彩麗競繁」的頹靡詩風，恢復和發揚建安、正始的傳統，重視「興寄」和「風骨」，做到「骨氣端翔，音情頓挫，光英朗練，有金石聲」。這既是陳子昂的具體美學理想，也是他對建安風骨和正始之音所作的理論概括。陳子昂這種以復古為革新的文學主張與「四傑」等人所走的繼承齊梁詩歌、從中求變出新的路子不同，他主張改變齊梁詩風，直接繼承漢魏風骨，寫出具有真情實感、慷慨激昂的作品。這反映了時代對詩歌創作的要求，代表了唐詩發展的正確方向。

(三)陳子昂詩歌的成就

　　陳子昂的大部份詩歌創作都符合自己的文學主張。他有意摒棄華麗辭藻和對偶習氣，運用樸質無華的古體詩形式，發揮魏晉詠懷、詠史詩的比興寄託手法，抒寫政治生活中的思想感受，表達自己的理想、抱負和失意情懷，反映現實政治的弊端和民眾的苦難，顯示出志士仁人傷時失意的自我形象，表現出一種蒼莽悲壯的時代氣息，匯成一種沈鬱悲涼而又高雅沖淡的獨特風格。他的代表作是《感遇詩》三十八首、《薊邱覽古》七首和《登幽州臺歌》等。

　　《感遇詩》三十八首非一時一地之作，而是詩人在長期的經歷遭遇中寫下的自己對於生活的種種感觸和體會。或抒發理想，或諷刺時政，或哀嘆民生艱難，或寄予一定哲理，內容廣泛複雜，風格類似阮籍的《詠懷》。如第三十五首：

　　　　本為貴公子，平生實愛才。感時思報國，拔劍起蒿萊。西馳丁零塞，北上單于臺。登山見千里，懷古心悠哉！誰言未忘禍，

磨滅成塵埃。

回顧生平，發抒懷抱，表現了積極有爲的熱情和理想。其第二首：

> 蘭若生春夏，芊蔚何青青。幽獨空林色，朱蕤冒紫莖。遲遲白日晚，嫋嫋秋風生。歲華盡搖落，芳意竟何成！

嗟嘆自己雖懷美質，有理想、有抱負，才華橫溢，而骨鯁道窮，不得不中道退隱。

在關心人民痛苦，重視政治改良方面，陳子昂也比「四傑」等人大大前進了一步。

子昂一再表現出「安人」的政治思想。比如第十九首（聖人不利己）反對武則天佞佛，對浪費民力物力的愚蠢行爲作了揭露，對勞動人民的深沈災難表示深切同情；第二十九首（丁亥歲云暮）譴責武則天開鑿蜀道進擊生羌的不義戰爭，對廣大士卒和包括少數民族在內的邊地人民寄予同情；第四首（樂羊爲魏將）第十二首（呦呦南山鹿）指斥武則天任用酷吏，大興冤獄，羅織罪名，殘害無辜。陳子昂這種體恤民瘼、針砭時弊、關心現實的創作精神，對後世產生了積極的影響，以後如李白《古風》，杜甫、白居易等人新樂府，都可以說是陳子昂這些優秀作品的進一步發展。

《登幽州臺歌》是陳子昂跟隨武攸宜東征契丹時所作。詩中懷古傷今，抒發了懷才不遇的強烈感慨。當時由於武攸宜指揮失誤，致使先鋒部隊大敗，陳子昂滿腔熱情地向武進諫，並自告奮勇帶兵出擊，但武以「素是書生，謝而不納」。幾天後，陳子昂不忍見危不救，又進諫，因此激怒了武攸宜，下令將他貶爲軍曹。帶著這種痛感懷才不遇的激切悲憤，詩人登上了薊北樓（即

幽州臺），仰望蒼天，俯視大地，悲從中來，不可遏止，唱出了
震驚千古的《登幽州臺歌》：

> 前不見古人，後不見來者，念天地之悠悠，獨愴然而涕下。

詩中所表現的是一種奮發有爲的愛國志士不被時人理解重視的深
重孤獨感，一種倍受周圍環境排擠、打擊的壓抑感。這種傷時感
事的沈鬱情調，俯仰一世的孤高抱負，不僅是個人才能受到不公
正待遇的牢騷委屈之感，而且代表了初盛唐有遠大理想的中下層
文士希望能發揮自己聰明才智，爲時代作貢獻的心聲。因此，詩
人這種感傷就不是淒涼掩抑的了，他所代表的是一種積極進取、
得風氣之先的偉大孤獨感。

　　《薊邱覽古》七首也是通過吟詠薊北一帶的古人古事來抒發自
己懷才不遇的悲哀。他在詩序中說：「丁酉歲（公元 697 年）吾
北征。出自薊門，歷觀燕之舊都，其城池霸業，迹已蕪沒矣。乃
慨然仰嘆，憶昔樂生、鄒子，羣賢之遊盛矣。因登薊邱作七詩以
志之。」從詩中可以看出他對古代那種舉賢授能、尊重人才的開
明政治的無限嚮往。其中《燕昭王》說：

> 南登碣石館，遙望黃金臺。邱陵盡喬木，昭王安在哉？霸圖
> 悵已矣，驅馬復歸來。

詩中所提到的碣石館、黃金臺，都係戰國時燕昭王爲招攬天下人
才所築。當時的樂毅、鄒衍等賢能之士都爲昭王這種求才若渴、
禮賢下士的行爲所感動，紛紛貢獻自己的聰明才智，使燕國在短
時期內轉弱爲強，國勢日盛。詩中對燕昭王的懷念，實際上也是
慨嘆自己生不逢時，不但無用武之地，反遭排斥打擊。末二句看

似簡潔，而悲憤失望之情，至爲深切。

陳子昂還有一些贈別、行旅之作也寫得很好。如《送魏大從軍》勉勵魏大：「勿使燕然上，惟留漢將功。」表達了詩人希望建功立業、報效國家、實現個人理想的抱負。《晚次樂鄉縣》則是一首格律嚴謹、風格老成的五律，詩中「野戍荒煙斷，深山古木平」等句子，下語凝練厚重，寫景自然貼切，在對羈旅之苦的描繪中寄託著深沈的鄉愁，有寓情於景、含而不露之妙，與其他詩作的直抒胸臆有所不同。沈德潛《唐詩別裁》評曰：「子昂崛起，堅光奧響，遂開少陵之先。方虛谷（方回）云：不但《感遇》爲古調之祖，其律詩亦近體之祖也。」是很有見地的。

㈣陳子昂詩歌對後世的影響

陳子昂上承建安，下啓盛唐，對轉變唐代詩風，引導唐詩朝健康的方向發展，有著重大的歷史功績。他的朋友盧藏用說他「卓立千古，橫制頹波，天下翕然，質文一變」（《陳伯玉文集序》），金代元好問《論詩絕句》也說：「沈宋橫馳翰墨場，風流初不廢齊梁。論功若準平吳例，合著黃金鑄子昂。」都是對他扭轉詩壇風氣、倡導詩歌革新的功績的肯定。他以後的一些優秀詩人多受到其影響，對他推崇備至。杜甫盛譽他「有才繼騷雅，哲匠不比肩。公生揚馬後，名與日月懸。……終古立忠義，《感遇》有遺篇」（《陳拾遺故宅》）。韓愈肯定他：「國朝盛文章，子昂始高蹈。」（《薦士》）白居易則說「杜甫陳子昂，才名括天地」（《初授給遺》），表示要以他爲榜樣，直言諫諍，反映民生疾苦。當然，陳子昂的理論和創作也有偏頗之處，如理論上對齊梁詩歌在藝術形式技巧上的成就重視不夠，否定過多，他創作上也偏用古體；一部分作品有議論過多，形象不豐滿的毛病。但如考慮到當時詩壇上齊梁綺麗之風未得到根本掃除的狀況，這些缺點

是不足深責的。

附　註

①據劉餗《隋唐嘉話》卷上記載：「煬帝善屬文，而不欲人出其右。司隸薛道衡由是得罪，後因事誅之，曰：『更能作「空梁落燕泥」否？』」

②六對：(1)正名對，如天對地、日對月；(2)同類對，如花葉對草芽；(3)連珠對，如赫赫對蕭蕭；(4)雙聲對，如綠柳對黃槐；(5)疊韻對，如放曠對徬徨；(6)雙擬對，如春樹春花對秋池秋月。八對：(1)地名對，如「送酒東南去」對「迎琴西北來」；(2)異類對，如「風織池間樹」對「蟲穿草上文」；(3)雙聲對，如「秋露香佳菊」對「春風馥麗蘭」；(4)疊韻對，如「放蕩千般意」對「遷延一介心」；(5)聯綿對，如「殘河若帶」對「初月如眉」；(6)雙擬對，如「議月眉欺月」對「論花頰勝花」；(7)回文對，如「情新因意得」對「意得逐情新」；(8)隔句對，如「相思復相憶，夜夜淚沾衣」對「空嘆復空泣，朝朝君未歸」。（據《詩人玉屑》卷七）。

③《東皋子集》，又名《王無功集》，有三卷本及五卷本。《四部叢刊》影印明萬曆抄本為三卷本。五卷本舊時罕為人知，二十世紀八十年代韓理洲據清朱筠抄本校點，由上海古籍出版社出版，是今存王績作品最完備的本子。

④關於寒山子的身分及生存年代，學術界有好幾種說法，有說他是道士而非僧人，有說他是隱逸詩人。生存年代則有太宗貞觀時期、玄宗開元時期、代宗大曆時期以及德宗貞元時期幾種說法。可參看胡適《白話文學史》、余嘉錫《四庫提要辨證》以及陳之卓《寒山子生活時代及身分》（載《唐代文學論叢》總第四輯）、李振傑《寒山和他的詩》（《文學評論》公元 1983 年第 6 期）、錢學烈《寒山子與寒山詩版本》（載《文學遺產》增刊 16 輯）等專著與論文。本書考慮到寒山

與王梵志、拾得等人詩風相近，故一併敍述。

⑤「四傑」的稱呼在當時就已經有了。據《舊唐書・文苑・楊炯傳》說：「炯與王勃、盧照鄰、駱賓王以文詞齊名，海內稱王楊盧駱，亦號爲『四傑』。」但意義不僅指寫詩，也包括爲文。他們也同是當時著名的駢文大家。

⑥此從傅璇琮《唐才子傳校箋》說。關於盧照鄰生年，史無明載，學術界有不同的說法。如《中國大百科全書・中國文學》推斷他生平爲貞觀十年（公元 636 年），死年則在武則天誕聖元年（公元 695 年）以後，又如葛曉音《關於盧照鄰生平的若干問題》則認爲他應生於貞觀元年（公元 627 年）（文載《文學遺產》公元 1989 年第 6 期）。

⑦關於駱賓王在徐敬業兵敗後的下落，各書記載不一。一說他「兵敗被誅」，見《舊唐書》、《資治通鑒》等；一說他與徐敬業等逃到海邊爲部下所殺或「投江而死」，見《朝野僉載》、《唐實錄》、《唐統記》、《唐音癸籤》等；一說他「逃亡爲僧，病死」，見《本事詩》。

⑧骨氣，指詩文應具備的剛健充實的氣勢和慷慨激越的感情。楊炯曾批評宮廷詩「骨氣都盡，剛健不聞」（《王子安集序》），稍後的陳子昂也讚揚東方虬的詩「骨氣端翔」，可見「骨氣」是初唐倡導詩歌革新的詩人們共同追求的一種美學風格。興寄，「興」指比興的表現手法，「寄」指內容上要有寄託。合起來用，是指以「因物起興」、「託物喻志」的表現方法來抒發作者的情思，使詩寓有深刻涵義。

⑨胡應麟《詩藪》內編卷三說：「盧駱歌行，衍齊梁而暢之，富麗有餘。」可資引證。

⑩王闓運《論唐詩諸家源流——答陳完夫問》說：「張若虛《春江花月夜》用《西州》格調，孤篇橫絕，竟爲大家。李賀、商隱，挹其鮮潤；宋詞、元詩，盡其支流。」（《王志》卷二）較中肯地指出了此詩的源流、地位和影響。

⑪《陳伯玉文集》，一名《陳子昂集》，10 卷（詩賦 2 卷、文 8 卷 ）。
　公元 1960 年中華書局上海編輯所據《四部叢刊》影印明弘治楊澄刻
　本刊行。另有今人彭慶生注釋的《陳子昂詩注》，亦可參考。

⑫《唐詩紀事》卷八引《獨異記》載：「子昂初入京，不爲人知，有賣胡
　琴者，價百萬，豪貴傳視無辨者。子昂突出謂左右曰：『輦千緡市
　之。』眾驚問，答曰：『余善此樂。』皆曰：『可得聞乎？』曰：『明日
　可集宣揚里。』如期偕往，則酒肴畢具。置胡琴於前。食畢，捧琴
　語曰：『蜀人陳子昂，有文百軸，馳走京轂，碌碌塵土，不爲人
　知。此樂賤工之役，豈宜留心！』舉而碎之，以其文軸，遍贈會
　者。一日之內，聲譽溢郡。」陳子昂之爲人倜儻不凡、豪爽浪漫亦
　由此可知。

第二章　盛唐詩歌

第一節　張九齡及盛唐前期詩人

　　在陳子昂之後，唐詩就進入到人們所說的盛唐時期。最早跨入盛唐歷史門檻的第一批詩人有：張說、張九齡、賀知章、王灣等。其中以張九齡的文學成就最高。

(一)張九齡

　　張九齡（公元 678～740 年），字子壽，一名博物，韶州曲江（今廣東韶關）人。他自幼聰穎，七歲能文。神功元年（公元697 年）進士，授校書郎。曾任中書舍人、祕書少監、集賢院學士知院事等職。張九齡不僅對國家大事有獨特見解，所呈密奏，多被採納，且文思敏捷，冠絕一時。開元二十一年（公元 733年），授中書侍郎同中書門下平章事。次年，遷中書令。張九齡在相位期間，舉賢授能，剛正不阿。後爲李林甫排擠，於開元二十四年（公元 736 年）罷相，次年貶荊州刺史。開元二十八年（公元 740 年）春，他請求還鄉，五月病死家中。今存《曲江張先生文集》二十卷，《全唐詩》錄其詩三卷，共二百餘首。

　　張九齡與陳子昂有過接觸。他在《答陳拾遺贈竹簪》詩中表達了與這位先輩意氣相投的心聲：「與君嘗此志，因物復知心。遺我龍鍾節，非無玳瑁簪。幽素宜相重，雕華豈所任？爲君安首飾，懷此代兼金。」陳子昂比他大十八歲，從詩中不但可以看出

陳子昂對後輩的關懷，也可看出張九齡善體其意。他的詩作風格雅正而素淡，洗盡鉛華，與陳子昂的詩歌革新精神一脈相承。其代表作《感遇》十二首和《雜詩》五首，以興寄為主，託物言志，沈鬱感人，顯然受到陳子昂的影響。如《感遇》詩：

> 蘭葉春葳蕤，桂華秋皎潔。欣欣此生意，自爾為佳節。誰知林棲者，聞風坐相悅。草木有本心，何求美人折？（其一）

> 江南有丹橘，經冬猶綠林。豈伊地氣暖，自有歲寒心。可以薦嘉客，奈何阻重深。運命唯所遇，循環不可尋。徒言樹桃李，此木豈無陰？（其七）

第一首說春蘭、秋桂這兩種高雅的植物在不同的季節裡欣欣向榮，是出於其固有的本性，並非有意博取美人的愛賞。暗喻自己要加強道德修養，以此作為立身處世的本分，而不要求別人讚譽。第二首讚揚橘樹經冬猶綠，是因為具有堅貞耐寒的節操。「可以薦嘉客」以下寫由於山水阻隔丹橘無法薦予嘉客，使人們聯想到朝政的昏暗和詩人仕途的坎坷，寓意深刻，感慨深沈。劉熙載《藝概》說：「曲江之《感遇》出於騷。」道出這首詩和屈原《橘頌》有相同旨趣。沈德潛在《唐詩別裁》中評道：「《感遇》詩，正字古奧，曲江蘊藉，本原同出嗣宗，而精神面目各別，所以千古。」指出張九齡詩和陳子昂同樣出自阮籍，張注重比興寄意，但在溫雅蘊藉方面卻比陳子昂有所進步。

　　張九齡一些寫景抒情的五律詩也寫得很好，不僅展示出高華開闊的盛唐氣象，而且聲韻流暢圓轉，完全合律。如《湖口望廬山瀑布水》：

萬丈紅泉落，迢迢半紫氛。奔流下雜樹，灑落出重雲。日照虹蜺似，天清風雨聞。靈山多秀色，空水共氤氳。

詩寫廬山瀑布遠景，突出地讚嘆了它的聲威神采、風姿氣勢。末尾說瀑布水流和天空連成一氣，是天地和諧化成的精醇，境界恢弘闊大，顯然寄託著詩人高偉不凡的胸襟抱負。

另一首《望月懷遠》，境界也十分開闊壯麗：

海上生明月，天涯共此時。情人怨遙夜，竟夕起相思。滅燭憐光滿，披衣覺露滋。不堪盈手贈，還寢夢佳期。

起聯涵蓋天地，氣勢博大，自是一種高華渾融的盛唐氣象，不愧為千古名句。領聯用流水對，情韻悠遠而又自然流暢。尾聯寫出對友人的不盡情思，意境清新幽遠。沈德潛在《唐詩別裁》中說：「唐初五言古，漸趨於律，風格未遒。陳正字起衰而詩品始正，張曲江繼續而詩品乃醇。」肯定了張九齡繼陳子昂進一步引導詩歌朝健康方向發展的歷史功績。胡應麟《詩藪》也說：「唐初承襲梁隋，陳子昂獨開古雅之源，張子壽首創清淡之派。盛唐繼起，孟浩然、王維、儲光羲、常建、韋應物本曲江之清淡，而益之以風神者也。」張九齡作為盛唐先驅人物，其沖淡的詩風對王、孟田園山水詩派的確有著直接影響。

(二)張說

張說（公元 667～730 年），字道濟，一字說之，洛陽（今屬河南）人。他德才兼備，名重一時，歷仕武則天、中宗、睿宗、玄宗四朝，曾任宰相，封燕國公。張九齡、賀知章、王灣都受到他的賞識或提拔。張說還是繼「四傑」之後著名的駢文家。

今存《張燕公集》三十卷，《全唐詩》錄其詩五卷，共三百五十餘
首。張說受生活限制，也寫了不少應制詩，但此外的作品都比較
質樸。一些巡邊、送別詩如《鄴都引》、《巡邊在河北作》、《送王
浚自羽林赴永昌令》等直接抒發了自己的愛國感情，慷慨悲壯，
已具盛唐五七言情韻。另外一些描寫自然風物的詩則比較樸素自
然，如「山水佳新霽，南樓翫初旭。夜來枝半紅，雨後洲全綠」
（《岳陽早霽南樓》）；「去年荊南梅似雪，今年薊北雪如梅」
（《幽州新歲作》），不事雕飾，但意境明秀如畫。他還有一首
《送梁六自洞庭山作》，也是標誌七絕進入盛唐的名作：

　　　巴陵一望洞庭秋，日見孤峯水上浮。聞道神仙不可接，心隨
湖水共悠悠。

詩人將濃厚的別情融入超逸沖虛的興象之中，寫景簡淡清遠，卻
自是神韻悠然，耐人遐想。胡應麟《詩藪》說：「唐初五言絕，子
安諸作已入妙境。七言初變梁陳，音律未諧，韻度尚乏」，「至
張說巴陵之什（即此詩），王翰《出塞》之吟，句格成就，漸入盛
唐矣。」這個評價基本是正確的。楊慎說，初唐七絕，其結句
「多爲對偶所累，成半律詩」（《升庵詩話》），此詩則通體散
行，風致天然。

㈢賀知章

　　賀知章（公元 659?～744? 年），字季眞，越州永興（今浙
江蕭山）人。他是唐代詩人中高壽者，活了八十多歲。開元中曾
任太子賓客、祕書監。賀知章性格開朗，豪放嗜酒，晚年更放誕
不羈，自號「四明狂客」。他的詩流傳下來的僅十九首，《全唐
詩》編爲一卷。其中幾首七絕比較著名，如《回鄉偶書》：

少小離家老大回，鄉音無改鬢毛衰。兒童相見不相識，笑問客從何處來。

詩中通過故鄉兒童的態度，表現出自己的衰老和離家之久，雖不無世事滄桑的感嘆，但情味並不衰颯，親切自然之感彷彿從肺腑中流出，眞摯感人。

又如《詠柳》：

碧玉妝成一樹高，萬條垂下綠絲縧。不知細葉誰裁出？二月春風似剪刀。

首句以碧玉妝成形容柳樹，隱含無限生機；次句寫柳絲低垂飄拂，風姿裊娜，又具有無限風情。末二句進一步拈出細葉自作問答，引出美麗的想像，爲大自然的精妙創造而驚嘆。短短四句詩寫得極有層次，不僅讚美柳樹，更讚美創造美的春風的魔力。全詩生意盎然，給人以健康的藝術享受。

四王灣

王灣（生卒年不詳），洛陽人。先天年間（公元 712～713年）進士，開元十七年（公元 729 年）仍在職。殷璠《河嶽英靈集》說他「詞翰早著，爲天下所稱」。但留下來的作品僅十首，《全唐詩》編爲一卷。其中以《次北固山》最爲人所稱道：

客路青山外，行舟綠水前。潮平兩岸闊，風正一帆懸。海日生殘夜，江春入舊年。鄉書何處達，歸雁洛陽邊。

詩寫旅途鄉情，卻無一點凄涼情調。頷聯描繪江潮高漲、江面開

闊、順風中船帆高懸的境界，極有氣勢。頸聯則寫江上日出的景
象和春意來臨的感受，不僅氣象高遠，且能從平常景物寄寓新生
事物孕育在陳舊事物的解體中這一哲理，成為歷代推崇的名句。
據說當時宰相張說也非常讚賞這兩句詩，曾把它書寫在政事堂
上，讓朝中文士引為楷式。（見《河嶽英靈集》）

第二節　孟浩然及其他山水田園詩人

　　盛唐除李白、杜甫以外的許多有影響的詩人，人們往往根據
他們的創作題材、思想傾向和藝術風格的不同，將之分為山水田
園詩派和邊塞詩派。這種劃分是相對的。因兩派詩人都沒有什麼
明確的流派組織和共同的文學主張，並且他們的創作題材也不僅
僅限於山水田園詩或者邊塞詩。事實上，山水田園詩派的代表作
家王維所寫的邊塞詩不僅數量不少，藝術成就也相當高，而以寫
邊塞題材著稱的岑參等也有不少描寫山水田園的作品。把他們分
為兩派，只是為了更好地把握這些詩人最基本的創作特徵，了解
盛唐山水田園詩和邊塞詩都很興盛的詩壇狀況。同時，就詩人的
主要創作來分門別類，也有助於對這兩類不同題材的詩歌進行深
入研究。

(一)盛唐山水田園詩興起的原因

　　盛唐山水田園詩的興盛，既有它的社會基礎和思想基礎，也
有文學自身發展的原因。

　　首先，從初唐到盛唐近百年社會基本安定，出現了「貞觀之
治」和「開元盛世」這兩次中國封建社會政治經濟繁榮強盛的高
峯。

　　富庶的社會經濟和安定的社會環境，提供了漫遊山水和隱居

山水田園的物質生活條件。由於物質文化生活的提高，人們的精神生活也比較豐富，因而有了多方面的審美需求，山水田園詩也就迅速興盛起來。特別是隨著均田法的逐漸廢棄，以租佃關係為基礎的莊園經濟有了發展，許多士大夫文人在農村都有莊園別業，他們在此中逗留居住，接觸到農村風光和農民生活，這是一部分山水田園詩產生的直接原因。

其次，盛唐知識分子漫遊和隱逸的風氣與山水田園詩的大量出現也有很大關係。

唐代文人以信佛、學道為時尚，道家崇尚自然，提倡返樸歸真；佛家倡導空寂靜淨，修行必往幽靜之所，遠離塵世的山林便成了文人們嚮往的地方。同時，唐代用人不拘一格，不僅通過科舉考試來選拔人才，也通過徵辟推薦來延攬人才。據《新唐書‧隱逸傳》說：「高宗天後，訪道山林……堅回隱士之車。」這種做法當然是為了點綴太平，但一部分士人為了達到「使人君常有所慕企」的政治目的，便「假隱自名，以詭祿仕」（《新唐書‧隱逸傳》），把隱逸當成進入官場的「終南捷徑」①。為擴大影響，造成聲譽，某些文人在入仕前經常漫遊天下，交結名流，干謁權貴，以求博得賞識和推薦。故此，在盛唐知識分子中，隱居和漫遊成為風氣，他們或隱居、遊歷以求仕，或因官場失意而託身林泉，以全身避害，或對現實不滿而寄意山水，以表示對朝廷的消極反抗。總之，漫遊為描寫山水提供了重要條件，隱居則不僅產生出山水詩，也產生出一部分田園詩。

再次，盛唐山水田園詩的興盛也是文學自身發展的結果。

山水田園詩是伴隨著東晉以後南北分裂、文化南移、長江以南地區經濟的開發而興起的。陶淵明開創了對田園風光的描寫，謝靈運開創了對山水幽勝的探尋，山水田園逐漸進入詩歌領域。以後的謝朓等人進一步豐富了山水詩的內容和寫作技巧，這些前

輩詩人在展現鮮明生動的自然美方面提供了寶貴的經驗。一些寫景佳句對盛唐山水田園詩有著直接啓迪和借鑒作用②。此時的山水田園詩正是繼承陶、謝以來的傳統，繼續對這一領域進行開拓的結果，只是由於時代社會的原因，更加蔚成風氣。

(二)孟浩然

這一時期的山水田園詩人主要以王維、孟浩然爲代表，故亦稱王孟詩派。此外尚有儲光義、祖詠、裴迪等人。

1、孟浩然的生平和思想

孟浩然（公元 689～740 年 ），名不詳（一說名浩），以字行，襄陽（今屬湖北）人。他是深受王維、李白、杜甫敬仰的前輩詩人。四十歲以前主要在家鄉隱居，種菜養竹，閉門讀書，爲科舉作準備。開元十六年（公元 728 年）到長安求官，由於沒有得力權貴的援引，據說又得罪了皇帝③，求仕的希望破滅了。此後曾遊歷吳越閩湘一帶，寫了不少山水詩。後韓朝宗到荆州任山南採訪使，他很看重孟浩然的才華，與他一道進京，準備向朝廷推薦。但孟浩然因飲酒未能赴約。開元二十五年（公元 737 年 ），張九齡貶荆州長史，曾入幕爲荆州府從事，但不久就辭職回家。開元二十八年（公元 740 年 ），王昌齡遊襄陽，孟浩然陪他一起飲酒食鮮，背疽發作，不久逝世，終年五十二歲。友人王士源搜其詩二百十八首，編爲《孟浩然集》三卷，《全唐詩》輯錄其詩爲二卷。《四部叢刊》影印明刻本、《四部備要》排印本，均爲四卷，收詩二百六十餘首。

孟浩然一生未任職官，以布衣終老。由於這個原因，後世一些詩人往往把他描繪成一個不求入世的隱士，其實並非如此。孟浩然對自己生活在盛世明時而不能施展抱負、濟世救民，始終是引以爲憾的。這種出世與隱居的矛盾在他詩中屢有反映。他早年

隱居家鄉，「爲學三十載，閉門江漢陰」（《秦中苦雨贈袁左丞
賀侍郎》），即是爲入仕作準備。在從長安求仕失意歸來後很長一
段時期裡，他仍然是「魏闕心長在，金門詔不忘」（《自潯陽泛
舟經明海作》）。他在《將適天台留別臨海李主簿》詩中說：「枳
棘君尚棲，苞瓜吾豈繫？」在《家園臥疾畢太祝相尋》中說：「壯
圖竟未立，斑白恨吾衰。」這些都表現了他對入仕從政的嚮往和
懷才未展的遺憾。他在《臨洞庭湖贈張丞相》中說：「欲濟無舟
楫，端居恥聖明。坐觀垂釣者，徒有羨魚情。」也表達了希望有
人援引之意。只是隨著年齡的老大，這種求仕心情才漸漸平息下
來。在《自洛之越》詩中，他清楚地表明了自己思想上這一變化過
程：「皇皇三十載，書劍兩無成。山水尋吳越，風塵厭洛京。扁
舟泛湖海，長揖謝公卿。且樂杯中物，誰論世上名。」可見他的
隱逸正是因爲有志不酬而不得已爲之。

2、孟浩然詩歌的特色

　　由於孟浩然生活在「太平盛世」，又終生未仕，沒有經歷過
重大的社會變故和捲入過激烈的政治鬥爭，且有一定產業保證他
過悠閑的生活，故對社會現實缺乏深廣的認識。因此，其詩歌題
材狹窄，形式則以五律短制居多。所表現的往往是其村居生活中
的閑情逸致和遊賞山水時的情志襟懷。如他最著名的一首田園詩
《過故人莊》：

　　　　故人具雞黍，邀我至田家。綠樹村邊合，青山郭外斜。開軒
　　面場圃，把酒話桑麻。待到重陽日，還來就菊花。

詩中讚美深摯的故人情誼和淳樸的農村生活，語言樸素平淡。作
者只是依次敘寫作客的過程，但自有無窮詩意流注其間。首聯
「雞黍」一詞顯示出田家的特有風味，用典而不覺其爲典。頷聯

寫田莊的環境，既幽雅僻靜，又明朗開闊。頸聯上句寫農家場
院、園圃，示人以舒適寬敞；下句寫主客間飲酒談話，單純、質
樸，不僅使人領略到濃郁的農村風味和勞動氣息，而且和前面的
綠樹、青山融為一體，構成一幅優美寧靜的田園風景畫。結尾寫
臨別預約重來，道出了詩人此行作客的愜意，也從側面表達了他
對田園生活的由衷喜愛。沈德潛在《唐詩別裁》中稱讚孟浩然詩
「語淡而味終不薄」，此詩語言和它所表現的田園生活同樣自
然、平淡，而又耐人尋味。

　　但孟浩然寫得最多的還是他一個人獨自隱居的生活中高雅閑
適的情趣，這類詩風格孤清恬淡，最能體現孟浩然的特色。如
《夏日南亭懷辛大》：

　　　　山光忽西落，池月漸東上。散髮乘夕涼，開軒臥閒敞。荷風
　　送香氣，竹露滴清響。欲取鳴琴彈，恨無知音賞。感此懷故人，
　　中宵勞夢想。

詩寫夏夜水亭納涼的閑適清爽，抒發孤獨懷人的情緒。太陽西
沈，池月東上，微風送來荷香，竹露滴落清響，一切都是那樣的
清幽寧靜。詩人披散頭髮，開軒閒臥，十分舒適悠閑。值此良
夜，他自然想到以彈琴來抒發自己的情思，由彈琴進而又想到
「知音」不在，於是整個夜晚都縈繞著對友人的思念。詩人表現
夏夜的清幽境界，只寫了月色、荷香、竹露幾種景物，這些都是
從自己的視覺、嗅覺和聽覺等主觀感受著筆，並不作正面刻畫。
當這種寧靜美好的夏夜景致與詩人閑淡悠遠的情思融為一體時，
一種興象玲瓏的完美詩歌意境便產生了④。皮日休說孟浩然詩
「遇景入詠，不鉤奇抉異，……若公輸氏當巧而不巧者也」
（《皮子文藪》卷七《郢州孟亭記》），這既是對孟詩中肯之評，也

概括指出盛唐詩人塑造意境的常見方式。這與謝靈運等人的某些
山水詩只注重客觀景物的刻畫而不顧情景分離的寫法已有所不
同。像上述既能代表孟浩然生活情趣，又能表現他詩歌藝術風格
的作品還有《秋登萬山寄張五》、《宿業師山房期丁大不至》以及七
言名作《夜歸鹿門山歌》等。這些詩往往用清淡的語言，描繪清幽
絕俗的境界，「誦之有泉流石上、風來松下之音」（陸時雍《詩
鏡總論》），體現了孟浩然在審美方面追求「清」的特點。

　　孟浩然還有兩首小詩也很著名：《宿建德江》云：「移舟泊煙
渚，日暮客愁新。野曠天低樹，江清月近人。」詩中將一縷淡淡
的鄉愁融匯於煙水朦朧的江面，其境界既清幽又不失明淨、開
闊。《春曉》則和《過故人莊》一樣，體現了孟詩平淡質樸，語淺情
深的一面。徐獻忠說：「襄陽氣象清遠，心悰孤寂，故其出語灑
落，洗脫凡近，讀之渾然省淨，真彩自復內映。雖藻思不及李翰
林，秀調不及王右丞，而閑澹疏豁，翛翛自得之趣，亦有獨
長。」（胡震亨《唐音癸籤》卷五引）閑淡疏豁，怡然自得，這的
確概括了孟浩然山水田園詩的特點。

　　長期的漫遊生活，使孟浩然創作了不少優秀的山水詩，這些
詩或表現寧靜淡泊的意境，或顯示出雄渾壯闊的氣象。前者如
《晚泊潯陽望香爐峯》：

　　　　掛席幾千里，名山都未逢。泊舟潯陽郭，始見香爐峯。嘗讀
　　　　遠公傳，永懷塵外蹤。東林精舍近，日暮但聞鐘。

此詩雖為律詩，但通體散行，無一處對仗，清人施補華《峴傭說
詩》評曰：「一氣揮灑，妙極自然，初學人當講究對仗，不能臻
此化境。」所謂化境，就是情與景合，興到筆隨，自成佳境，不
可以煉字煉句的表面痕迹來尋索其妙處。正如王士禎《帶經堂詩

話》所讚許的：「詩至此，色相俱空。政如羚羊掛角，無迹可
求，畫家所謂逸品是也。」而《臨洞庭湖贈張丞相》則是浩然山水
詩中有壯逸之氣者，詩的前半部分寫洞庭湖景觀：「八月湖水
平，涵虛混太清。氣蒸雲夢澤，波撼岳陽城。」劉辰翁評曰：
「起得渾渾稱題，而氣概橫絕，樸不可易。」（高棅《唐詩品匯》
卷六十引）胡應麟亦稱頷聯爲「壯語」（《詩藪》內編卷四）。詩
中描繪仲秋八月洞庭水漲，極具磅礴浩瀚的氣勢，很能體現出盛
唐氣象。類似的作品還有《與顏錢塘登樟亭望潮作》、《彭蠡湖中
望廬山》等。前人說孟浩然詩「沖淡中有壯逸之氣」（見胡震亨
《唐音癸籤》卷五），指的正是這一類作品。總之，孟浩然詩與初
唐那些充滿綺羅香澤習氣的作品相比，語言純淨，格調提高，意
境也顯得渾融完整。這些都是詩人對於盛唐山水田園詩發展所作
的貢獻。

㈢其他山水田園詩人

儲光羲

儲光羲（公元 706?～762? 年）潤州延陵（今江蘇丹陽）
人，祖籍兗州（今屬山東）。開元十四年（公元 726 年）進士，
初官太祝，後轉爲監察御史。他同王維是好友，在終南山有自己
的別墅。安史之亂中被俘並接受僞職，事後貶死嶺南。有《儲光
羲集》五卷，存詩約二百一十餘首，《全唐詩》編爲四卷。

儲光羲初作多田園詩，反映了士大夫閑適隱逸的情趣，也時
常流露出廣置田產、多養子孫的庸俗意識。但他的某些詩也能把
田園風光描繪得清新自然，如《釣魚灣》：「垂釣綠灣春，春深杏
花亂。潭清疑水淺，荷動知魚散。日暮待情人，維舟綠楊岸。」
從落花、荷動、魚散等細微的動態，寫出深靜水灣中的一片活潑

春意，很有生機韻致。

[常建]

　　常建（公元 708?～765? 年）長安人。開元十五年（公元 727 年）進士，仕途坎坷，直到天寶年間才授盱眙縣尉，後辭職隱居終老。今存詩五十八首，《全唐詩》編爲一卷。

　　常建寫了不少邊塞題材的詩揭露唐王朝窮兵黷武給人民帶來的痛苦，但更多的是抒寫嚮往隱逸的沖淡情懷，這些詩往往以山林寺觀爲描寫對象，藝術成就較高，尤其善於用光和影構成清冷幽靜的境界。如《宿王昌齡隱居》：「清溪深不測，隱處唯孤雲。松際露微月，清光猶爲君。茅亭宿花影，藥院滋苔紋。余亦謝時去，西山鸞鶴羣。」連松際微露的一抹月光在茅亭藥院撒下的花影苔紋都清晰可辨，足見主人獨占此處清光的幽雅。《題破山寺後禪院》也是他的名作：

　　　　清晨入古寺，初日照高林。曲徑通幽處，禪房花木深。山光悅鳥性，潭影空人心。萬籟此都寂，但餘鐘磬音。

寫詩人在山光潭影構成的清幽環境中聆聽古寺悠揚宏亮的鐘磬之聲，從而進入一種純淨恬悅的精神境界，十分出神入化。殷璠在《河嶽英靈集》中稱讚常建詩「其旨遠，其興僻，佳句輒來，唯論意表」，的確是中肯之談。

[祖詠]

　　祖詠（公元 699?～746? 年），洛陽人。和王維友善，情趣也相投。開元十二年（公元 734 年）進士，後移居汝水以北別業，漁樵終老。

祖詠的山水詩具有語言簡潔、含蘊深厚的特點。如《終南山望餘雪》:「終南陰嶺秀,積雪浮雲端。林表明霽色,城中增暮寒。」據《唐詩紀事》記載,這首詩是他在長安應試時所作。按照規定本應寫成六韻十二句的五言排律,但他只寫下四句便交卷了,人問其故,他答以「意盡」。意盡即止,不爲文造情,這正是盛唐詩人的典型作風。《全唐詩》錄其詩三十六首,編爲一卷。

第三節 王維

(一)王維的生平、思想和作品

王維(公元 699~759 年)⑤,字摩詰,太原祁(今山西祁縣)人,生於蒲州(今山西永濟)。父早死,母崔氏虔誠奉佛三十餘年,對他有較深的影響。他少年時聰明俊秀,能詩善畫,妙解音律,但也有積極的政治抱負。其《不遇詠》說:「今人昨人多自私,我心不悅君應知。濟人然後拂衣去,肯作徒爾一男兒。」從中可見其壯懷宏願。他在開元九年(公元 721 年)中進士,任大樂丞,後因伶人舞黃獅子事貶濟州司倉參軍⑥,情緒趨於消沈。開元二十二年(公元 734 年),因宰相張九齡提拔召回長安,任右拾遺,又激起了他的政治熱情,作詩獻給張九齡說:「側聞大君子,安問黨與讎。所不賣公器,動爲蒼生謀。」(《獻始興公》)盛讚張九齡舉賢授能、反對結黨營私的政治主張,體現了他實現開明政治,希望有所作爲的理想追求。此後又曾任監察御史並奉命出塞,在河西節度幕府兼任判官。

開元二十四年(公元 736 年)張九齡罷相,朝政大權落到李林甫手中,這是唐代政治的大變動,也是王維一生的分界線。李林甫爲人奸險,口蜜腹劍,尤忌文學之士。王維是其政敵張九齡

一手提拔，又享詩文盛名，所以隨時都擔心遭到暗算。他說：
「既寡遂性歡，恐遭負時累」（《贈從弟司庫員外絿》），從此逐
漸走上了明哲保身、遠禍自全的道路，思想也日趨消極。從開元
二十八年（公元 740 年）到天寶三年（公元 744 年），王維先隱
居終南，後來又在陝西藍田購得宋之問的別業，與道友裴迪「浮
舟往來，彈琴賦詩」，但並未辭去官職，過的是半官半隱的生
活。這一時期寫下的山水詩，如《渭川田家》、《山居秋暝》等都已
流露出消極避世的人生觀。

　　天寶十五年（公元 756 年），安祿山兵入長安，王維被俘，
他服藥佯稱瘖啞，但仍被迫任給事中。後肅宗回京，對接受偽職
者分等論罪，王維因陷賊時寫有《凝碧池》一詩傳到行在，得以免
受處分⑦。後累遷給事中，終尚書右丞。但此後他自感失節，情
緒更加消沈，抱著「一生幾許傷心事，不向空門何處銷」（《嘆
白髮》）的心情，在京師度過了最後幾年「焚香獨坐，以禪誦為
事」（《舊唐書》）的生活。

　　王維是中國封建社會既清高又軟弱的士大夫的典型。他不屑
與李林甫同流，卻又不敢鬥爭；不願投降安祿山，卻又只能服藥
裝病。他生活在盛唐「安史之亂」前後時代，既沒有李白那種叛
逆精神，也缺乏杜甫那種憂國憂民的襟懷。他有莊園和俸祿，一
生都過著優裕的生活，所以他始終不能理解陶淵明的崇高節操，
甚至在《與魏居士書》中說陶淵明是「一慚之不忍」，而弄得「屢
乞而多慚」。他說：「我則異於是，無可無不可。」這種消極的
人生哲學是他後期半官半隱、亦官亦隱的思想基礎。只是由於他
潔身自好，厭惡官場黑暗，才使他的山水田園詩具有一些積極的
內容。

　　王維的詩集係其弟王縉於代宗時編定，當時已「十不存
一」，編為十卷，得詩四百餘首。但此本今已不存。至南宋時有

《王右丞文集》，詩分類不分體。又有《王摩詰集》，詩分體，均爲
十卷。前者至元初經劉辰翁校定爲《唐王右丞集》六卷，今有《四
部叢刊》影印本。爲王維詩作注者有明代顧可久、顧起經等，但
價值不高。迄今爲止王維詩最好的注本是清乾隆間趙殿成的《王
右丞集箋注》二十八卷，今存《四部備要》排印本及一九六一年中
華書局版葉葱奇校點本。共詩十五卷，文十三卷，正編收詩三百
七十四首，外編四十七首。但外編詩多數係誤入，正編亦羼入少
量他人之作。《全唐詩》收王維詩四卷，共三百八十二首，可疑之
作多已刪去，較爲可靠。

(二)王維詩歌的內容

　　王維詩題材廣闊，內容豐富，除山水田園詩之外，政治感遇
詩和遊俠、邊塞詩的成就也很高。這些作品大多寫於前期，其中
如《不遇詠》、《濟上四賢詠》、《洛陽女兒行》等，抨擊權貴，反映
社會腐化現象，抒發懷才不遇的怨憤，有一定的社會意義。《少
年行》寫長安少年縱酒豪飲的浪漫性格和赴邊殺敵的英雄氣概，
充滿青春少年的熱情和活力。《隴頭吟》和《老將行》則在表現將士
們愛國熱忱的同時，傳達出有志之士遭受壓抑的不平之感。《使
至塞上》是一首描寫塞外風光的作品：

　　　單車欲問邊，屬國過居延。征蓬出漢塞，歸雁入胡天。大漠
　　孤煙直，長河落日圓。蕭關逢候騎，都護在燕然。

此詩爲王維開元二十五年（公元 737 年）以監察御史身分赴邊宣
慰將士時所作。中間兩聯寫塞外風景的遼闊蒼莽，極具特色。尤
其是「大漠孤煙直，長河落日圓」兩句，勾勒出一幅開闊、壯麗
而略帶蒼涼的畫面，寫邊塞黃昏的奇特風光如在目前。結尾用漢

代竇憲燕然勒石紀功的典故，表達了詩人對守邊將士的歌頌和對
立功報國的嚮往，情緒積極高昂。王維還有一些思親、別友、寫
情、懷鄉題材的詩也寫得很好。如《九月九日憶山東兄弟》、《送
元二使安西》、《相思》。這些作品善於捕捉生活中最常見而又最
具典型意義的情事，通過極樸素明白的語言把這種人人都能感受
到的情感體會說出來，因此能引起廣泛的共鳴，具有強大的生命
力。

㈢王維對山水田園詩的獨特貢獻

　　但是王維對唐詩的獨特貢獻主要還是在山水田園詩方面，他
代表了盛唐時代這類題材創作的最高成就。蘇軾在《書摩詰藍田
煙雨圖》中說：「味摩詰之詩，詩中有畫；觀摩詰之畫，畫中有
詩。」「詩中有畫」正道出了王維山水詩最突出的藝術特色。所
謂「詩中有畫」，即用文字代替繪畫所用的線條色彩來展現具有
詩意的畫面，詩情與畫意達到高度的統一。王維是南宗山水畫的
開派者，他往往善於發現與自己主觀情感相契合的客觀景物，抓
住其特徵，以畫家所特具的藝術匠心把它們再現出來，形成一種
意境，從而託物以寓情，立象以盡意。王維較少使用「憐」、
「愛」、「惜」、「戀」之類表示主觀情感的詞語，他只是再現
出一幅幅純客觀的圖畫，但卻能化景物爲情思，使詩意透過景物
自然流溢而出。如他的《終南山》就以巧妙的構圖、疏放的線條，
勾勒出雄偉壯麗的江山圖景，表現出自己不同尋常的胸襟懷抱：

　　　太乙近天都，連山到海隅。白雲迴望合，青靄入看無。分野
中峯變，陰晴眾壑殊。欲投人處宿，隔水問樵夫。

詩人用俯仰往還的視線對終南山作了由高轉闊、由遠及近的多方

位、多層次的觀察，以大氣包舉的筆勢再現了這座名山雲煙變
幻、陰陽起伏的雄姿，使人們在領略大山磅礴氣勢的同時，也感
受到詩人寄寓其中的坦蕩胸懷。又如「大漠孤煙直，長河落日
圓」的構圖布局也是極具特色的。大漠向遠方伸展，給人以開闊
深遠的平面感覺，「孤煙直」在這種背景下出現，則有立體感。
長河將大漠分割開來，使畫面變化豐富。「落日圓」則不僅把人
們的視線直接引向前方，使畫面主體突出，而且抹上一層鮮亮的
色彩，表達出詩人此時的豪氣。十個字，四種景象，布置得當，
構圖巧妙，既扣住了邊地景物荒涼單調的特點，又反映出沙漠浩
瀚、直視無礙的特色，具有極濃厚的畫意。

　　王維更善於用清新的筆調、勻潤的色彩細緻入微地描繪山水
田園的優美境界，表現自己生活在此中的閑情逸致。如《白石
灘》：

　　　　清淺白石灘，綠蒲向堪把。家住水東西，浣紗明月下。

寧靜的景色與歡快的勞動氣氛，融合在生意盎然的春夜氣息中，
構成了色澤鮮明純淨的畫境。又如《木蘭柴》詩：「秋山歛餘照，
飛鳥逐前侶。彩翠時分明，夕嵐無處所。」此詩乃是眺望秋山飛
鳥所作，王維特別注意對光與色彩的捕捉，展現出夕照中飛鳥、
山嵐與彩翠明滅閃爍、瞬息變幻的奇妙景色，宛如一幅印象派畫
幅。其餘像「開畦分白水，間柳發紅桃」（《春園即事》）、「白
水明田外，碧峯出山後」（《新晴野望》）、「雨中草色綠堪染，
水上桃花紅欲燃」（《輞川別業》）、「漠漠水田飛白鷺，陰陰夏木
囀黃鸝」（《積雨輞川莊作》）、「渡頭餘落日，墟里上孤煙」
（《輞川閑居贈裴秀才迪》），都能極精確地捕捉景物光與色的變
化，通過合理的構圖、和諧的色澤，顯示出事物之間遠近、高

低、前後等空間關係以及動靜、疏密、明暗的配合，當這些畫面通過近體詩對仗的語言形式表現出來時，往往更具對稱、映襯之美。與王維山水畫強調「意在筆先」（王維《畫學祕訣》）的旨趣相關，他的山水詩也不完全著眼於形似，而是追求一種傳神的藝術效果。它往往既吸取了謝靈運詩刻畫工致的長處，又揚棄了其一味講究「巧似」、「繁富」的缺點。他的山水詩不僅畫面形象生動鮮明，而且善於傳達出筆墨不可描繪的山水精神氣象。如《漢江臨泛》詩寫漢江的浩渺寬廣，卻著眼於它的天地和山色：「江流天地外，山色有無中。」這樣寫雖不像謝靈運詩那樣具體可感，一目了然，卻耐人尋味，給讀者以豐富的聯想餘地。又如《終南山》結尾兩句似乎與通體不配，實則正如王夫之在《薑齋詩話》中所說：「『欲投人處宿，隔水問樵夫』，則山之遼廓荒遠可知。」這個遊人與樵夫隔水呼應的鏡頭，不僅增添了全詩的畫意，而且使人對終南山的幽深廣大產生豐富的聯想。再如《山中》詩：「荊溪白石出，天寒紅葉稀。山路元無雨，空翠濕人衣。」通過寫山中翠嵐清新潤澤之感來表現大自然與人相親的情趣，也顯然蘊含筆墨未盡之意。

　　王維詩善於表現自然山水的精神氣象，也與他善於描寫自然界的各種音響有關。這使他的詩不僅具有構圖美、色彩美，而且呈現出一般山水畫難以表現的動態美。由於他在音樂方面的造詣，因此比一般詩人更能精確地感受到自然山水中的音響。他既寫了驚心動魄的森林交響樂：「萬壑樹參天，千山響杜鵑。」（《送梓州李使君》）也彈奏出如泣如訴的小夜曲：「雨中山果落，燈下草蟲鳴。」（《秋夜獨坐》）不僅如此，他對於音節的快慢、聲調的高低都有精心的講究，表現音響的藝術手段更是多種多樣。如《山居秋暝》：

　　空山新雨後，天氣晚來秋。明月松間照，清泉石上流。竹喧歸浣女，蓮動下漁舟。隨意春芳歇，王孫自可留。

詩寫秋夜山中清新靜謐之美。其中頷聯上句「月」字是入聲，「照」字是去聲，聲調由低斂趨向高放，與月光逐漸鋪灑林間的景況相合；下句前四字全為齒音，末尾「流」字是舌音；發音由細碎到圓轉，令人想起泉流石上的潺潺之聲。頸聯則從聽覺印象引出視覺印象，先寫竹林中傳來一陣陣笑語喧嘩，再帶出浣紗女子歸來的情景。這種先聞其聲，後見其人的寫法既符合生活實際，又體現了寧靜秋夜中的活潑生機。除以聲帶色之外，詩人有時又藏聲於色，如《送邢桂州》中「日落江湖白，潮來天地青」，讓讀者感到排空而來的潮聲隱約聞於青光瀰漫天地的景色之中。這樣，把視覺感受和聽覺感受勾通起來，使聲響和景色和諧融合，為這幅壯觀的江山圖畫增添了動態美感，更體現出一種聲威氣勢。至於「野花叢發好，谷鳥一聲幽」（《過感化寺曇興上人山院》）的以動顯靜，「聲喧亂石中，色靜松聲裡」（《青溪》）的動靜相映，都是表現山水動態的傳神之筆。

　　由於母親的影響，王維從小就有著崇佛思想。中年後，遭遇過挫折和屈辱，更常將自己的身心沈浸在佛教的精神王國中，以求得超脫。佛教有所謂通過「禪定」、「止觀」的方式來體悟佛理的做法，它要求人們屏棄塵念，渾忘自我，唯存一念於所觀照的物境，久而久之，就可達到身心安適自如、觀照澄明的狀態。王維詩中「山中習靜觀朝槿」（《積雨輞川莊作》）、「審象於淨心」（《繡如意輪像贊序》），就是指這種通過凝神靜觀以體悟佛理的方法。由於詩人的心境極為淡泊、虛靜，不含任何雜念，所以對自然山水最神奇、最微妙的動人之處，往往會有一種特別的會心。一草一木，一泉一石，觸處皆見性，觸處都是美。他對自然

山水的喜愛，總是透過朦朧的禪理，亦真亦幻地形諸筆墨；這與
謝靈運等山水詩人單純描摹自然是有區別的。王維借助禪家的頓
悟，開通了中國山水詩逐漸向心靈走近的美學歷程，並表現出一
種空靈清靜的禪悅之境。王士禎《蠶尾續文》說：「王，裴輞川絕
句，字字入禪。」在王維的山水詩中，詩理禪理相通，詩趣禪趣
盎然。儘管在他的這些詩中，常以平常語、平常境出之，卻能達
到令人流連忘返的藝術勝境。這得力於他對自然山水的卓絕感覺
和高超的藝術造詣。王維對於自然美獨具慧眼，心靈與山水的呼
應幾近天成。因此，在他的山水詩中不僅融化了詩人主觀領悟到
的「空」、「寂」禪理，也揭示了客觀存在的澄淡幽靜之美。
如：

> 木末芙蓉花，山中發紅萼。澗戶寂無人，紛紛開且落。
> (《辛夷塢》)

> 人閒桂花落，夜靜春山空。月出驚山鳥，時鳴春澗中。
> (《鳥鳴澗》)

> 空山不見人，但聞人語響。返景入深林，復照青苔上。
> (《鹿柴》)

> 春池深且廣，會待輕舟回。靡靡綠萍合，垂楊掃復開。
> (《萍池》)

在深山中，在幽澗旁，詩人諦視返景青苔、綠萍紅萼，全身心都
融進客觀景物中，達到了「山林吾喪我」(《山中示弟》)的境
界。儘管這些詩表面上仍然表現出大自然的活躍生機：鳥飛鳥

鳴，花開花落，萬物自由興作而又各得其所。但一旦與「澗戶寂無人」、「夜靜春山空」、「空山不見人」等句聯繫起來，就不能不使人驚訝詩人感情的幽冷和孤寂。故明代胡應麟認為這類詩「讀之身世兩忘，萬念俱寂」（《詩藪》）。在這些詩裡，詩人調動了以動顯靜的高度藝術技巧，詩中表面上似乎看不見詩人的存在，一切都只是物象本身聲光色態的自然呈現，是物象本身生生不息的運動和活力，而詩人的情感卻默默地融化在這些外界景物中，無需藉表示感情的詞語來表達。因此，這些詩具有以再現為表現的藝術特徵。

然而，體悟佛理的需要並非王維走進大自然的唯一原因，詩人本身就具有熱愛自然、熱愛美好事物的藝術家素質，他對污濁官場的厭惡、對社會矛盾的迴避，同樣是熱愛山水田園的一個動因。因此，即使是一些以景悟性的作品，也顯得「動中有靜，寂處有音，冷處有神」（吳雷發《說詩菅蒯》，雖清幽寂靜但又絕非死寂，能在一片幽靜恬美的境界中顯出大自然活潑自由的生機意趣。當然，王維後期那種「晚年惟好靜，萬事不關心」（《酬張少府》）的人生態度和一部分專門宣講佛教空無寂滅哲理之作是不可取的。

從王維、孟浩然、儲光羲等人的詩作來看，盛唐山水田園詩派在創作上有如下特點：

㈠他們的題材大多是青山白雲、鳴禽芳草、惠風流水，人物也多是幽人隱士、野老牧童、樵夫浣女之類閒散、純樸的人。詩中往往表現出一種回歸自然、嚮往閑適退隱的思想。

㈡多數詩歌風格偏於恬靜淡雅，富於陰柔之美。這當然並不排斥他們每個人都有一些意境宏闊、雄渾奔放的作品。由於生活在國力強盛、整個社會都崇尚風骨興象的盛唐時代，比起他們之

前的南朝山水詩和他們之後的中晚唐山水詩，盛唐山水詩中的情調要健康明朗得多。

㈢與邊塞詩人多歌行、七絕相反，山水田園詩人都長於五言詩，多運用五古、五律、五絕幾種形式。

第四節　高適

在盛唐詩壇上，與王、孟山水田園詩派並稱的還有以高適、岑參爲代表的邊塞詩派。這一派除高、岑外，還有李頎、王昌齡等。這兩派在擴大唐詩題材、促進唐詩繁榮等方面，都作出了巨大的貢獻。

㈠邊塞詩興起的原因

正如山水田園詩的興盛一樣，盛唐邊塞詩的大量出現也有其社會原因和歷史原因。

首先，唐初國力強盛，內地與邊疆聯繫加強，各地人民往來增多。與此同時，因民族矛盾所引起的戰爭也連年不斷。其中既有反擊騷擾、保衞邊境人民生活安定的正義戰爭，也有窮兵黷武、擴土開邊的不義征戰。這種民族交流和民族戰爭都很頻繁的現實，正是邊塞詩得以大量產生的社會基礎。

其次，廣大詩人對邊塞生活的嚮往與參加，也直接促進了邊塞詩創作的繁榮興盛。盛唐知識分子大多熱中功名，以才幹自負，渴望做官從政，實現理想抱負。儘管當時朝廷除通過進士、明經等正常科舉考試網羅人才外，還特立各種名目的制科來選拔官吏，但那些不爲大臣、名人所賞識和薦引的士人，仍難找到入仕機會。頻繁的邊塞戰爭，正爲這些尋求功名者提供了一條途徑。而國力的強盛，也激發了詩人們從軍報國的自豪感。「萬里

不惜死，一朝得成功。畫圖麒麟閣，入朝明光宮。大笑向文士，一經何足窮。古人昧此道，往往成老翁。」（高適《塞下曲》）這些豪言壯語表達了那個時代相當一部分詩人的心聲。唐代不少詩人都到過邊塞，他們或者胸懷立功封侯的大志到邊疆奮鬥，或者因仕途失意到幕府供職以謀求出路，所有這些人都在邊塞征戰中開闊了眼界，飽覽了異域風光，體驗了戍邊的艱苦和戰爭給各族人民帶來的苦難。正是這些經歷與感受，爲邊塞詩提供了豐富的創作源泉，並形成了邊塞詩複雜而深刻的思想內容。

再次，對於前代文學遺產的繼承發展也是盛唐邊塞詩繁榮的原因之一。《詩經》中的《采薇》、《東山》，漢樂府中反映戰爭題材的作品，大多寫出了戰爭的災難和征夫的行役之苦。文人借用邊塞題材以抒發建功立業的抱負，是從漢末建安時代開始的。南北朝時，寫邊塞題材的作品逐漸增多，但大都局限於征人思婦離愁別怨的表現範圍，缺乏英雄氣概和理想精神。唐初以後邊塞詩有了新的發展。四傑的作品，大多充滿了建功立業的豪俠意氣，爲盛唐邊塞詩確立了高昂的基調。陳子昂則在抒寫報國壯志的同時，對邊塞存在的弊病提出了尖銳的批評，爲盛唐邊塞詩開創了關心現實政治的優良傳統。在藝術上，盛唐邊塞詩既繼承建安詩「志深筆長」、「梗概多氣」的風骨，又吸取了六朝詩善於抒寫離愁別怨的長處，形成了悲壯高昂的基調和雄渾開闊的意境。

盛唐邊塞詩派的重要作家有高適、岑參、王昌齡、李頎、王之渙、崔顥、劉灣、張渭等人。其中以高適和岑參的成就最爲突出。

㈡高適

1、高適的生平及作品

高適（公元 702?～765 年），字達夫，渤海脩（今河北景

縣）人。他家境貧寒，「少護落，不事生業」（《舊唐書‧高適傳》），但胸懷大略，對自己的才能非常自信，有著極爲強烈的功名進取心。二十歲時，曾入長安求仕，失意而歸。三十歲左右又北上薊門，往信安王幕府尋求進身之路，又不成功。此後他返回梁宋，漫遊吳越、齊趙一帶，過了一段「混迹漁樵」的生活。天寶八年（公元 749 年）由宋州刺史張九皋的推薦，赴長安應有道科試。中第後，授封丘縣尉。他沈淪半世才得這一卑小官職，心中自然不滿，在《封丘縣》詩中寫道：「我本漁樵孟諸野，一生自是悠悠者。乍可狂歌草澤中，寧堪作吏風塵下。只言小邑無所爲，公門百事皆有期。拜迎官長心欲碎，鞭撻黎庶令人悲。」不久，便毅然辭官。

天寶十二年（公元 753 年）應聘入河西節度使哥舒翰幕府，充任掌書記，頗受哥舒翰信任。天寶十四年（公元 755 年）回長安，被任命爲左拾遺，轉監察御史。安史之亂爆發時，他協助哥舒翰守潼關。不久，潼關失守，他從小路追上逃往四川的玄宗，陳述軍事形勢，受到玄宗的賞識，被任命爲諫議大夫。因幫助肅宗平定永王李璘有功，晉封淮南節度使。後又轉劍南四川節度使，官終散騎常侍，封渤海縣侯。爲唐代著名詩人中官職最高者。

高適詩文集據新、舊《唐書》著錄共有二十卷，但在五代時已散佚，至宋代僅存十卷。今存有汲古閣影宋鈔本《高常侍集》及明刻本《高常侍集》，二者均爲十卷。包括詩八卷、文二卷，收詩二百二十五首（刻本多十四首，但一半係誤收），《全唐詩》收高適詩四卷，共二百四十二首。此外，中華書局於一九八一年出版了劉開揚的《高適詩集編年箋注》，收羅齊備，並經過校勘，注解也比較準確。

2、高適邊塞詩的獨特成就

　　高適是一個「喜言王霸大略，務功名，尙節義」（《舊唐書》）的詩人。作爲「逢時多艱，以安危爲己任」（同上）的有志之士，他既寫了不少抒發政治抱負，感嘆懷才不遇、壯志難酬的作品，如《淇上酬薛三據兼寄郭少府微》等；也寫了大量關心現實、指陳時弊，表示對國事民生深爲憂慮的作品。特別是兩次出塞的親身經歷中，對廣大戍邊士卒的生活有較深入的了解，因而他的邊塞詩有較爲深廣的內容，報國的豪情和憂時的憤慨常常交織在一起。在《薊門行五首》中，他既歌頌了士卒們奮不顧身的高昂鬥志：「胡騎雖憑陵，漢兵不顧身。」也充滿了對戰士們離別親人、久戍不歸的同情：「羌胡無盡日，征戰幾時歸。」他常常以敏銳的眼光分析邊防問題，揭示邊防政策中的弊病。如《薊中作》：「一到征戰處，每愁胡虜翻。豈無安邊書，諸將已承恩。惆悵孫吳事，歸來獨閉門。」又如《塞上》：「邊塵漲北溟，虜騎正南驅。轉鬥豈長策，和親非遠圖。」對邊將負恩驕惰、胡兵背信棄義、反覆無常，朝廷安邊乏策、所用非人等問題都作了深刻揭露。特別是當他把士卒的生活與降虜作比較時，更感到悲憤不平：「戍卒厭糟糠，降胡飽衣食。關亭試一望，吾欲淚沾臆！」（《薊門行五首》）並指出「邊兵若芻狗，戰骨成埃塵」（《答侯少府》），「言及沙漠事，益令胡馬驕。」（《睢陽酬別暢大判官》）對朝廷縱容降虜、不恤士卒、養癰遺患的錯誤做法提出了中肯的批評。總之，政治家冷靜清醒的頭腦使他對邊塞戰爭存在的問題往往看得比較清楚和深刻。《燕歌行》就是集中反映上述種種思想感情的作品：

　　　　漢家煙塵在東北，漢將辭家破殘賊。男兒本自重橫行，天子非常賜顏色。摐金伐鼓下榆關，旌旆逶迤碣石間。校尉羽書飛瀚海，單于獵火照狼山。山川蕭條極邊土，胡騎憑陵雜風雨。戰士

軍前半死生，美人帳下猶歌舞。大漠窮秋塞草腓，孤城落日鬥兵
稀。身當恩遇常輕敵，力盡關山未解圍。鐵衣遠戍辛勤久，玉筯
應啼別離後。少婦城南欲斷腸，征人薊北空回首。邊風飄颻那可
度，絕域蒼茫無所有。殺氣三時作陣雲，寒聲一夜傳刁斗。相看
白刃血紛紛，死節從來豈顧勛。君不見沙場征戰苦，至今猶憶李
將軍。

這首詩雖是有感於當時的御史大夫兼河北節度副使張守珪軍中事
而作⑨，但又並非專指一時一地的具體事件，而是融合他在邊塞
的見聞，高度概括了當時征戰生活的各個方面，具有深刻的現實
性。在歌頌戰士們捨身報國、奮起抗敵、不畏犧牲的同時，也鞭
撻了上層將領的荒淫腐敗和驕惰無能。通過「壯士軍前半死生，
美人帳下猶歌舞」這種典型場景的提煉概括，揭露了官兵苦樂懸
殊的深刻矛盾。詩中渲染艱苦激烈的戰鬥氣氛，描寫戰士們複雜
的心理活動，表達了對他們悲慘境況的深切同情。結尾回憶李
廣，既是希望將軍愛惜士兵，與他們同甘共苦，更是希望國家用
將得人，鞏固邊防，儘可能杜絕戰爭的發生。在藝術上，此詩善
於用錯綜交織的筆法來表現複雜深廣的思想內容，風格蒼涼悲
壯、慷慨雄健。語言既錘煉整飭，又平易流暢。大量運用對偶
句，不僅增加了音韻美，也增強了表現力。尤其是詩中「校尉羽
書飛瀚海，單于獵火照狼山」、「戰士軍前半死生，美人帳下猶
歌舞」、「少婦城南欲斷腸，征人薊北空回首」等句，宛如一幅
幅畫面，互相照應對比，引起讀者的聯想思索，揭示出比畫面本
身更為豐富的內容。

3、高適的其他詩作

　　高適在進入仕途之前，曾經有過很長一段沈淪貧困的生活體
驗，這使他對下層人民的生活比較了解，寫了不少反映人民疾苦

的詩，如《東平路中遇大水》、《自淇涉黃河途中作十三首》等詩，
或描寫農村遭受天災後的慘狀，或反映農民被租稅逼迫的窘境，
都充滿感情，寫得比較眞實。有的詩還能較深刻地揭露社會矛
盾，如《苦雨寄房四昆季》提出「曾是力耕稅，曷爲無斗儲」的問
題，對封建剝削已有所觸及。在著名的《封丘縣》詩中，更明確表
示了自己不願充當統治階級直接剝削壓迫人民的爪牙。詩中「拜
迎官長心欲碎，鞭撻黎庶令人悲」正是詩人矛盾痛苦的內心世界
的展現。

　　高適的作品也有一些庸俗的成分。如《李雲南征蠻詩》歌頌楊
國忠、李宓侵略南詔的行爲，《留上李右相》對李林甫的吹捧，都
是因過於熱中功名，希冀權貴獎拔，喪失是非原則的表現。

　　高適詩歌的體裁以古體爲多，尤擅長七言歌行。他較多地保
留了初唐歌行長於鋪敍排比的特點，但又能刪去枝蔓，雖夾敍夾
議，錯綜複雜，卻仍能有條不紊。語言亦於整飾凝練中見渾厚質
樸。其爲人拓落不羈，慷慨豪放，詩亦多悲壯感慨之音。殷璠
《河嶽英靈集》評其詩「多胸臆語，兼有氣骨，故朝野通賞其
文」；劉熙載《藝概》則說他的詩「體或近似初唐，而魄力雄毅自
不可及」。這些都較準確地概括了高適詩的主要特點及其在詩歌
史上的地位。

第五節　岑參

(一)岑參的生平及作品

　　岑參（約公元 717～770 年），荆州江陵（今屬湖北）人，
祖籍南陽（今屬河南）。他出身於一個官僚家庭，曾祖父、祖父
和伯父都做過宰相。父親岑植也做過兩任刺史。岑參十五歲時喪

父，此後家道中落，依兄長生活。曾隱居嵩陽讀書，二十歲到長安求仕，但無結果。此後「蹉跎十年」，往來兩京之間，有時漫遊交友，有時隱居讀書。天寶三年（公元 744 年）中進士，授右內率府兵曹參軍。他對這個低微的官職很不滿意，懷著「丈夫三十未富貴，安能終日守筆硯」（《銀山磧西館》）、「功名只向馬上取，真是英雄一丈夫」（《送李副使赴磧西官軍》）的抱負，於天寶八年（公元 749 年）來到安西（今新疆庫車），擔任安西四鎮節度使高仙芝的掌書記。兩年後，又回到長安。天寶十三年（公元 754 年），封常清任安西節度使，表薦岑參為大理評事攝監察御史，充安西北庭節度判官，再度出塞，他先到北庭（今新疆吉木薩爾），後到輪台（今屬新疆），受到封的賞識。安史之亂爆發，封常清被召回朝廷，岑參則留在輪台任伊西北庭度支副使。肅宗至德二年（公元 757 年），他輾轉來到鳳翔，因裴薦、杜甫等人的推薦，任為右補闕。代宗大曆元年（公元 766 年）出任嘉州（今四川樂山）刺史，後因事罷官，大曆五年（公元 770 年），客死成都。

(二)岑參邊塞詩的藝術特色

岑參歿後三十年，杜確曾編定《岑嘉州集》十卷，但後來佚失，今存明鈔八卷本及刊本《岑嘉州詩》七卷。刊本經《四部叢刊》影印，較為流行。《全唐詩》錄岑詩四卷，共收詩四百多首，但有誤收者。公元一九八一年上海古籍出版社出版了陳鐵民、侯忠義的《岑參集校注》，匯集各種版本篇目，刪去重複及偽作，篇目齊全可靠，注釋也簡明準確。

岑參兩次出塞，在邊地生活達六年之久，對邊塞的征戰生活和自然風光有較深體驗，對那裡的山川河流、風物氣候、音樂舞蹈乃至民情風俗都十分熟悉。此時唐王朝政治上已日漸腐敗、危

機四伏。但西域邊境還保持穩定，當地駐軍士氣較高，民族關係較爲融洽。加之詩人懷著「萬里奉王事，一生無所求。也知塞垣苦，豈爲妻子謀」（《初過隴山途中呈宇文判官》）的遠大抱負，又受到主將器重，對前途充滿信心，心情自然是開朗樂觀的。

與高適相比，岑參的邊塞詩往往寫得熱情洋溢，充滿樂觀向上的昂揚氣概。他寫邊地生活，豪氣十足：「側身佐戎幕，斂衽事邊陲。自隨定遠侯，亦著短後衣。近來能走馬，不弱并州兒。」（《北庭西郊候封大夫受降回軍獻上》）寫軍隊征戰，威武雄壯：「上將擁旄西出征，平明吹笛大軍行。四邊伐鼓雪海湧，三軍大呼陰山動。」（《輪臺歌奉送封大夫出師西征》）甚至那些容易寫得悲切的送別詩，他也同樣寫得很豪放激昂：「醉後未能別，醒時方送君。看君走馬去，直上天山雲。」（《醉裡送裴子赴鎮西》）這些昂揚奮發的豪言壯語。都體現出典型的盛唐風貌。著名的《走馬川行奉送封大夫出師西征》便集中表現了邊塞將士慷慨報國的英雄氣概和不畏艱苦的樂觀精神：

> 君不見，走馬川，雪海邊，平沙莽莽黃入天。輪台九月風夜吼，一川碎石大如斗，隨風滿地石亂走。匈奴草黃馬正肥，金山西見煙塵飛，漢家大將西出師。將軍金甲夜不脫，半夜行軍戈相撥，風頭如刀面如割。馬毛帶雪汗氣蒸，五花連錢旋作冰，幕中草檄硯水凝。虜騎聞之應膽懾，料知短兵不敢接，車師西門佇獻捷。

這首詩是爲送別封常清出師西征播仙城而作。詩一開頭就通過塞外九月狂風怒吼、飛沙走石等風雲突變的自然景色，渲染、烘托出強敵壓境、激戰即將爆發的緊張氣氛。接著寫敵人的凶狠剽悍、軍情的急促緊迫，襯托出我軍將士的沈著善戰。從「將軍金

甲夜不脫」到「幕中草檄硯水凝」六句，既有對將軍夜不卸甲、戰士們在嚴寒的黑夜裡頂風冒雪行軍的正面描寫，也有對戰馬汗水和硯中墨汁旋即成冰的細節刻畫。通過一幕幕場景的展示，表現了唐軍將士勇往直前、所向無敵的豪邁氣概，表達出詩人對這些不辭艱險、努力報效國家的行為的由衷敬佩。詩人雖然誇張地表現了邊地環境的險惡、生活的艱苦，但這些都以襯托將士英雄行為的背景出現，起著突出人物精神面貌的作用。

當然，岑參作為一個對新鮮事物充滿強烈好奇心的詩人，對那些與內地迥然不同的塞外奇麗風光也會有一種濃厚的興趣和特意的觀察。在岑參邊塞詩中最具特色的還是那些對邊塞風光景物的著意描繪。他寫邊境的風沙：「銀山磧口風似箭，鐵門關西月如練。雙雙愁淚沾馬毛，颯颯胡沙迸人面。」（《銀山磧西館》）寫火山：「火山突兀赤亭口，火山五月火雲厚。火雲滿山凝未開。飛鳥千里不敢來。」（《火山雲歌送別》）寫熱海：「西頭熱海水如煮，海上眾鳥不敢飛，中有鯉魚長且肥。岸邊青草常不歇，空中白雪遙旋滅。蒸沙爍石燃虜雲，沸浪炎波煎漢月。」（《熱海行送崔侍御還京》）寫優缽羅花：「綠莖碧葉好顏色，葉六瓣，花九房，夜掩朝開多異香。」（《優缽羅花歌》）寫火山雲：「平明乍逐胡風斷，薄暮渾隨塞雨回。繚繞斜吞鐵關樹，氛氳半掩交河戍。」（《火山雲歌送別》）其中尤以《白雪歌送武判官歸京》）寫雪景最為瑰麗壯觀：

北風捲地白草折，胡天八月即飛雪。忽如一夜春風來，千樹萬樹梨花開。散入珠簾濕羅幕，狐裘不暖錦衾薄。將軍角弓不得控，都護鐵衣冷難著。瀚海闌干百丈冰，愁雲慘淡萬里凝。中軍置酒飲歸客，胡琴琵琶與羌笛。紛紛暮雪下轅門，風掣紅旗凍不翻。輪台東門送君去，去時雪滿天山路。山迴路轉不見君，雪上

空留馬行處。

這是一首抒寫客中送別友人的詩，但詩中大部分筆墨都用來歌詠邊塞早雪的奇異景象。尤其是「忽如」兩句，詩人以大膽的想像、新奇的比喻，把漫天大雪比作春日遍地盛開的梨花，使嚴寒的冬天充滿濃郁的春意，把雪景寫得壯觀可愛。而「紛紛暮雪下轅門，風掣紅旗凍不翻」的畫面也極為絢麗壯美。用鮮紅的軍旗點綴萬里銀裝的大地上，不僅使色彩對比鮮明奪目，而且表現了一種昂揚奮發的精神風貌。岑參不少邊塞詩都是為送行而作，如《火山雲歌送別》、《天山雪歌送蕭治歸京》等，但如題所示，這些詩除敍述友情外，都還歌頌了某一特定的自然景觀，有時送別的內容反倒只有寥寥數筆。他善於把所描寫的事物同送行的內容糅合為一個有機整體，形成氣脈貫通、渾融無間的完整藝術意境。

　　除歌頌邊塞自然風光之外，岑參還描寫了邊塞的各種生活習俗：如寫胡旋舞：「回裾轉袖若飛雪，左鋋右鋋生旋風。琵琶橫笛和未匝，花門山頭黃雲合。」（《田使君美人如蓮花舞北鋋歌》）寫胡笳：「君不聞胡笳聲最悲，紫髯碧眼胡人吹。」（《胡笳歌》）寫邊塞人民的歌舞盛會：「琵琶長笛曲相和，羌兒胡雛齊唱歌。渾炙犁牛烹野駝，交河美酒金叵羅。」（《酒泉太守席上醉後作》）在岑參的筆下，不僅寫了胡漢兵戎相見的一面，還寫了各族人民和平相處、共同娛樂的動人情景：「軍中置酒夜撾鼓，錦筵紅燭月未午。花門將軍善胡歌，葉河蕃王能漢語」（《與獨孤漸道別長句兼呈嚴八侍御》）；「九月天山風似刀，城南獵馬縮寒毛。將軍縱博場場勝，賭得單于貂鼠袍。」（《趙將軍歌》）宋代許顗的《彥周詩話》說：「岑參詩亦自成一家，蓋嘗從封常清軍，其記西域異事甚多。如《優缽羅花歌》、《熱海行》，古今傳記所不載也。」這種對邊地風光和邊塞人民生活場景的描

寫，具有開拓詩歌內容新領域的意義。

　　岑參在邊塞期間也寫過一些懷土思親的詩歌，如《逢入京使》：「故園東望路漫漫，雙袖龍鍾淚不乾。馬上相逢無紙筆，憑君傳語報平安。」語淺情深，既纏綿悱惻又不流於哀怨，不愧為千古傳誦的名作。他也有一些邊塞詩觸及到軍中苦樂不均的問題，如《玉門關蓋將軍歌》中寫將帥的生活是「暖屋繡簾紅地爐，織成壁衣花氍毹。燈前侍婢瀉玉壺，金鐺亂點野酡酥。」在《首秋輪台》中寫士卒的生活則是：「秋來唯有雁，夏盡不聞蟬。雨拂氈牆濕，風搖毳幕膻。」但揭露不如高適詩深刻，概括也不如高適詩凝練、集中。

　　和高適一樣，岑參也擅長七言歌行，但他尚散不尚偶，這與好奇的性格有關。他對詩歌形式也有所突破，有的詩句句用韻，其韻也有兩句一轉，三句或四句一轉者，顯示出奔騰跳躍、錯落參差的語言美。總之，他的邊塞詩在反映現實的深度方面雖然比不上高適，但其題材的廣闊多樣則明顯超過高適。他的詩以濃厚的異域情調，大膽誇張的想像，遒練活潑的語言，昂揚奔放的氣勢，形成雄奇瑰麗的風格，正如殷璠在《河嶽英靈集》中所講的「語奇體峻，意亦造奇」，在唐代邊塞詩中獨標一格，成為盛唐之音的突出代表。杜確在《岑嘉州詩集序》中說他的詩「每一篇絕筆，則人人傳寫，雖閭里士庶，戎夷蠻貊，莫不諷誦吟習焉。」可見他的詩在當時流傳之廣，不僅雅俗共賞，而且還為各族人民所喜愛。

第六節　李頎、王昌齡及其他邊塞詩人

㈠李頎

1、李頎的生平

李頎（公元 690?～751 年），祖籍趙郡（今河北趙縣），家居潁陽（今河南登封）⑨。他家境富有，爲人狂放任俠，常與五陵少年交往，後爲其所棄，遂折節讀書，閉戶十年。開元二十三年（公元 735 年）登進士第，授新鄉縣尉。因久未升遷，殊不得意，開元二十九年（公元 741 年）辭官歸隱於潁陽之東川別業。《唐才子傳》說他「性疏簡，厭薄世務，慕神仙，服餌丹砂，期輕舉之道，結好塵喧之外。一時名輩，莫不重之」。他和王維、高適、崔顥、王昌齡等有交往。有《李頎集》一卷，存詩一百二十餘首，《全唐詩》編爲三卷。

2、李頎的詩歌特色

李頎詩中成就較高的有三類題材：邊塞詩、贈別詩以及描寫音樂的詩。其中尤以邊塞詩寫得最好。如《古意》結合遊俠題材寫少年豪傑渴望建立邊功的英雄氣概：

> 男兒事長征，少小幽燕客。賭勝馬蹄下，由來輕七尺。殺人莫敢前，鬚如蝟毛磔。黃雲隴底白雪飛，未得報恩不能歸。遼東小婦年十五，慣彈琵琶解歌舞。今爲羌笛出塞聲，使我三軍淚如雨。

詩的開頭著重刻畫了一位剽悍剛烈的從軍健兒形象，結尾卻寫他在遼東小婦的琵琶羌笛聲中淚下如雨的感情變化，用大刀闊斧的粗線條表現微妙的心理活動，詩風悲壯蒼涼而不失豪邁爽朗。

《古從軍行》是他的代表作，也是唐代邊塞詩中思想價值較高的一篇：

白日登山望烽火，黃昏飲馬傍交河。行人刁斗風沙暗，公主
琵琶幽怨多。野雲萬里無城郭，雨雪紛紛連大漠。胡雁哀鳴夜夜
飛，胡兒眼淚雙雙落。聞道玉門猶被遮，應將性命逐輕車。年年
戰骨埋荒外，空見蒲桃入漢家。

詩中借漢代故事諷刺當時社會現實，對統治者的開邊戰爭持鮮明
的反對態度。指出戰爭不僅給漢人帶來痛苦，也使胡人蒙受災
難，胡漢雙方的士兵都是怨恨戰爭的。廣大士卒用鮮血和生命換
來的只不過是統治者的一己私利，結尾兩句以無數戰士的生命和
幾顆小小的葡萄對比，更見出將士命運的悲涼淒慘，對統治階級
不顧人民死活的開邊戰爭鞭撻得非常有力。全詩章法整飭，語言
婉轉流利，其中雙聲、疊字的運用，也使詩歌增色不少。

李頎的贈別詩塑造人物形象也很有特色。如《別梁鍠》寫梁鍠
的桀傲不馴是：「回頭轉眄似雕鶚，有志飛鳴人豈知。……朝朝
飲酒黃公壚，脫帽露頂爭叫呼。」《送陳章甫》寫陳章甫的坦蕩豪
爽是：「陳侯立身何坦蕩，虬鬚虎眉仍大顙。腹中貯書一萬卷，
不肯低頭在草莽。」《贈張旭》寫張旭的狂誕放浪是：「露頂據胡
牀，長叫三五聲。興來灑素壁，揮筆如流星。……左手持蟹螯，
右手執丹經。瞪目視霄漢，不知醉與醒。」他往往能抓住特徵，
三言兩語就把人物的形象、胸懷、風度、性格傳神地表現出來，
從而寄託自己對朋友理解、同情、敬佩與傾慕的感情。

李頎為後人所稱道的，還有兩首寫音樂的詩篇，即《聽董大
彈胡笳聲兼寄語弄房給事》和《聽安萬善吹觱篥歌》。詩中通過對
大自然種種音響和形象的摹狀來表達音樂給人的感受，想像奇
妙，比喻貼切，對後世白居易、韓愈、李賀等人描寫音樂的詩篇
也有所啓發。這兩首詩都以反映邊塞生活的音樂為題材，從中也
可看出民族文化的交流對豐富唐詩藝術的積極影響。

　　李頎的詩在當時和後世都受到較高的評價。除上述三類題材之外，他還寫了不少求仙訪道的詩，多宣揚釋道玄理，藝術上無突出之處。

(二)王昌齡

1、王昌齡的生平

　　王昌齡（公元 698?～756? 年），字少伯，京兆長安（今陝西西安）人。一說太原人，一說江寧人，都不可信⑩。少時生活貧苦。開元十五年（公元 727 年）進士，初任祕書省校書郎，後考中博學宏詞科，遷汜水縣尉⑪。後貶爲江寧丞，再貶爲龍標（今湖南黔陽）尉。後人因稱之「王江寧」或「王龍標」。安史之亂中，他離開湖南返回家鄉，路經河南，刺史閭丘曉嫉才，因被殺。著有《王昌齡集》，今有二卷本及三卷本，存詩一百八十餘首，《全唐詩》編爲四卷。另有《詩格》二卷，《新唐書·藝文志》載爲王昌齡所撰，但後人對此頗多疑議⑫。

2、王昌齡的詩歌特色

　　王昌齡是盛唐「位卑而名著」的傑出詩人。當時即有「詩家天子王江寧」（《唐才子傳》卷二）之稱。他擅長七絕，在其詩集中，五七言絕句幾乎占了一半，其中成就最高的是邊塞詩，代表作有《出塞》、《塞下曲》和（從軍行》等。在詩中，他一方面熱情謳歌將士的愛國激情和昂揚鬥志，另一方面則寫出他們遠別親人的憂愁痛苦。在他七首《從軍行》組詩中，既有傳統尚武精神的壯歌：

　　　青海長雲暗雪山，孤城遙望玉門關。黃沙百戰穿金甲，不破樓蘭終不還。（其四）

也有低徊哀怨的思鄉之曲：

> 烽火城西百尺樓，黃昏獨坐海風秋。更吹羌笛關山月，無那
> 金閨萬里愁。（其一）

這兩種矛盾的思想感情在詩中常常互為交融，較全面而深刻地反映了戰士們的生活狀況和精神面貌，表達了他們內心的歡樂、追求、愁思和痛苦。但其中的主旋律又往往是昂揚向上的，傳達出盛唐時代精神的一個側面。

其次，宮怨及閨情詩在他的詩集中亦有不少。與邊塞詩風格蒼涼豪邁不同，這部分詩的風格比較深摯婉曲。它深刻、細膩地表現了封建社會一部分女性當青春和生命遭受摧殘壓抑時痛苦失望的內心世界。如《長信秋詞》其三：

> 奉帚平明金殿開，暫將團扇共徘徊。玉顏不及寒鴉色，猶帶
> 昭陽日影來。

詩中描寫那些禁錮深宮、與世隔絕的宮女們悲慘的命運，表現了她們的希望和失望，以及孤苦無告的幽怨和悲哀，從而揭示了隱藏在「金殿」、「玉階」、「珠簾」背後的黑暗腐朽，表示出對被壓迫者深切的同情，對統治者荒淫腐朽行為的不滿，其中也多少寄託了詩人自己抑鬱不得志的情懷。這種以組詩形式集中揭示宮女內心痛苦的寫法，也為以後王建、王涯等人的宮詞創作開了先河。《閨怨》則是從另一個角度寫閨中少婦因感戰爭貽誤了自己的青春歡樂而產生的悔恨：「閨中少婦不知愁，春日凝妝上翠樓。忽見陌頭楊柳色，悔教夫婿覓封候。」這位少婦的處境和心情在當時是很有代表性的。詩從她原本「不知愁」到見春色爛漫

而頓生悔意，透過一層來寫，更覺哀怨感人。

王昌齡還有一些寫民間婦女的作品也很有情致，如《採蓮曲》其二：「荷葉羅裙一色裁，芙蓉向臉兩邊開。亂入池中看不見，聞歌始覺有人來。」詩中江南少女的天眞活潑，與那些幽閉在深宮的不幸婦女精神面貌迥然不同。

王昌齡性情豪爽，交遊很廣，他的贈別詩往往寫得感情眞摯，如：

> 醉別江樓橘柚香，江風引雨入舟涼。憶君遙在瀟湘上，愁聽清猿夢裡長。（《送魏二》）

> 寒雨連江夜入吳，平明送客楚山孤。洛陽親友如相問，一片冰心在玉壺。（《芙蓉樓送辛漸》）

這兩首詩都是寫江上送行，都以江風寒雨作背景，但各有重點。前者寫對友人的惦念關切，一片深情寄之於夢境；後者抒發自己的懷抱，表明胸襟心志，更可見朋友之間相互了解和眞誠的信任。

王昌齡的七絕藝術上最突出的特點在於：他善於捕捉生活中的場景氛圍，通過對人物利那間感觸的表現，揭示其複雜、深刻的內心世界，表現出興象玲瓏的多重意境，而把一切無關的景物與情思刪汰淨盡。絕句由於篇幅限制，對詩歌的意境氛圍尤需精煉提純。在王昌齡的詩中，景是通過人物情感提純過濾的景，情是因外界景物引發的內心感觸，景已染上情的色彩，情也包含景的因素，這種情中景、景中情，往往融匯交鑄在一起，形成一種玲瓏剔透、無迹可尋的意境。由於這種意境表現的只是人物內心中利那間的感觸，故往往是複雜深沈、內涵異常豐富深厚的，呈

現出一種多重意境的形態。如《從軍行》其四中的「黃沙百戰穿金甲，不破樓蘭終不還」，究竟是發誓不破樓蘭決不還家呢？還是怨恨不破樓蘭終不得還家呢？還是由於心情矛盾，二者兼而有之呢？留下無窮韻味，耐人尋想。至於《出塞》其一的內涵就更豐富深廣了：

　　　秦時明月漢時關，萬里長征人未還。但使龍城飛將在，不教胡馬度陰山。

詩中囊括了悠長的歷史時代、遼遠的廣闊空間，既有「不教胡馬度陰山」的報國壯志，又有「萬里長征人未還」的千秋遺恨；既暗寓了征人思婦的愁情，又飽含思念良將、渴望和平生活的願望。在這裡，千古永恆的長城與明月既是觸發詩人感想的媒介，又是古往今來邊戰不息的無聲見證。詩人這種對於歷史的總結、現實的批判、未來的憧憬，正是通過對塞外長城這樣一個時空遼遠的典型環境氛圍的展示表現出來的。

　　王昌齡對絕句中的每一句、每一字都經過精心的處理，沒有一處閒筆。起句如：「秦時明月漢時關」、「青海長雲暗雪山」等都很警拔響亮，起著振起全篇的作用。第三句一般都能開闢新意，推進一層，如「玉顏不及寒鴉色」、「忽見陌頭楊柳色」、「洛陽親友如相問」等都能極盡婉轉變化之能事，使全詩具有開闔跌宕之妙。至於結句，他更不肯輕易放過，往往寫得很含蓄蘊藉，給讀者留下無窮的思索餘地。他還善於將一首短短的七絕，分為兩個畫面，兩層境界。如《送魏二》分寫眼前境況和別後情形，既有實景也有想像，虛實結合，使詩意深進一層；《閨怨》寫少婦前喜後憂的感情變化，表現人物觸景生情的心理過程，都可看出王昌齡絕句的高超技巧。他善於錘煉語言，但又出以自然流

暢，音節也十分和諧爽朗。故《新唐書》本傳說他的詩「緒密而思清」，他的絕句代表了盛唐絕句的最高成就，在當時只有李白才能與之比美。明王世貞《藝苑卮言》：「七言絕句，王江寧與太白爭勝毫厘，俱是神品。」胡應麟在《詩藪》中還對兩家加以比較說：「李作故極自然，王亦和婉中渾成，盡謝爐錘之迹。王作故極自在，李亦飄翔中閑雅，絕無叫噪之風，故難優劣。」

(三)王之渙

王之渙（公元 688～742 年），字季凌，絳郡（今山西新絳）人。他為人以孝、義著稱，又「慷慨有大略，倜儻有異才」（靳能《王之渙墓誌銘》），與王昌齡、高適等都有交往。開元中，曾任河北文安縣尉，後卒於官。他是盛唐時年輩較長的詩人，其詩「嘗或歌從軍、吟出塞」，「傳乎樂章，布在人口」（同上），在當時影響很大，今僅存詩六首。其中《登鸛鵲樓》：「白日依山盡，黃河入海流。欲窮千里目，更上一層樓。」和《涼州詞》：「黃河遠上白雲間，一片孤城萬仞山。羌笛何須怨楊柳，春風不度玉關門。」都是寫得意境雄渾壯闊的千古名作，至今仍為人傳誦。相傳開元中，他與高適、王昌齡同往旗亭飲酒，遇座中十數伶人會宴，三人遂以伶人唱己詩角勝負，結果以之渙詩為最優，這個「旗亭畫壁」的故事⑬，雖不一定可靠，但它說明了王之渙《涼州詞》在當時就已膾炙人口。其音調爽朗，悲不失壯，是典型的盛唐之音。後人甚至評之為唐人絕句的壓卷之作。

(四)其他

盛唐邊塞詩人中成就較高的還有崔顥、劉灣和張渭。崔顥（公元 ?～754 年）的邊塞詩多積極昂揚語，劉灣和張渭（均為開寶年間詩人）則揭露了戰爭給人民帶來的苦難。張渭《代北州

老翁答》藉負薪老翁之口控訴戰爭:「自言老翁有三子,兩人已向黃沙死。如今小兒新長成,明年聞道又征兵。」劉灣更一針見血指出戰爭的實質:「死是征人死,功是將軍功。」(《出塞曲》),這些對於我們了解天寶年間的社會矛盾也有一定認識作用。

附　註

①終南捷徑:初唐文人盧藏用舉進士後未能授官,遂隱居終南山中,然身在山林而心冀徵召。武后、中宗時,果以高士之名徵召入朝,後累居要職。時人稱為「隨駕隱士」。曾與大道士司馬承禎同過終南山,藏用指山曰:「此中大有嘉處。」承禎笑曰:「依僕觀之,仕宦之捷徑爾。」後世遂以「終南捷徑」比喻謀求官職或名利的捷徑。事見劉肅《大唐新語・隱逸》。

②如王維的「渡頭餘落日,墟里上孤煙」(《輞川閑居贈裴秀才迪》)即受到陶淵明詩「曖曖遠人村,依依墟里煙」(《歸園田居》)的啓發;孟浩然「天邊樹若薺,江畔洲如月」(《秋登蘭山寄張五》)即借鑒了謝朓「天際識歸舟。雲中辨江樹」(《之宣城郡出新林浦向板橋》)。

③據《新唐書・孟浩然傳》記載:「年四十,乃遊京師,嘗於太學賦詩,一座嗟服,無敢抗。張九齡、王維雅稱道之。」「維私邀入內署,俄而玄宗至,浩然匿牀下,維以實對。帝喜曰:『朕聞其人而未見也,何懼而匿?』詔浩然出。帝問其詩,浩然再拜,自誦所為,至『不才明主棄』之句,帝曰:『卿不求仕,而朕未嘗棄卿,奈何誣我?』因放還。」《唐才子傳》及《唐摭言》所記略同。今人多疑此事為後世好事者偽託,詳見陳貽焮《唐詩論叢・孟浩然事迹考辨》等文。

④興象:中國古代文藝批評概念。盛唐文學家殷璠用來表述詩人所創

造的詩歌意境。在《河嶽英靈集・紋》中，他批評齊梁詩風過多注重詞采：「都無興象，但貴輕艷」；評陶翰，稱其「旣多興象，復備風骨」；評孟浩然，稱其「無論興象，兼復故實。」但作爲一個詩歌理論的基本概念，他並未對「興象」的含義作具體闡釋。羅宗強在《隋唐五代文學思想史》中考察其義，認爲「興」或指感情興發，或指思想意義的寄託；「象」則有物象、形象之義。他認爲殷璠把「興」「象」結合成一個概念，似是吸收了「興」的感情興發之義，而把「象」擴大爲境界的概念加以使用，從而用來表述情景交融的詩歌意境。「玲瓏」在這裡有渾然一體妙合無痕的意思。如胡應麟《詩藪》內編卷六說：「盛唐絕句，興象玲瓏，句意深婉，無工可見，無迹可求。」

⑤關於王維的生卒年，歷來說法歧異。據《舊唐書・文苑傳》記載，卒於乾元二年（公元 759 年），《新唐書・文藝中》則謂「上元初卒，年六十一。」清人趙殿成《王右丞集箋注》附錄年譜，考定其卒於上元二年（公元 761 年），並根據終年六十一歲逆推，定其生年爲武則天長安元年（公元 701 年）。以後學術界遂多依此說。但《舊唐書》又記載王維之弟王縉卒於建中二年（公元 781 年），終年八十二年，則王縉應生於武則天聖曆三年（公元 700 年）。這樣，王縉倒比其兄王維的生年（按趙說）早一歲。故趙說肯定有誤。今遵《舊唐書》王維「卒於乾元二年」逆推其生年當爲聖曆二年。

⑥據《集異記》云：「（王維）及爲太樂丞，爲伶人舞黃獅子，坐，出官。黃獅子者，非一人不舞也。」也就是說王維任太樂丞時，因手下的演員不愼私自表演了只能表演給皇帝一人看的黃獅子舞，因此受牽連獲罪貶官。

⑦據《舊唐書・王維傳》：「祿山陷兩都，玄宗出幸，維扈從不及，爲賊所得。維服藥取痢，僞稱瘖疾。祿山素憐之，遣人迎置洛陽，拘於普施寺，迫以僞署。祿山宴其徒於凝碧宮，其工皆梨園弟子、教

坊工人，維聞之悲惻，潛為詩曰：『萬戶傷心生野煙，百官何日再
朝天？秋槐葉落空宮裡，凝碧池頭奏管弦。』賊平，陷賊官三等定
罪，維以凝碧詩聞於行在，肅宗嘉之。會緒（王維的弟弟王縉）請
削己刑部侍郎以贖兄罪，特宥之。」

⑧《燕歌行》詩前原有序，序云：「開元二十六年（公元 738 年），客
有從御史大夫張公出塞而還者，作《燕歌行》以示適，感征戍之事，
因而和焉。」御史大夫張公，指營州都督、河北節度副大使張守
珪。《舊唐書・張守珪傳》載：「（開元）二十六年，守珪裨將趙
堪、白真陀羅等，假以守珪之命，逼平盧軍使烏知義，令率騎邀叛
奚餘燼於潢水之北。……及逢賊，初勝後敗。守珪隱其敗狀，而妄
奏克獲之功，事頗洩。」張守珪是當時鎮守北邊的名將，後來恃功
驕縱，不恤士卒，高適任封丘縣尉時曾送兵薊北，對守珪之事當有
所聞，故此詩亦有一定寫實成分。

⑨關於李頎的籍貫，據辛文房《唐才子傳》記載為東川人。傅璇琮主編
的《唐才子傳校箋》第一冊則考定其為潁陽人，所謂「東川」乃是指
河南登封縣東北十餘里五渡河上游之東溪，此說比較可信。

⑩王昌齡之籍貫，舊有三說。《舊唐書》本傳云京兆長安人，《新唐書》
本傳謂江寧人，殷璠《河嶽英靈集》謂太原人。今人傅璇琮《唐代詩
人叢考・王昌齡事迹考略》對此曾詳加考訂，認為《舊唐書》之說大
致可以信從。

⑪此據新舊《唐書》本傳。《唐才子傳》則謂昌齡中進士後授汜水縣尉，
又中宏詞，乃遷校書郎。仕歷恰相反。今人傅璇琮對此考訂甚詳，
參見中華書局編《唐才子傳校箋》第一冊王昌齡條。

⑫宋代陳振孫《直齋書錄解題》首先對《詩格》作者提出疑問，至清代
《四庫全書總目提要》皆謂出自後人偽託，非王昌齡所撰。今人羅根
澤《中國文學批評史》對此有詳細辯證，可參看。

⑬旗亭畫壁的故事，見於唐代薛用弱《集異記》記載云：開元中，詩人

王昌齡、高適、王之渙齊名，三人共詣旗亭飲酒。座中有伶人十數會宴。三人訂約說：「我輩各擅詩名，今觀諸伶謳，若詩入歌辭多者爲優。」一伶唱「寒雨連江夜入吳」，昌齡引手畫壁曰：「一絕句。」接著一伶唱「開篋淚沾臆」，高適引手畫壁曰：「一絕句。」接著又一伶唱「奉帚平明金殿開」，昌齡又畫壁曰：「二絕句」之渙指諸妓中最美的一人說：「此子所唱，如非我詩，終身不敢與爭衡矣。」須臾，雙鬟發聲，果然是「黃河遠上白雲間」。三人大笑，飲醉竟日。

第三章　李白

第一節　李白的生平、思想和作品

李白（公元 701～762 年），字太白，祖籍隴西成紀（今甘肅天水附近），先世於隋末移居中亞，李白便誕生在中亞碎葉城（今吉爾吉斯斯坦托克馬克附近）。五歲時，隨父遷居到彰明青蓮鄉（今屬四川江油），因此自號青蓮居士①。

(一)李白的生平

李白的生平經歷，大致可分爲五個階段：

一、二十五歲以前在蜀中生活時期。

李白的先世，其高、曾、祖父姓名履歷皆無考。其父李客，終生未仕，似曾經商。大約他的思想比較開明，因此李白幼年所受的教育是多方面的。除儒家經典之外，李白自稱「五歲誦六甲，十歲觀百家，軒轅以來頗得聞矣」（《上安州裴長史書》），又說「十五觀奇書，作賦凌相如」（《贈長相鎬》）。可見他不僅所學內容駁雜，而且受到司馬相如等人浪漫氣質的影響。李白還特別喜歡和一些隱士、奇人交往。他曾和隱士東岩子學習道術，又結識了以喜談縱橫術著稱的名士趙蕤。他自幼就喜好遊歷，曾到過蜀中名山峨嵋山、戴天山等地，「十五遊神仙」（《感興》其五）、「十五好劍術」（《上韓荊州書》）就是他當時生活的寫照。據說他曾經爲打抱不平而「手刃數人」（魏顥《李翰林集

序》），可見其爲人處世很有俠士作風。李白青少年時期的這些
活動，既開擴了詩人的眼界，培養了他熱愛祖國的思想和酷愛自
由、浪漫不羈的性格，也給他帶來一些消極的影響，埋下了隱遁
出世、求仙訪道、縱情行樂等思想因素。

二、二十六歲至四十二歲之前以湖北安陸爲中心的第一次漫
遊時期。

開元十三年（公元 725 年），李白二十五歲。他懷著對自己
才能和政治前途的高度自信，「仗劍去國，辭親遠遊」（《上安
州裴長史書》），開始了生平第一次大漫遊。他於當年秋天出
峽，先用三年的時間遊歷了洞庭、襄漢、廬山、金陵、揚州等
地，然後於開元十六年（公元 728 年）在湖北安陸同高宗時宰相
許圍師的孫女結婚定居，開始了「酒隱安陸，蹉跎十年」（《送
從侄耑遊廬山序》）的生活。此時他以安陸爲中心，先後北遊洛
陽、太原，東遊齊魯，南遊安徽、江浙，足迹遍及大半個中國。
這次遊歷，既有飽覽祖國名山大川、交結朋友、開擴胸襟器識的
目的，也有擴展聲譽影響以求入仕的用意。本著「不飛則已，一
飛衝天；不鳴則已，一鳴驚人」（《代壽山答孟少府移文書》）的
宏願，他沒有參加常規的科舉考試，而是希望通過朝廷的徵辟和
地方官的推薦進入仕途。他曾向荊州長史韓朝宗等人上書，希望
得到他們的賞識和推介。另一方面也希圖通過隱居山林以獲取聲
譽。他先同元丹丘隱居嵩山，後又與孔巢父等五人隱逸徂徠山竹
溪，號稱「竹溪六逸」。企圖藉此實現其「申管晏之談，謀帝王
之術，奮其智能，願爲輔弼，使寰區大定，海縣清一」（《代壽
山答孟少府移文書》）的政治理想。這段時期，他過著縱情山
水、詩酒逍遙的快意生活，創作欲望也空前旺盛，詩歌數量增
多，在思想上、藝術上都達到了自成一家的境地，初步形成他感
情強烈、想像豐富、形式自由奔放、語言清新活潑的詩歌風格。

三、四十二歲至四十五歲，應召入長安，三年供奉翰林期間。

天寶元年（公元 742 年），李白因玉眞公主的推薦，被唐玄宗徵召入京②。他一到長安，八十餘歲高齡的太子賓客賀知章見其氣宇軒昂、骨格不凡，遂稱其爲「謫仙人」。經過賀的揄揚，李白的名聲更加傾動京師③。比及玄宗召見，他受到非常隆重的禮遇。據說玄宗曾親自「降輦步迎，如見綺、皓，以七寶牀賜食，御手調羹以飯之」（李陽冰《草堂集序》）。但玄宗只是賞識他的詞章才華，他常讓李白陪侍自己的宴會、巡遊，把他當作一個點綴「太平盛世」的文學侍從。所謂「供奉翰林」，並無任何實際職任。李白漸感自己政治理想的破滅，他那種「揄揚九重萬乘主，謔浪赤墀靑瑣賢」（《玉壺吟》）的傲岸態度遭到了權貴們的嫉妒，由於駙馬都尉張垍等人的讒毀，玄宗對李白也由不滿到疏遠。在度過一段縱酒狂放的生活之後，李白終於意識到「讒惑英主心，恩疏佞臣計。徬徨庭闕下，嘆息光陰逝」（《答高山人兼呈權顧二侯》），乃上書請還，玄宗即命賜金放還。就這樣，李白帶著「五噫出西京」（《贈江夏韋太守良宰》）的沈痛心情離開了長安。

四、四十五歲到五十五歲，以梁園爲中心的十載重新漫遊時期。

李白出京不久，即與杜甫相識於洛陽，又在汴州遇見了高適，三人一起同遊梁宋（今河南開封一帶），痛飲狂歌，慷慨懷古。在此之前，李白已將家小移居東魯，自己常去那裡，所以第二年杜甫又與李白一起同遊魯中名勝。他們「醉眠秋共被，攜手日同行」（杜甫《與李十二白同遊范十隱居》），結下了深厚的友誼。這期間，李白還在山東濟南道教的紫極宮中接受了高天師所授的道籙。他既想通過求仙學道來尋求精神寄託，也藉以睥睨塵

俗，傲視人間帝王。在許氏夫人死後，李白又續娶宗氏於梁園。並以梁園、東魯爲中心北遊燕趙，南遊廣陵，往來於宣城、金陵等地，他「間攜昭陽、金陵之妓，迹類謝康樂，世號爲李東山。駿馬美妾，所適二千石郊迎，飲數斗醉，則奴丹砂撫《青海波》，滿堂不樂，白宰酒則樂」（魏顥《李翰林集序》），生活放浪豪宕，浮生若夢、及時行樂的思想也有所發展。但他的心情始終是不平靜的，不少詩作都表現出壯志難酬的悲憤惆悵，《將進酒》、《登宣州謝朓樓餞別校書叔云》都展現了他矛盾痛苦的內心世界。《夢遊天姥吟留別》則明確表示詩人寄情山水、嚮往神仙境界的目的正是因爲不願「摧眉折腰事權貴」，放棄自己的自由和尊嚴。這個時期，李白從宮廷走到民間，對社會現象也看得更爲清楚。《戰城南》、《北風行》、《答王十二寒夜獨酌有懷》都從各個方面深刻揭露了現實政治的黑暗與腐敗。儘管他縱酒求仙、放浪形骸，但內心並沒有忘懷國事民生，《遠別離》、《古風其五十一》等詩表示了他對權奸得勢、良臣被害、政治日益陷入混亂局面的深深憂慮，他甚至預感到一場大動亂難以避免。儘管如此，詩人並未失去他的樂觀和自信，他相信自己還能「東山高臥時起來，欲濟蒼生未應晚」（《梁園吟》）。對黑暗現實不屈服、不妥協的叛逆精神仍是這一時期創作的積極基調，當然其中也摻雜了一些消極頹廢思想。

　　五、五十五歲至六十二歲，從「安史之亂」參加永王李璘幕府直至去世。

　　天寶十四年（公元 755 年），安史之亂爆發，當時李白正隱居廬山，見到國家動亂、生民塗炭的慘象，詩人內心無比痛苦，希望能有機會爲國家平叛立功。不久，玄宗第十六子永王李璘由江陵率師東下，路經廬山，徵召李白參加幕府。李白在任職期間所寫的《在水軍宴贈幕府諸侍御》、《江上答崔宣城》、《永王東巡

歌》等都表達了他掃清胡虜、收復兩京，然後功成身退的壯志。
可是李白並不了解李璘與其兄肅宗之間爭皇位的矛盾，至德二年
（公元 757 年），李璘爲肅宗追討死於亂兵中，李白也以從逆罪
下潯陽獄。經友人營救出獄後，又被判處長流夜郎（今貴州桐梓
一帶）。李白此時已年近六十，長流遠地，前途渺茫，因此心情
痛苦至極：「平生不下淚，於此淚無窮。」（《江夏別宋之悌》）
他辭別親人，沿江西下。一年後，當他走到巫峽時遇大赦才得以
放還。他經江夏、岳陽、潯陽至金陵，又往來於宣城、金陵等
地。他雖遭受打擊，但仍關注著時局的發展。他說：「中夜四五
嘆，常爲大國憂」、「安得羿善射，一箭落旄頭」（《贈江夏韋
太守良宰》）。上元二年（公元 761 年），李白已六十一歲，當
他聽到李光弼率大軍征討史朝義的消息，即由當塗北上，準備去
臨淮（今江蘇泗洪）前線請纓殺敵，行至金陵，因病折回。第二
年病死於其族叔當塗縣令李陽冰家中，終年六十二歲。死後初葬
採石磯，元和十二年（公元 817 年），宣、歙、池州觀察使范傳
正遵其遺願，改葬青山（即當塗謝公山）。和杜甫一樣，李白在
安史之亂期間的詩歌也是以愛國主義爲其特徵的，他在遭受冤
獄、流放等慘重打擊，而且貧病交加的情況下猶念念不忘自己的
祖國和人民，還希望再出來爲國平叛立功，直到臨終仍感嘆「大
鵬飛兮振八裔，中天摧兮力不濟」（《臨終歌》），爲自己賓志以
歿而遺恨不已。

㈡李白的思想

　　李白一生經歷曲折，所受的影響是多方面的，因此思想也是
極爲複雜的。他既有儒家「濟蒼生，安社稷」的思想，認爲「苟
無濟代心，獨善亦何益」（《贈韋祕書子春》），又深受道家影
響，崇尙自然，追求自由，蔑視王侯富貴和世俗平庸。縱橫家策

士作風和遊俠義氣在他身上也屢有反映。概言之，儒家爲其樹立
了政治理想，道家則給了他不屈己、不干人、曠達不羈的傲岸作
風與叛逆精神。爲了把這些統一在一起，李白爲自己設計了一條
「功成、名遂、身退」的特殊生活道路。他在詩文中曾反覆強
調：「願一佐明主，功成返舊林」（《留別王司馬嵩》），「待吾
盡節報明主，然後相攜臥白雲」（《駕去溫泉後贈楊山人》），
「功成謝人間，從此一垂釣」（《翰林讀書言懷》），「事君之道
成，榮親之義畢。然後與陶朱、留侯，浮五湖，戲滄洲，不足爲
難矣。」（《代壽山答孟少府移文書》）可見他始終是把功成身退
當作自己最後的歸宿，對榮華富貴並不留戀。他這種帶有濃厚幻
想色彩的人生理想，是建築在對歷代統治者對待賢才的態度有較
爲清醒認識的基礎上的。「吾觀自古賢達人，功成不退皆殞身」
（《行路難》其三）。正唯如此，他只願作帝王師友，不願作其奴
僕俳優。儘管熱切盼望從政，但決不放棄自己的高傲和自由。一
旦從政理想和詩人的人格發生衝突，他總是毅然選擇後者，合則
留，不合則去，不但不向權勢者摧眉折腰，而且敢於諷刺斥責他
們的貪淫荒暴，嘲笑世俗的庸俗與迂腐，這些都體現著他的叛逆
精神。而且李白與某些消極退隱的人物不同，積極進取、執著追
求，始終是他一生最根本的人生態度。無論遇到多大挫折，他仍
然希望有所作爲；儘管悲傷憤怒已極，也不失去對自己的信心。

㈢李白的作品

　　李白的作品在唐代即已亡佚不少，在李白生前，其友人魏顥
曾根據收集到的部分詩文編成《李翰林集》二卷；在詩人去世後，
李陽冰又將他的一些手稿整理爲《草堂集》二十卷；元和十二年
（公元817年），范傳正又搜集其遺稿編爲「文集」二十卷。但
這三個本子，今皆不傳。今傳的李白集子是宋人重新編輯的。首

先是北宋咸平元年（公元 998 年）樂史根據《草堂集》重新校勘編
排爲《李翰林集》三十卷（包括賦、序、表、贊、書、頌等雜著爲
別集十卷）；接著宋敏求又經過廣泛搜求，於熙寧元年（公元
1068 年）重新編定《李太白文集》三十卷④，以後又經曾鞏考訂
並重新排次，由晏知止校刻於蘇州，世稱蘇本。根據蘇本翻刻的
蜀本，才是現在流傳最早、影響最大的宋本（共三十卷：卷一爲
諸家序、碑、志，卷二至卷二十四爲詩，分樂府、歌吟、贈、記
等二十類編排，最後六卷爲雜文）。

　　歷代爲李白詩作注者不少，比較著名、成就較高的主要有南
宋楊齊賢集注、元代蕭士贇補注的《分類補注李太白詩》二十五卷
和清乾隆間王琦的《李太白文集》三十六卷兩種。楊齊賢是第一個
爲李詩作注的人，他對地理方面的解釋較精確，蕭注則補充並糾
正了楊注的不足，在分析詩意、考辨眞僞方面也取得較多進展，
但亦存在不少穿鑿及疏漏之處。王琦的《李太白文集》是一部集大
成之作，它包括年譜一卷、有關李白生平及作品資料輯錄五卷。
他在注解方面也博採諸家之長並補充修正了舊補本的不足與錯
誤，取得較大成績。注釋詳盡周密，評解平正通達，穿鑿較少，
搜求資料較豐富，是古代李白詩文合注最完備的本子。它在輯佚
方面也有成績，在楊、蕭本的九百八十七首（比宋敏求重編本少
十四首）的基礎上又輯得四十多首，其中雖有僞作，但大多數是
可靠的。今人瞿蛻園、朱金城以王琦本作底本，整理成《李白集
校注》三十卷，上海古籍出版社出版。此書分校、注、評箋三部
分，書末附錄年譜、碑傳、跋序及有關評論等內容，是迄今爲止
李白集注釋中最爲詳備精審的本子。

第二節　李白詩歌的思想內容

　　李白一生主要生活在唐玄宗開元、天寶年間，他是盛唐時代的代表詩人，其思想性格的形成和這個時期的社會環境有著密切的聯繫。開元年間，唐帝國處於極度繁榮強盛的階段，這樣的時代氛圍，給人們以極大的鼓舞。富於建功立業的幻想，具有樂觀進取的精神，心胸開闊、性格豪爽，甚至狂放不羈，是當時許多詩人的共同特點，而李白則是最為典型的一個。他理想最高，傲岸不羈的精神最為突出，當時一些文人所具有的行俠使氣、飲酒縱博、尋仙訪道等習氣他都齊備。李白成為當時最大的浪漫詩人決不是偶然的。

　　但是，當李白帶著這個時代培育起來的浪漫性格開始進入社會以後，社會本身卻在迅速惡化。詩人的理想同這個日益腐敗的現實社會發生了不可避免的矛盾衝突。他不斷追求理想，也不斷遭受挫折，可以說，理想與現實的矛盾，是貫穿李白絕大多數詩篇的基本矛盾。李白留傳下來的九百多首詩，既清晰地表明了他一生的思想經歷，也從多方面反映了盛唐時代的社會現實和精神風貌。

　　第一，表現了詩人拯時濟物的理想抱負，成功不受封賞的高尚品德，對自己才能的堅定信念。

　　李白生活在唐王朝由盛轉衰的時期，他目睹和經歷了唐帝國的繁榮、危機和戰亂。這既鼓舞了他嚮往功名事業的雄心壯志，也激發了他拯時濟世的理想抱負。他常以歷史上著名的政治家、軍事家管仲、樂毅、張良、諸葛亮自比，希望自己也能像他們那樣，做一番濟世安民的大事業。在《古風其十》中，他熱情地歌頌戰國時的魯仲連：

齊有倜儻生，魯連特高妙。明月出海底，一朝開光曜。卻秦
振英聲，後世仰末照。意輕千金贈，顧向平原笑。吾亦澹蕩人，
拂衣可同調。

對魯仲連這種「功成不受賞」的行為佩服至極。表示自己也要效
法他，首先建功立業，有所作為，然後謝絕封賞，飄然隱退。他
對自己的才能力量，有著高度的自豪感與自信心，常常把自己描
繪成「斗轉而天動，山搖而海傾」(《大鵬賦》)的力大無比的大
鵬，說「大鵬一日同風起，扶搖直上九萬里。假令風歇時下來，
猶能簸卻滄溟水」(《上李邕》)。他宣稱「天生我材必有用」
(《將進酒》)，說自己具有東晉謝安那樣的才幹，「但用東山謝
安石，為君談笑靜胡沙」(《永王東巡歌其二》)，在他看來，掃
平叛亂，安定國家，只是輕而易舉、談笑間就可以完成的事。他
常常「撫劍夜吟嘯，雄心日千里」(《贈張相鎬其二》)，渴望施
展才幹的機會。而當這種雄心受到挫折時，他儘管有懷才不遇的
悲憤、感慨，但其志卻始終不改。他相信「長風破浪會有時，直
掛雲帆濟滄海」(《行路難其一》)。正因為他對自身能力高度自
信，對人生前進充滿希望，所以他鄙薄平凡庸碌，追求特殊際
遇，他嘲笑魯儒死守章句，也不屑於參加科舉考試，他要以布衣
直取卿相。李白這種理想和自信，正是「一百四十年，國容何赫
然」(《古風其四十六》)的盛唐之世所激發的，它集中反映了那
個時代樂觀進取的精神風貌。

　　**第二，表現了詩人同上層統治集團的尖銳矛盾，對黑暗現實
的不滿和反抗，以及不願向權貴奸佞摧眉折腰的傲岸態度。**

　　李白熱切地盼望實現理想，施展抱負，但當時社會奸邪當
道、羣小讒毀，君主昏庸失察，這一切都造成了他人生道路上的
重重障礙，使他深感「大道如青天，我獨不得出」(《行路難其

二》），因此，理想與現實的矛盾，是貫穿李白絕大多數詩篇一個最基本的矛盾。《行路難》、《梁甫吟》、《答王十二寒夜獨酌有懷》、《宣州謝朓樓餞別校書叔雲》、《將進酒》等著名歌行，突出地表現了詩人理想遭到挫折後對黑暗現實的憤慨，對權貴的強烈反感，以及在現實中找不到出路的焦躁和苦悶。

> ⋯⋯奈何青雲士，棄我如塵埃。珠玉買歌笑，糟糠養賢才！⋯⋯（《古風其十五》）

> ⋯⋯我欲攀龍見明主，雷公砰訇震天鼓。帝旁投壺多玉女。三時大笑開電光，倏爍晦冥起風雨。閶闔九門不可通，以額叩關閽者怒。白日不照吾精誠，杞國無事憂天傾⋯⋯（《梁甫吟》）

> 金樽清酒斗十千，玉盤珍羞直萬錢。停杯投箸不能食，拔劍擊柱心茫然⋯⋯（《行路難其一》）

這些充滿悲憤的控訴聲中，詩人表達了對現實強烈的不滿與反抗。詩人把自己的憤怒都集中在那些擅權當道的權貴近幸身上，在《答王十二寒夜獨酌有懷》中對他們作了痛快淋漓的斥責批判：

> ⋯⋯君不能狸膏金距學鬥雞，坐令鼻息吹虹霓。君不能學哥舒，橫行青海夜帶刀，西屠石堡取紫袍。吟詩作賦北窗裡，萬言不值一杯水。世人聞此皆掉頭，有如東風射馬耳！魚目亦笑我，謂與明月同。驊騮拳跼不能食，蹇驢得志鳴春風。折楊黃華合流俗，晉君聽琴枉清角。巴人誰肯和陽春，楚地由來賤奇璞。黃金散盡交不成，白首為儒身被輕。一談一笑失顏色，蒼蠅貝錦喧謗聲。曾參豈是殺人者，讒言三及慈母驚！與君論心握君手，榮辱

於余亦何有！孔聖猶聞傷鳳麟，董龍更是何雞狗！一生傲岸苦不
諧，恩疏媒勞志多乖。嚴陵高揖漢天子，何必長劍拄頤事玉階！
達亦不足貴，窮亦不足悲，韓信羞將絳灌比，禰衡恥逐屠沽兒。
君不見李北海，英風豪氣今何在？君不見裴尚書，土墳三尺蒿棘
居！少年早欲五湖去，見此彌將鐘鼎疏。

詩人對那些鬥雞取寵、屠殺邊民以邀功的行為深惡痛絕，他把這
幫權貴佞幸斥之為「雞狗」，表示了極大的輕蔑和仇恨。他決不
願與這些人同流合污，這就注定了遭受讒害打擊的命運。正因為
「一生傲岸苦不諧」，所以才會「恩疏媒勞志多乖」。但李白的
可貴之處正是「嚴陵高揖漢天子，何必長劍拄頤事玉階」，「松
柏本孤直，難為桃李顏」（《古風其十二》），他絕不願無原則地
侍奉最高統治者，更不會向那些權貴宵小們摧眉折腰。由於自己
的無辜被讒、懷才不遇是政治的黑暗和社會的極端不公正造成，
因此他對最高統治者的昏庸、腐敗、無能和失策也進行了大膽、
深刻的揭露和批判。在五十九首《古風》中，已有不少篇章或明或
暗地指責了最高統治者好神仙、愛女色、寵佞幸、窮兵黷武、不
愛惜人才、不體恤民生疾苦等驕奢淫逸、昏庸無道的行為。在
《答王十二寒夜獨酌有懷》中，他更是明白地表示出對當朝賢臣李
邕、裴敦復等慘遭無辜殺害的極大憤慨不平。這種對當朝重大冤
案敢於呼名直訴的行為，其矛頭所向，已不僅僅是奸相李林甫
了。這種對黑暗現實大膽的揭露與批判，對上層統治集團的傲岸
與反感，是李白詩歌中最具積極意義的精華部分。

　　第三，歌頌了神奇的大自然，體現了詩人追求自由的個性。

　　李白在《夢遊天姥吟留別》一詩中明確指出，他之所以嚮往山
水名勝、神仙境界的目的是「安能摧眉折腰事權貴，使我不得開
心顏」。只有到大自然中，他才能遠離那些卑鄙齷齪的權貴宵

小，才能擺脫禮法束縛、世俗羈絆，盡情地享受人生自由。因此，對大自然的無比熱愛與嚮往，也從另一個方面體現了詩人追求自由的個性。李白筆下的山水詩，往往呈現兩種境界，一是壯美的，一是優美的。前者如《蜀道難》、《夢遊天姥吟留別》、《西嶽雲台歌送丹丘子》、《廬山謠寄盧侍御虛舟》等；後者如《白雲歌》、《獨坐敬亭山》、《山中問答》、《遊洞庭》等。李白最喜歡描寫的自然景物往往是那些崢嶸險峻的大山，波濤翻滾的江河，飛流直下的瀑布，劃破長空的閃電，呼嘯而來的狂風，咆哮的猛虎，展翅的蒼鷹，以及搏擊風雲、在萬里長空勇敢翱翔的大鵬。通過對這些壯偉、奇特、巨大而又奔騰運動的自然形象的讚美，詩人痛快淋漓地宣洩了他在社會現實中處處遭受壓抑的幽憤苦悶，表現了他渴望衝擊束縛、追求自由的熱切心情，也顯示了他壯闊不凡的胸襟懷抱。如：「黃河西來決昆侖，咆哮萬里觸龍門！」（《公無渡河》）「西嶽崢嶸何壯哉，黃河如絲天際來。黃河萬里觸山動，盤渦轂轉秦地雷。」（《西嶽雲台歌送丹丘子》）「黃河落天走東海，萬里寫入胸懷間。」（《贈裴十四》）「登高壯觀天地間，大江茫茫去不還。黃雲萬里動風色，白波九道流雪山。」（《廬山謠寄盧侍御虛舟》）詩人心中的激情也像他筆下的黃河、長江一樣奔騰不息，勢不可擋。他那種不畏強暴、鄙棄凡俗、嚮往崇高偉大事業的人格精神在對自然山水的謳歌中得到了充分的折光反映。另一方面，李白也很善於描寫恬靜清秀的山水境界。在他筆下，也經常出現一些青山、白雲、明月、芳草、春風、桃李等優美純淨的物象，如：「衆鳥高飛盡，孤雲獨去閑。相看兩不厭，只有敬亭山。」（《獨坐敬亭山》）「勸君莫拒杯，春風笑人來。桃李如舊識，傾花向我開。流鶯啼碧樹，明月窺金罍。」（《對酒》）這種安謐、純靜而又充滿生機的大自然境界，首先是作爲黑暗污濁官場的對立面出現的，其次也給了這位在現

實社會中屢屢碰壁的詩人以慰安和撫愛。詩人徜徉在大自然的懷抱中，與山鳥、山花、春風、明月爲伴，是那樣的無拘無束，自由自在。平日那種因才智、理想受到壓抑而產生的憤懣不平，也得到了暫時的平息。當然，李白對山水境界的嚮往，也往往包含著一些尋仙訪道的因素。但詩人這種對於祖國山河的熱情謳歌讚美，至今仍能給我們以豐富的精神享受，激起我們對祖國的無比熱愛，這正是其積極意義所在。

以上三個方面構成李白詩歌的主要思想內容，但並不是李白詩歌的全部內容。李白還有大量的樂府詩，也寫過不少邊塞詩和懷古贈別之作。李白直接描寫勞動人民生活、反映社會動亂的作品數量雖不是很多，但也清楚地反映出他憂國憂民的情懷和對人民的關心熱愛。表現了詩人渴望爲國效力和至老不衰的愛國熱情。

李白詩歌也有消極頹廢和庸俗的一面，即使在一些優秀的詩篇中也往往摻雜著這些成分。在他初入長安時，就曾因「王公大人借顏色，金章紫綬來相趨」（《駕去溫泉後贈楊山人》）而沾沾自喜；以後回憶起這段生活，也以「昔在長安醉花柳，五侯七貴同杯酒」（《流夜郎贈辛判官》）而驕傲自豪。不少詩作在表現對黑暗現實不滿的同時，也流露出人生如夢、及時行樂、消極避世的思想，這些都反映了他作爲一個封建知識分子人生觀的局限。

第三節　李白詩歌的藝術成就

李白曾說自己寫詩是「興酣落筆搖五嶽，詩成嘯傲凌滄洲」（《江上吟》），杜甫也稱讚他「筆落驚風雨，詩成泣鬼神」（《寄李十二白》），他的詩之所以能產生這樣巨大的藝術感染力，與其廣泛的繼承和學習是分不開的。首先，他繼承了屈原、

莊子以來浪漫的文學傳統。如同屈原一樣，他也十分注重真摯熾烈的主觀情感的表現，他詩中那些豐富多采的藝術想像和大量神話、寓言的運用，無疑都曾受到《楚辭》和《莊子》的啓發。而莊子那種對黑暗社會現實進行無情鞭撻的諷刺藝術對李白影響尤大。其次，他努力學習漢魏六朝樂府，在現存作品中，約有四分之一是樂府詩，他幾乎襲用過所有的樂府古題而且有所創新發展。對於六朝文人詩則持一種合理的揚棄態度，在批判其華艷不實文風的同時吸取了其中的有益成分，對一些優秀的詩人詩作學習用力尤勤。他竭力推崇謝朓，說：「諾謂楚人重，詩傳謝朓清」（《送儲邕之武昌》），「解道澄江靜如練，令人長憶謝玄暉」（《月下吟》）；對江淹、鮑照也多稱許，他評韋良宰的詩說：「覽君荊山作，江、鮑堪動色」（《贈江夏韋太守良宰》）。鮑照《擬行路難》等詩豪放、飄逸的行文氣勢，謝朓山水詩融情入景的主觀色彩、清新秀拔的語言風格都對李白詩歌產生了直接的影響。爲此杜甫也屢以「清新庾開府，俊逸鮑參軍」（《春日憶李白》）、「李侯有佳句，往往似陰鏗」（《與李十二白同尋范十隱居》）來稱讚李白的詩歌。可以說，李白正是在廣泛繼承前人優良傳統的基礎上，進一步發展了中國古代詩歌藝術特別是浪漫表現手法的。任華在《雜言寄李白》中說李白詩文「奔逸氣，聳高格，清人心神，驚人魂魄，……多不拘常律，振擺超騰，既俊且逸」，比較概括地指出了李白詩歌的藝術特點。

李白詩歌是極具個性的，在他詩中處處都留下了濃厚的自我表現的主觀色彩。他感到社會對自己窒息、壓抑，政治上找不到出路時，就說：「大道如青天，我獨不得出！」（《行路難其二》）而一當興奮快樂起來時，又說：「我覺秋興逸，誰言秋興悲」（《秋日魯郡堯祠亭上宴別杜補闕范侍御》）。他要痛飲澆愁，就說：「高陽小飲真瑣瑣，山公酩酊何如我」（《魯郡堯祠

送竇明府薄華還西京》)。他要隱居求仙,就說:「藍田太白若
可期,爲余掃灑石上月」(同上)。他與人交往也常以自我爲中
心,和人一起飲酒喝醉了就說:「我醉欲眠卿且去,明朝有意抱
琴來」(《山中與幽人對酌》)。同是懷念朋友,杜甫對李白是:
「涼風起天末,君子意如何?鴻雁幾時到,江湖秋水多。文章憎
命達,魑魅喜人過。應共冤魂語,投詩贈汨羅。」(《天末懷李
白》)處處替對方設想;而李白對杜甫則是:「我來竟何事?高
臥沙丘城。城邊有古樹,日夕連秋聲。魯酒不可醉,齊歌空復
情。思君若汶水,浩蕩寄南征。」(《沙丘城下寄杜甫》)同樣也
傾注了眞摯深厚的感情,但一切都是從自己的主觀感受出發,活
躍在詩中的只是詩人的自我形象。當然,李白詩歌的主觀色彩,
也並不限於有「我」字的詩句和詩篇,像「但用東山謝安石,爲
君談笑靜胡沙」(《永王東巡歌其二》)、「張艮未逐赤松去,橋
邊黃石知我心」(《扶風豪士歌》)中的謝安、張艮,顯然就被詩
人當作第一人稱的代用語。至於那些描繪雄奇壯偉山水景觀的詩
中,李白也往往傾注了强烈的主觀感情,使這些外在的客觀物像
染上自己的個性色彩,成爲自己精神力量的化身。

　　與李白豪放率眞的個性相關,他詩歌的抒情方式也往往是直
率奔迸的。作爲一個感情充沛的主觀詩人,在他內心往往積蓄著
深厚、强烈的感情,一遇外界契機觸動,發而爲詩,便如山洪爆
發,噴湧而出,一氣直下。如《宣州謝朓樓餞別校書叔雲》:

　　　　棄我去者,昨日之日不可留;亂我心者,今日之日多煩憂。
　　長風萬里送秋雁,對此可以酣高樓。蓬萊文章建安骨,中間小謝
　　又清發。俱懷逸興壯思飛,欲上青天攬明月。抽刀斷水水更流,
　　舉杯消愁愁更愁。人生在世不稱意,明朝散髮弄扁舟。

又如《將進酒》：

> 君不見黃河之水天上來，奔流到海不復回；君不見高堂明鏡
> 悲白髮，朝如青絲暮成雪。人生得意須盡歡，莫使金樽空對月。
> 天生我材必有用，千金散盡還復來。烹羊宰牛且為樂，會須一飲
> 三百杯。岑夫子，丹丘生，將進酒，杯莫停。與君歌一曲，請君
> 為我側耳聽。鐘鼓饌玉不足貴，但願長醉不願醒。古來聖賢皆寂
> 寞，惟有飲者留其名。陳王昔時宴平樂，斗酒十千恣歡謔。主人
> 何為言少錢，徑須沽取對君酌。五花馬，千金裘，呼兒將出換美
> 酒，與爾同銷萬古愁。

都是在詩一開始，鬱積在詩人心中的熾烈感情就噴湧而出，「筆
陣從橫，如虯飛蠖動，起雷霆於指顧之間」（沈德潛《唐詩別
裁》），形成一種排山倒海、先聲奪人的氣勢。接下來，詩中一
連串感情抒發都是那樣痛快淋漓，略無滯礙，如同大河奔流，一
瀉千里。詩人崇高的人品和理想與黑暗的社會現實發生了強烈的
衝突，這不能不使他「萬憤結緝，憂從中催」（《上崔相百憂
章》），激起一陣陣難以抑制的悲憤不平。儘管詩人一再感嘆
「但願長醉不願醒」、「古來聖賢皆寂寞」、「人生在世不稱
意，明朝散髮弄扁舟」，似乎悲觀失望已極，但詩中直抒胸臆、
一吐為快的抒情方式卻使人讀後並不感到沮喪壓抑，相反還使人
感到精神暢快，一吐心口抑塞之氣。李白詩多言窮愁失意，然極
少蹇促寒苦之態，這固然有他性格豪放豁達、詩歌形象瑰奇多姿
等因素，但這種鼓蕩氣勢、直率奔進、毫不掩抑收斂的抒情方
式，無疑也是一個重要的原因。趙翼在《甌北詩話》中說李白詩歌
「自有天馬行空，不可羈勒之勢」，所指出的也正是這種抒情方
式的藝術體現。

　　與這種抒情方式相適應，李白詩歌塑造形象的方式也往往是極為奇特大膽的。當現實生活中的事物不足以表現他所追求的境界和情感時，他更多地從神話和傳說中吸取素材；他不屑於對客觀事物作具體細緻的描寫，而擅長借助豐富的想像、奇特的比喻和大膽的誇張等表現手法來宣洩情感、突出形象，取得一種驚世駭俗的美感效果。比如，他強調對自己才能的極度自信，就說：「天生我材必有用，千金散盡還復來」（《將進酒》）；強調自己的文才得不到社會的重視，就說：「吟詩作賦北窗裡，萬言不值一杯水」（《答王十二寒夜獨酌有懷》）；他用「白髮三千丈，離愁似箇長」（《秋浦歌其十五》）來抒發自己因壯志未酬、時光流逝而產生的極大悲憤；用「我寄愁心與明月，隨君直到夜郎西」（《聞王昌齡左遷龍標遙有此寄》）來表達對朋友的無比思念與一往情深；他寫黃河的洶湧澎湃、西嶽的氣象壯觀，就借助河伯、白帝的神話說：「巨靈咆哮擘兩山，洪波噴流射東海」、「白帝金精運元氣，石作蓮花雲作臺」（《西嶽雲臺歌送丹丘子》）。在著名的《蜀道難》詩中，他不僅採用了大量的神話、傳說，而且運用了一系列比喻、誇張、神奇化等浪漫手法：

　　噫吁嚱，危乎高哉！蜀道之難，難於上青天！蠶叢及魚鳧，開國何茫然。爾來四萬八千歲，不與秦塞通人煙。西當太白有鳥道，可以橫絕峨眉巔。地崩山摧壯士死，然後天梯石棧相鈎連。上有六龍回日之高標，下有衝波逆折之回川。黃鶴之飛尚不得過，猿猱欲度愁攀援。青泥何盤盤，百步九折縈巖巒。捫參歷井仰脅息，以手撫膺坐長嘆。問君西遊何時還？畏途巉巖不可攀，但見悲鳥號古木，雄飛雌從繞林間。又聞子規啼夜月，愁空山。蜀道之難，難於上青天，使人聽此凋朱顏！連峯去天不盈尺，枯松倒掛倚絕壁。飛湍瀑流爭喧豗，砯崖轉石萬壑雷。其險也如

此，嗟爾遠道之人胡為乎來哉！劍閣崢嶸而崔嵬，一夫當關，萬
夫莫開。所守或匪親，化為狼與豺。朝避猛虎，夕避長蛇，磨牙
吮血，殺人如麻。錦城雖云樂，不如早還家。蜀道之難，難於上
青天，側身西望長咨嗟！

　　一開始詩人就把我們帶入渺茫難尋的遠古世界，通過蠶叢、魚鳧
開國的歷史傳說，五丁力士拽蛇山崩的神話，寫出蜀道天梯石
棧，鬼斧神工，無比神奇。接下去的具體描寫，極盡誇張、想像
之能事，說山高則「六龍回日」，連善飛、善攀的黃鶴和猿猱都
過不去，攀不上。至於懸崖萬仞、雲雨泥淖、峯回路轉、百步九
折，則更令人屏氣息脅，撫膺長嘆。結尾一段除「一夫當關，萬
夫莫開」的誇張之外，則多用比喻，寫出詩人對蜀地山川險要、
易為軍閥據險作亂的隱憂，詩人將叛亂分子比作「豺狼」、「猛
虎」、「長蛇」，不僅再一次突出了蜀道難行的主題，而且寓意
警策，發人深省⑤。總之，詩人這些誇張和想像都是出於他抒發
內心強烈感情的需要，是以他豪放率真的性格為基礎的，所以人
們讀後並不感到浮誇虛誕，只覺得不如此便不足以表現詩人熾烈
的感情。

　　李白這種豪放飄逸的藝術風格還表現在文風上。為了暢快地
抒情寫意，李白詩歌往往脫去筆墨畦徑，不受常規所限制。他較
少寫作律詩，在現存的九百多首詩中，七律只有十二首，五律也
不過七十多首。他的律詩如《夜泊牛渚懷古》、《送友人》等也往往
不拘對仗，一氣流走，別具一格。他最擅長的是七言歌行和七言
絕句，歌行的篇幅一般都比較長，容量也大。其句式長短錯落，
形式自由靈活，又常換韻，便於作者縱橫馳騁。因此李白常用它
表達熱烈奔放的思想感情，塑造雄偉壯闊的藝術形象，像《將進
酒》、《遠別離》、《日出入行》、《夢遊天姥吟留別》都是最能體現

七言歌行語言特點的典範之作。當詩人的感情達到高潮的時候，他往往將七言與雜言並用，以增強詩歌氣勢，使語言更具錯綜變化之美。像「我且爲君捶碎黃鶴樓，君亦爲吾倒卻鸚鵡洲」（《江夏贈韋南陵冰》）、「其險也如此，嗟爾遠道之人胡爲乎來哉」（《蜀道難》）、「乃知兵者是凶器，聖人不得已而用之」（《戰城南》）之類的散文化句子和「虎鼓瑟兮鸞回車，仙之人兮列如麻」（《夢遊天姥吟留別》）、「帝子泣兮綠雲間，隨風波兮去不還。慟哭兮遠望，見蒼梧之深山」（《遠別離》）之類的辭賦化句子在他的詩中屢屢出現。李白的七言絕句和王昌齡一起被推爲唐詩中的神品，它具有語淺情深、韻味醇厚、音節和諧、氣勢暢達的特點，取得了後世難以企及的藝術成就。其中像《峨眉山月歌》：「峨眉山月半輪秋，影入平羌江水流。夜發清溪向三峽，思君不見下渝州。」《宣城見杜鵑花》：「蜀國曾聞子規鳥，宣城還見杜鵑花。一叫一回腸一斷，三春三月憶三巴」都是有意不避重複，如同口語般自然而又極爲優美雋永的佳作。

前面已經提到，李白詩歌的內容及神話、寓言的運用都受到莊子的影響。其實，道家思想及道教對李白詩歌藝術的影響更爲廣泛。在詩歌語言方面，李白崇尚道家的自然觀，主張「清水出芙蓉，天然去雕飾」（《江夏贈韋太守良宰》），反對「雕蟲喪天眞」（《古風其三十五》），他不屑於在字句上作過多的雕飾刻畫，語言純淨自然但卻蘊含著極濃厚的情意。這些當然也與他善於從樂府民歌中汲取營養有關係。在美學觀上，李白崇尚壯大美和率眞美，不矯情自飾，也是受到道家思想的影響。而道家對李白詩歌非凡的想像藝術影響就更爲明顯。李白曾受道教浸染幾十年，那些活躍在道教文化中的仙人和仙界故事不僅給詩人提供了豐富多彩的藝術藍本，也使他的思維方式更加活躍，想像更出人意表。他常常自覺不自覺地運用道教文化中創造神話故事、神仙

人物的虛構、想像、誇張等一系列幻想型藝術思維方法來進行詩歌創作，這直接造成了他作品中大量出現的離奇浪漫、怪誕不經的藝術形象。同時，借助道教文化那種不受時空限制、不受本身體察局束的思維方式，詩人往往會感到自己具有一種揮斥萬物、得心應手的超現實力量。這對於他擺脫人間煩惱苦悶、顯示自己的精神本質力量是很必要的。在《梁甫吟》中，他借助神靈怪獸形象的描寫，加上心理幻象造影，反映了現實社會中黑暗險惡的現象；在《夢遊天姥吟留別》中則通過諸神降臨的場面和神仙洞府的描寫，表現出一種「別有天地非人間」的美好境界，以此來和污濁黑暗的現實社會對立。此外，李白詩中還有不少有關人化自然的藝術想像也受到道家和道教中「齊物觀」的影響。如在《獨坐敬亭山》中，「我」與敬亭山能夠互相理解、互相慕悅，物我之間已經等無界線。在《月下獨酌》中，詩人說：「花間一壺酒，獨酌無相親，舉杯邀明月，對影成三人。」這種想像更為奇特美妙，他居然把自己的影子也當作是另外一個獨立的「人」，這類想像不僅可以追溯到《莊子‧齊物論》中「罔兩」與影子對話的寓言故事，而且也來自道教泛神論思想。道教認為不僅天地萬物皆有神靈，而且連人類身體內部各器官也都有相應的神靈主宰，由此生發，影子也應有它自己的本性和神靈了。因此，在李白的想像世界裡，它也能與月、與人等同，算作一個獨立的「人」。前人說王維是詩佛，李白是詩仙，這個概括並不準確。因為從主導思想看，李白當然不是脫離人間超逸現實的仙人；從藝術上說，他也只是汲取道教文化中某些因素來為表現人生理想、現實生活服務。但李白確是唐代詩人中受道家和道教文化思想影響最多的一個。

　　總之，李白詩歌雄奇、豪放、飄逸的風格正是通過多種多樣的藝術表現方法傳達出來的。他的詩很少敘述生活的過程，而是

直接以自己火熱的感情去點燃讀者的心靈。讀著這些作品，我們
會感到其中決蕩著一股熱烈的火焰，一股衝擊黑暗現實的巨大力
量，這正是詩人強烈的叛逆精神和不凡抱負在文學作品中的藝術
體現。

第四節　李白詩歌在文學史上的地位和影響

　　李白詩歌在思想和藝術上都取得了卓越的成就。在中國文學
史上有著繼往開來的偉大意義。

　　首先，李白的詩歌不僅充分表現了盛唐時代樂觀向上的創造
精神和不滿封建秩序的潛在力量，而且使中國古代文學中的理想
主義和反抗精神得到了更完美的結合和進一步的發展。龔自珍
說：「莊、屈實二，不可以並；並之以爲心，自白始。」（《最
錄李白集》）李陽冰《草堂詩序》也說他「凡所著述，言多諷興。
自三代以來，風騷之後，馳驅屈宋，鞭撻揚馬，千載獨步，唯公
一人」。都指出了他在詩歌史上的特殊地位。其次，李白自覺響
應陳子昂詩歌革新主張，在批判六朝浮艷詩風的同時又合理吸取
其某些有益成分，以大量內容充實、形式完美的優秀詩歌創作，
實踐了「文質相炳煥」（《古風》其一）的文學主張，爲唐代詩歌
革新事業的完成作出了傑出的貢獻。李白在理論上對六朝詩歌特
別是梁陳以來的詩風持批判態度，他曾明確表示要把掃清綺麗餘
風、恢復我國詩歌的優良傳統當作自己的歷史使命。他提出：
「大雅久不作，吾衰竟誰陳？」「自從建安來，綺麗不足珍」
（《古風其一》），這與陳子昂詩歌革新主張正是一致的。但在具
體評價詩人和創作實踐中，他對六朝文學又採取了一種批判繼承
的態度，正是這種對前代文學遺產的合理吸取，糾正了陳子昂矯
枉過正的做法，使古典詩歌內容和形式進一步得到完美結合，從

而完成了唐詩革新的偉業。

　　李白的詩歌不僅對當時詩歌發展有巨大的推動作用，而且對後世也產生了深遠的影響。他那追求理想、反抗權貴、嚮往自由的精神，高傲豪邁的性格，雄奇飄逸的詩風，以及「言出天地外，思出鬼神表，讀之則神馳八極，測之則心懷四溟」（皮日休《劉棗强碑文》）的藝術魅力，給後代詩人以强烈的鼓舞和啓迪。稍後的韓愈、李賀，宋代的蘇軾、陸游、辛棄疾，明代的高啓、楊愼，淸代的屈大均、黃景仁、龔自珍，都是從他詩歌中吸取營養並卓有成效的大家。正如韓愈所說：「李杜文章在，光焰萬丈長」（《調張籍》），李白詩歌的成就是巨大的，作爲我國古典文學中最寶貴的遺產，他哺育了一代又一代的詩人和作家。至於他那「戲萬乘若僚友，視儔列如草芥」（蘇軾《李太白碑陰記》）、蔑視權貴的傲岸精神，更深爲廣大人民羣衆所喜愛，以他爲題材而創作的小說、戲曲，千百年來一直活躍在文壇和舞台上，這些都反映了人們對這位酷愛自由的詩人的熱愛與讚揚。

附　註

①李白的籍貫及出生地，歷來衆說紛紜。李白在《與韓荆州書》和《贈張相鎬》等詩文中皆稱「本家隴西人」，自謂是漢代名將李廣後裔。李陽冰《草堂集序》亦稱李白爲「隴西成紀人」，爲「涼武昭王暠九世孫」；范傳正《唐左拾遺翰林學士李公新墓碑並序》根據李白兒子伯禽手疏，亦謂李白爲隴西成紀人，涼武昭王九世孫。但《舊唐書・李白傳》及《唐才子傳》皆云李白爲山東人，似因元稹《唐故工部員外郎杜君墓繫銘》中「時山東人李白，亦以奇文取稱，時人謂之李杜」所言而誤。范傳正《李公新墓碑》又云李白先世於隋末移居中亞碎葉，至神龍初（公元 705 年），其父乃潛還廣漢（今四川綿陽地區），遂定居於此。按，李白在《爲宋中丞自薦表》中稱：「前

翰林供奉李白，年五十有七。」因此表作於至德二年（公元 757
年），故知李白應出生於武后長安元年（公元 701 年）。至神龍初
其父潛還廣漢時年已五歲。故李白亦應出生於碎葉，而非蜀中。近
年來關於李白出生地問題異議仍多，有主蜀中說，如鄭暢《李白究
竟出生在哪裡？》（載《四川大學學報》1981 年第 4 期）認爲李白之
父於中宗神龍元年（公元 705 年）復位時潛還廣漢，於是年生李
白；有主條支說，如劉友竹《李白的生地是條支》（載《社會科學研
究》1982 年第 2 期）認爲李白在《江西送友人之羅浮》、《贈崔諮議》
等詩中曾把「安西」稱作「鄉關」，可知其確實出生於西域。而在
《贈崔郎中宗之》中所說的「舊丘」，即其出生地條支都督府，其地
「在今阿富汗中部一帶，其治所就是昔之鶴悉那，今之加茲尼。」
有主焉耆碎葉說，如李從軍《李白出生地考異》（見 1982 年 10 月
《紀念李白逝世 1220 周年暨江油李白紀念館開館大會材料》）根據
《新唐書・地理志》等記載指出唐代另有一個焉耆碎葉，李白即出生
在此。其地在「今新疆境內博斯騰湖畔的庫爾勒和焉耆回族自治縣
一帶」。並認爲李白《戰城南》詩中的條支海，即博斯騰湖或羅布
泊。而中亞碎葉屬蒙池都護府管轄，與條支都督府無關。劉開揚
《李白在蜀中的生活和詩歌創作》（載《文學遺產》1982 年第 4 期）
則認爲李白當出生在長安。郁賢皓《李白出生地問題討論綜述》（載
《唐代文學年鑑》1984 年號）對諸說有詳細介紹，可參看。

②關於李白究竟由何人推薦而徵召入京的問題，歷來都根據《舊唐書》
本傳認爲是由道士吳筠的推薦而入京。近年來經過學術界多人考
證，此說漸被否定。郁賢皓《吳筠薦李白說辨疑》認爲是通過玉眞公
主的推薦，見《李白叢考》一書；安旗《元丹丘薦李白入朝說》認爲在
李白與玉眞公主之間還有元丹丘的介紹，見《李白研究》一書；李寶
均《吳筠薦舉李白入長安辨》則認爲李白入朝「不一定由於某一人物
的薦舉」，而是由於李白自己「名動京師」，見《文史哲》1981 年

第 1 期。考之魏顥《李翰林集序》「與丹丘因持盈法師（即玉眞公主）達」云云，似以因玉眞公主推薦入京之說較爲可信。

③近年來亦有研究者認爲李白曾兩入長安，一次在開元十八、九年（公元 730、731 年），一次即在天寶元年（公元 742 年）。並以爲李白與賀知章相見當在第一次入長安時，且以爲《蜀道難》即作於此時。詳見郁賢皓《李白叢考・李白兩入長安及有關交遊考辨》、稗山《李白兩入長安辨》（載《中華文史論叢》1962 年第 2 輯）等文。

④樂史編《李翰林集》前二十卷收詩 776 首，而宋敏求則從唐宋的李白集中廣爲搜求，共收入 1001 首，數量增加不少，但也摻入不少僞詩。當時蘇軾就提出過「讀李白《十詠》，疑其淺近」，「《歸來乎》、《笑矣乎》及《贈懷素草書》數詩絕非太白作」（《書李白集》），陸游也指出宋敏求本「貪多務得」（《入蜀記》）。後人續有考訂，明代朱諫曾作《李詩辨疑》二卷，摘舉李白詩 200 多首指爲僞作，但大多憑空臆斷，缺乏史料根據。多數研究者認爲，李白現存的約 1000 首詩（包括王琦及他人輯佚之數），可肯定係僞作者不過三、五十首。

⑤關於《蜀道難》的寫作年代及詩中寓意，歷來歧說甚多。范攄《雲溪友議》卷上謂係嚴武鎮蜀時所作，因嚴有加害房琯、杜甫之意，李白遂作此詩爲房、杜危之。楊齊賢、蕭士贇《分類補注李太白詩》卷三謂此詩乃安祿山叛亂時作，係諷玄宗幸蜀之非計。今按嚴武鎮蜀在肅宗上元二年（公元 761 年），玄宗幸蜀在天寶十五載（公元 756 年），而此詩早載於天寶十二年（公元 753 年）編成之《河嶽英靈集》，可證二說之非。宋本《李太白文集》此詩題下注：「諷章仇兼瓊也。」今按章仇開元末鎮蜀，且無據險跋扈之迹，李白《答杜秀才五松山見贈》曾對其頗讚許，故此說亦未妥。胡震亨《李詩通》卷四謂此乃樂府舊題，擬者不乏，「不必求一人一時之事以實之」。顧炎武《日知錄》卷二十六亦謂此詩係「即事成篇，別無寓

意」。今人或謂此詩係李白在天寶初年送友人王炎由京入蜀而作，詳見詹瑛《李白詩文繫年》；或謂係開元年間首次入京時追求功業無成而作，詳見安旗《李白縱橫探》；或謂係開元十九年（公元 731年）送元丹丘由秦入蜀而作，詳見王輝斌《蜀道難探索》（載《李白研究論叢》）；或謂寫於開元十三年（公元 725 年）李白出蜀之前，係「蜀人自爲蜀詠」，雖襲用樂府傳統主題有所警戒之意，但並非專指一人一事，見劉友竹《〈蜀道難〉新議》（亦載上書）。凡此種種，至今尚無定論。

第四章 杜甫

第一節 杜甫的生平、創作道路和作品

　　杜甫（公元 712～770 年），字子美，祖籍襄陽（今屬湖北），後遷居鞏縣（今屬河南）。他出生在一個世代「奉儒守官」的家庭，十三世祖杜預是西晉時的名將兼學者，曾爲《左傳》作注。由於他是京兆（長安）杜陵人，因此杜甫也常以「杜陵野老」、「杜陵布衣」自稱①。杜甫的祖父杜審言是初唐著名詩人。父親杜閑，曾爲兗州司馬、奉天縣令。對這一官宦世家、書香門第，杜甫常引以自豪，說：「自先君恕、預以降，奉儒守官，未墜素業。」（《進雕賦表》）「未墜素業」還包括了讀書做詩這一傳統，他曾說「吾祖詩冠古」（《贈蜀僧閭丘》），又囑咐兒子宗武「詩是吾家事」（《宗武生日》），所以杜甫把「奉儒」和寫詩當作自己終生孜孜不倦的事業，是有家世淵源的。

(一)杜甫的生平及其創作道路

　　杜甫生活在唐帝國由盛及衰的急劇轉變時期，玄宗天寶十四年（公元 755 年）爆發的安史之亂，是這一轉變的關鍵。杜甫既經歷了安史之亂前那種繁榮昌盛的「開元全盛日」，也經歷了安史之亂「流血川原丹」、生靈塗炭的全過程，還看到了唐王朝在安史之亂後一蹶不振、江河日下的敗落景象。因此，杜甫的一生，和他所處的唐王朝那個由盛及衰、萬方多難的時代息息相

關。大致說來，杜甫的生平，隨著社會和個人環境的變動，可以劃分爲四個時期：

一、讀書遊歷時期（三十五歲前）

杜甫早慧，其《壯遊》詩追憶說：「七齡思即壯，開口詠鳳皇。九齡書大字，有作成一囊。」十四、五歲就已在文壇上嶄露頭角，受到前輩的誇獎：「往昔十四五，出遊翰墨場。詩文崔魏徒，以我似班揚。」②他勤奮好學，「讀書破萬卷」（《奉贈韋左丞丈二十二韻》），這都爲他以後的詩歌成就打下了淵博雄厚的基礎。二十歲起，詩人開始了他的漫遊生活，先遊吳越，二十四歲返回東都洛陽參加進士科舉考試不中。第二年又遊齊趙，直到開元二十九年（公元 741 年）才回洛陽。天寶三年（公元 744 年），他在洛陽結識了李白，相邀同遊梁宋，同遊的還有高適。後來高適南遊楚，杜甫和李白則北上再遊齊趙，他們一起登高懷古，尋幽訪勝，飲酒論詩，過了一段「放蕩齊趙間，裘馬頗清狂。春歌叢臺上，冬獵青丘旁」（《壯遊》）的豪放浪漫生活，結下了深厚的友誼。這次壯遊，使詩人接觸到祖國衆多的文化古迹和壯麗山河，結交了不少文學造詣很深的師友，爲他詩歌創作的發展成熟作好了準備。作於這一時期的《望嶽》詩說：「會當凌絕頂，一覽衆山小。」《畫鷹》詩說：「何當擊凡鳥，毛血灑平蕪。」都表現出青年詩人對自己前途和能力的樂觀自信，充滿了勇於攀登、蓬勃向上的青春朝氣。

二、困守長安時期（從三十五歲到四十四歲）

天寶五年（公元 746 年），杜甫懷著「致君堯舜上，再使風俗淳」（《奉贈韋左丞丈二十二韻》）的政治理想，來到長安，尋找施展抱負的機會，但迎接他的卻是十分冷漠的現實。他參加制舉考試，但嫉賢妒能、口蜜腹劍的奸相李林甫卻不讓一人及第，還向玄宗上表稱賀「野無遺賢」③。他不斷向王公大臣投詩干

謁，寫下《奉贈鮮於京兆》、《奉贈韋左丞丈二十二韻》、《贈翰林張四學士垍》等詩，希望得到他們的引薦，但毫無著落。他向玄宗進獻《三大禮賦》、《封西岳賦》、《鵰賦》等作品，雖博得了一些虛名，但作用也不大。到天寶十四年（公元 755 年）十月被任命爲右衛率府冑曹參軍這樣一個正八品下的小官時，他在長安已經待了十年了。這期間，詩人的理想一再碰壁，生活也越來越拮据。他常過著「賣藥都市，寄食友朋」（《進三大禮賦表》）的生活，甚至陷入「饑臥動即向一旬，敝衣何啻聯百結」（《投簡咸華兩縣諸子》）的困窘地步。這種「朝扣富兒門，暮隨肥馬塵。殘杯與冷炙，到處潛悲辛」（《奉贈韋左丞丈二十二韻》）的辛酸屈辱，與他「自謂頗挺出，立登要路津」的不凡抱負形成鮮明的對比。貧困的生活體驗，使他與下層人民的思想感情逐漸貼近；當權者的排斥，使他對政治的黑暗有了切身感受。詩人的性格也逐漸由清狂轉爲深沈。他處在當時的政治中心長安，耳聞目睹統治者的荒淫腐朽，對潛藏的社會危機也有所預感。這段時間，杜甫寫下一百多首詩，其中《兵車行》、《麗人行》、《前出塞》、《後出塞》等名篇，從多方面反映了安史之亂前夕唐代社會的各種矛盾。作於天寶十四年（公元 755 年）冬的《自京赴奉先縣詠懷五百字》，既是對自己十年長安生活的總結，也展示了唐代盛世結束、危機四伏的社會圖景，表達了「窮年憂黎元，嘆息腸內熱」的拳拳深情，對貧富對立的社會矛盾也進行了「朱門酒肉臭，路有凍死骨」的形象概括。這些作品都標誌著杜甫作爲一個憂國憂民的偉大詩人的成熟，奠定了他客觀寫實的創作方向和沈鬱蒼涼的詩歌風格。

三、爲官及流亡時期（從四十五歲到四十八歲）

天寶十四年（公元 755 年）十月，杜甫宮定後即離開長安往奉先縣探家，迎接他的是「入門聞號咷，幼子餓已卒」的慘狀。

十一月，安史之亂爆發。第二年六月，長安淪陷，杜甫也攜帶一
家老小加入了流亡的難民隊伍。他先是由奉先逃到白水，後又由
白水再逃到鄜州。他在《彭衙行》中記述了當時的逃難情況：「癡
女饑咬我，啼畏虎狼聞。懷中掩其口，反側身愈嗔。」「野果充
餱糧，卑枝成屋椽。」七月，太子李亨在甘肅靈武即位，改元至
德。杜甫得知這一消息後，就把家小安頓在鄜州羌村，隻身投奔
靈武見肅宗。不料途中被叛軍俘虜，押到長安。詩人得以目睹叛
軍燒殺擄搶的慘景，寫下《月夜》、《悲陳陶》、《悲青坂》、《春
望》、《哀江頭》等詩，表達了自己的悲哀、憤恨以及對親人的懷
念之情。當他聽到宰相房琯在陳陶斜和青坂遭到慘敗的消息時，
又寫了《悲陳陶》、《悲青坂》等作，以哀悼「四萬義軍同日死」，
並表達了淪陷區人民「日夜更望官軍至」的心情。至德二年（公
元 757 年）四月，杜甫終於從長安逃出，到達肅宗的行在陝西鳳
翔。「麻鞋見天子，衣袖露兩肘。朝廷愍生還，親故傷老醜。」
（《述懷》）這就是他歷盡艱險困苦來到朝廷的真實寫照。肅宗褒
獎他的忠心，授予他左拾遺這一品位雖低但責任重大的諫官職
務。但不久他卻因上疏救房琯觸怒肅宗，幾乎定罪④。這一年閏
八月，他離開鳳翔去鄜州看望妻子，寫下《羌村三首》和長詩《北
征》，記述了沿途及歸家後的所見所聞所感，從不同角度反映了
自己所處的那個時代。這年秋冬，唐軍收復兩京，肅宗回到長
安，杜甫也自鄜州入京。第二年六月，他因房琯事被貶華州司功
參軍，乾元二年（公元 759 年）春，杜甫往河南舊居探親，途中
目睹社會的殘破和人民的苦難，寫下《新安吏》、《潼關吏》、《石
壕吏》、《新婚別》、《垂老別》、《無家別》（簡稱「三吏」、「三
別」）這兩組名垂千古的詩篇。同年秋天，杜甫因朝中李輔國專
權，對政治感到失望，加上關輔大饑，毅然棄官攜家前往秦州。
十月遷同谷。一路上，詩人拖兒帶女遭受顛沛流離之苦，寫下

《秦州雜詩二十首》、《乾元中寓居同谷縣作歌七首》等備述其狀。
由於在同谷無衣無食，一家數口幾瀕絕境，同年十二月，詩人只
得往成都投靠高適等故交舊友。這個時期是杜甫生活經歷中最艱
難的一段。詩人飽嘗國破家亡的憂患痛苦，作官、陷賊、流亡、
遭貶，生活體驗異常豐富，創作也較多，今存詩二百四十九首。
由於他和人民一起感受到戰爭的痛苦，從滿目瘡痍的村落間觀察
了肅宗的「中興」，因而在作品中能更客觀地記述時代的真實，
許多詩篇對戰火和災荒中人民的苦難有深刻的反映，有著「詩
史」的偉大意義⑤。强烈的政治性和熾熱的憂國憂民感情，是這
個時期作品的突出特色，它標誌著詩人的創作進入高峯期。許多
敍事性優秀詩作更是思想性和藝術性的完美結合，代表了杜甫詩
歌寫實藝術的獨特成就。

四、飄泊西南時期（從四十九歲到去世）

　　乾元二年（公元 759 年）底，杜甫終於來到成都。次年春
天，在一些地方官的幫助下，他在成都西郊浣花溪畔建築了一座
草堂，詩人飄泊多年，至此才算有了一個安身之所，因而寫了不
少詩描述村居生活的樂趣。代宗寶應元年（公元 762 年），詩人
在成都尹兼御史中丞嚴武的資助下擴建了草堂，開闢了田地，他
帶著兩個孩子種菜種藥、養雞養鵝，儼然是個老農。七月，嚴武
應召入朝，成都少尹徐知道趁機叛亂，杜甫逃到梓州等地避難。
直到叛亂平息才回到草堂。廣德二年（公元 764 年）春，嚴武又
回成都任職，他向朝廷舉薦杜甫為節度參謀、檢校工部員外郎。
杜入嚴幕六個月，因不慣幕府生活，又回到草堂。杜甫在成都的
這段時間，生活雖較前安定，但仍未忘記窮苦人民，他寫了《枯
棕》、《病橘》等詩，對人民的痛苦表示同情，在《茅屋為秋風所破
歌》中更由推己及人到「寧苦身以利人」（黃徹《碧溪詩話》），
表現了詩人崇高的思想。永泰元年（公元 765 年）四月，嚴武去

世，杜甫失去依靠，不得不於五月率家人離開草堂，乘舟東下。
九月到雲安，第二年暮春抵達夔州。在這裡，他受到都督柏茂琳
的照顧，暫時住了下來。他感到自己越來越老，就更加抓緊時間
多寫詩，說：「他鄉閱遲暮，不敢廢詩篇。」（《歸》）這一期間
他創作上大爲豐收，不到兩年時間竟寫了四百三十多首詩，幾乎
占今存全部詩作的百分之三十多。內容也十分豐富，從國家大
事、朋友往來到個人身世都有所涉及，如《昔遊》、《壯遊》、《遣
懷》等五古名篇和《諸將五首》、《秋興八首》、《詠懷古迹五首》、
《又呈吳郎》等七律名篇都是這個時期的代表作。《諸將五首》和
《有感五首》是針對時局寫的政論律詩，《詠懷古迹五首》和《八陣
圖》、《古柏行》則對後世懷古詠史詩很有影響。在夔州期間，杜
甫對詩歌的格律、形式等寫作技巧也有更深入的探討，他說：
「晚節漸於詩律細。」（《遣悶戲呈路十九曹長》）對於七言律詩
尤其用力精深。他創作的大量七言律詩，如《白帝》、《登高》以及
《秋興八首》等在藝術上都達到登峯造極的地步，被後世奉爲圭
臬。

　　大曆三年（公元 768 年）正月，杜甫感到自己身體越來越
差，就想回河南老家。他先到江陵，因河南兵亂受阻，半年後改
道抵達公安，年底飄泊到湖南岳陽。這時詩人的健康狀況更加糟
糕，瘧疾、肺病、風痺、糖尿病不斷地折磨著他。爲了投靠親
友，他不得不更向南行。大曆四年（公元 769 年）正月，詩人來
到潭州，後又到衡州。不管飄泊到哪裡，詩人的眼睛始終注視著
人民的創傷，他寫了《遭遇》、《宿花石戍》、《歲晏行》、《登岳陽
樓》等作品，詩中不僅對人民遭受戰亂的痛苦充滿深切的同情，
而且對統治者不顧人民死活、橫徵暴斂的行爲表示了極大憤慨。
大曆五年（公元 770 年）四月，軍閥臧玠在潭州作亂，兵荒馬亂
之中，已經折回潭州的杜甫只好又往南逃難。他在《逃難》詩中

說：「五十白頭翁，南北逃世難。疏布纏枯骨，奔走苦不暖。已
衰病方入，四海一塗炭。乾坤萬里內，莫見容身畔。」船行至耒
陽，由於江水陡漲，交通不便，杜甫一家人餓了五天五夜，幸虧
縣令聶某送來牛酒，才免於餓死。船無法再前進，詩人只得又折
回潭州，就在這年冬天，五十九歲的詩人死在由潭州到岳陽的一
條破船上。臨終前，他支撐著寫下《風疾舟中伏枕書懷呈湖南親
友》這首長達七十二句三百六十字的五言排律。詩中說：「戰血
流依舊，軍聲動至今。」可見這位憂患一生的詩人直到臨死也沒
有忘記他多災多難的祖國和受苦受難的人民。

　　作爲一個爲人民歌唱了一輩子的偉大詩人，杜甫身後也是十
分蕭條的。他的靈柩停厝在岳陽，四十三年後即憲宗元和八年
（公元 813 年），才由其孫杜嗣業移葬河南偃師⑥。

（二）杜甫的詩集

　　杜甫的詩集據《舊唐書》本傳和《新唐書‧藝文誌》記載，原有
六十卷，但早已散佚。北宋時王洙在寶元二年（公元 1039 年）
取祕府舊藏本及各種不完整杜集，共八種八十九卷，去其重複，
得詩一千四百零五篇，分古詩、近體詩，按年代先後，編爲十八
卷，又別錄賦筆雜著二十九篇爲二卷，共二十卷，題爲《杜工部
集》。到嘉祐四年（公元 1059 年）王淇又就王洙本重新編定，並
在蘇州鏤版刊行，於是成了杜集的第一個定本。後世杜集層出不
窮，但都以此爲基礎，《四部備要》所據的玉鈎草堂本，即出於經
南宋吳若校訂過的二王本。由於不斷輯得佚詩，故詩的數目也有
所增加⑦。其中按古、近體詩體例分別編次的有南宋淳熙八年
（公元 1181 年）郭知達的《杜工部詩集注》，共三十六卷。此書
亦稱《九家集注杜詩》，是因爲集中了王安石等九家的箋注⑧。按
年代先後編次的則有南宋紹興二十三年（公元 1153 年）魯訔編

次、嘉泰四年（公元 1204 年）蔡夢弼會箋的《杜工部草堂詩箋》，共五十卷並外集一卷，輯入清光緒十年（公元 1884 年）黎庶昌刻《古逸叢書》。另有宋人徐居仁編次的《分門集注杜工部詩》二十五卷，附文集二卷，是按門類編排的。按詩題共分爲七十二個門類，極爲繁瑣，但注解收羅詳備，尚有可採處。其影印本收入《四部叢刊》。明清兩代注杜者蜂起，號稱「千家注杜」，即今所知的也有百餘種以上。其中較爲流行的有明末王嗣奭《杜臆》十卷，他一反從南宋至明一些杜詩注解者訓解典故、繁瑣徵引而漠視詩歌內容主旨的做法，努力去探索和發掘杜詩中憂國憂民的情懷，在藝術分析方面也頗有見地；缺點是未錄原詩，典故名物的訓解過於粗略。清初錢謙益的《杜工部集注》，又稱《錢注杜詩》，共二十卷，末附年譜一卷，按詩體編排，對史實考訂甚詳，注引豐富，今由中華書局據康熙刻本校點印行。清康熙間，仇兆鰲的《杜詩詳注》二十五卷，包括賦、表等雜著兩卷。這是所有杜詩注本中最出色的一種，也可以說是杜注中集大成之作，它匯集了前人大量研究成果，強調「無一字無來處」。書中對每一首杜詩都分編年、內注、外注、根據四個部分，徵引繁富，考評細密，但時有泛釋無當之處。今由中華書局據清康熙刻本校點印行。楊倫的《杜詩鏡銓》二十卷，按年代編次，較簡明扼要，便於初學。清乾隆間浦起龍的《讀杜心解》六卷，按詩體編次，但附有《少陵編年詩目譜》。其中評點多獨立見解，而無釋事忘義之弊，立論也比較通達，但分析章句有時不免陷入八股陳套。

第二節　杜甫詩歌的思想內容

　　杜詩現存一千四百多首，它既是詩人偉大人格的寫眞，也是安史之亂前後唐代社會的一面鏡子。詩人以始終不衰的火熱激

情，從各個角度藝術地再現了那個特定歷史時期的社會面貌。其所反映的現實生活的深度和廣度，不僅他同時代人無法比擬，也是我國古代文學史上任何一個詩人難於企及的。杜詩之所以在後世被稱爲「詩史」，決非過譽之辭。

與李白不同，在杜甫的世界觀裡，儒家思想始終佔主導地位。雖然這種影響是多方面的，但其中較積極的方面主要是儒家所倡導的「仁民愛物」和「民爲邦本，本固邦寧」的民本思想。基於這種民本思想，杜甫特別關心人民的生活狀況，始終把反映人民苦難當作自己義不容辭的責任。而且，由於詩人一生艱苦的生活體驗，在某些方面對儒家教條還有所突破。儒家的「窮則獨善其身，達則兼善天下」、「不在其位，不謀其政」的原則杜甫並未遵從，他始終都以關心國事民瘼爲己任。他說：「濟時敢愛死？寂寞壯心驚。」（《歲暮》）黃徹說他：「其窮也未嘗無志於國與民，其達也未嘗不抗其易退之節，早謀先定，出處一致矣。」（《碧溪詩話》卷十）朱弁也說他：「窮能不忘兼善，不得志而能不忘澤民。」（《風月堂詩話》卷下）都指出了他比古代一般文人進步之處。

對人民的深切同情是貫穿杜詩的主導傾向。在此之前，文人詩歌很少寫到平民，即使作爲陪襯出現，也難得反映出他們生活的眞實情況。杜甫是第一個將普通民衆形象廣泛引進詩歌的詩人。在他筆下，描寫了衆多的下層民衆：農民、士兵、織婦、船夫、漁父、負薪的女子、無告的寡婦、被迫應徵的老漢、提前服役的兒童，詩人不僅從多方面表現了他們悲慘的生活，而且表達了他們的願望要求：「誰能叩君門，下令減征賦！」（《宿花石戍》）「縣官急索租，租稅從何出？」（《兵車行》）「安得務農息戰鬥，普天無吏橫索錢！」（《晝夢》）詩人之所以能夠道出民衆的心聲，正因爲他了解人民，對人民的痛苦有深切體會。詩人

的可貴之處還在於他不只是表面地描寫人民受苦的現象，而是進一步揭示出人民遭受苦難的根源。一是賦稅太重，二是官吏貪污盤剝，三是統治者的奢侈浪費。在《自京赴奉先縣詠懷五百字》中，詩人不僅揭露了「彤庭所分帛，本自寒女出，鞭撻其夫家，聚斂貢城闕」這樣的客觀事實，而且用「朱門酒肉臭，路有凍死骨」這樣對比鮮明的形象畫面對當時尖銳的貧富對立問題作了高度的藝術概括。在《歲晏行》中他還說：「去年米貴闕軍食，今年米賤太傷農。高馬達官饜酒肉，此輩杼柚茅茨空。」這些見識雖源於儒家的民本思想，受到《孟子》「庖有肥肉，廄有肥馬，民有饑色，野有餓莩，此率獸而食人也。」（《梁惠王》）的啓發，但如果沒有詩人對生活的觀察體驗，是不可能寫得這樣沈痛眞切的。正因爲詩人自己也餓到摘蒼耳充饑的地步，所以才會有「富家廚肉臭，戰地骸骨白」（《驅豎子摘蒼耳》）的深切感受。詩人的個人命運已和勞苦大眾的命運密切聯繫在一起，所以才能寫出「三吏」、「三別」那樣具有深刻現實意義的光輝作品來。當他在安史之亂前去奉先探親時，見到的是一家老小凍餓交加，「入門聞號咷，幼子餓已卒」的慘景，詩人雖然悲痛欲絕，但想到的卻是：

> 生常免租稅，名不隸征伐。撫迹猶酸辛，平人固騷屑。默思失業徒，應念遠戍卒。憂端齊終南，澒洞不可掇。（《自京赴奉先縣詠懷五百字》）

由眼前的不幸遭遇想到那些生活在下層社會的貧苦人民比自己更爲不幸，更難以生存下去。他在成都時自家草堂被秋風吹破，詩人瑟縮在淒風苦雨之中、寒冷難當、徹夜不眠時，卻發出了這樣的宏願：

　　安得廣廈千萬間，大庇天下寒士俱歡顏。風雨不動安如山。
嗚呼！何時眼前突兀見此屋，吾廬獨破受凍死亦足！（《茅屋為
秋風所破歌》）

　　詩人不僅由自己的挨凍想到廣大掙扎在饑寒線上的貧民，而且願
意以自己的「凍死」作代價來換取他們的溫暖。這樣的精神境
界，是十分可貴的。

　　由於和人民的思想感情貼近，他和一些勞苦民眾相處也很和
諧融洽，在《遭田父泥飲美嚴中丞》詩中，他寫那位老農「叫婦開
大瓶，盆中為吾取。……高聲索果栗，欲起時被肘。指揮過無
禮，未覺村野醜。月出遮我留，仍嗔問升斗。」從中既可看出這
位老農的淳樸率直、天真可愛，也可看出詩人對下層平民親切態
度以及他們之間的親密關係。

　　但是，杜甫始終把改善人民生活處境的希望寄託在統治者的
賢明儉樸和勵精圖治上，反對人民作任何擺脫奴役地位的努力。
他常常在真誠地同情人民疾苦的同時，向他們作恪守封建秩序的
說教，在《甘林》詩中，他記述了一位老人「時危賦斂數」的哀
訴，但結尾卻說：「勸其死王命，慎莫遠奮飛。」勸他做安分守
己的順民。這種在維護封建制度的前提下尋找緩解人民苦難的辦
法的思想，是古代文人難以避免的局限。

　　在杜詩中，愛國精神也表現得很突出。杜甫的愛國思想往往
和忠君思想交織在一起。在他的觀念中，君主乃是國家的代表和
象徵，君國二位一體，「忠君」、「愛國」、「愛民」始終都是
杜甫「奉儒」的特定內容。從這點出發，詩人很早就樹立了「致
君堯舜上，再使風俗淳」的政治理想，他說：「許身一何愚，竊
此稷與契。」（《自京赴奉先縣詠懷》）和李白要做帝王師友不
同，杜甫立志做一個符合封建規範的賢臣良吏。他的積極用世，

也主要是想為社會作出自己的貢獻。當他有機會進入朝廷時，他不顧自己官卑職小，忠於職守，冒死進諫，希望以自己的力量為這個社會作一些彌補缺漏的工作。當他流落民間時，他也「在家常早起，憂國願年豐」（《吾宗》）、「窮年憂黎元，嘆息腸內熱」（《自京赴奉先縣詠懷》），始終把憂國憂民當成自己的社會責任。由於詩人生活在一個萬方多難的時代，他又處於「無力正乾坤」的地位，於是他更多地是用筆來表達他對國家命運的深切關注。

早在安史之亂前，他同高適、岑參、薛據等人一起登上長安慈恩寺塔，就已為國家前途憂慮：「秦山忽破碎，涇渭不可求。俯視但一氣，焉能辨皇州？」（《同諸公登慈恩寺塔》）安史之亂爆發後，詩人不但在詩裡抒發了「感時花濺淚，恨別鳥驚心」（《春望》）這樣強烈的愛國感情，還情不自禁地擴展了詩歌領域，通過詩歌來發表對軍事形勢和戰略問題的意見：「孟冬十郡良家子，血作陳陶澤中水。」（《悲陳陶》）「焉得附書與我軍，忍待明年莫倉卒。」（《悲青坂》）「延州秦北戶，關防猶可倚。焉得一萬人，疾馳塞蘆子？」（《塞蘆子》）這些詩無不凝聚著詩人對於國家命運的關懷。兩京收復之後，詩人寫下《洗兵馬》，歌唱祖國中興，希望肅宗重振朝綱，任用賢臣，早日結束男不得耕、女不得織的戰亂局面。

組詩「三吏」、「三別」在譴責橫暴的差吏把未成年的孩子、孤苦無家的老人、村野老婦和剛完婚的新郎都強徵入伍的同時，從維護國家安定統一的前提出發，含著眼淚勸勉人們走上前線。詩中歌唱的人民忍受最大犧牲為祖國獻身的精神，也代表了詩人自己的政治態度。《鳳凰台》以寓言詩的形式抒發了自己為「再光中興業，一洗蒼生憂」嘔心瀝血在所不惜的偉大胸懷。被稱為杜甫生平「第一快詩」的七律《聞官軍收復河南河北》更是真

實地表現了詩人渴望祖國和平統一的熱切心情。詩中那種欣喜若狂、百感交集的情狀，正是詩人愛國感情的自然流露。詩人這種愛國熱情還表現在他始終渴望爲國效力，但事實上卻只能過著顚沛流離的生活、無法有所作爲的時候，他就用這種熱情去鼓勵朋友，他鼓勵嚴武說：「公若登台輔，臨危莫愛身。」（《奉送嚴公入朝》）勸勉裴虬說：「致君堯舜付公等，早據要路思捐軀。」（《暮秋枉裴道州手札率而遣興》）這種「位卑未敢忘憂國」的執著的愛國熱情，是他始終能夠面對現實、決不迴避現實的力量源泉。

　　對於杜甫的「忠君」，也應作具體分析。在杜詩中有不少諸如「葵藿傾太陽，物性固莫奪」（《自京赴奉先縣詠懷》）、「涕淚受拾遺，流離主恩厚」（《述懷》）、「唯將遲暮供多病，未有涓埃答聖朝」（《野望》）的內容，這無疑是一種時代的局限。但在其他詩中，對於唐玄宗、肅宗、代宗祖孫三代的不良行爲也都曾有過直接的批評和諷刺。對玄宗窮兵黷武、奢侈享樂、不恤民情的行爲，在《兵車行》、《鬥雞》、《自京赴奉先縣詠懷五百字》中已有明顯揭露；對肅宗的諷刺更是辛辣，他在《憶昔》中說：「關中小兒壞紀綱，張后不樂上爲忙。」生動地表現出肅宗昏庸無能、多方奉承討好張后的醜態。這種對當今皇帝的大膽諷刺，在文禁較鬆的唐代也屬少見。當然，杜甫這種對皇帝的批判也是出自於對他們的忠誠，但更出自於對國家前途和人民命運的關心。

　　杜詩的另一主要內容是揭露統治階級荒淫腐朽的生活和禍國殃民的罪行。詩人的抨擊面非常廣，揭露也很大膽。在《麗人行》中，他對當朝宰相楊國忠姊妹倚仗權勢作威作福的行爲作了無情的披露：「炙手可熱勢絕倫，愼莫近前丞相嗔。」在《兵車行》中，他把茅頭直接指向玄宗，揭露他窮兵黷武、開邊拓境的行爲給人民造成的嚴重災難：「君不聞漢家山東二百州，千村萬落生

荊杞。」在《自京赴奉先縣詠懷》中，他更集中暴露了高居驪山行
宮的玄宗君臣醉生夢死、荒淫享樂的生活：

> 君臣留歡娛，樂動殷膠葛。賜浴皆長纓，與宴非短褐。彤庭
> 所分帛，本自寒女出，鞭撻其夫家，聚斂貢城闕。……況聞內金
> 盤，盡在衛霍室。中堂舞神仙，煙霧蒙玉質。暖客貂鼠裘，悲管
> 逐清瑟。勸客駝蹄羹，霜橙壓香橘。朱門酒肉臭，路有凍死骨。
> 榮枯咫尺異，惆悵難再述。

詩中不僅諷刺玄宗君臣沈緬聲色，不問政事，而且譴責朝廷橫徵
暴斂，掠奪民脂民膏以中飽私囊，對安史之亂前的上層社會作了
一次較全面的曝光。尤為難得是詩人用「朱門酒肉臭，路有凍死
骨」這樣鮮明的對比揭示出最高統治集團豪華驕縱的生活正是建
築在對勞動人民殘酷剝削和壓迫之上的。安史之亂爆發後，那些
地方軍閥、貪官汙吏紛紛趁機搜刮，詩人更是恨之入骨，時時不
忘口誅筆伐。他斥責李輔國、程元振等宦官權貴擅權誤國，對朝
廷縱容其作惡的做法也深表不滿：「攀龍附鳳勢莫當，天下盡化
為侯王。」（《洗兵馬》）「但恐誅求不改轍，聞道蕘莘能全
生。」（《釋悶》）。在《草堂》詩中他憤怒譴責了成都軍閥徐知
道、李忠厚之流據險作亂、魚肉百姓的罪行。在《戲作花卿歌》和
《冬狩行》中對與自己私交頗厚的西川牙將花敬定和梓州刺史章彝
或醉心於內部殘殺或沈緬於狩獵取樂、把國家大事丟在一邊的行
為也進行了毫不留情的譏諷。《虎牙行》則反映了官府對人民窮凶
極惡的搜刮。詩人根據自己的見聞，寫下了不少譴責揭露地方軍
閥互相混戰、大小官吏誅求無厭，以及禁衛官軍燒殺搶掠如同盜
匪等罪行的詩篇，如：「前年渝州殺刺史，今年開州殺刺史。羣
盜相隨劇虎狼，食人更肯留妻子！」（《三絕句其一》）「殿前兵

馬雖驍雄，縱暴略與羌渾同。聞道殺人漢水上，婦女多在官軍中。」（《三絕句其三》）「哀哀寡婦誅求盡，慟哭秋原何處村。」（《白帝》）「況聞處處鬻男女，忍慈割愛還租庸。」（《歲晏行》）這些詩在指責統治者暴行的同時，也從多方面反映了安史之亂前後唐代社會的眞實面貌，彌補了「正史」所沒寫到的史實。更爲難得的是，杜甫越到後來就越強烈地認識到：國家和人民正是被這羣貪官汚吏、衣冠盜賊吃窮吃空的。他一針見血地指出：「萬姓瘡痍合，羣凶嗜欲肥。」（《送盧十四弟侍御》）他把懲處這些羣凶放到「必若救瘡痍，先應去蟊賊」（《送韋諷上閬州錄事參軍》）、「不成誅執法，焉得變危機」（《傷春》）這樣一個高度來認識，感到不除掉這幫傢伙，天下就不可能太平，老百姓就無法過上好日子。杜甫對這些奸臣、權貴、宦官、軍閥以及貪官汚吏的無比憤恨、無情揭露，正是他對祖國和人民命運深切關懷的表現。

　　杜甫的詩歌除了上述三個方面的主要內容之外，還有大量描寫日常生活以及寫景抒懷、詠物懷古、贈友懷人、論詩題畫之類的作品。在杜甫手中，無論什麼事都可成爲入詩的題材，可以說，在中國詩歌史上，是杜甫奠定了寫日常生活詩歌傳統的基礎。他寫日常生活情趣的詩可以分爲兩類：

　　一是描寫與親友之間的情誼。這些詩寫得最富於人情味。他寫對朋友李白的想念與理解：「三夜頻夢君，情親見君意」（《夢李白》），「不見李生久，佯狂眞可哀。世人皆欲殺，吾意獨憐才。敏捷詩千首，飄零酒一杯。匡廬讀書處，頭白好歸來。」（《不見》）寫對兄弟姊妹的惦記牽掛：「有弟有弟在遠方，三人各瘦何人強」，「有妹有妹在鍾離，良人早歿諸孤癡。」（《乾元中寓居同谷縣作歌七首》）至於妻子兒女，杜甫在詩中就寫得更多。他非常痛愛自己的孩子，常常覺得自己作爲一

個父親，不能使他們免受饑寒奔波之苦而慚愧。這種心情在《自京赴奉先縣詠懷》、《羌村三首》、《北征》、《彭衙行》以及後來的《百憂集行》等作品中都有大量的反映。對於妻子楊氏，他也是一往情深，在杜甫的筆下，我們常常可以看到她的吃苦耐勞、溫柔賢惠。通過「老妻畫紙爲棋局，稚子敲針作釣鈎」（《江村》）的畫面，我們不但感到詩人一家人和諧融洽的天倫之樂，也感到杜妻的聰敏體貼、善解人意。在《月夜》中透過「香霧雲鬢濕，清輝玉臂寒」的人物描寫，我們還可以感受到她在詩人心目中的形象和地位。詩人對於妻子這種平等、尊重的態度在當時也是極爲難得的。在杜甫筆下，他的鄰人也都是很善良純樸的，他們對詩人的悲慘遭遇十分同情關切：「世亂遭飄蕩，生還偶然遂。鄰人滿牆頭，感嘆亦歔欷。」（《羌村三首其一》）這些鄰居在自己生活都十分艱難的情況下，還帶著薄酒來慰問詩人，這種深厚的情誼使詩人更加感激。總之，杜甫這些表現夫妻、父子、親戚、朋友、鄰居等人間眞情的詩，充分揭示了他內心極爲豐富的思想感情，使我們感受到他作爲一個有血有肉的普通人的內心活動。

二是記述日常生活瑣屑小事。如《信行遠修水筒》、《催宗文樹雞柵》、《驅豎子摘蒼耳》、《種萵苣》、《春夜喜雨》等。這些詩在表達詩人對生活的方方面面都饒有興趣、無比熱愛的同時，常常寄寓了更深一層的意義。如《種萵苣》寫野莧滋蔓園中影響萵苣生長，希望秋霜寒露把野莧摧敗，表現了詩人嫉惡如仇的性格；《春夜喜雨》通過對「隨風潛入夜，潤物細無聲」的及時春雨的讚頌，也表達了詩人自己對於人間極爲博大、慈愛的胸懷。杜甫在文學史上儘管不以山水詩人著稱，但他卻比一般山水詩人寫了更多的山水詩。像《望嶽》他就寫了三首，一爲東嶽泰山，一爲西嶽華山，一爲南嶽衡山。在夔州他寫了大量氣勢不凡的山水之作，出峽後飄泊江湘，幾乎每到一處都要描寫當地的風景勝狀。從這

些詩中我們不但可以看出詩人對祖國、對生活的無比熱愛，也可以看出他在山水境界中寄託的胸襟懷抱和情感氣魄。

除山水詩之外，杜甫的詠物詩也寫得很好。當詩人在亂戰的間隙中，偶爾有了一點歇息的機會，他總會懷著一種對大自然中一切生物的特殊感情去觀察、體味它們，用自己的筆把它們的美表現出來。詩人說：「一重一掩吾肺腑，山鳥山花吾友于。」（《嶽麓山道林二寺行》由於他把山川視同一體，把花鳥看成兄弟，所以在詩人筆下，無論一花一樹，一鳥一石，都顯得那樣饒有生氣，甚至富有人情味。詩人這種對於生物的泛愛也同樣來自儒家「仁民愛物」的思想，他正是抱著「民胞物與」的態度去愛祖國、愛人民、愛親人、愛朋友、愛祖國的壯麗山河乃至大自然中一切生命物的。在杜甫的詩中，這種愛心往往既深刻，又執著，既純眞，又熱烈，它一往情深，進入到了一種極崇高的人生境界。

杜甫詩歌的內容，除以上四個比較重要的方面，還有一些寫音樂、美術、舞蹈、書法等藝術的作品，同樣貫注了詩人的感情，具有時代氣氛，可以看成是有聲有色的文化史。可以說，杜甫詩歌的題材是洪纖不漏，細大不捐的。當然，杜甫也寫過少量對皇帝歌功頌德以及投贈權貴的應酬無聊之作。但瑕不掩瑜，杜甫詩歌的思想成就主要還是偉大而不可抹煞的。

第三節　杜甫詩歌的藝術成就

杜詩的藝術成就，首先是從內容與形式完美的結合中表現出來的。

杜甫作爲一個盛唐文化哺育出來的詩人，在早期也曾昂揚奮發，懷抱遠大理想，對自己的前途充滿樂觀自信。只是由於時代

的原因，由於世界觀和個人的生活經歷，才使他的創作逐漸傾向於對國事民生的關注，由高歌個人理想轉爲面向社會的客觀寫實。與這種寫實方法相適應的詩人純熟地運用和創造了一系列藝術表現手法，這在敍事詩中表現得尤爲突出。

在杜甫的敍事詩裡，他往往通過對一些典型事例的敍述來反映社會生活和歷史事件，對現實進行高度的藝術概括。如寫於安史之亂中的「三吏」、「三別」就通過有關兵役征戍的一系列具體事件的敍述，反映了人民爲戰爭所作的自覺不自覺的犧牲。《石壕吏》中自願去軍中服役的老嫗，《新安吏》中未成年的中男，《潼關吏》中「修關還備胡」的士卒，《新婚別》中「暮婚晨告別」的年輕夫妻，《無家別》中再次被征的單身漢，《垂老別》中「子孫陣亡盡」、自己又入伍的老人，這些飽受兵役之苦的人們在當時都極有代表性，透過他們的悲慘遭遇可以看到戰爭給人民帶來了多麼深重的災難和痛苦。「三吏」、「三別」正是通過對社會現實的概括來反映廣大人民疾苦的，而《北征》和《羌村三首》則是從詩人自己切身遭遇來反映安史之亂帶給人民的苦難：「妻孥怪我在，驚定還拭淚。世亂遭飄蕩，生還偶然遂。」可見在戰亂中有多少家庭的親人再不能生還。《北征》寫自己歷盡艱辛困難、華髮歸來，見到自家茅屋中「妻子衣百結，慟哭松聲迴，悲泉共幽咽。平生所嬌兒，顏色白勝雪。見耶背面啼，垢膩腳不襪。牀前兩小女，補綻才過膝。……老夫情懷惡，嘔泄臥數日。」一片饑寒凍餒、老弱淒涼的悲慘情景。這些對自家遭遇的敍述，也可看成是戰亂中無數家庭的縮影，因爲這種一家一室的遭遇，在當時特定的歷史環境下都是極常見的，極具典型意義，集中反映了當時社會最普遍的問題。

與此同時，杜甫也十分重視詩歌的形象性，他常常把自己的主觀愛憎融注在客觀具體的描寫之中。如《石壕吏》：

　　暮投石壕村，有吏夜捉人。老翁逾牆走，老婦出看門。吏呼一何怒！婦啼一何苦！聽婦前致詞：「三男鄴城戍，一男附書至，二男新戰死。存者且偷生，死者長已矣。室中更無人，惟有乳下孫。有孫母未去，出入無完裙。老嫗力雖衰，請從吏夜歸。急應河陽役，猶得備晨炊。」夜久語聲絕，如聞泣幽咽。天明登前途，獨與老翁別。

　　詩寫自己在兵荒馬亂的年月歇宿鄉村，遇到小吏抓丁的一段見聞，全用客觀寫實筆墨。詩中老翁的爬牆，老婦的出門張望，小吏的發怒，老婦的悲啼訴苦等場景都交代得清清楚楚，如在目前，詩人並未作一字主觀評述。但正是在這種貌似客觀的敘述描寫中，寄託了詩人或怨忿、或嘆息、或悲痛、或同情、或無可奈何等種種複雜感情。又如在《羌村》第一首中，既寫了家人與自己初相見時那種驚喜交加的激動心情，又寫了鄰人聞訊趕來圍觀時目睹此狀的同情與感嘆，還寫了夜闌鄰人散去之後，詩人一家人還沈浸在團圓的興奮之中久久不能平靜的心情。這些悲喜交加的複雜感情都是通過具體形象表現出來的。爲了減少作品的主觀意味，保持事件的客觀性和眞實性，杜甫還吸收了漢樂府的創作經驗，有時純用對話和人物的獨白代替敘述描寫，在「三吏」、「三別」、《兵車行》和前後《出塞》等詩中，就往往借助詩中人物對自己生活經歷的訴說來反映人民普遍遭受的悲慘遭遇，極爲眞切感人。

　　杜甫的一些敘事還有一個突出特點，即善於揭示人物複雜的內心活動。例如在《北征》中，詩人明明知道這次肅宗特許他回家探親是因嫌他直言進諫而有意疏遠他，但離開行在時還是再三不放心，總擔心肅宗在處理朝政問題上有閃失；明明對朝廷借兵回紇之事有引狼入室之憂，但又不便直說，只能寄希望於官軍自強

爭氣，攻下伊洛，收復東京；結尾對玄宗荒淫誤國種下禍端雖有
微辭，但又覺得他究竟比商紂和周幽王要好，能毅然處決楊國忠
兄妹。這些複雜的心理活動，都是通過反復曲折的形式表現出來
的。在《新婚別》中那位新娘子先是怨恨、悲嘆自己「暮婚晨告
別」，「妾身未分明，何以拜姑嫜」的命運，後又勸勉丈夫不要
以新婚爲念，要一心殺敵，報效國家。這些由沈痛轉爲堅決的內
心矛盾發展過程都被詩人表達得十分清楚。在這些詩中杜甫還特
別善於對細節作精確描繪。如《兵車行》中通過「長者雖有問，役
夫敢申恨」的細節揭示出人民對統治者敢怒不敢言的痛苦心理；
《麗人行》中用「犀筯厭飫久未下」這一小動作來刻畫那班貴婦人
的驕奢淫逸之氣，都是很好的例證。這些都反映出詩人體察物情
的深微精細。尤爲難得的是，詩人不但通過細節描寫表現人物的
內心活動和精神面貌，在不少場合他還通過細節以小見大、以近
求遠去表現重大社會問題，達到闊大深邃的境界。如《茅屋爲秋
風所破歌》、《又呈吳郎》所寫的都是身邊瑣屑小事，但卻逐步推
衍到國計民生的重大社會問題。通過體貼入微、精雕細刻來創造
雄渾闊大的境界，這也是杜甫寫實藝術高出一般詩人的地方。

　　杜詩對於語言藝術的成功運用，在文學史上也是享有盛名
的。他既以做詩爲祖傳事業，其創作態度又十分嚴肅認眞。他
說；「陶冶性靈存底物，新詩改罷自長吟。」（《解悶十二首》）
又說：「爲人性僻耽佳句，語不驚人死不休。」（《江上值水如
海勢聊短述》）可見其對詩歌語言藝術作了嘔心瀝血的刻意追
求。杜詩的語言特色是：概括準確、凝練蒼勁、通俗自然、豐富
多采。如《登高》：

　　　風急天高猿嘯哀，渚清沙白鳥飛迴。無邊落木蕭蕭下，不盡
　長江滾滾來。萬里悲秋常作客，百年多病獨登臺。艱難苦恨繁霜

鬢，潦倒新亭濁酒杯。

這首七律語言凝練，具有高度的藝術概括力。前四句寫登高所見，第一聯兩句包括六個主謂短語，集中了六種景物。第二聯從更大範圍取景，以極爲準確傳神之筆描繪三峽秋光和長江氣勢，使這幅圖景咫尺千里，包容量極大。後四句寫登高所感，頸聯敍述詩人的境遇並點明登高，十四個字包含了他此時此刻極爲豐富複雜的思想情緒：「萬里」寫遠離家鄉的思鄉之情；「悲秋」寫蕭瑟季節給人的淒涼感受；「常作客」說明這種飄泊異鄉的生涯竟是了無期限的；「百年」悲嘆人生短暫，年歲遲暮；「多病」指出疾病纏身，形容憔悴衰頹，更添苦惱；「獨登臺」點明親朋凋謝，自己孤身流落異鄉的孤單寂寞。這種種人生痛苦一齊向詩人襲來，叫詩人怎能不「艱難苦恨繁霜鬢」呢？然而由於有病，詩人不得不「潦倒新亭濁酒杯」，連消愁的機會都沒有了。這首詩以如此概括的語言，抒寫如此複雜而又深沈的思想感情，我們不能不佩服詩人駕馭語言的高超技巧。從這首詩也可看出杜詩「句無剩字」，語言高度概括集中的特點。

又如《旅夜抒懷》中「星垂平野闊，月湧大江流」句，非「垂」字不足以顯示平野之廣闊，非「湧」字不足以突出大江奔流之勢，可見這兩個動詞的精心錘煉，對展現詩中雄渾廣闊的境界有著至關重要的作用。《水檻遣心》中的「細雨魚兒出，微風燕子斜」也是看似平易，其實極具錘煉功夫的範例。詩人以「出」字寫魚兒浮出水面的歡欣之態，以「斜」字狀燕子迎風翻飛時的輕盈身姿，都十分準確傳神。爲了突出詩人所描寫的事物，使詩歌語言顯得更遒勁蒼老，杜甫有時還特意將詩中詞語或句式的組合錯綜、倒裝，如「綠垂風折筍，紅綻雨肥梅」（《陪鄭廣文遊何將軍山林十首》），「永夜角聲悲自語，中天月色好誰看」

（《宿府》），「叢菊兩開他日淚，孤舟一繫故園心」（《秋興八首其一》），都是通過對句式的錘煉組合來顯示氣勢、展現境界的。

杜詩的語言成就也並非一味苦思所得，他還特別善於從民間創作中吸取新鮮活潑的語言。如「舊犬喜我歸，低徊入衣裾。鄰里喜我歸，沽酒攜胡蘆」（《草堂》），便脫胎於北朝民歌《木蘭詩》；「生女有所歸，雞狗亦相將」（《新婚別》），也是從民間俗語「嫁雞隨雞，嫁狗隨狗」變化而來。他還吸取民歌中蟬聯、疊韻等手法，使他的一部分詩歌具有通俗活潑、樸素明快的民歌風格。這不僅表現在他的古體長篇中，也表現在一些絕句中。

杜詩的藝術成就還體現在它所特有的「沈鬱頓挫」的風格中⑨。關於「沈鬱頓挫」的具體內涵，諸家解說並不完全一致。大致說來，「沈鬱」主要是指情感的深厚、濃郁、憂憤、蘊藉；「頓挫」則包括語言的剛健、遒勁，音調的鏗鏘有力，章法的曲折變化等因素。沈鬱頓挫主要概括了杜詩在思想內容方面憂憤深廣、而在表達上波瀾曲折的特點，往往表現在那些悲劇題材的作品中。前人說杜詩強半言愁，這是與詩人所處的時代環境和他的身世遭遇有關的。杜甫那些最感人的作品都充滿了濃厚的悲劇氣氛和抑鬱的情調，這種傷感並不局限於個人苦難的傾訴，而是更多地想到國家和人民，帶有感時傷世的憂憤，因此顯得特別深廣和沈鬱。如《茅屋為秋風所破歌》寫的雖是詩人個人的生活遭遇，但並未被淒涼掩抑的情感淹沒，而是表現出一種推己及人、甚至寧苦自身以利人的崇高思想境界，顯示出志士仁人博大的胸懷氣度和極為充實厚重的內在力量，最能體現杜詩沈鬱的風格。又如《登岳陽樓》：

昔聞洞庭水，今上岳陽樓。吳楚東南坼，乾坤日夜浮。親朋

無一字，老病有孤舟。戎馬關山北，憑軒涕泗流。

清人黃生在《杜詩說》中說此詩「前半寫景，如此闊大，五六自
敘，如此落寞。詩境闊狹頓異。結語湊泊極難，轉出『戎馬關山
北』五字，胸襟氣象，一等相稱，宜使後人擱筆也。」指出詩由
登樓遠眺的闊大景象描寫，跌入個人老病孤獨情懷的抒發，前後
境界的闊狹極爲懸殊，但結句轉寫「戎馬關山北」遂將個人身世
之感與憂國傷時的懷抱結合起來，使「胸襟氣象，一等相稱」。
由於詩歌意境的開合跌宕、思想感情的凝練深沈，聲韻節奏的雄
厚有力，能充分顯示出沈鬱頓挫風格的藝術感染力，使人讀起來
特別醇厚有味。值得重視的是，杜詩在語言錘煉方面也體現了沈
鬱頓挫的風格。杜詩煉字，不僅煉意，而且煉聲。用字下語，安
排句式，務使聲韻鏗鏘，抑揚緩急，頓挫有致。如《白帝》中「高
江急峽雷霆鬥，翠木蒼藤日月昏」，《閣夜》中「五更鼓角聲悲
壯，三峽星河影動搖」，《江漢》中「片雲天共遠，永夜月同
孤」，都是既煉字、又煉聲、兼煉句，最能體現杜詩沈鬱頓挫風
格的典型範例。當然，沈鬱頓挫只是就杜詩主體風格而言，作爲
一代大家，杜甫詩歌風格並不偏執一隅，而是多種多樣的。因
此，杜詩還具有豪放、平易、清麗、典雅等多種風格。這種將豐
富多采的藝術風格集於一身的現象，也體現了杜詩的高度藝術成
就。

　　杜詩的藝術成就還體現在體裁的多樣方面。杜甫是一位集大
成的詩人，元稹在《唐檢校工部員外郎杜君墓係銘序》中稱讚他
說：「至於子美，蓋所謂上薄風雅，下該沈宋，言奪蘇李，氣吞
曹劉，掩顏謝之孤高，雜徐庾之流麗，盡得古今之體勢，而兼人
人之所獨專。」既指出杜詩在藝術上善於博探衆長，也指出他兼
具古詩人的各種風格，不僅能熟練地運用各種詩體進行創作，而

且經過他的實踐和探索，各種詩體又都有新的發展。如樂府歌行是杜詩中常見的體裁，但詩人並不沿襲古樂府舊題，而是根據內容需要，自擬新題，其《兵車行》、《麗人行》、《哀江頭》以及「三吏」、「三別」都是「即事名篇，無復依傍」的新題樂府。又如七律在杜甫以前多用來寫歌功頌德或應酬奉和的內容，表現範圍相當狹窄，杜甫則注入極為豐富的內涵，用它來反映現實政治，抒寫憂國憂民的情懷。尤其是七律組詩《諸將五首》和《秋興八首》更是對整個歷史過程的俯瞰與回憶。其中聯繫國家的過去、現在和未來，時間與空間交織，通過反復回環的抒寫，多角度多層次地反映了歷史與現實，表達了詩人深重的憂患感。五七言古詩也是杜詩常用的體裁。他著名的五古長篇《奉先詠懷》、《北征》，規模宏偉而構思精密，融敘事、議論、抒情為一爐，開合變化、波瀾壯闊。七古則多用來抒發激越、慷慨、奔放的情感，如《醉時歌》、《丹青引》、《觀公孫大娘弟子舞劍器行》都是寫得感情充沛、極有氣勢的作品。絕句在杜詩中所佔數量最少，但也自有成就。尤其是在七絕的寫法上作了新的探索，有時通篇用對仗，如《絕句》「兩個黃鸝鳴翠柳」；有時則純以議論入詩，如《戲為六絕句》；有時又語言通俗如民歌，如絕句《漫興九首》，這些寫法在唐人七絕中都是獨標一格的。

第四節　杜甫在文學史上的地位和影響

　　胡應麟在《詩藪》中說：「大概杜有三難：極盛難繼，首創難工，遒衰難挽。子建以至太白，詩家能事都盡，杜後起集其大成，一也；排律近體，前人未備，伐山道源，為百世師，二也；開元既往，大曆繼興，砥柱其間，唐以復振，三也。」這段話對我們了解杜甫在文學史上的地位很有幫助。中國古典詩歌發展到

盛唐時代，的確已經達到了光輝燦爛的頂點，詩人們在高歌理想、弘揚時代精神的同時，積累了許多創作經驗。而盛唐後期爆發的安史之亂，既是唐王朝由盛及衰的轉折點，也影響到文學創作傾向的轉移。一方面，動亂的社會環境，使詩人們很難再唱出歌頌理想前途、充滿樂觀自信的歡歌；另一方面，對戰亂造成的新局面，詩人們又難以立即熟悉和認識。和開元、天寶年間相比，這個時期的詩壇就沈寂蕭條得多了。在這種情況下，杜甫應運而生。他在戰亂之前就曾長期生活在貧困失意中，對社會的黑暗和人民的苦難早有體察；在戰亂中又被捲入生活的下層，和人民一起流亡逃難，這種特殊的經歷使他比一般盛唐詩人能更清楚地認識社會、了解人民的苦難。可以說，時代造就了杜甫。面對現實，他切合時代的脈搏，唱出了時代的最強音。他以孜孜不倦的創作精神和嚴肅認真的寫實態度，客觀真實地描繪了那個萬方多難的時代，抒寫了自己深沈樸實的憂國憂民情懷。從而使詩壇創作傾向由盛唐時代的高歌個人理想逐漸轉變爲中唐時期面向社會的客觀寫實和深入解剖。與此同時，杜詩在藝術上也完成了匯粹前人詩歌技巧的歷史使命。他不但集以往之大成，而且通過自己的實踐加以革新創造，然後以新的面貌開啓後世。因此，杜甫的詩歌創作不僅適應了轉折時期社會歷史對文學提出的要求，而且也符合文學自身的發展規律，它在文學史上承先啓後、繼往開來的作用是顯而易見的。

　　杜詩在文學史上承先啓後的具體表現大致有兩點：

　　一、繼承《詩經》、漢樂府以來詩歌的寫實傳統，爲中國古代詩歌反映社會人生開闢了廣闊的道路。

　　杜甫在《戲爲六絕句》中曾明確表示過自己的學習目的是：「別裁僞體親風雅，轉益多師是汝師。」他那些反映國計民生的作品，其精神實質正是和《詩經》中的「風雅」傳統一脈相承。他

還直接繼承了漢樂府民歌「感於哀樂，緣事而發」的精神，開創了「即事名篇，無復依傍」的新題樂府的創作道路。

二、博採古今作家之長並形成自己獨特的詩歌風格，以其精深博大的思想內容與藝術成就衣被後世詩人。

杜甫以「親風雅」爲準則廣泛吸取古今作家的長處。他對繼承風雅傳統的建安詩歌十分推崇，說：「賦料揚雄敵，詩看子建親。」（《壯遊》）其《前出塞》、《後出塞》都可看出王粲《從軍行》的影響。對於向來爲盛唐詩人非議的六朝作家，也一再讚賞他們的藝術成就，說：「焉得思如陶謝手，令渠述作與同遊。」（《江上值水如海勢聊短述》）對於庾信，更是十分佩服與同情。他詩中不少佳句甚至是從六朝詩中直接化出⑩。他還受到初唐詩人陳子昂乃至沈宋等人的影響。對於同時代的詩人孟浩然、王維、李白等則不僅推崇備至，而且也善於吸取他們的長處。由於他能廣泛吸取古今各家之長，因此形成了極豐富精深的藝術技巧，後世詩人才能從他的詩歌藝術中，各取所好，加以發展，各自名家。在杜甫身後，受其影響的詩人的確是不勝枚舉的。首先是中唐元、白等人的新樂府創作，同時的韓愈、孟郊、賈島則發展了他奇崛蒼勁的一面。其後晚唐的李商隱既繼承了杜甫律詩精湛的寫作技巧，也繼承了他長篇古詩反映民間疾苦的精神。唐末皮日休、杜荀鶴等人的作品更是承傳杜詩衣缽，以反映民生疾苦、揭露社會黑暗爲己任。到了宋代，杜甫受到更大的尊崇。王禹偁、王安石或從思想內容、或從藝術技巧學習杜詩，都卓有成效。稍後的江西詩派更以杜甫爲祖師，不過他們僅得杜詩技巧的一些方面，對其精神實質則領會不深。宋代學杜諸家中眞正能繼承杜甫的愛國思想、發揚杜詩的沈鬱頓挫風格、在創作手法上也能追攀杜甫的，是陸游和文天祥。如同杜甫一樣，陸游也終生以愛國憂民爲懷，直至臨終還「但悲不見九州同」，惦記著中原故

土的恢復。他的七律能得杜詩精髓，頗具沈鬱蒼涼的風格。民族英雄文天祥更是一生景仰杜甫，在他被元軍囚禁的三年中，集杜詩爲五言絕句二百首，詩前自序說：「凡吾意所欲言者，子美先爲代言之」，「但覺爲吾詩，忘其爲子美詩。」可見他與杜甫的思想感情完全一致。明清兩代，景仰杜甫、自覺學杜的詩人更多，其中以李夢陽、王世貞、陳子龍、顧炎武、黃遵憲等人受益較顯著。他們或學習杜甫的愛國思想，或學習杜詩的形式技巧，都取得了較高的成就。

　　杜詩對於後世的影響，除了憂國憂民的精神和精湛高超的藝術技巧之外，還體現在他開拓了詩歌的表現領域上。後世詩歌中以詩論詩，用詩題畫，用詩寫日常生活，代替奏疏信札，杜甫都是開風氣之先的人物。可以說，杜甫正是以他詩歌「集大成」的卓越成就，成爲後世詩歌的典範，並獲得「詩聖」的稱號。

附　註

①杜陵，在長安東南，秦時稱杜縣，漢時因宣帝陵墓葬此，改稱杜陵。杜陵南原爲宣帝許皇后葬地，稱少陵。一說，杜甫在長安時曾居杜曲，在少陵之旁，故自稱杜陵布衣或少陵野老。

②崔魏徒，「崔」指崔尚，武則天大足元年（公元701年）進士；「魏」指魏啓心，中宗神龍三年（公元707年）進士。

③據元結《喩友》載，天寶六年（公元747年），玄宗「詔征天下士人有一藝者，皆得詣京師就選。相國晉公林甫以草野之士猥多，恐洩漏當時之機，……已而布衣之士，無有第者，送表賀人主，以爲野無遺賢」。

④據《新唐書‧杜甫傳》記載：「琯時敗陳陶斜，又以客董庭蘭，罷宰相。甫上疏言：『罪細，不宜免大臣。』帝怒，詔三司雜問。宰相張鎬曰：『甫若抵罪，絕言者路。』帝乃解。……然帝至是不甚省

錄。」

⑤「詩史」之稱，最早見孟棨《本事詩》：「杜逢祿山之難，流離隴
蜀，筆陳於詩，推見至隱，殆無遺事，故當時號爲詩史。」後來宋
祁在《新唐書・杜甫傳》中亦稱：「甫又善陳時事，律切精深，至千
言不少衰，世號詩史。」後來遂以「詩史」稱杜甫的紀實作品。

⑥關於杜甫的墓地，歷來衆說紛紜。按照元代辛文房《唐才子傳》的說
法是「墳在岳陽」，而中晚唐詩人詩集中又多言其墳在耒陽，這兩
種說法，經過不少學者考證，都查無實據，故不爲後世所取。近年
來有學者提出墳在湖南平江，幾經討論也仍無結果。本書暫仍沿
《舊唐書》本傳「停厝岳陽，移葬偃師」之說。

⑦王洙本由於條件限制，搜集杜詩缺遺仍不少。故後來不少人都加以
增補。如宋代吳鑄補刻外集收詩 35 首。《王狀元集百家編年杜陵詩
史》附補遺41首，《草堂詩集》有逸詩拾遺 45 首。這些增補相互重
出，且混入少數僞詩。後黃長睿二十二卷編年本共收 1447 首，《分
門集注杜詩》收入 1454 首，《錢注杜詩》收入 1456 首，朱鶴齡注本
收詩達 1457 首，但增補的詩需要細心考證辨別。

⑧「九家」指王安石、宋祁、黃庭堅、王洙、薛夢符、杜時可、鮑
彪、師民瞻、趙彥材等九人。但此中「王洙注」係僞託，而王安
石、黃庭堅之注僅寥寥數條，且轉抄自他書，所謂九家，頗有虛張
聲勢之意。後來的《分門集注杜詩》書前附有 150 人的集注姓氏，那
更屬於弄虛作假，自我吹噓。如「東坡注」、「王洙注」均爲僞
託，趙彥材、趙次公一人而分爲兩家，其中有 100 多人，都只偶爾
一見，且輾轉傳抄，眞否難辨。故歷代注杜號稱千人，實際上這個
數字是被大大誇張了的。當然，我國古代詩人專集注釋者最多的，
還得數杜集。據統計，今存者仍在百種以上。

⑨「沈鬱頓挫」一詞，首見於杜甫的《進鵰賦表》：「臣之述作，雖不
能鼓吹六經，先鳴諸子，至於沈鬱頓挫，隨時敏捷，揚雄、枚皋之

徒，庶可企及也。」以後宋代嚴羽《滄浪詩話》又說：「子美不能爲太白之飄逸，太白也不能爲子美之沈鬱。」後世遂以「沈鬱頓挫」作爲對杜詩主體風格的界定。但「沈鬱頓挫」的具體內涵，則有諸多說法。清人吳瞻泰《杜詩提要》說：「沈鬱者，意也；頓挫者，法也。」就是說「沈鬱」一般與作品的思想內容有關；「頓挫」則與作品的謀篇、結構、遣字造句等技巧有關。陳廷焯在《白雨齋詞話》中則認爲「所謂沈鬱者，意在筆先，神餘言外。」它要求「若隱若現，欲露不露，反復纏綿，終不許一語道破。匪獨體格之高，亦見性情之厚。」他又說：「忠厚之至，亦沈鬱之至。」這是說「沈鬱」是詩人忠實、厚道、深沈的人品性格在詩中的藝術體現。

⑩如杜詩的「薄雲巖際宿，孤月浪中翻」(《宿江邊閣》)、「輕燕受風斜」(《春歸》)就是從何遜「薄雲巖際出，初月波中上」(《入西塞示南府同僚》)、「輕燕逐風花」(《贈王左丞》)等詩句變換而來的。類似的例子還有很多。杜甫《解悶》詩說：「熟知二謝將能事，頗學陰、何苦用心。」明白地表示自己曾下苦功學習過六朝詩歌的技巧。

第五章　白居易和中唐寫實諷諭詩派

　　安史之亂後，唐代社會和文學進入了一個新的歷史時期。從代宗初年起至敬宗末年爲止（公元 762～826 年），大約不到七十年的時間，文學史上一般稱爲「中唐」。其間包括代宗（公元 762～779 年）、德宗（公元 780～805 年）、順宗（公元 805 年）、憲宗（公元 806～820 年）、穆宗（公元 821～824 年）和敬宗（公元 825～826 年）諸朝。

　　經過大規模的社會動亂，唐帝國高度統一、繁榮、强盛的局面已經成爲歷史，中央政權力量嚴重削弱。「方鎮相望於內地，廣者連州十餘，小者猶兼三四。」（《新唐書》卷五十《兵志》）地方藩鎮割據和朝廷宦官擅權，集中反映了這一時期的政治腐朽。經濟上，均田制被破壞，土地集中、貧富對立的情況愈益尖銳，「富者兼地數萬畝，貧者無容足之居」（《陸宣公集》卷二十二《均節賦稅恤百姓第六條》）。唐朝政府雖然推行兩稅法，但實際上「苛政之名凡數百，廢者不削，重者不去，新舊仍積，不知其涯」（《唐會要》卷八十三《租稅》上），人民的負擔更加沈重。在嚴重的社會矛盾和社會危機面前，盛唐時代富於理想和朝氣的浪漫激情讓位於對現實的沈痛感受和體驗，個人建功立業的豪壯情懷變成對國計民生的深重憂患。作爲一種參與現實變革政治的手段，詩歌的社會功能受到一部分詩人的高度重視。產生於盛唐後期標誌著唐代詩風重大轉變的詩歌寫實和社會批判思潮，終於發展成中唐時代影響最大的詩歌流派——寫實諷諭詩派。

　　寫實諷諭詩派一方面在創作上繼承了《詩經》、漢樂府民歌反映和批判現實的思想藝術傳統，另一方面在理論上繼承了《樂記》、《詩大序》爲代表的儒家詩教觀念。而直接啓示他們的，則是杜甫諷諭時政、描寫民生疾苦、反映現實的詩歌的典範性成就。這一詩派的詩人，以盛唐後期的元結和《篋中集》諸詩人，中唐前期的顧況、戴叔倫等人肇其始，張籍、王建、李紳、元稹等人繼其後，在貞元元和年間形成創作熱潮，而以白居易爲最傑出的代表。這一詩派的詩人都重視運用樂府詩的形式，包括用「寓意古題，刺美見事」的古題樂府和「因事立題，無復依傍」的新題樂府進行創作，都重視以時事和現實題材入詩，都重視客觀寫實和比興諷諭手法的運用，都重視詩歌的社會接受和直接效應，因而也都重視表達和語言的淺切通俗。文學史上曾長期把他們的共同創作傾向稱爲「新樂府運動」，這是不夠確切的①。其中，張籍、王建、李紳、元稹、白居易等人，由於時代相近，創作傾向相同，又有較密切的人事和創作聯繫，而元白尤爲突出，文史上常稱之爲「元白詩派」，與同一時期的「韓孟詩派」相對稱。也有人把他們稱爲通俗詩派。但從主要方面看，這一詩派的內容特徵顯然更重於形式特徵。他們在創作實踐上往往各有取捨，或偏於藝術寫實，或偏於議論諷諭，而把藝術寫實手段的運用和政教功利目的的實現統一起來，則是這一詩派的最高追求。

　　大約在元和十二年（公元 817 年），中唐寫實諷諭詩派的創作和理論活動基本結束②，但他們在文學史上的影響卻是深遠的。

第一節　元結、顧況及戴叔倫

　　盛唐後期，以杜甫和元結及《篋中集》諸詩人爲代表，出現了

自覺用詩歌諷諭時政、反映民生疾苦的創作傾向，標誌著詩風已
發生重要轉移。杜甫是開一代新風的寫實藝術大師，元結則是諷
諭詩論的倡導者。隨後顧況、戴叔倫等人，開始了中唐前期寫實
諷諭詩歌的創作，成為這一詩派的先驅。

(一)元結

1、元結的生平

　　元結（公元 719～772 年），字次山，號漫叟、聱叟、猗玗
子，魯縣（今河南魯山）人。先世為鮮卑族拓跋氏。天寶十三年
（公元 754 年）進士。因抗擊安史叛軍有戰功，升任監察御史里
行、幕府參謀。廣德二年（公元 763 年）任道州刺史，招撫流
亡、減免租稅，有政績。後授容管經略使。有《元次山集》十卷，
拾遺一卷，《全唐詩》編其詩為二卷。

2、元結的詩歌特色

　　元結和杜甫基本同時，都是跨盛唐和中唐的詩人。他是一位
有心濟時、有才治世的志士仁人。他繼承了儒家詩教的諷諭觀，
主張詩歌「上感於上，下化於下」（《系樂府序》），「極帝王理
亂之道，繫古人規諷之流」（《二風詩論》）。為此，他重視用詩
歌反映民生疾苦，以幫助當朝統治者改革弊政。「何人採國風，
吾欲獻此辭。」（《舂陵行》）他也認識到詩歌「盡歡怨之聲」
（《系樂府序》）的抒情特徵。這些都是後來白居易詩論的先聲。
天寶五年（公元 746 年），元結寫作《閔荒詩》，藉「隋人冤歌」
的形式描寫他目睹的運河災情。其後，他又寫了新題樂府《系樂
府十二首》，其中《賤士吟》、《貧婦詞》、《去鄉悲》、《農臣怨》
等，都是諷諭現實之作。特別是他在道州任上所寫的《舂陵行》、
《賊退示官吏》二詩，曾受到當時在夔州的杜甫的高度評價③：
「道州憂黎庶，詞氣浩縱橫。兩章對秋月，一字偕華星。」

（《同元使君春陵行》）其中《賊退示官吏》描述山夷爲亂、不犯道
州、「蒙其傷憐」的事件並抒發感慨：

> 昔歲逢太平，山林二十年。泉源在庭戶，洞壑當門前。井稅
> 有常期，日晏猶得眠。忽然遭世變，數歲親戎旃。今來典斯郡，
> 山夷又紛然。城小賊不屠，人貧傷可憐。是以陷鄰境，此州獨見
> 全。使臣將王命，豈不如賊焉？今彼征歛者，迫之如火煎。誰能
> 絕人命，以作時世賢？思欲委符節，引竿自刺船。將家就魚麥，
> 歸老江湖邊。

以「世變」與「太平」的對比反映現實，以「使臣」和「賊」的
對比深寓規諷。「賊」是時代動亂的產物，「官不如賊」才是作
者悲憤的緣由。因事生感，以詩議政的手法和淺易質樸的語言都
啓發了後繼的寫實諷諭詩人。

元結還有一些清新曉暢的山水詩，詩風平易。如：「湘江二
月春水平，滿月和風宜夜行。唱橈欲過平陽戍，守吏相呼問姓
名。」（《欸乃曲》）

元結是和杜甫一道在盛唐末世開中唐風氣的詩人。乾元三年
（公元 760 年）②，他收集友人沈千遠、王季友、于逖、孟雲
卿、張彪、趙微明、元季川七人詩二十四首，編爲《篋中集》。這
些詩人，「皆以正直而無祿位，皆以忠信而久貧賤，皆以仁讓而
至喪亡。」（元結《篋中集序》）他們因個人遭際而對開天以來的
政局變遷和慘淡人生有著深切感受，故能用紀實之筆，或傷己嗟
貧，如「衰門少兄弟，兄弟惟兩人。饑寒各流浪，感念傷我神」
（于逖《憶兄弟》）；或傷時憫亂，如「平坡冢墓皆我親，滿田主
人是舊客。舉聲酸鼻聞同年，十人六七歸下泉。」（王季友《代
賀若令譽贈沈千遠》）。而於憤激中，體現現實批判精神，「徘

徊守郭上，不睹平生親……虎豹不相食，哀哉人食人。」（孟雲卿《傷時二首》）反映出社會寫實已開始成為這一時期失意的下層文人的共同創作傾向。《篋中》諸作，皆風格古樸，而語趣平易，也與元結相近。

（二）顧況

1、顧況的生平

顧況（公元 725?～815? 年），字逋翁，蘇州人。至德二年（公元 757 年）進士，曾任校書郎、著作佐郎。因作詩嘲誚權貴，被貶為饒州司戶參軍。後全家隱居茅山，自號華陽山人。有《華陽集》三卷，《全唐詩》錄其詩為四卷。

2、顧況的詩歌特色

顧況也重視詩歌的教化和諷諭功能。「理亂之所經，王道之所興，信無逃於聲教。」（《悲歌序》）他的代表作是《上古之什補亡訓傳十三章》。這組四言詩形式上模擬毛詩，以首句為題，題下有小序，如「《上古》，愍農也」；「《築城》，刺臨戎也」；「《採蠟》，怨奢也」；「《我行自東》，不遑居也」等，說明作者對《詩經》寫實諷世傳統的自覺繼承。這種「首句標其目」的方式，成為以後白居易《新樂府》組詩的先聲。顧況的優秀之作是《囝》（哀閩也）：

> 囝生閩方，閩吏得之，乃絕其陽。為臧為獲，致金滿屋。為髡為鉗，如視草木。天道無知，我罹其毒。神道無知，彼受其福。郎罷別囝：「我悔生汝。及汝既生，人勸不舉。不從人言，果獲是苦。」囝別郎罷，心摧血下：「隔地絕天，及至黃泉，不得在郎罷前。」（自注：囝，音蹇。閩俗呼子為囝，父為郎罷。）

官吏閹割閩童爲奴，這本身就是駭人聽聞的罪行。詩人選取閩童與父親訣別的「心摧血下」的特定場景進行描寫，以方言入詩，更具實感，增强了控訴力量。藝術上，寓哀矜於敍事之中，頗得杜甫新題樂府之風。顧況還寫了一些古題樂府詩，如《行路難》、《悲歌》、《棄婦詞》等，抒發內心不平，更能反映顧況的人格和詩風的特色，如：「君不見擔雪塞井空用力，炊砂作飯豈堪食？一生肝膽向人盡，相識不如不相識。冬青樹上掛凌霄，歲晏花凋樹不凋。凡物各自有根本，種禾終不生豆苗。……」（《行路難》）皇甫湜謂其詩「偏於逸歌長句，駿發踔厲，往往若穿天心，出月脅，意外驚人語，非尋常所能及。」（《顧況詩集序》）揭示了他在這類詩中所表現的新奇怪異的審美趣味。這種風格特色也對元和長慶間「尚奇」詩風有一定的影響。

顧況的詩形式比較多樣，一些小詩語言活潑，情韻悠然。如：「板橋人渡泉聲，茅檐日午雞鳴。莫嗔焙茶煙暗，卻喜曬穀天晴。」（《過山農家》）「西江上，風動麻姑嫁時涗。西山爲水水爲塵，不是人間離別人。」（《古離別》）他對現實感憤和嘲謔較多，而對人民痛苦的關心和體驗卻較元結少④。

(三)戴叔倫

1、戴叔倫的生平

戴叔倫（公元 732～789 年）字幼公，潤州金壇（今屬江蘇）人。安史之亂中攜家南下避難，「淹留三十年，分種越人田。骨肉無半在，鄉園猶未旋。」（《撫州對事後送外生宋垓歸饒州覲侍呈上姊夫》）後任撫州刺史、容管經略使。有《戴叔倫集》二卷，《全唐詩》錄其詩爲二卷。

2、戴叔倫的詩歌特色

戴叔倫有一些社會寫實佳作。他的《除夜宿石頭驛》表現了飄

泊者的典型體驗，爲人傳誦：「旅館誰相問？寒燈獨可親。一年
將盡夜，萬里未歸人。寥落悲前事，支離笑此身。愁顏與衰鬢，
明日又逢春。」戴叔倫的新題樂府以《女耕田行》較有特色：

> 乳燕入巢笋成竹，誰家二女種新穀？無人無牛不及犁，持刀
> 斫地翻作泥。自言家貧母年老，長兄從軍未娶嫂。去年癸疫牛囷
> 空，截絹買刀都市中。頭巾掩面畏人識，以刀代牛誰與同？姊妹
> 相攜心正苦，不見路人唯見土。疏通畦隴防亂苗，整頓溝塍待時
> 雨。日正南岡下餉歸，可憐朝雉擾驚飛。東鄰西舍花發盡，共惜
> 餘芳淚滿衣。

此詩在對事件和場景的眞實描述中，著力刻畫了人物的內心活
動。取材典型新穎，概括了豐富的社會生活內容。賀裳謂「張司
業得其致，王司馬肖其語，白少傅時或得其意，此殆兼三子長先
鳴者也。」(《載酒園詩話・又編》)可見其對元白詩派的直接影
響。他的即事名篇的樂府詩《屯田詞》反映了蝗災和官府壓迫下屯
田邊民的痛苦，《邊城曲》在與「京華少年」的對照中寫「沙磧戍
卒」的生活，七古《贈康老人洽》描述一位曾經開天盛衰之變的
「酒泉布衣舊才子」的人生經歷，五古《奉天酬別鄭諫議雲逵盧
拾遺景亮見別之作》敍朱泚叛亂德宗出逃之事，五律《過申州》、
《送謝夷甫宰餘姚縣》等寫戰亂民困景象，在各種詩體各種題材中
都能注重反映現實。在大曆、貞元間詩壇上，戴叔倫確是一位有
社會使命感的寫實諷諭詩人。

第二節　張籍、王建

貞元、元和年間，張籍、王建同以樂府齊名，「二公之體，

同變時流」(《唐才子傳》)。宋以後並稱「張王樂府」。它的出現，標誌著中唐寫實諷諭詩派的形成。

(一)張籍

1、張籍的生平

張籍（公元 766?～830? 年），字文昌，和州烏江（今安徽和縣烏江鎮）人。貞元十五年（公元 799 年）進士，至元和元年（公元 806 年）始任九品太常寺太祝，十年未遷。長慶元年（公元 821 年）韓愈薦爲國子博士，後遷國子司業。有《張司業集》八卷，存詩四百五十多首，《全唐詩》錄其詩爲五卷。

2、張籍的詩歌特色

白居易曾有詩贈張籍：「張公何爲者？業文三十春。尤工樂府詞，舉代少其倫。爲詩意如何？六義互鋪陳。風雅比興外，未嘗著空文。」(《讀張籍古樂府》)這說明張籍是自覺繼承《詩經》關心時政、反映現實的傳統進行創作的。他的樂府詩，或舊曲新聲，或新題時事，都是有所爲而作。在《董逃行》中，他藉東漢末年董卓之亂影射建中四年（公元 783 年）的朱泚之亂，不但揭露作亂的叛軍，而且譴責官軍的罪行：「聞道官軍猶掠人，舊里如今歸未得。」而在《永嘉行》中，他又藉西晉永嘉之亂，描寫當時藩鎮擁兵自重，中央政權脆弱的嚴重局面：「九州諸侯自顧土，無人領兵來護主。」《野老歌》、《山頭鹿》、《築城詞》、《賈客樂》、《江村曲》等詩，更從廣闊的角度，展現了社會的不平和不公。如《野老歌》：

老翁家貧在山住，耕種山田三四畝。苗疎稅多不得食，輸入官倉化爲土。歲暮鋤犁倚空室，呼兒登山收橡實。西江賈客珠百斛，船中養犬長食肉。

「農貧商富」的對照其實並非作品的主旨，野老家貧的原因在於統治者以賦斂苛農，這才是詩中社會不平現象的實質。

以「俗言俗事入詩」，是張籍詩歌的突出特點。他善於就世俗俚淺事為題寫詩（胡震亨《唐音癸籤》卷七）。一些普通的民間小事，為人習見的風俗民情，都被他描寫得綽有情致，如「江村亥日長為市，落帆度橋來浦里」的江南水鄉（《江南曲》），「白練束腰袖半捲，不插玉釵妝梳淺」的採蓮女子（《採蓮曲》）。他尤其善於從這些世俗俚淺事中發現和發掘其蘊含的社會意義，於藝術寫實中自然顯示諷諭意旨。如《牧童詞》：

> 遠牧牛，繞村四面禾黍稠。陂中饑鳥啄牛背，令我不得戲壟頭。入陂草多牛散行，白犢時向蘆中鳴。隔堤吹葉應同伴，還鼓長鞭三四聲：「牛牛食草莫相觸，官家截爾頭上角。」

詩歌展現了饒有情趣的牧牛生活和天真爛漫的兒童世界，可是結尾牧童對牛的兩句吆喝之詞，卻給明朗的畫面抹上了一層陰雲。它使人們看到，在這些彷彿無憂無慮的孩子心靈中埋藏著多麼深的對官府橫暴的恐懼。

張籍的樂府詩善於提煉情節和語言。一方面，作者對所描寫的生活內容經過精心選擇和概括，在短小的篇幅裡給予集中而鮮明的表現；另一方面在語言表達上則追求言淺意深，言簡意賅，所以他常「有警策之句，傳於時」（《舊唐書‧張籍傳》）。如《征婦怨》中的「夫死戰場子在腹，妾身雖存如晝燭」；《節婦吟》中的「還君明珠雙淚垂，恨不相逢未嫁時」；《洛陽行》中的「陌上老翁雙淚垂，共說武皇巡幸事」等。王安石曾稱讚他的詩「看似尋常最奇崛，成如容易卻艱辛」（《題張司業詩》）。他的樂府詩的確達到了深入淺出甚至出神入化的境地。他的一些抒情小詩

也寫得清新自然，情意深厚。如《秋思》：「洛陽城裡見秋風，欲作家書意萬重。復恐匆匆說不盡，行人臨發又開封。」

(二)王建

1、王建的生平

王建（公元 766～831 年後），字仲初，潁川（今河南許昌）人。出身寒門。他二十歲左右與張籍相識，一起從師求學。曾從軍塞上，爲軍幕散史。元和八年（公元 813 年）前後，「白髮初爲吏」（《初到照應呈同僚》），任昭應縣丞。以後曾任太常丞之類微官。大和二年（公元 829 年），爲陝川司馬，世稱「王司馬」。有《王建詩集》十卷，《全唐詩》錄其詩爲六卷。

2、王建的詩歌特色

王建晚年有《自傷》詩云：「衰門海內幾多人？滿眼公卿總不親。四授官資元七品，再經婚娶向單身。圖畫亦爲頻移盡，兄弟還因數散貧。獨自在家長似客，黃昏哭向野田春。」這種家庭、個人生活和政治遭遇的不幸，使他得以接觸社會實際，創作了大量的寫實諷諭詩歌。他的樂府題材廣泛，或揭露壓迫剝削，如《當窗織》、《水夫謠》、《水運行》；或描寫邊塞戰事，如《渡遼水》、《涼州行》；或表現婦女命運，如《促刺詞》、《望夫石》；或批判統治者的荒淫驕橫，如《白紵歌》、《羽林行》等。他描述社會風情的《尋橦歌》、《海人謠》等還具有開拓題材的意義。

張王樂府齊名，但前人往往多推崇張籍：「建（王建）樂府固仿文昌，然文昌姿態橫生，化俗爲雅，建則從俗而已。」（吳師道《吳禮部詩話》引時天彝語）其實，「從俗」正是王建樂府詩的特點。從內容上看，他的詩比張籍在表現和體察民俗民情民間生活方面更爲細緻入微。如《鏡聽詞》寫一位貧家婦女思念出遠門

的丈夫，用傳統的「鏡聽」習俗占卜吉凶時的情態和心理：

> 重重摩挲嫁時鏡，夫婿遠行憑鏡聽。回身不遣別人知，人意
> 丁寧鏡神聖。懷中收拾雙錦帶，恐畏街頭見驚怪。嗟嗟嗟祭下堂
> 階，獨自竈前來跪拜。出門願不聞悲哀，郎在任郎回未回。月明
> 地上人過盡，好語多同皆道來。卷帷上牀喜不定，與郎裁衣失翻
> 正。可中三日得相見，重繡錦囊磨鏡面。

眞切的現實場景，隱祕的內心獨白，給人以强烈的生活實感。從
語言上看，王建的樂府詩顯得更通俗淺近，有的富有民歌謠諺的
色彩。這說明作者注意學習和吸取民歌的優點，如：

> 嘆息復嘆息，園中有棗行人食。貧家女大當窗織，翁母隔牆
> 不得力。水寒手澀絲脆斷，續來續去心腸爛。草蟲促織機下鳴，
> 兩日催成一匹半。輸官上頭有零落，姑未得衣身不著。當窗卻羨
> 青樓倡，十指不動衣盈箱。（《當窗織》）

> 望夫處，江悠悠。化為石，不回頭。山頭日日風復雨，行人
> 歸來石應語。（《望夫石》）

兩首詩的結尾都是警句。前一首用對比反襯織女之苦辛，後一首
借助想像突出愛情之堅貞，尤其動人心魄。結尾警句在王建詩中
多見，如《水夫謠》之「我願此水作平田，長使農夫不怨天」；
《田家行》之「田家衣食無厚薄，不見縣門身即樂」；《送衣曲》之
「願身莫著裹屍歸，願妾不死長送衣」等，都筆力凝重，足以振
起全篇。這種寫法，張、王頗爲相似。

　　王建另有宮詞百首，當時很有名，也具有以寫實事諷諭的特

點，而以大型組詩寫宮禁生活，也是一種創造。

　　張王樂府是中唐寫實諷諭詩派中一支有著自己鮮明特色的重要力量。嚴羽《滄浪詩話》於「詩體」中曾專標「張籍王建體」。他們的主要特點是重藝術寫實而不重主觀諷議。張戒《歲寒堂詩話》云，張籍王建樂府，「專以道得人心中事為工」。他們不像以前的元結和以後的元稹、白居易那樣有意把詩歌作為諷諫或教化的工具，故很少在詩中離開具體描寫直接發表議論，而是盡可能如實地寫出各種現實人物的特徵、遭遇、命運及其具體生活圖景，作者的傾向和諷諭意圖則不著痕迹地融化於藝術寫實之中。他們多兼用古題新義和即事名篇兩種樂府詩形式，好以俗事俗語入詩。他們都善於選擇和提煉典型人物、事件和場景，能在不長的篇幅中概括、揭示社會的矛盾和對立。他們都善於錘煉警句，尤其是結尾的警句。所有這些，不但自成一格，而且對後來的寫實諷諭詩人產生了良好影響，有些寫法並為後來者所仿效和繼承。他們是較自覺地接受古典詩歌的寫實藝術傳統而較少接受功利主義的儒家詩教觀的一批詩人。他們在文學史和詩歌史上的地位是應該充分肯定的。

第三節　元稹、李紳

㈠元稹

1、元稹的生平

　　元稹（公元 779～831 年），字微之，別字威明，洛陽（今屬河南）人。出生於長安（今陝西西安）。他是北魏鮮卑族拓跋部後裔。貞元九年（公元 793 年）十五歲明經科及第。貞元十九

年（公元 803 年）與白居易同時中拔萃科。元和元年（公元 806
年）以對策第一，拜左拾遺。元稹年少得意，銳氣頗足，敢言直
諫，摘發權貴，因此元和五年（公元 810 年）後被貶謫達十年之
久。後來因依附宦官得以升遷，曾於長慶二年（公元 822 年）拜
平章事，居相位三月，爲時人所譏。卒於武昌軍節度使任所。生
前曾自編《元氏長慶集》一百卷，宋時僅存六十卷。《全唐詩》收其
詩爲二十八卷。

2、元稹的詩歌特色

元稹的詩歌當時與白居易齊名，並稱「元白」，是中唐寫實
諷諭詩派的主要代表人物。元和四年（公元 809 年），他看到李
紳所作《樂府新題》二十首，取其「病時之尤急者」和作十二首；
元和十二年（公元 817 年），他又和劉猛、李餘古題樂府十九
首。在《和李校書新題樂府十二首並序》和《樂府古題序》中，他提
出了「寓意古題，刺美見事」和「即事名篇，無復依傍」的古題
和新題樂府寫作原則，全面總結了樂府詩的藝術寫實和諷諭時政
的創作經驗。在《唐故工部員外郎杜君墓誌銘並序》中，他高度評
價杜甫「盡得古今之體勢，而兼人人之所獨專」的成就，表現了
重視全面繼承前代詩歌遺產的眼光，比之白居易單純強調「風雅
比興」，其視野顯得更爲開闊。

元稹同時採用古題和新題樂府兩種形式反映現實，題材比較
廣泛。他的古題樂府如《田家詞》、《估客樂》、《織婦詞》、《採珠
行》等寫得深刻有力。他常在結尾翻出新意，加重對現實的批判
分量。如《田家詞》：

> 牛吒吒，田确确，旱塊敲牛蹄趵趵，種得官倉珠顆穀。六十
> 年來兵簇簇，月月食糧車轆轆。一日官軍收海服，驅牛駕車食牛
> 肉。歸來收得牛兩角，重鑄鋤犁作斤劚。姑春婦擔去輸官，輸官

不足歸賣屋。願官早勝讎早覆，農死有兒牛有犢，不遣官軍糧不足。

全詩用農民的口吻敍述，充滿了對朝廷長期用兵所帶來的災難的怨恨，但詩中並無直接的情感流露，結尾反而用肯定堅決的語氣表示對「官軍」的支持，這種從反面加倍用筆的寫法更加突出了農民痛楚在心、哀怨在骨的悲慘處境。他的新樂府詩都有鮮明的現實針對性和諷諭性，但和白居易每篇各具事旨的寫法比較起來，略有繁複與龐雜之病⑤。

《連昌宮詞》是元稹在白居易《長恨歌》影響下創作的長篇敍事詩，它和《長恨歌》雖存諷諭但以寫情爲基調不同，這是一首典型的寫實諷諭詩。按歷史事實，楊貴妃從來沒有同唐玄宗一起遊幸過連昌宮，詩中的望仙樓、端正樓原來都在華清宮，但作者的這些虛擬想像卻眞實地反映了因唐玄宗荒淫逸樂和政治昏暗而導致安史之亂的歷史敎訓。全詩通過同一位老人的對話，圍繞連昌宮的興廢，進行了具體生動的環境景物、生活場景和人物形象的描寫，最後作者直抒感慨，表達了希望治理朝政以實現國家和平安定的心願：「老翁此意深望幸，努力廟謨休用兵！」

在中唐詩人中，元稹是一位以開拓寫情題材而對後代產生重要影響的作家，元稹在自編詩集時，將這類詩篇分爲悼亡詩與艷詩兩類。其悼亡詩是爲其元配韋叢而作，其艷詩則多爲其婚前的情人而作⑥。作者以自己的愛情生活體驗作爲基礎，抒寫男女愛戀和生死離別之情，有些詩歌甚至就是自己情感歷程的記錄。這在以前的唐代詩人中是沒有過的，而與同一時期大量愛情傳奇小說的出現相呼應，反映了中唐社會和文學思想的轉移。從社會思潮看，「至於貞元末，風流恣綺靡」（杜牧《感懷》）。在城市經濟發展的條件下，當時「朝廷政治方面，則以藩鎮暫能維持均

勢，德宗方以文治粉飾其苟安之局。民間社會方面，則久經亂
離，略得一喘息之會，故亦趨於嬉娛遊樂，因此上下相應，成爲
一種崇尚文詞、矜詡風流之風氣」（陳寅恪《元白詩箋證稿》）。
從文學思潮看，由於大批進士出身的中下階層士子登上文壇，他
們「重詞賦而不重經學，尙才華而不尙禮法」（同上），於傳統
的政治功業追求之外，把個人的情感追求以至感官享樂也作爲人
生的價值目標，並在創作中加以表現，這就是以元稹（以及白居
易、李賀等⑦）爲其先導，至晚唐李商隱、溫庭筠、韓偓等大量
創作的愛情詩歌發達的原因。而元稹這類詩歌之「哀艷纏綿，不
僅在唐人詩中不可多見，而影響於後來之文學者尤鉅」（同
上）。如著名的悼亡詩《遣悲懷》之一：

> 謝公最小偏憐女，嫁與黔婁百事乖。顧我無衣搜畫篋，泥他
> 沽酒拔金釵。野蔬充膳甘長藿，落葉添薪仰古槐。今日俸錢過十
> 萬，與君營奠復營齋。

又如《離思》之一：

> 曾經滄海難爲水，除卻巫山不是雲。取次花叢懶回顧，半緣
> 修道半緣君。

前一首的細節描寫，後一首的比興手法，都傳達了動人的男女之
愛。當然，元稹這類詩中也有一些輕薄庸俗的描寫，以致後人在
比較元、白時有「元輕白俗」之說，但其題材開拓的意義是不可
抹煞的。

(二)李紳

李紳（公元 772～846 年），字公垂，祖籍亳州譙縣（今安徽亳縣）。元和元年（公元 806 年）進士。會昌二年曾拜相，後出爲淮南節度使。《全唐詩》錄其詩爲四卷。

李紳是最早用「新題樂府」標題進行創作的詩人。元稹《和李校書新題樂府十二首》序說：「予友李公垂，貺予樂府新題二十首，雅有所爲，不虛爲文。」但這二十首詩已失傳。今存《古風》二首（一作《憫農》），是傳誦人口的名作：

春種一粒粟，秋收萬顆子。四海無閒田，農夫猶餓死。

鋤禾日當午，汗滴禾下土，誰知盤中餐，粒粒皆辛苦。

作爲封建士大夫，能這樣體會和同情農民的勞動與痛苦，是極其可貴的。前一首詩反映的封建社會的根本矛盾和後一首詩揭示的憫農惜糧的生活眞理，被表現得如此樸素鮮明，又如此精警深刻，它們當然成爲唐詩中不朽的珍品。

第四節　白居易的生平、思想和創作主張

(一)白居易的生平和思想

白居易（公元 772～846 年），字樂天，祖籍太原，遷居下邽（今陝西渭南東北），出生於新鄭（今屬河南）。家庭世敦儒業，祖父和父親都是明經科進士。少年時爲避北方兵亂，白居易寄居越中，曾經歷過一段「時難年荒世業空，弟兄羈旅各西東」

的顚沛流離的生活。

白居易自小聰慧能詩。二十歲以後，更加刻苦讀書，「不遑寢息」，「以至於口舌成瘡，手肘成胝」（《與元九書》）。貞元十六年（公元 800 年）中進士，十九（公元 803 年）與元稹同時中拔萃科，授祕書省校書郎，從此開始了兩人長達數十年的交往。元和元年（公元 806 年）中「才識兼茂明於體用科」，授盩厔縣尉，三年（公元 808 年）拜左拾遺，後任翰林學士。這一段時間，白居易表現了積極參與政治的高度熱情。在準備制科考試時，他和元稹「閉門累月，揣摩當代之事」（《策林序》），著《策林》七十五篇，大膽批評時政：「上益其侈，下成其私」，「人之困窮，由君之奢欲」。主張「節財用，均貧富，禁兼併」。在縣尉任上，他寫過反映農民饑苦的《觀刈麥》和令「握軍要者切齒」（《與元九書》）的《宿紫閣山北村》等詩，並創作了《長恨歌》。擔任諫官後，他不但恪盡職守，敢於直言，而且「啓奏之外，有可以救濟人病，裨補時闕，而難於指言者，輒詠歌之，故稍稍遞進聞於上」（《與元九書》）。以《秦中吟》、《新樂府》爲代表的大多數諷諭詩就是這樣創作出來的。元和六年（公元 811 年）丁母憂鄉居後，白居易繼續寫了一些關心和表現人民疾苦的詩歌，如《采地黃者》、《新制布裘》等。元和十年（公元 815 年），宰相武元衡被平盧節度使李師道派人刺死，當時身爲太子左贊善大夫的白居易憤激上書，「急請捕賊，以雪國恥」，卻被當朝權貴誣爲「越職言事」，並橫加其他罪名，將他貶爲江州（今江西九江）司馬。這是白居易遭受的最大的政治打擊。次年，詩人創作《琵琶行》。

貶官江州後，白居易在悲憤、苦悶中思想轉向消極。以後他雖得重新起用，但他總的政治態度是有意避開鬥爭的漩渦，走明哲保身的道路⑧。然而在擔任地方官職（如杭州、蘇州刺史）期

間，他仍儘可能爲當地人民做一些好事。晚年，他自請分司東都。武宗會昌二年（公元 842 年）以刑部尚書致仕，閑居洛陽履道里，自號醉吟先生，又與香山僧如滿結社，自號香山居士。退休以後，他還曾施散家財，協助當地開鑿龍門八節石灘，以利行船。七十五歲時病逝。

　　白居易自稱以儒家「窮則獨善其身，達則兼濟天下」的態度處世，但實際上對「兼濟」和「獨善」的取捨是隨仕途的遭遇和當時政治環境的變化而變化的。他貶官江州前，仕途較順利，又正值元和年間憲宗較爲振作的時期，「兼濟」思想占主導地位。四十四歲政治上受打擊以後，面對朝政日非的現實，思想便從「兼濟」急劇轉向「獨善」。這種樂天知命、退守自持的儒家思想，又與他思想中存在的老莊「知足止辱」、佛家色空觀結合起來，終於形成一種消極的人生觀：「面上滅除憂喜色，胸中消盡是非心」（《詠懷》），「無情水任方圓器，不繫舟隨去住風」（《偶吟》）。晚年，白居易儘管宦途顯達，卻再無「兼濟」之志。這是一個正直而軟弱的封建知識分子的精神悲劇。

　　白居易生前曾多次自編詩文集。元和十年（公元 815 年）在江州司馬任上，他將四十三歲以前的詩編成十五卷，分諷諭詩一百五十首，閑適詩一百首，感傷詩一百首，雜律詩四百餘首，共約八百首。此後又續編、增補過。初名《白氏長慶集》，後改名《白氏文集》。直至死前一年即會昌五年（公元 845 年），共編成七十五卷，收詩文三千八百餘篇，抄寫了五部。但經唐末動亂，抄本散亂。今日所見最早刊本是南宋紹興年間（公元 1131～1162 年）所刻《白氏文集》七十一卷，收詩文三千六百多篇，詩近三千首，其中摻入他人作品幾十篇，分卷次第也不同原貌。另有日本所藏那波道園覆宋活字刻本，也爲七十一卷。其次序比較接近原編本，今有《四部叢刊》影印本。清康熙年間，汪立銘單獨

將白居易詩編爲《白香山詩集》四十卷，這是宋元以後第一個對白詩進行校勘整理的本子。一九七九年中華書局出版的顧學頡校《白居易集》，以紹興本爲底本，參校各本，加以訂補，又編《外集》二卷，搜集佚詩佚文，並附有白氏傳記、白集重要序跋和簡要年譜，是一個較爲完備的本子。

(二)白居易的創作主張

在中唐寫實諷諭詩派中，白居易全面而系統地提出了自己的創作主張。這些主張，實際上成爲這一詩派的創作綱領和理論總結。

白居易的詩論主張，從寫作《策林》時即開始形成，其後陸續見於《新樂府序》、《寄唐生》、《讀張籍古樂府》等詩文，至貶官江州時的《與元九書》爲總結。《與元九書》是白居易最重要的詩歌理論著作。

白居易把詩歌作爲表達情志的語言藝術工具。「僕志在兼濟，行在獨善，奉而始終之則爲道，言而發明之則爲詩。謂之諷諭詩，兼濟之志也；謂之閑適詩，獨善之義也。故覽僕詩，知僕之道焉。」（《與元九書》）寫實諷諭詩歌是他表達和實現「兼濟」之志的工具。因此，他的寫實諷諭詩論的核心，就是把反映現實和參與政治結合起來，把藝術寫實與政教諷諭結合起來，其中既包含著寫實的合理因素，又表現出某種狹隘片面的功利主義色彩。對新樂府的倡導，在他的詩論中並不佔主要地位。

關於詩歌與現實的關係，是白居易詩論的基礎。他認爲「人之感於事，則必動於情，然後興於嗟嘆，發於吟詠，而形於歌詩」（《策林》第六十九）。因而表現人們思想感情的詩歌，就能反映現實，反映一定時代的社會政治面貌。「故國風之盛衰，由斯而見也；王政之得失，由斯而聞也；人情之哀樂，由斯而知

也。」（同上）詩人應積極參與現實，而詩歌只有正確反映現實
才能干預現實。爲此，他提出了「文章合爲時而著，歌詩合爲事
而作」的口號（《與元九書》），他要求「直歌其事」（《秦中吟
序》）、「其事覈而實」（《新樂府序》），能反映生活的本來面
目。爲了揭露社會矛盾和社會危機，他特別提出了「惟歌生民
病」的主張（《寄唐生詩》），「是時兵革後，生民正憔悴。但傷
民病痛，不識時忌諱。」（《傷唐衢》）這是一個具有現實意義的
課題，也是對「感於哀樂，緣事而發」的樂府民歌反映社會民生
和藝術寫實傳統的繼承和發展。

　　白居易接受儒家的詩教理論，重視詩歌的政教諷諭功能。他
積極主張恢復采詩制度，上以「補察時政」，下以「洩導人
情」。針對當時政治昏暗、上下礙塞的現狀，他強調「欲開壅蔽
達人情，先向歌詩求諷刺」（《采詩官》）。值得注意的是，白居
易總是把用詩歌爲政治服務和用詩歌反映現實統一起來。「爲君
爲臣爲民爲物爲事而作，不爲文而作。」（《新樂府序》）「爲君
爲臣爲民」是政治目的，「爲物爲事」是創作表現手段，二者相
互聯繫一致。能夠體現這種一致性的，就是「風雅比興」的藝術
傳統。因此，他把「風雅比興」作爲衡量詩歌的根本標準。在
《與元九書》中，他根據這一標準評價了從《詩經》以來的古代詩
歌。他尖銳批評梁陳文學「嘲風雪，弄花草」，也指責李白的詩
「索其風雅比興，十無一焉」，甚至對他推崇的杜甫，也還覺得
這類詩太少。他稱讚張籍的古樂府「風雅比興外，未嘗著空
文」，而對自己的詩歌最重視的，也是「所適所感，關於美刺比
興」的諷諭詩。這一方面固然表現了白居易詩論片面強調現實功
利的狹隘性，但另一方面重視詩歌的思想內容和社會作用，又正
是白居易詩論中的精華。

　　白居易還正確闡述了詩歌內容與形式的關係。「詩者，根

情，苗言，華聲，實義。」（《與元九書》）他把情感內容當作詩歌的根本和靈魂，但又決不忽視形式諸要素的積極作用。語言音律既是情感思想的表現形式，又是內容意蘊的實現手段。對於語言音律，白居易提出了通俗化的要求：「不求宮律高，不務文字奇。」（《寄唐生》）「其辭質而徑，欲見之者易諭也；其體順而肆，可以播於樂章歌曲也。」（《新樂府序》）語言的通俗化，表達的明白淺切，既是實現詩歌寫實內容和諷諭功能的需要，也反映了中唐寫實諷諭詩人開拓詩歌藝術新路的努力方向，以及唐詩高度繁榮、面向社會普及和傳播的歷史趨勢，在詩歌發展史上具有進步意義。

白居易的詩歌理論總結了中唐寫實諷諭詩派的文學思想和創作實踐，對古代詩歌寫實傳統的傳承發展起著積極作用。但他對古代詩歌的浪漫傳統缺乏認識，對詩歌的審美特性缺乏闡述，又給他自己和後人的創作帶來了不良影響。在他的後期，隨著政治和人生態度的變化，他的詩歌創作思想也趨向消極。

第五節　白居易詩歌的思想內容

白居易曾把自己的詩歌分為諷諭、閑適、感傷和雜律四類⑨。雖然這種分類並不科學，前三類是從內容著眼的（多為古體詩），後一類是從形式著眼的（皆為近體詩），但大體能反映白詩的基本面貌。以《新樂府》五十首、《秦中吟》十首為代表的諷諭詩是白詩中最富有社會意義的部分，尤其是其中的社會寫實詩。這些詩歌直接取材於現實，以「救濟人病」（《與元九書》）為宗旨，以「惟歌生民病」為主題，是白詩的精華。

在唐代詩人中，很少有人像白居易這樣對下層人民的痛苦，特別是農民的痛苦給予足夠的關注。如果說，杜甫因其經歷遭遇

和時代特徵主要關心人民的戰亂流離之苦，那麼，白居易卻看到
了兵革後唐代社會平靜外表下掩蓋著的深刻矛盾、對立和苦難。
從早年面對「足蒸暑土氣，背灼炎天光」的農夫，「念此私自
愧，盡日不能忘」（《觀刈麥》），到晚年「心中爲念農桑苦，耳
裡如聞饑凍聲」（《新製綾襖成感而有詠》），農民的勞苦與饑寒
始終縈繞在他的心胸。「嗷嗷萬族中，唯農最辛苦。」（《夏
旱》）他還進一步揭示出造成農民痛苦的原因，主要是苛重的賦
斂（《重賦》）和官吏的貪暴（《杜陵叟》），以及在皇帝名義下進
行的各種巧取豪奪（《宿紫閣山北村》《賣炭翁》）。詩人對殘民以
逞的統治者表示極大的憤怒：

> 杜陵叟，杜陵居，歲種薄田一頃餘。三月無雨旱風起，麥苗
> 不秀多黃死。九月降霜秋早寒，禾穗未熟皆青乾。長吏明知不申
> 破，急斂暴徵求考課。典桑賣地納官租，明年衣食將何如？剝我
> 身上帛，奪我口中粟；虐人害物即豺狼，何必鉤爪鋸牙食人肉。
> 不知何人奏皇帝，帝心惻隱知人弊。白麻紙上書德音：「京畿盡
> 放今年稅。」昨日里胥方到門，手持敕牒牓鄉村。十家租稅九家
> 畢，虛受吾君蠲免恩！（《杜陵叟》）

《資治通鑑・德宗記》曾記載當時「非稅而誅求者，殆過於稅，每
有詔書優恤，徒空文耳」的情況，《杜陵叟》描寫的正是這種現
實。詩中雖有「帝心惻隱知人弊」的虛美之辭，但作者不僅痛斥
貪官酷吏爲「鉤爪鋸牙食人肉」的豺狼，而且在結尾對不關心農
民疾苦的九重天子投以強烈的反諷。白居易的其他一些諷諭詩，
也常常把揭露在上者的貪暴豪奢同反映下層百姓的身心痛苦結合
起來，在分析社會苦難的原因時把矛頭指向最高統治者，表現了
作者對封建政治關係的整體思考和認識。

　　白居易對婦女命運的同情和關注也超過了前代詩人。其詩中出現了眾多不同類型的女性形象，有「天上取樣人間織」，「扎扎千聲不盈尺」的聰慧勤苦的紡織女兒（《繚綾》）；有「右手秉遺穗，左臂懸弊筐」的貧苦農婦（《觀刈麥》）；有「亂蓬爲鬢布爲巾，曉踏寒山自負薪」的賣柴女（《代賣薪女贈諸妓》）；有「暮去朝來顏色故」，「老大嫁作商人婦」的歌妓（《琵琶行》）；有「顏色如花命如葉」，「一閉上陽多少春」的宮人（《上陽白髮人》《陵園妾》）；有爲愛情私奔而不容於社會，終於「出門無去處」的少女（《井底引銀瓶》）；有被迫與子女生離死別，「白日無光哭聲苦」的棄婦（《母別子》）……「人生莫作婦人身，百年苦樂由他人」（《太行路》），這是作者爲無法擺脫人身依附地位的封建社會廣大婦女發出的飽含血淚的不平之鳴。他善於通過具體描寫淋漓盡致地展示不幸婦女的悲慘處境和內心痛苦，使這些詩篇具有強烈的控訴和批判力量。如「愍怨曠」的《上陽白髮人》：

　　　　上陽人，上陽人，紅顏暗老白髮新。綠衣監使守宮門，一閉上陽多少春！玄宗末歲初選入，入時十六今六十。同時採擇百餘人，零落年深殘此身。憶昔吞悲別親族，扶入車中不教哭。皆云入內便承恩，臉似芙蓉胸似玉。未容君王得見面，已被楊妃遙側目。妒令潛配上陽宮，一生遂向空房宿。宿空房，秋夜長，夜長無寐天不明。耿耿殘燈背壁影，蕭蕭暗雨打窗聲。春日遲，日遲獨坐天難暮。宮鶯百囀愁厭聞，樑燕雙棲老休妒。鶯歸燕去長悄然，春往秋來不記年。唯向深宮望明月，東西四五百回圓。今日宮中年最老，大家遙賜「尚書」號。小頭鞵履窄衣裳，青黛點眉眉細長。外人不見見應笑，天寶末年時世妝。上陽人，苦最多。少亦苦，老亦苦，少苦老苦兩如何！君不見昔時呂向《美人賦》，

又不見今日上陽宮人白髮歌！

詩人所寫的悲劇是有現實根據的⑩。長期幽閉、與世隔絕的生活，不但摧殘了上陽人的青春，還把她變得麻木、無知甚至癡呆。造成「少苦老苦」悲劇的不僅僅是嫉妒的楊妃，甚至也不僅僅是那個置宮人命運於不顧的「大家」（皇帝），還包括一人而佔有後宮三千的罪惡制度。詩人在元和初年曾上《請揀放後宮內人狀》，就是針對這一弊政的。

　　白居易還較多地描寫了邊塞問題。中唐國力衰弱，邊土喪失長期不得收復。邊塞問題反映著民族和人民的雙重苦難。白居易對身受外族欺辱和官府壓迫的邊民也寄予了極大的同情。《縛戎人》描寫一位「沒蕃被囚思漢土，歸漢被劫爲蕃虜」的邊民的愛國之心不被理解，反遭不幸；《西涼伎》寫家鄉陷沒數十年的涼州伎，只能含淚供不思收復失地的邊將玩弄取樂。這兩首詩一「達窮民之情」，一「刺封疆之臣」。表現同一主題的，還有《城鹽州》、《蠻子朝》、《陰山道》、《時世妝》等。

　　除了以藝術寫實爲基本特徵的諷諭詩，白居易的另一些詩歌，則是直接或間接對時政進行諷議之作。這類詩歌以不同形式的諷議，集中表現作者「裨補時闕」、爲政治服務的意圖，其中相當一部分是作者身任諫官時作爲一種特殊的諷諫手段而寫作的。有直接議論時政的，或美或刺，如《七德舞》（美撥亂陳王業也），《海漫漫》（戒求仙也）；有詠史詠事，借題發揮以議時政的，如《胡旋女》（戒近習也），《八駿圖》（戒奇物懲逸遊也）；有以詠物形式諷諭時政的，如《黑潭龍》（疾貪吏也），《秦吉了》（哀冤民也）。他特別喜歡運用詠物、寓言和其他比興手法巧妙地寄託自己的政治見解和情感。如《黑潭龍》寫黑龍潭附近鄉民迷信神龍，朝祈暮賽，以祭祀酒肉餵飽林鼠山狐，其主旨在結尾

「狐假龍神食豚盡，九重泉底龍知無」，諷誡皇帝不要縱容貪官
汚吏魚肉人民。又如《贈賣松者》：「一束蒼蒼色，知從澗底來。
劚掘經幾日？枝葉滿塵埃。不買非他意，城中無地栽。」這是詩
人任制策考官時所作，表現了對出身貧寒的士子被埋沒黜落的不
滿。人才問題往往反映社會政治的清濁狀況，因而是白居易反復
諷議的政治問題之一。《杏園中棗樹》、《有木詩八首》、《贏駿》、
《和大觜烏》、《白牡丹》等都是這類詠物或寓言諷諭詩。

　　白居易的感傷詩以《長恨歌》、《琵琶行》爲代表。白居易自己
解釋說：「事物牽於外，情理動於內，隨感遇而形於歌詠者」，
謂之感傷詩。白居易是一位「深於詩，多於情」（陳鴻《長恨歌
傳》）的人，他和元稹又是艷情詩的倡導者。了解了這一點，就
不難理解作者的「一篇《長恨》有風情」（《編集拙詩成一十五卷
因題卷末戲贈元九李二十》）。《長恨歌》描寫李隆基和楊玉環的
故事。從白居易的詩論主張出發，它應該成爲一首諷諭詩的題
材，根據陳鴻《長恨歌傳》記載，白居易寫作此詩，「不但感其
事，亦欲懲尤物，窒亂階，垂於將來」，確有意存諷諭的目的。
但事實上，它卻更多地描寫了一個「天長地久有時盡，此恨綿綿
無絕期」的愛情悲劇。雖然作者開頭就以「漢皇重色思傾國」微
露婉諷意旨，並在前一部分對李隆基荒淫失政，沈溺於與楊玉環
的愛情享樂，以致「漁陽鼙鼓動地來」、「宛轉蛾眉馬前死」的
後果進行嚴肅的批判，正確揭示了「長恨」之因。但隨後作者就
以全詩三分之二以上的篇幅想像和渲染馬嵬之變後兩人「天上人
間」的刻骨思念，對愛情悲劇主人公的「長恨」寄予極大同情。
這不但造成了全詩前後主題和傾向的矛盾，而且以愛情描寫沖淡
甚至掩沒了政治批判，形成了全詩寫情傷情的主調。這種描寫，
當然不符合封建帝王與后妃的關係，以及李楊情感生活的眞實面
貌，但它卻在一定程度上表現了對男女眞摯忠誠的愛情的讚美和

肯定，並且通過動人的藝術描寫創造出具有高度審美價值的悲劇
愛情境界。《長恨歌》雖然存在明顯的思想局限，表現了作者創作
思想的矛盾，卻對後代產生了深遠的影響，其主要原因就在這
裡。《琵琶行》是一首既同情不幸婦女，又藉以抒發自己遷謫之悲
的長詩，其藝術成就更爲人所稱道。

　　白居易的閑適詩和雜律詩中也有寫景抒情佳作。它們或寄託
友情、或描摹山水，或妙傳思理，給人以美好的情操薰染和藝術
享受：

　　　　離離原上草，一歲一枯榮。野火燒不盡，春風吹又生。遠芳
　　侵古道，晴翠接荒城。又送王孫去，萋萋滿別情。(《賦得古原
　　草送別》)

　　　　一道殘陽鋪水中，半江瑟瑟半江紅。可憐九月初三夜，露似
　　珍珠月似弓。(《暮江吟》)

但那些宣傳明哲保身的消極思想的閑適之作卻是不可取的。

第六節　白居易詩歌的藝術成就和影響

　　白居易是唐代詩人繼杜甫之後的寫實藝術大師。最能代表其
創作成就的是他的寫實詩歌，包括寫實諷諭詩和長篇歌行敍事
詩。他的寫實諷諭詩中有許多也是敍事詩，如《賣炭翁》、《上陽
白髮人》、《采地黃者》等，描寫個別人物和事件；有些則是生活
特寫，如《輕肥》、《買花》、《繚綾》等，描寫某些特定場景和人物
羣體。但它們總的特點都是對生活的藝術寫實。在這方面，白居
易既繼承和發展了我國古代詩歌的寫實藝術傳統，也對古代敍事

詩的發展作出了貢獻。

白居易的寫實詩歌，尤其是寫實諷諭詩，是對現實生活的真實描寫和藝術概括的統一。白居易把「其事覈而實，使采之者傳信也」（《新樂府序》）作爲創作基礎，嚴格地取材於真實的現實人物和事件。他的許多著名諷諭詩，幾乎都可以在歷史記載或其他史料中找到材料的印證⑪。但另一方面，作者又對他所描寫的生活現象進行了選擇、提煉和概括。爲了使主題突出，產生強烈的社會效應，他常採取「一題詠一事」的寫法。「一題各言一事，意旨專而一」，「其意既專，故其言能盡。其言能盡，則其感人也深。」（陳寅恪《元白詩箋證稿》）這是他的寫實諷諭詩常常超過元稹等人同類作品的原因⑫。如紅線毯與繚綾，都是進貢朝廷的精織品，但《紅線毯》的主題是「憂農桑之費」，《繚綾》的主題是「念女工之勞」。題材和主題的集中突出，使作者得以對現實生活進行具體生動的描寫，加強了藝術的真實感。以《紅線毯》爲例：

> 紅線毯，擇繭繅絲清水煮，揀絲練線紅藍染。染爲紅線紅於花，織作披香殿上毯。披香殿廣十丈餘，紅線織成可殿鋪。彩絲茸茸香拂拂，線軟花虛不勝物。美人蹋上歌舞來，羅襪繡鞋隨步沒。太原毯澀氈縷硬，蜀都褥薄錦花冷；不如此毯溫且柔，年年十月來宣州。宣城太守加樣織，自謂爲臣能竭力；百夫同擔進宮中，線厚絲多卷不得。宣城太守知不知？一丈毯，千兩絲，地不知寒人要暖，少奪人衣作地衣！

作者在詩末抑制不住內心激憤，直接抒情議論，結尾運用對比，極爲警闢感人。一方面用主要筆墨鋪陳渲染，另一方面提煉警句對照映襯，是白居易最爲擅長的藝術方法。作者往往只把兩種生

活現象的尖銳對立揭示出來，並不加以評述議論，其意旨即豁然明朗，而又耐人尋味。如《輕肥》在極力鋪寫宦官的驕橫意氣和「食飽心自若，酒酣氣益振」的奢靡享樂後，突然切入「是歲衢州旱，江南人食人」的慘景；《歌舞》在描寫「朱門車馬客，紅燭歌舞樓」的情景後，以「豈知閿鄉獄，中有凍死囚」結尾；《買花》以「喧喧車馬度」、豪門貴族相隨買花的熱鬧場景與「低頭獨長嘆」的田舍翁的沈重心情相對照，又以「一叢深色花，十戶中人賦」的警句揭示題旨，都有力地加強了藝術寫實的效果。

白居易的寫實詩，特別是敘事詩，注意刻畫具有典型意義的藝術形象。這些形象不但有高度的社會概括性，而且有獨特的遭遇命運，有獨特的外貌、言行和心理特徵，這種獨特性，正是詩人描寫的重點。作者特別善於體察各種人物的社會處境和情感活動，把他們隱藏在內心深處的矛盾痛苦細膩真切地展示出來。為了譴責統治者窮兵黷武的戰爭，作者在《新豐折臂翁》中刻畫了一位用自我摧殘的方法逃避兵役以保全生命的農民：

> 新豐老翁八十八，頭鬢眉鬚皆似雪；玄孫扶向店前行，左臂憑肩右臂折。問翁臂折來幾年？兼問致折何因緣？翁云貫屬新豐縣，生逢聖代無征戰；慣聽梨園歌管聲，不識旗槍與弓箭。無何天寶大徵兵，戶有三丁點一丁。點得驅將何處去？五月萬里雲南行。聞道雲南有瀘水，椒花落時瘴煙起；大軍徒涉水如湯，未過十人二三死。村南村北哭聲哀，兒別耶孃夫別妻；皆云前後征蠻者，千萬人行無一迴。是時翁年二十四，兵部牒中有名字。夜深不敢使人知，偷將大石鎚折臂。張弓簸旗俱不堪，從茲始免征雲南。骨碎筋傷非不苦，且圖揀退歸鄉土。此臂折來六十年，一肢雖廢一身全。至今風雨陰寒夜，直到天明痛不眠。痛不眠，終不悔，且喜老身今獨在。不然當時瀘水頭，身死魂飛骨不收；應作

> 雲南望鄉鬼，萬人冢上哭呦呦。老人言，君聽取。君不聞開元宰
> 相宋開府，不賞邊功防黷武；又不聞天寶宰相楊國忠，欲求恩幸
> 立邊功？邊功未立生人怨，請問新豐折臂翁。

詩人著重刻畫了這位自殘者六十餘年來飽受傷痛折磨，不但不
悔，反而「以悲爲喜」的心理，從一個特殊的角度深刻折射出黷
武征戰給人民帶來的災難。在著名的《賣炭翁》詩中，詩人不僅描
寫了終年勞苦的賣炭老人「滿面塵灰煙火色，兩鬢蒼蒼十指黑」
的外貌特徵，而且深入表現出他爲了基本生存需求而掙扎的精神
痛苦：「可憐身上衣正單，心憂炭賤願天寒。」當他賴以爲生的
一車炭被「手把文書口稱敕」的宦官掠奪而去時，爲皇權所庇護
的罪惡的反人性本質便徹底暴露無遺了。典型概括和個性描寫的
結合，是白居易敘事詩藝術形象成功的重要原因，也是他超越前
代和同時代寫實詩人的地方⑬。

白居易的寫實詩歌善於進行細緻的描摹，情感濃烈，能創造
出敘述抒情相結合的具有高度審美價值的藝術境界。在《長恨歌》
中，作者緊密結合環境景物特徵和變化，把李隆基對死去的楊玉
環的思念之情抒寫得淋漓盡致，哀婉淒切。而在幻想的神仙世界
裡，作者依然用寫實的筆墨具體描繪環境、場景和人物。「攬衣
推枕起徘徊，珠箔銀屏迤邐開」，宛然人間情態，楊玉環贈物寄
詞的細節描寫，進一步把對於永相睽隔的愛情長恨的表現推向高
潮。《琵琶行》更是敘事與抒情完美統一的傑作。這首詩以「同是
天涯淪落人，相逢何必曾相識」的情感體驗爲樞紐，把對琵琶女
身世和技藝的描寫與個人貶謫之悲的抒發熔鑄成一個有機整體。
詩的開頭，作者設置了「潯陽江頭夜送客」，「舉酒欲飲無管
弦」的特定情境，既暗示了自己貶居江州、孤寂淒涼的處境，又
爲琵琶樂曲和琵琶女的出現作了成功的鋪墊。等到「忽聞水上琵

琶聲，主人忘歸客不發」，詩歌就自然而迅速地轉入對女主人公
形象及其音樂技藝的正面描繪了：

> 尋聲闇問彈者誰？琵琶聲停欲語遲。移船相近邀相見，添酒
> 迴燈重開宴。千呼萬喚始出來，猶抱琵琶半遮面。轉軸撥弦三兩
> 聲，未成曲調先有情。弦弦掩抑聲聲思，似訴平生不得志。低眉
> 信手續續彈，說盡心中無限事。輕攏慢撚抹復挑，初為《霓裳》後
> 《綠腰》。大弦嘈嘈如急雨，小弦切切如私語。嘈嘈切切錯雜彈，
> 大珠小珠落玉盤。間關鶯語花底滑，幽咽泉流水下灘。冰泉冷澀
> 弦凝絕，凝絕不通聲漸歇。別有幽愁暗恨生，此時無聲勝有聲。
> 銀瓶乍破水漿迸，鐵騎突出刀槍鳴。曲終收撥當心畫，四弦一聲
> 如裂帛。東船西舫悄無言，唯見江心秋月白……

這一段以音樂描寫爲重點，但又始終貫串著抒情主人公對琵琶女
及其樂曲的獨特感受。正是這種感受，成爲後來強烈共鳴的基
礎。作者細緻地描寫了琵琶演奏的全過程，一連串的比喻既「以
聲喻聲」，化抽象爲具體，又各自帶著鮮明的可觀意象，化樂感
爲情境，表現出很高的「讀曲」能力和描摹水平。作者還注意從
效果上進行烘托。這些藝術手法的綜合運用，使《琵琶行》的音樂
描寫成爲古代詩歌的不朽典範。第三部分琵琶女自述身世，基本
上完成了女主人公的形象塑造，具有反映現實社會婦女不幸的客
觀意義，但又是下文作者自抒感慨的環境條件。最後詩人爲琵琶
女作歌，「感我此言良久立，卻坐促弦弦轉急；淒淒不似向前
聲，滿座重聞皆掩泣。座中泣下誰最多，江州司馬青衫濕」。對
琵琶女的形象塑造和詩人形象的刻畫，終於水乳交融不復可分，
達到了很高的藝術境界。

白居易實踐了自己詩歌語言通俗化的主張。他的詩歌語言淺

切平易，而又意到筆隨，是一種便於表達和傳播，又能被詩人驅遣自如、運用入化的文學語言。他把「語淺意深，語近意遠」作爲「最上一乘」（胡應麟《詩藪》）。劉熙載說：「香山用常得奇，此境良非易到。」（《藝概》）他的優秀詩作的確達到了這種水平。寫實諷諭詩和感傷名篇如此，寫景抒情小詩也是如此。如《錢塘湖春行》：

> 孤山寺北賈亭西，水面初平雲腳低。幾處早鶯爭暖樹，誰家新燕啄春泥。亂花漸欲迷人眼，淺草才能沒馬蹄。最愛湖東行不足，綠楊陰裡白沙堤。

描摹景物優美如畫，而語言則明白如話。又如抒寫友情的《問劉十九》：

> 綠螘新醅酒，紅泥小火爐。晚來天欲雪，能飲一杯無？

如見面語，如話家常，而情深意摯，自然感人。

白居易還自覺地學習和寫作民歌，《竹枝詞》、《楊柳枝》等就是這一實踐的成果。他和劉禹錫是唐代最早按民間曲子填詞的作家，這和他語言通俗化的努力方向也是完全一致的。

白居易的詩歌在藝術上也有一些明顯的缺陷。在《和答詩十首序》中，他談到自己詩歌有時「意太切而理太周」，「理太周則辭繁，意太切則言激」。這些缺點在一些諷諭詩中尤見突出。張戒在《歲寒堂詩話》中評論說：「梅聖俞云：狀難寫之景，如在目前。元微之云：道得人心中事。此固白樂天長處。然情意失於太詳，景物失於太露，遂成淺近，略無餘蘊，此其所短處。」對於白居易詩歌藝術得失的分析是比較公允的。

　　白居易是一位有巨大影響的詩人，其詩在當時就廣爲流傳。
他在《與元九書》中自述：「自長安抵江西三四千里，凡鄉校、佛
寺、逆旅、行舟之中，往往有題僕詩者；士庶、僧徒、孀婦、處
女之口，每每有詠僕詩者。」他與元稹兩人唱和的所謂「元和
體」⑭，「自衣冠士子，閭閻下俚，至悉傳諷之」（《舊唐書·
元稹傳》）。他的詩還流傳到邊疆少數民族地區以至朝鮮、日本
等國，並對其文學發展產生重要影響。後世詩人從晚唐的皮日
休、杜荀鶴、聶夷中，到宋代的王禹偁、梅堯臣、蘇軾、張耒、
陸游，直到清代的吳偉業、黃遵憲等，都從不同方面繼承和學習
他的詩風和詩歌創作。他的《琵琶行》和《長恨歌》，成爲後代戲曲
創作的題材。晚唐張爲《詩人主客圖序》，稱白居易爲「廣大教化
主」，從衣被後代的普遍性來說，不是沒有道理的。

附　註

①本書不採納「新樂府運動」這一提法，也不贊同以「新樂府運動」
　來概括和描述中唐寫實諷諭詩派。其理由是：
　(1)「新樂府」不能概括中唐寫實諷諭詩歌的體制和成就。這一詩派
　　　的詩人既寫「寓意古題，刺美見事」的古題樂府，也寫「即事名
　　　篇，無復依傍」的新題樂府（參見元稹《樂府古題序》），還寫了
　　　一些古、近體的諷諭詩。如被杜甫稱許的元結《賊退示官吏》就是
　　　五言古詩。元稹《敍詩寄樂天書》中把自己的諷諭詩分爲「古
　　　諷」、「樂諷」、「律諷」三類，而另列「新題樂府」爲一類。
　　　張籍王建古、新題樂府都寫，而以古題樂府爲多。《樂府詩集》收
　　　王建樂府詩 36 首，其中新樂府辭僅 12 首；收張籍 53 首，新樂
　　　府辭僅 19 首。白居易的著名寫實諷諭詩《觀刈麥》、《宿紫閣山北
　　　村》、《采地黃者》等都是五言古詩而非新樂府。
　(2)「新樂府」並不都是寫實諷諭詩。「新題樂府」之名始於李紳，

元稹和之（見元稹《和李校書新題樂府十二首》），後白居易以
「新樂府」為題寫詩 50 首。但元白對新樂府的認識並不完全一
致，白居易以「新樂府」為諷諭詩，而元稹《敍詩寄樂天書》則列
「新題樂府」於諷諭詩外，稱「詞實樂流，而止於模象物色者為
新題樂府」，只是強調其藝術寫實的特徵。至宋郭茂倩《樂府詩
集》，則泛稱唐人自立新題而作的樂府詩：「新樂府者，皆唐世
之新歌也。以其辭實樂府，而未嘗被於聲，故曰新樂府也。」明
胡震亨說：「樂府內又有往題、新題之別。往題者，漢魏以下，
陳隋以上樂府古題，唐人所擬作也。新題者，古樂府所無，唐人
新制為樂府題者也。」（《唐音癸籤》）這種新題樂府，唐初謝
偃、長孫無忌、劉希夷等人詩中即已出現。中唐寫實諷諭詩派所
仿效和學習的，主要是杜甫以新題寫時事的樂府諷諭詩如《兵車
行》、《麗人行》，以及同一性質但並非樂府的寫實諷諭詩如「三
吏」、「三別」等，並不是單純以新樂府形式和名稱相號召標
榜。這與古文運動以古文反對駢儷文風是很不相同的。

(3)中唐並沒有出現一個新樂府運動。中唐寫實諷諭詩派，是在共同
的傳統影響下形成的具有共同創作傾向的詩歌流派。從現有材料
看，這一詩派的作者運用新樂府形式進行創作的人數、時間和聲
勢都是相當有限的。張王樂府以古題為主，比較集中寫作和唱和
的，是李紳、元稹和白居易三人，時間為元和四至五年。元和四
年，李紳寫《新題樂府》20 首，元稹隨後有《和李校書新題樂府》
12 首，白居易寫《新樂府》的時間，約在元和三至五年。元稹雖
稱「與友人樂天、李公垂輩，謂為是當，遂不復擬賦古題」
（《樂府古題序》），但事實上自此以後，他們都不再有新題樂府
創作，元稹還寫了一些樂府古題寫實諷諭詩，白居易則只寫了
《采地黃者》、《村居苦寒》等幾首五古諷諭詩。有人說，白居易寫
於元和十年的《與元九書》等對新樂府運動起了指導作用，這是毫

無事實根據的。迄今還沒有發現當時效法元白新樂府的材料。據白居易《與元九書》絞，「今僕之詩，人所愛者，悉不過雜律詩與《長恨歌》已下耳。時之所重，僕之所輕。至於諷諭者，意激而言質……宜人之不愛也。」又據元稹《上令狐相公詩啓》，當時「自衣冠士子，至閭閻下俚，悉傳諷之」的元白「元和體」，可分兩類，一爲次韻相酬之長篇排律，一爲杯酒光景間之小碎篇章，包括元稹的艷體詩中的短篇在內，並非樂府諷諭詩。（參見陳寅恪《元白詩箋證稿》附論《元和體詩》）所以，誇大當時新樂府創作的聲勢、影響，用「運動」之類的字眼去描述它，是不符合實際的。這同古文運動中「後進師匠韓公，文體大變」（趙璘《因話錄》），「韓柳繼起，唐之古文遂蔚然極盛」（《四庫全書總目》卷一五〇《毗陵集》）的情況也是很不相同的。當然，作爲一個具有傳統寫實精神的詩歌流派，它在文學史上的地位又是應予充分肯定的，並不因其而不稱爲「運動」而受到影響。

②元和十年，白居易寫《與元九書》和《讀張籍古樂府》。元和十二年，元稹有和劉猛、李餘的古題樂府詩，並作《樂府古題序》。至此，元白的諷諭詩創作和理論活動基本結束。如以白居易《讀張籍古樂府》稱讚張籍「業文三十春」計算，中唐寫實諷諭詩派約從貞元初開始出現，歷時約 30 年。

③杜甫在《同元使君舂陵行序》中說：「今盜賊未息，知民疾苦，得結輩十數公，落落然參錯天下爲邦伯，萬物吐氣，天下少安可得待矣。不意復見比興體制，微婉頓挫之詞。」可見在杜甫看來，元結的詩正反映了一種適應時代需要的新詩風的產生。

④鄭振鐸《插圖本中國文學史》稱顧況「是眞實的詼諧詩人。在這一方面，他是比之開天諸大詩人更有成就的。人家都是苦吟的雅語，他卻是嘻嘻哈哈的在笑，對於一切都要調謔」。評《囝》詩時，鄭氏說：「在方言文學裡，這眞要算是最早最重要的一頁。」「他敢於

應用俗語方言入詩，（白）居易卻還不敢。」這些論述可供參考。

⑤參見陳寅恪《元白詩箋證稿》第五章《新樂府》。

⑥元稹的少時情人名雙文，陳寅恪以爲即《鶯鶯傳》中之鶯鶯。《贈雙
文》、《春曉》、《鶯鶯詩》、《雜憶五首》、《會眞詩三十韻》等皆爲追
念雙文而作。《夢遊春七十韻》則兼及其妻韋叢。陳寅恪評此詩「爲
元和體之上乘，且可視作此類詩最佳之代表者也」（《元白詩箋證
稿》）。

⑦白居易也有寫情詩，如回憶同「東鄰嬋娟子」愛情的《感情》，及
《冬至夜懷湘靈》、《寄湘靈》等。李賀以個人情感體驗爲依據的寫情
詩難以考知，但李賀的艷詩頗多則是爲人們所公認的。

⑧元和十三年，白居易改任忠州刺史，十五年（公元 820 年）召還
京，拜尚書司門員外郎，遷主客郎中，知制誥，進中書舍人。因國
事日非，朋黨傾軋，於長慶二年（公元 822 年）請求外任，出爲杭
州刺史，後又做過短期的蘇州刺史。大和元年（公元 827 年）拜祕
書監，次年轉刑部侍郎。從大和三年（公元 829 年）詩人 58 歲以
後，即自請分司東都，定居洛陽，先後擔任太子賓客、河南尹、太
子少傅等職。

⑨《與元九書》中，把「自拾遺來，凡所適所感，關於美刺比興者；又
自武德迄元和，因事立題，題爲新樂府者」，謂之諷諭詩。把「退
公獨處，或移病閑居，知足保和，吟玩性情者」，謂之閑適詩。把
「事物牽於外，情理動於內，隨感遇而形於嘆詠者」，謂之感傷
詩。又有五言、七言、長句、絕句，自一百韻至兩韻者四百餘
首」，謂之雜律詩。但晚年自編詩文集時，白居易除將文細分爲
碑、志、序、記、表、贊等類外，對後期所作詩歌只分爲格詩、律
詩兩類。

⑩詩原注云：「天寶五載以後，楊貴妃專寵，後宮人無復進幸矣。六
宮有美色者，輒置別所。上陽是其一也。貞元中尚存焉。」

⑪除前文所舉《杜陵叟》、《上陽白髮人》等篇外，另如《賣炭翁》之「苦宮市」，可與韓愈《順宗實錄》二、《通鑒·唐紀》貞元十三年所記相印證；《八駿圖》之「懲佚遊」可與《舊唐書·柳公綽傳》、《唐會要》五二「忠諫」條敍唐憲宗愛圍獵，柳公綽等極諫相印證，《陵園妾》之「托幽閉喻被讒遭黜」，可與永貞元年八司馬事件相印證等（參見《元白詩箋證稿》）。

⑫《元白詩箋證稿》第五章「新樂府」於此論之甚詳，可參看。

⑬杜甫的敍事詩和其他寫實詩歌，除《石壕吏》等個別作品外，都以寫事件或場面為主，寫人物多取類型，不重個性描寫。張王樂府多寫人物，但仍主要突出類型特徵。重視個性刻畫，是白居易的突出成就。當然白詩也還有專寫事件場面和類型人物的。

⑭「元和體」有廣狹二義。廣義指唐憲宗元和以來各種新體詩文。李肇《唐國史補》卷下：「元和以後，為文筆則學奇詭於韓愈，學苦澀於樊宗師；歌行則學流蕩於張籍，詩章則學矯激於孟郊，學淺切於白居易，學淫靡於元稹，俱名為元和體。」狹義則指元白詩中次韻相酬的長篇排律和包括艷體在內的流連光景的中短篇雜體詩。（參見注①）

第六章　中唐其他詩派和詩人

　　中唐是唐詩發展的又一個高峯。一方面，逐漸深化的社會矛盾，向詩人們提出了貼近現實、反映民生的迫切要求；另一方面，相對穩定的社會環境，又給予了他們精心創作、錘煉藝術的有利時機。在寫實諷諭詩派重視發揮詩歌社會功能的同時，詩歌抒情特徵、手段、風格也成爲詩人探索和開拓的主題。從中唐前期「大曆十才子」、劉長卿和韋應物等繼承盛唐餘韻而體格稍變，到貞元元和年間（公元 785～820 年），張、王、元、白重寫實尚淺俗與韓愈、孟郊等重主觀尚怪奇兩大詩派的出現和並立，標誌這一過程取得了突破性成就。詩壇的個人風格創造異彩紛呈。劉禹錫、柳宗元、李賀等都各樹一幟，也成爲這一時代的傑出代表。

第一節　大曆十才子和李益

　　從代宗大曆初至德宗貞元中（公元 766～795 年前後），是唐詩發展相對停滯的時期。王維、李白、高適、岑參、杜甫等相繼辭世。新一代的文學巨匠還沒有出現。活躍在詩壇上的，主要是一批雖經歷過開元盛世和天寶之亂，但對時代的轉折和詩歌使命的變化還缺乏深刻認識的詩人，是一批繼承盛唐餘韻，在藝術上執意有所追求，但尚難開一代風氣的詩人。韋應物、劉長卿、李益和大曆十才子是他們的代表①。

(一)大曆十才子

「大曆十才子」實際上是以大曆時期十位詩人爲代表的一個詩歌流派。「十才子」之名，始見於姚合《極玄集》，指李端、盧綸、吉中孚、韓翃、錢起、司空曙、苗發、崔洞（一作「峒」）、耿湋、夏侯審。《新唐書·盧綸傳》所載同。他們以能詩齊名，且相互唱和。但宋以後對十才子之名有異說②。「十才子」多爲依附權門的中下層士大夫，他們詩律嫺熟，擅長五言近體，其所作多投獻、應酬、送別和寫景之作，表現出一種迴避現實生活矛盾、偏重追求形式美的創作傾向，這使他們得以對詩律與詩境的精美化多少作出了貢獻。但身處戰亂初平、時勢不振之世，其暗淡人生，委瑣心態，已無可能再現盛唐氣象所賦予詩人的眼界胸襟和骨力。《四庫全書總目·錢仲文集提要》評述：「大曆以還，詩格初變，開寶渾厚之氣，漸遠漸漓，風調相高，稍趨浮響，升降之關，十子實爲之職志。」試以其中頗負盛名的錢起（公元 722~780? 年，字仲文，天寶九年進士，有《錢仲文集》十卷）的應試詩《省試湘靈鼓瑟》爲例：

> 善鼓雲和瑟，常聞帝子靈。馮夷空自舞，楚客不堪聽。苦調凄金石，清音入杳冥。蒼梧來怨慕，白芷動芳馨。流水傳湘浦，悲風過洞庭。曲終人不見，江上數峯青。

有人曾推崇末二句爲「詩美的極致」，實際上不過是一種「圓轉活脫」的點題技巧（魯迅《題未定草》）。倒是韓翃（字君平，天寶十三年進士，有《韓君平集》）的《寒食日即事》：「春城無處不飛花，寒食東風御柳斜。日暮漢宮傳蠟燭，輕煙散入五侯家。」含蓄蘊藉，較有深意。

十才子的經歷各不相同，但大都對戰亂造成的社會破壞有一定的親身感受，並在詩中作了某些反映。如李端（字正己，大曆五年進士，有《李端詩集》）的《宿石澗店聞婦人哭》：「山店門前一婦人，哀哀夜哭向秋雲。自說夫因征戰死，朝來逢著舊將軍。」同類作品還有耿湋（字洪源，公元 734?～787? 年，有《耿湋集》）的《路旁老人》，盧綸的《逢病軍人》等，但這類詩很少。

盧綸

　　盧綸（公元 737?～798 年或 799 年，字允言，有《盧綸詩集》）是十才子中較有特色的詩人。他經歷比較坎坷③，詩歌題材較廣泛，有的寫得蒼涼雄渾，別具一格，如《和張僕射塞下曲》：「林暗草驚風，將軍夜引弓。平明尋白羽，沒在石棱中。」「月黑雁飛高，單于夜遁逃。欲將輕騎逐，大雪滿弓刀。」在短短的二十個字中，不但勾勒出壯闊的畫面，渲染了緊張的氣氛，還能刻畫人物形象，給人以深刻的印象，是很見功力的。他的一些寫景抒情詩，由於結合家國身世之感，具有真切動人的藝術力量，在十才子同類詩中也是比較傑出的。如《晚次鄂州》：

　　　　雲開遠見漢陽城，猶是孤帆一日程。估客晝眠知浪靜，舟人夜語覺潮生。三湘衰鬢逢秋色，萬里歸心對月明。舊業已隨征戰盡，更堪江上鼓鼙聲？

司空曙

　　曾在長安同盧綸、錢起等唱和的司空曙（公元 720?～790? 年，字文明，有《司空曙詩集》），也因仕路蹭蹬，長期遷謫，所作交遊詩情詞淒惻，哀婉動人，如「雨中黃葉樹，燈下白頭人」

（《喜外弟盧綸見宿》），「乍見翻疑夢，相悲各問年」（《雲陽館與韓紳宿別》）等，都是「十才子」詩中的佳作名句。

(二)李益

李益也曾被列入「十才子」，但比較那些詩風平庸的才子們，他顯得頗有創造性。

1、李益的生平

李益（公元 748～829? 年），字君虞，隴西姑臧（今甘肅武威）人。大曆四年（公元 769 年）進士。建中元年（公元 780 年）以後，曾「從軍十八載，五在兵間」④。晚年以禮部尚書致仕。有《李益集》二卷，《全唐詩》編其詩為二卷。

2、李益的詩歌特色

李益自稱「關西將家子」（《邊思》），「束髮即言兵」（《赴邠寧留別》），少年時即參加過軍事生活。不久，家鄉淪入吐蕃，中年又長期體驗過邊塞生活。他自稱：「為文多軍旅之思。或軍中酒酣，塞上兵寢，投劍秉筆，散懷於斯，文率皆出乎慷慨意氣，武毅果厲。」（計有功《唐詩紀事》卷三十）這些條件，使之成就為中唐時期最傑出的邊塞詩人。其邊塞詩的主要內容：

一是抒發自己和廣大將士的報國情懷。如《塞下曲》：

> 伏波惟願裹屍還，定遠何須生入關。莫遣隻輪歸海窟，仍留一箭射天山。

連用馬援、班超和薛仁貴三個典故，既表達了悲壯的獻身精神，又充滿豪邁的滅敵自信。又如《度破訥沙》：「破訥沙頭雁正飛，鸊鵜泉上戰初歸。平明日出東南地，滿磧寒光生鐵衣。」作品雖

然只描寫了日光下鐵甲閃爍的壯景，卻巧妙地烘托出戰士夜戰晨歸的喜悅情懷。

　　二是對邊塞風光和軍旅生活的描寫。他以壯美闊大的詩筆，展現了邊塞特有的風光節候，生活民情。如：「胡風凍合鷫鸘泉，牧馬千羣逐暖川。塞外征行無盡日，年年移帳雪中天。」（《暖川》）《新唐書·李益傳》記載，他的一些詩，「天下皆施之圖繪」。除了單純的寫景詩，他更多的作品是抒寫自己豐富生動的從軍和出塞體驗，如《夜發軍中》、《將赴朔方早發漢武泉》、《五城道中》、《觀騎射》等，尤其是《鹽州過胡兒飲馬泉》：

　　　　綠楊著水草如煙，舊是胡兒飲馬泉。幾處吹笳明月夜，何人倚劍白雲天。從來凍合關山路，今日分流漢使前。莫遣行人照容鬢，恐驚憔悴入新年。

敍事、寫景、抒情自然融合。五原（古稱鹽州）是唐和吐蕃反復爭奪的邊緣地區。作者用明麗的色彩描寫當日飲馬泉的景色，表達了對失土收復的欣喜和對邊防將士的崇敬。頷聯二句形象鮮明，情思悠揚。全詩的基調是積極的，但結尾又流露出遠行出塞的悲涼。

　　三是對邊防現實問題的反映。安史之亂後，唐帝國國力大衰，加以朝廷守邊無策，邊將「生事邀功，竊取官賞」（《資治通鑑》卷二三八），邊兵「更番往來，疲於戍役」（《舊唐書·陸贄傳》），邊塞問題成爲社會的一大痼疾。李益的邊塞詩眞實地反映了邊塞問題的複雜矛盾。「今日邊庭戰，緣賞不緣名。」（《夜發軍中》）「寢興倦弓甲，勤役傷風露。來遠賞不行，鋒交勛乃茂。未知朔方道，何年罷兵賦？」（《五城道中》）他特別善於從戍卒心理情緒的普遍變化來揭露邊塞的嚴重現實：「天山雪

後海風寒，橫笛偏吹行路難。磧里征人三十萬，一時回首月明
看。」（《從軍北征》）「關城榆葉早疏黃，日暮沙雲古戰場。表
請回軍掩塵骨，莫教士卒哭龍荒。」（《回軍行》）厭戰思鄉，士
氣低落，這種凄涼感傷的情調在盛唐邊塞詩中是很難看到的，有
著鮮明的時代折光。

　　李益以七絕詩著稱於世⑤。沈德潛說：「七言絕句，中唐以
李庶子（益）、劉賓客（禹錫）為最，音節神韻，可追逐龍標
（王昌齡）、供奉（李白）。」（《唐詩別裁集》卷二十）李益的
絕句，富於形象感和音樂美，語言自然，境界明朗而含蘊深厚。
如《夜上受降城聞笛》：

　　　　回樂峯前沙似雪，受降城外月如霜。不知何處吹蘆管，一夜
　　征人盡望鄉。

首二句簡筆勾勒靜謐的邊塞夜景，藉以渲染充滿悲涼氣氛的戰場
環境，有力地烘托出為偶然的蘆管聲所觸發的一夜征人的無邊鄉
愁。色彩、聲音、情感的表現水乳交融。這首詩傳說曾被「教坊
樂人取為聲樂度曲」（《唐詩記事》），可見情韻兼美。其悲壯婉
轉，也正體現了李益詩的基本風格。

第二節　劉長卿和韋應物

　　中唐前期，劉長卿和韋應物是兩位在藝術上各有擅長的重要
詩人。

(一)劉長卿

1、劉長卿的生平

　　劉長卿（公元？～786 或 791 年），字文房，宣城（今屬安徽）人。年輕時在嵩山讀書。天寶年間進士，由於「剛而犯上」（高仲武《中興間氣集》）曾兩次被貶⑥，官止隨州刺史，故人稱「劉隨州」。有《劉隨州集》十一卷，包括詩十卷、文一卷。《全唐詩》編其詩爲五卷。

2、劉長卿的詩歌特色

　　前人每以劉長卿和錢起並稱，作爲大曆詩人的代表⑦。實際上，劉長卿不同於以錢起爲代表的大曆才子們。大曆十才子大體以長安和洛陽爲活動中心，劉長卿則是主要活動於吳越地區的江南詩人的代表。皎然《詩式》稱「大曆中，詞人多在江外，皇甫冉、嚴維、張繼、劉長卿、李嘉祐、朱放，竊占靑山白雲，春風芳草，以爲己有。」指的就是這一羣體，由於劉長卿貶謫和旅居各地期間曾多次遭遇戰亂，這使他得以把身世感慨和對現實的認識反映結合起來。如《穆陵關北逢人歸漁陽》：

> 　　逢君穆陵路，匹馬向桑乾。楚國蒼山古，幽州白日寒。城池百戰後，耆舊幾家殘。處處蓬蒿遍，歸人掩淚看。

詩中眞實描寫了兵亂之後的殘破景象，感情眞切。頷聯二句在景物描繪中暗示形勢的嚴峻和詩人的憂心，簡練凝重，貼切精工。他抒發貶謫之悲的詩歌常常藉弔古傷懷，傾吐被壓抑的才智之士的共同心聲。如《長沙過賈誼宅》：

> 　　三年謫宦此棲遲，萬古唯留楚客悲。秋草獨尋人去後，寒林空見日斜時。漢文有道恩猶薄，湘水無情弔豈知？寂寂江山搖落處，憐君何事到天涯。

頷聯融情入景，又暗用了《鵩鳥賦》的典故。頸聯論古傷今，將暗諷的筆墨曲折地指向當朝皇帝。此詩被認爲是唐代七律精品。

劉長卿多寫五言詩，「嘗自以爲五言長城」（權德輿《秦徵君校書與劉隨州唱和詩序》）。其五言近體尤其爲人稱道，但七言佳作也不少。他的詩歌語言清秀淡雅而又流暢諧婉，造境幽遠，含意委曲，抒情寫景都能達到優美境界，如「老至居人下，春歸在客先」（《新年作》），「萬里通秋雁，千峯共夕陽」（《移使鄂州次峴陽館懷舊居》），「細雨濕花看不見，閑花落地聽無聲」（《別嚴士元》），「白首相逢征戰後，靑春已過亂離中」（《送李錄事兄歸襄鄧》）等，都是爲人傳誦的名句。他的小詩清新雋永，給人以涵詠不盡的藝術享受。如「日暮蒼山遠，天寒白屋貧。柴門聞犬吠，風雪夜歸人」（《逢雪宿芙蓉山主人》），「蒼蒼竹林寺，杳杳鐘聲晚。荷笠帶斜陽，靑山獨歸遠」（《送靈澈上人》）。應當肯定，劉長卿和其他大曆詩人「專主情景」（胡震亨《唐音癸籤》引陳繹曾《詩譜》），着力繼承盛唐詩歌創造心物對應、情景交融境界的藝術經驗，並使之從觸物生感，隨機組合提高到精密構思、取境造象的自覺化階段，這是對唐詩發展的貢獻。但「思銳才窄」則顯然限制了他們的藝術創新。前人評隨州詩「大抵十首以上，語意稍同」（高仲武《中興間氣集》），這正是大曆詩人的通病。

(二)韋應物

1、韋應物的生平

韋應物（公元 737～792 年或 793 年），京兆（今陝西西安）人。出身於關中望族，年少時以門蔭授三衞郞侍玄宗，過了一段荒唐放縱的生活⑧。安史之亂後，流落失職，始立志讀書。廣德二年（公元 764 年）授職洛陽丞。後曾任滁州、江州、蘇州

刺史，罷職後貧居蘇州城外永定寺。世稱「韋江州」、「韋蘇州」⑨。有《韋江州集》十卷（一名《韋蘇州集》），《全唐詩》收其詩爲十卷。

2、韋應物的詩歌特色

韋應物是一位既經歷過時代動亂又經歷過人生挫折，思想性格發生過重大變化的詩人。他長期擔任地方官職，直接接觸到「兵凶久相踐，徭賦豈得閑」（《高陵書情寄三原盧少府》），「旱歲屬荒歉，舊逋積如坻」（《始至郡》）的社會現實和繁苛政務，對人民疾苦有深切的同情。他的《采玉行》、《夏冰歌》、《鳶奪巢》、《雜體》（「春羅雙駕鴦」、「古宅集祆鳥」）等，都是反映現實，「頗近興諷」（白居易《與元九書》）之作。尤其可貴的是，在他的一些抒情詩裡，每當述及政事，詩人總是情不自禁地表露出憂時傷民、內疚自愧的沈痛心理。如著名的《寄李儋元錫》：

> 去年花裡逢君別，今日花開又一年。世事茫茫難自料，春愁黯黯獨成眠。身多疾病思田里，邑有流亡愧俸錢。聞道欲來相問訊，西樓望月幾回圓？

這種真誠的人道主義情感，對後代許多詩人都有影響。

韋應物以山水田園詩著名⑩，後人常把王、孟、韋、柳作爲唐代山水田園詩人的代表。他的田園詩以陶淵明爲榜樣，以質樸平淡之筆寫田家生活，故後人又以「陶韋」並稱。不同的是他較少陶淵明直接參加農業勞動的體驗，卻較多地注意農民勞動和受剝削的痛苦。如《觀田家》一詩寫他在長安鄠縣善福寺寓居時的西澗農民：

微雨眾卉新，一雷驚蟄始。田家幾日閑？耕種從此起。丁壯俱在野，場圃亦就理。歸來景常晏，飲犢西澗水。饑劬不自苦，膏澤且為喜。倉廩無宿儲，徭役猶未已。方慚不耕者，祿食出閭里。

「饑劬」二句表明作者對農民心理的細緻體察。於陶淵明的歸田學農之外，開啓了傷時憫農的主題，是韋應物對田園詩的新發展。

韋應物善於描寫自然景物。他的山水詩和其他詩中的景物描寫達到了很高的成就。他取陶淵明的清淡，謝靈運、謝朓的秀美，於王維、孟浩然的渾融高華的盛唐氣象之外，創造了具有中唐特色的個人風格。白居易稱他「高雅閑淡，自成一家之體」（《與元九書》）。他不但追求意境的完整、自然，而且重視詞句的錘煉，這正是「大曆以還，詩格初變」的時代風氣使然。他詩中警句甚多，既表現出詩人對自然美的精細觀察和發現，也可以看到詩人用力甚勤的語言藝術成就。如「喬木生夏涼，流雲吐華月」（《同德寺雨後》），「寒雨暗深更，流螢度高閣」（《寺居獨夜》），「綠陰生晝靜，孤花表春餘」（《遊開元精舍》），「漠漠帆來重，冥冥鳥去遲」（《賦得暮雨送李冑》），「寒樹依微遠天外，夕陽明滅亂流中」（《自鞏洛舟行入黃河即事寄府縣僚友》）等。當他的詩中對自然的審美追求與對人生的某種精神追求凝為一體的時候，就出現了被後人稱道為「韻高而氣清」（張戒《歲寒堂詩話》）的境界：

今朝郡齋冷，忽念山中客。澗底束荊薪，歸來煮白石。欲持一瓢酒，遠慰風雨夕。落葉滿空山，何處尋行迹？（《寄全椒山中道士》）

　　　　獨憐幽草澗邊生，上有黃鸝深樹鳴。春潮帶雨晚來急，野渡
無人舟自橫。(《滁州西澗》)

韋應物擅長五古，前一首即是代表。全詩以想像的山中景物和生
活細節描寫道士的形象，寄託詩人的關切和嚮往之情，寫得空靈
高逸。後一首七絕以「獨憐」二字領起，顯示主體情感的強烈介
入。全詩以澗邊幽草爲中心，組織一系列景物，多角度地渲染烘
托。這不只是荒野待渡圖，而且是詩人孤芳自賞的表現。這種情
調表現了詩人「爲性高潔」的一面，所謂「心如野鶴與塵遠，詩
似冰壺見底清」(《贈王侍御》)。它反映了關心世事民瘼的詩人
無力與現實抗爭時所產生的孤寂消沈的心理，但又顯示了詩人憤
世嫉俗、不向惡濁環境妥協的頑強意志。

|皎然|

　　與韋應物、顧況等詩作酬答較多的詩僧皎然(公元 730～
800 年，字清晝，俗姓謝，有《杼山集》十卷，《全唐詩》存詩七
卷)是當時一批江南詩僧的代表。皎然著《詩式》(有一卷本、五
卷本兩種，以五卷本爲完備)，是總結中唐前期創作經驗探討詩
歌意境與風格等的重要理論著作。皎然對大曆柔靡詩風不滿，但
他吸取殷璠「興象」說，加以發揮，強調「取境」，又是對大曆
詩歌精美藝術的總結。他的詩論，對唐末司空圖和宋代嚴羽等有
重要影響。

第三節　劉禹錫、柳宗元

　　發生在順宗永貞元年(公元 805 年)的短暫的政治革新及其
失敗，是一件對中唐政治和文學發展有重要影響的事件。劉禹錫

和柳宗元是這場鬥爭的積極參加者和受害者。嚴重的政治打擊，給他們的命運帶來了不幸，卻也成就了他們的文學事業。他們不僅是詩人，而且也是進步的政治家和有見解的哲學家，在中唐詩壇上又都能各樹一幟。

(一)劉禹錫

1、劉禹錫的生平

劉禹錫（公元 772～842 年），字夢得，洛陽（今屬河南）人，祖籍中山（今河北定縣）。他是匈奴族後裔，七世祖劉亮始改漢姓。貞元九年（公元 793 年）與柳宗元同榜進士，登博學宏詞科。永貞元年（公元 805 年）參加王叔文集團革新，任屯田員外郎、判度支鹽鐵案。失敗後被貶爲朗州司馬。元和九年（公元 814 年）奉召回京，再貶任連州、夔州、和州刺史，在外二十餘年。寶曆二年（公元 826 年）才被召回朝。晚年任太子賓客，分司東都，加檢校禮部尙書銜。世稱「劉賓客」、「劉尙書」。臨終前撰《子劉子自傳》爲永貞革新辯護，表明至死不渝的意志。劉禹錫曾於元和十三年（公元 818 年）自編其著述爲「四十通」，又刪取四分之一爲「集略」，今皆不傳。今存劉禹錫集有南宋紹興八年（公元 1138 年）董棻刻本《劉賓客文集》，正集三十卷，外集十卷，共收詩九百十五首，文二百二十一篇。日本崇蘭館所藏宋刻本《劉夢得文集》，卷數與前書略同，但次序不一致，已編入《四部叢刊》。《全唐詩》編其詩爲十二卷，《全唐文》編其文爲十三卷。

2、劉禹錫的詩歌特色

劉禹錫具有樸素的唯物主義哲學思想。他曾寫作《天論》三篇支持柳宗元在《天說》中與韓愈的哲學論戰，給「天」以唯物解釋：「天，有形之大者也；人，動物之尤者也。」他繼承了荀子

「人定勝天」的思想，提出「天人交相勝」的觀點，認為天（自然）和人（人類社會）各有自己的特殊規律，存在既互相區別、矛盾又互相依存、促進的辯證關係。這對他積極參加政治革新並在長期貶謫中依然保持頑強樂觀的精神面貌有著重要影響。劉禹錫的詩歌主要是貶謫期間的作品，表現出一種對新陳代謝的客觀規律的清醒認識。如「芳林新葉催陳葉，流水前波讓後波」（《樂天見示傷微之、敦詩、晦叔三君子，皆有深分，因成是詩以寄》）、「沈舟側畔千帆過，病樹前頭萬木春」（《酬樂天揚州初逢席上見贈》）、「請君莫奏前朝曲，聽唱新翻楊柳枝」（《楊柳枝詞》）等都深含哲理。他的《秋詞》：「自古逢秋悲寂寥，我言秋日勝春朝。晴空一鶴排雲上，便引詩情到碧霄。」表現了對宇宙生生不息的獨特領悟。因此，他才能在備受打擊的情況下，百折不撓，始終對人生充滿信心和進取精神。著名的玄都觀桃花絕句就是代表：

> 紫陌紅塵拂面來，無人不道看花回。玄都觀裡桃千樹，盡是劉郎去後栽。（《元和十年，自朗州至京，戲贈看花諸君子》）

> 百畝庭中半是苔，桃花淨盡菜花開。種桃道士歸何處，前度劉郎今又來。（《重遊玄都觀絕句》）

前一首寫於被貶十年應召回京之時，詩中借「桃花」影射「二王八司馬事件·」後上台的滿朝新貴⑪，因為「語涉譏刺」，又遭貶謫。後一首是十二年後再度被召回京時作，作者仍以桃花為喻，嘲笑那些迫害過他們的、政治舞台上曇花一現的匆匆過客。他意志頑強，性格開朗：「莫道讒言如浪深，莫言遷客似沙沈。千淘萬漉雖辛苦，吹盡狂沙始到金。」（《浪淘沙詞》）直到晚年，他

依舊豪情滿懷：「莫道桑榆晚，爲霞尚滿天。」（《酬樂天詠老見示》）因此贏得了「詩豪」的美稱（白居易《劉白唱和詩解》）。他的詩中絕少中晚唐詩人普遍表現的感傷情調，總是給人以奮發向上的啓示和鼓舞。

劉禹錫的政治詩多採取詠物和詠史的形式。他用詠物詩表現對打擊陷害革新派的黑暗勢力的痛恨和蔑視，「吐詞多諷託幽遠」（《全唐詩》）。如《聚蚊謠》以「飛蚊伺暗聲如雷」比喻政治醜類的囂張氣焰，以「利嘴迎人著不得」揭露他們的肆意中傷，而以「清商一來秋日曉，羞爾微形飼丹鳥」預言其可悲結局。《飛鳶操》、《昏鏡詞》、《百舌吟》等都是這一類型作品。他借助詠史寄託他對國事的關心和對歷史興亡的理性認識。這些詠史詩，以其思想和藝術成就享有很高聲譽。如《西塞山懷古》：

> 王濬樓船下益州，金陵王氣黯然收。千尋鐵鎖沈江底，一片降幡出石頭。人世幾回傷往事，山形依舊枕寒流。今逢四海爲家日，故壘蕭蕭蘆荻秋。

以晉滅吳實現統一爲題材，歌頌「四海爲家」的政治局面，這種選材和立意，顯然包含着對當時藩鎭割據、分裂國家的批判，與他在《平蔡州》等詩直接描寫平定吳元濟叛亂的勝利，異曲同工，且更有「含蓄靡窮」（汪師韓《詩學纂聞》）之妙。他的《金陵五題》、《蜀先主廟》等詠史詩，同樣體現了這種凝重含蓄的風格特徵，如「朱雀橋邊野草花，烏衣巷口夕陽斜。舊時王謝堂前燕，飛入尋常百姓家。」（《烏衣巷》）意味深長的景物細節描寫，不但抒發了興衰之感，而且蘊含著對當朝權貴的警誡。

劉禹錫是唐代一位自覺向民歌學習的傑出詩人。「夢得佳作，多在朗、連、夔、和時。」（吳喬《圍爐詩話》卷三引賀裳

語）其重要原因之一，就是他在貶謫期間較多地接近人民和民間
文藝，能吸收其營養，改造和豐富自己的詩歌創作。他不但寫作
了《插田歌》、《畬田行》、《踏潮歌》、《競渡曲》、《採菱行》等詩
歌，生動地描寫了普通百姓的勞動、娛樂、競賽等多方面的生活
內容，還特別注意學習民歌的形式、曲調、語言進行創作⑫。
《竹枝詞》、《浪淘沙》、《楊柳枝》、《踏歌詞》、《堤上行》等就是他
學習民歌的成果。他一方面吸取民歌語言通俗明快、音節鏗鏘諧
和、表達自然眞率的優長，另一方面又利用自己的思想和文學修
養提高民歌的審美境界，創作了許多膾炙人口的作品，爲唐代詩
歌增添了新鮮血液。在學習的自覺性和成就上，他超過了包括李
白、杜甫在內的前代詩人，並形成了「竹枝」一體，對當世和後
代均產生了良好影響，其中優秀之作如：

　　　　楊柳青青江水平，聞郎江上唱歌聲。東邊日出西邊雨，道是
　　無晴卻有晴。（《竹枝詞》）

　　　　江南江北望煙波，入夜行人相應歌。桃葉傳情竹枝怨，水流
　　無限月明多。（《堤上行》）

　　　　日照澄洲江霧開，淘金女伴滿江隈。美人首飾侯王印，盡是
　　沙中浪底來。（《浪淘沙》）

第一首用雙關手法，巧妙地傳達出年輕女子對情人的複雜心理。
第二首通過景物烘托，寫出江邊夜晚民歌對唱的動人場景，流水
明月，又比喻傾吐不盡的美好情思。第三首寫淘金女的勞動，結
尾二句富有哲理，既顯示出勞動的價值，又揭示了貧富的對立。
劉禹錫還和白居易一起進行了塡曲子詞的嘗試。他的《和樂天春

詞依〈憶江南〉曲拍爲句》兩首，是現存較早的文人詞作，也是文學史上最早依曲塡詞的記錄。

劉禹錫的詩在中唐兩大詩派之外，獨具特色。他既不像韓愈那樣奇崛，也不像白居易那樣淺顯，而是取境優美，骨力豪勁，精練含蓄，韻律自然。他在當時就與白居易齊名，世稱「劉白」。他的詩歌在唐代流傳很廣，《舊唐書·劉禹錫傳》說：「武陵奚洞間夷歌，率多禹錫之辭。」他的飽含人生哲理的詩歌對宋詩「理趣」的形成很有影響。王安石、蘇軾、蘇轍、黃庭堅和江西詩派，以及徐渭、袁宏道等作家都曾從不同方面向劉禹錫學習並各有所得。

劉禹錫也是唐代古文運動的積極參加者，宋謝采伯說：「唐之文風，大振於貞元元和之時，韓柳唱其端，劉白繼其軌。」（《密齋筆記》）他長於議論，所作小品如《陋室銘》等也有名。柳宗元稱讚他「文雋而膏，味無窮而炙愈出」（劉禹錫《猶子蔚適越戒》引）。

(二)柳宗元

1、柳宗元的生平

柳宗元（公元773～819年），字子厚，河東（今山西永濟）人⑬。貞元九年（公元793年）進士，十二年登博學宏詞科。永貞元年（公元805年）擢禮部員外郎。王叔文集團革新失敗後，貶爲永州司馬。元和十年應召回京，又外放爲柳州刺史，在任頗多美政，爲當地人民所贊頌懷念，世稱「柳柳州」。柳宗元文集，爲其摯友劉禹錫所編，題《河東先生集》，宋初穆修始爲刊行。《四庫全書》所收宋韓醇《詁訓柳先生文集》四十五卷，外集二卷，新編外集一卷，爲現存柳集最早的本子。柳集注釋本今存最早者有南宋時童宗說注釋、張敦頤音辨、潘緯音義的《增廣注

釋音辨唐柳先生集》（今有《四部叢刊》本），《新刊增廣百家詳補
注唐柳先生文集》（公元 1979 年吳文治等所校點之《柳宗元集》即
以此爲底本）。明蔣之翹輯注之《柳河東集》四十五卷，外集五卷
並遺文、附錄等，中多蔣氏自注，有《四部備要》本。

2、柳宗元的詩歌特色

柳宗元是一位傑出的進步思想家。在哲學思想上他是樸素的
唯物主義的本體論者，認爲天地萬物都是由物質的「元氣」的陰
陽變化所產生的，反對天人交感的天命論，肯定「天人相分」
⑭。在政治思想上，他提出了以「生人之意」爲動力的歷史發展
觀，認爲歷史發展不取決於聖人之意，而取決於以「生人之意」
爲基礎的「勢」（《貞符》、《封建論》）。他的文學成就主要在散
文方面，現存詩不多，僅一百四十餘首，多數是貶官以後的作
品，卻獨具特色。他的時事詩表現了對國家和人民命運的關懷。
《平淮夷雅》歌頌平叛戰爭的勝利。《田家》三首表現農民受官府剝
削壓迫的痛苦：「蠶絲盡輸稅，機杼空倚壁。」「公門少推恕，
鞭扑恣狼籍。」但他更多地是利用寓言形式曲折地諷諭現實，
《跂烏詞》、《籠鷹詞》、《放鷓鴣詞》、《行路難》等都是針對永貞革
新失敗後的政治局面有所爲而作。這些寓言詩托物寄諷，寫得酣
暢悲壯，如《籠鷹詞》：

> 淒風淅瀝飛嚴霜，蒼鷹上擊翻曙光。雲披霧裂虹蜺斷，霹靂
> 掣電捎平岡。砉然勁翮剪荊棘，下攫狐兔騰蒼茫。爪毛吻血百鳥
> 逝，獨立四顧時激昂。炎風溽暑忽然至，羽翼脫落自摧藏。草中
> 狸鼠足爲患，一夕十顧驚且傷。但願清商復爲假，拔去萬累雲間
> 翔。

籠鷹的形象實際上是詩人的自我寫照。「炎風溽暑」比喻永貞年

間政治氣候的突變，但詩人仍渴望從打擊中重新奮起。柳宗元善於刻畫形象，這是他的寓言詩和寓言散文的共同特點。

　　柳宗元的詩歌，大多是他的貶謫生活及經歷的情感記錄，表現了一個備受打擊的進步知識分子的悲劇遭遇和精神痛苦。柳宗元不像劉禹錫那樣豪爽開朗，他是一個氣質抑鬱的人，在逆境中很難使自己得到解脫。但他又是一個熱愛生活的人，很容易在荒遠的環境中觸動情思。於是，富有地域文化特色的景物描寫與富於個性的幽怨情感的抒發相結合，就構成了柳宗元這類抒情詩的基調。他的筆下，既有「林邑東廻山似戟，牂柯南下水如湯。蒹葭淅瀝含秋霧，橘柚玲瓏透夕陽」（《得盧衡州書因此詩寄》）的奇光異景，又有「青箬裹鹽歸峒客，綠荷包飯趁墟人。鵝毛禦臘縫山罽，雞骨占年拜水神」（《柳州峒氓》）的淳風古俗，更有「射工巧伺遊人影，颶母偏驚旅客船」（《嶺南江行》）等義兼比興的描寫，所以有不少爲人傳誦的佳作。如：

　　　城上高樓接大荒，海天愁思正茫茫。驚風亂颭芙蓉水，密雨斜侵薜荔牆。嶺樹重遮千里目，江流曲似九回腸。共來百越文身地，猶自音書滯一鄉。（《登柳州城樓寄漳汀封連四州》）

　　　破額山前碧玉流，騷人遙駐木蘭舟。春風無限瀟湘意，欲採蘋花不自由。（《酬曹侍御過象縣見寄》）

景物意象包蘊着濃厚的情感色彩和寄託意味，表明詩人確乎「深得騷學」（嚴羽《滄浪詩話》）。這正是前人稱讚「史法騷幽並有神，柳州高詠絕嶙峋」（姚瑩《論詩絕句》）的地方。

　　除了抒情詩中的景物描寫，柳宗元還創作了一些山水田園詩歌。人們每以「韋柳」並稱，但柳宗元不同於韋應物的閑淡，他

的山水田園詩同山水散文一樣，都是「堙厄感鬱，一寓諸文」之
作，在清峭的筆墨中掩抑着深沈的情思。如：「久爲簪組累，幸
此南夷謫。閑依農圃鄰，偶似山林客。曉耕翻露草，夜榜響溪
石。來往不逢人，長歌楚天碧。」(《溪居》)表面上安閑自得，
然而「南夷謫」、「山林客」等詞句卻透露了作者的抑鬱不平。
他善於用簡潔的語言勾勒出幽深高遠的境界，使詩人自我形象與
景物形象達到高度的融合：

　　　漁翁夜傍西巖宿，曉汲清湘燃楚竹。煙銷日出不見人，欸乃
　一聲山水綠。迴看天際下中流，巖上無心雲相逐。(《漁翁》)

　　　千山鳥飛絕，萬徑人蹤滅，孤舟蓑笠翁，獨釣寒江雪。
　(《江雪》)

兩首詩都有漁翁形象。前一首描寫其悠然自得的生活，青山、綠
水、澄天、白雲，這不但是漁翁生活的環境，也是詩人人格的化
身。後一首以清潔冷寂的茫茫雪景烘托漁翁遺世獨立的高雅情
操，極度誇張的空間背景和著意突出的獨釣形象相互映照，共同
構成與塵囂濁世對立的理想境界。這些詩歌，特別爲人推崇。蘇
軾稱其「外枯而中膏，似淡而實美」(《東坡題跋》)，「發纖穠
於簡古，寄至味於澹泊」(《書黃子思詩集後》)。柳宗元正是以
這種淡美、簡古的語言，形成其獨創的清峻幽怨的風格而卓然自
立於中唐詩人之林的。

第四節　韓愈、孟郊及其詩派

　　中唐詩壇上，與白居易爲代表的寫實諷諭詩派的淺俗詩風相

頡頏的，是以韓愈爲代表的怪奇詩風。韓愈是一位富有才力和創造性的開派大家。貞元元和年間，他和孟郊一起在李杜高踞盛唐峯巓、後代詩人難乎爲繼的情況下，以艱險力矯大曆以來詩風的平庸，開拓了詩歌創作的新路。追隨和受其影響的詩人還有李賀、賈島、盧仝、馬異、劉叉等人，文學史上稱爲「韓愈詩派」或「韓孟詩派」。這一詩派與寫實諷諭詩派不同的是：在內容上他們不重視客觀寫實，而重視主觀感受的傳達；在形式上他們追求創新出奇，而不願從俗趨易；在創作態度上他們講究炫才或苦吟，而較少抱以美刺干世的目的；他們注重相互欣賞，而不注重社會接受。這是一羣執著於藝術創造和審美奇趣的詩人。他們的創作各有得失，但都對詩歌發展作出了特殊的貢獻，並對後代產生了影響。

(一)韓愈

1、韓愈的生平

　　韓愈（公元 768～824 年），字退之，河內河陽（今河南孟縣）人⑮。三歲喪父，由兄嫂撫養，從獨孤及、梁肅學習古文。應進士試三次不第。貞元八年（公元 792 年）中進士後又三試博學宏詞科不中。貞元十九年（公元 803 年）任監察御史，因上奏天旱人饑狀，被貶連州陽山令。後升遷至刑部侍郞，又因上《諫佛骨表》再次被貶爲潮州刺史。官終吏部侍郞。死謚「文」。韓愈死後，其門人李漢編《昌黎先生集》四十一卷，外集十卷爲宋人所輯。後朱熹曾作《韓文考異》。南宋末王伯大再編定爲《朱文公校昌黎先生集》四十卷，外集十卷，遺文一卷，今《四部叢刊》本即爲此本翻刻本。韓集的注釋本較多，南宋魏懷忠《五百家音辨昌黎先生文集》、《外集》保存了不少已失傳的宋人舊注（今有影印本）。廖瑩中世綵堂本《昌黎先生集》、《外集》、《遺文》，經明

代東雅堂翻刻後，最爲通行。詩集單行注本，有淸代顧嗣立《昌黎先生詩集注》十一卷，方世舉《韓昌黎詩編年箋注》十二卷，其中方注後出轉精。近代以後的韓集注本，有馬其昶《韓昌黎文集校注》及錢仲聯《韓昌黎詩繫年集釋》等，彙聚前人成果，較有價值。

2、韓愈的詩歌特色

韓愈今存詩三百餘首。其中不少詩篇抒發了作者「報國心皎潔，念時涕汍瀾」（《齪齪》）的積極用世的憂患心理，描寫了「前年關中旱，閭井多死饑。去年東郡水，生民爲流屍」（《歸彭城》），「赤子棄渠溝，持男易斗粟」（《赴江陵途中寄三學士》）等天災人禍的慘景，揭露藩鎭兵亂、歌頌平叛戰爭（《汴州亂》、《次潼關先寄張十二閣老使君》），抨擊佛道迷信造成的社會危害（《謝自然詩》、《華山女》等），具有一定的社會意義。但總的說來，韓愈不把詩歌作爲諷諭時政、干預現實的手段，他的詩歌大量的是內容廣泛的紀遊、寫景、抒懷、唱酬之作。這些作品突出地表現了詩人的創作特色。

韓愈並重李杜，他是第一個將李杜並舉的詩人，並作了「李杜文章在，光焰萬丈長」（《調張籍》）的評價。在詩歌創作上，他旣繼承了李白壯浪縱恣的奇情幻想，又吸收了杜甫的博大精深和「語不驚人死不休」的創新精神。在此基礎上，他運用自己的才情、氣質和工力進行了非凡的開拓，終於創造出雄奇險怪的獨特風格。這具體表現在以下方面：

新穎奇崛的藝術意境。韓愈的追求，一言以蔽之，就是「奇」。從意境、結構到語言技巧，都力避陳俗，而以意境爲首要目標。他以超羣絕倫的想像力和雄偉豪壯的精神氣魄創造詩境，奇突精警，光怪陸離。「驅駕氣勢，若掀雷挾電，撑抉於天地之間」（司空圖《題柳集後》）。在《調張籍》中，他用一系列超

現實的不可捉摸的形象表達了自己的藝術追求：

> ⋯⋯我願生兩翅，捕逐出八荒。精誠忽交通，百怪入我腸。
> 刺手拔鯨牙，舉瓢酌天漿。騰身跨汗漫，不著織女襄⋯⋯

他善於描繪驚心動魄的奇景異象，如「軒然大波起，宇宙隘而
妨」（《岳陽樓別竇司直》）的洞庭湖；「天跳地踔顛乾坤，赫赫
上照窮崖垠」（《陸渾山火和皇甫湜用其韻》）的山林大火；「星
如撒沙出，攢集爭強雄。油燈不照席，是夕吐焰如長虹」（《月
蝕詩效玉川子作》）的月蝕夜等。即使是平凡的生活事件，他也
要運用奇崛的筆墨捕捉具有強烈視聽效果的瞬刻情景，描繪出具
有震撼力的畫面，如《雉帶箭》：

> 原頭火燒靜兀兀，野雉畏鷹出復沒。將軍欲以巧伏人，盤馬
> 彎弓惜不發。地形漸窄觀者多，雉驚弓滿勁箭加。衝人決起百餘
> 尺，紅翎白鏃相傾斜。將軍仰笑軍吏賀，五色離披馬前墮。

前面寫「盤馬彎弓」，結尾寫仰笑道賀、「五色離披」，都是為
了突出「雉帶箭」這一刻。前人評說為「短幅中有龍跳虎臥之
觀」（汪琬語），「是昌黎極得意詩，亦正是昌黎本色」（朱彝
尊語，俱見《韓昌黎詩繫年集釋》引）。

　　以文為詩的結構筆法。韓愈的以文為詩，就是用他所提倡的
古文寫法作詩，包括用古文的章法結構、句式、虛詞，也包括把
散文的議論、鋪敘等手法帶進詩中。在這方面，韓愈的創造有得
有失。從積極方面說，「以文為詩」豐富了詩歌的創作手段和表
現形式。如《山石》，就是用遊記手法寫詩的傑作：

> 山石犖确行徑微，黃昏到寺蝙蝠飛。升堂坐階新雨足，芭蕉
> 葉大梔子肥。僧言古壁佛畫好，以火來照所見稀。鋪牀拂席置羹
> 飯，疏糲亦足飽我饑。夜深靜臥百蟲絕，清月出嶺光入扉。天明
> 獨去無道路，出入高下窮煙霏。山紅澗碧紛爛漫，時見松櫪皆十
> 圍。當流赤足蹋澗石，水聲激激風生衣。人生如此自可樂，豈必
> 局束為人鞿。嗟哉吾黨二三子，安得至老不更歸！

詩中沒有韓詩常見的奇崛險拗，描述清晰，語言平易，但其寫法
卻正是韓愈古文的特色。從黃昏到寺，至夜深靜臥，再到天明獨
行，依次展示隨時間地點推移出現的景物和情態，最後自然引出
感想。而在每一場景中，作者又都有「平中見奇」的描寫，如
「蝙蝠飛」的暮色，「所見稀」的佛畫，「百蟲絕」的靜夜，
「窮煙霏」的行程，「一句一漾，如展畫圖」（方東樹語）。
《南山詩》則是韓愈用辭賦的鋪敘手法寫詩的代表作。詩中鋪敘南
山絕頂所見，作者一連用五十多個帶「或」字的比喻句，排比而
下：「或連若相從，或蹙若相鬥，或妥若弭伏，或竦若驚雉，或
散若瓦解，或赴若輻湊，或翩若船遊，或決若馬驟，或背若相
惡，或向若相佑，或亂若抽筍，或嶪若注灸，或錯若繪畫，或繚
若篆籀……」是少見的才氣磅礡的奇警之作。至於散文句式和虛
詞的運用，雖然在某些情況下可以給詩歌帶來新鮮感受，如上引
《南山詩》、《山石》，但常常造成對詩歌語言意境的破壞，如「壽
州屬縣有安豐，唐貞元時，縣人董生召南隱居行義於其中」
（《嗟哉董生行》），這實在難說是成功的創造。

　　勁拔險拗的語言韻律。「橫空盤硬語，妥貼力排奡」（《薦
士》）是韓愈對孟郊的讚許，實則正是他自己的語言追求。韓愈
詩歌有「妥貼」即意到筆隨、文從字順的一面。他的一些小詩，
狀物寫景極為準確、精細，如「天街小雨潤如酥，草色遙看近卻

無。最是一年春好處，絕勝煙柳滿皇都」（《早春呈水部張十八
員外》），確能以自然之語，傳早春之神。但其詩主要還是追求
奇峭、勁健、險怪乃至拗折，並且力圖把它與妥貼結合起來。如
被沈德潛稱讚爲「足當此語」（指「橫空」二句）的《謁衡嶽廟
遂宿嶽寺題門樓》、《八月十五夜贈張功曹》等詩，就是成功的例
子。前一首硬語盤結：「五嶽祭秩皆三公，四方環鎭嵩當中。火
維地荒足妖怪，天假神柄專其雄。」充滿了莊嚴肅穆的神話氣
氛，而押韻用「三平調」，卻是七古正格。後一首開頭：「纖雲
四卷天無河，清風吹空月舒波。沙平水息聲影絕，一杯相屬君當
歌。」境界開朗，筆力雄健，用韻則極盡變化。首尾同韻相應，
中間平仄相交，表現出感情的轉折，結尾句句用韻，把抒情推向
高潮。但韓愈有時過分追求用怪字僻語、險韻拗調，以致把詩歌
變成逞才炫博的手段，也產生了消極影響。如《陸渾山火》：「虎
熊麋豬逮猴猿，水龍鼉龜魚與黿。鴉鴟鵰鷹雉鵠鵾，煏㷀猥㷀爇
飛奔。」就純是詞語的堆砌。《城南聯句》長達一百五十韻，一千
五百字，充滿了僻詞澀語，已失去了詩歌的審美價值。

　　歷代對韓愈詩褒貶不一，各有偏頗⑯。葉燮說：「韓愈爲唐
詩之一大變，其力大，其思雄，崛起爲鼻祖。」（《原詩》）從開
創一種流派和詩風而言，這一評價是確當的。他的詩歌不但推動
了唐詩的發展，而且對宋詩的散文化、議論化，對宋代梅堯臣、
歐陽修、王安石、黃庭堅、陸游，直到清代的鄭珍、黃遵憲都有
不同程度的影響。

(二)孟郊

1、孟郊的生平

　　孟郊（公元 751～814 年），字東野，湖州武康（今浙江德
清）人。祖籍平昌（今山東臨邑東北），先世居洛陽。父早死，

又值中原戰亂，長期過著飄泊的生活。屢試不第，貞元十二年（公元796年）四十六歲才中進士，五十歲時授溧陽尉。死後張籍私謚爲「貞曜先生」。有《孟東野詩集》十卷，爲北宋宋敏求所編。流行本有《四部叢刊》影印的明弘治本及《四部備要》據明刻排印本。《全唐詩》編其詩爲十卷。

2、孟郊的詩歌特色

孟郊出身貧寒，性格孤僻耿介，「未嘗俯眉爲可憐之色」（《唐才子傳》），故一生潦倒失意，晚年還遭到連喪三子的巨大不幸。他的詩「多傷不遇」，「思苦奇澀」（《新唐書‧孟郊傳》）。他和同樣以苦吟著稱的賈島詩風相近，有「郊寒島瘦」之稱⑰。所謂「郊寒」，不僅是因爲他在詩中較多地描寫了自己以及其他不幸者的窮苦生活，更重要的是傾吐了一個不合於世的正直文人對人生的痛苦認識和孤寂感受。這兩方面的出色描寫，使孟郊的詩引起了後代廣泛的共鳴。由於有切身體驗，他對窮愁者肉體和精神苦難的描寫往往能刻畫入骨。如《寒地百姓吟》：

> 無火炙地眠，半夜皆立號。冷箭何處來？棘針風騷勞。霜吹破四壁，苦痛不可逃。高堂捶鐘飲，到曉聞烹炮。寒者願爲蛾，燒死彼華膏。華膏隔仙羅，虛繞千萬遭。到頭落地死，踏地爲遊遨。遊遨者是誰？君子爲鬱陶。

詩中貧富對立的社會現實被表現得觸目驚心，而誇張、變形的描寫和新奇的想像（「寒者願爲蛾」），又帶有詩人主觀藝術感受的鮮明烙印，這正是韓派詩歌的特點。孟郊詩多寫人生感受，尤其是對險惡世情的憤懑：「食薺腸亦苦，强歌聲無歡。出門即有礙，誰謂天地寬？」（《贈別崔純亮》）「昧者理芳草，蒿蘭同一鋤。狂飆怒秋林，曲直同一枯。」（《湘弦怨》）「太行聳巍峨，

是天產不平。黃河生濁浪，是天生不清。」(《自嘆》)這些詩，雖無具體指陳對象，但都反映了普遍存在的不合理的社會現實，是詩人獨特而又具有典型意義的「不平之鳴」。在韓愈詩派中，孟郊是比較注意描寫民生疾苦和社會瘡痍的。他的《長安早春》、《貧女詞》、《織婦辭》、《病客吟》、《感懷》等詩，或揭露剝削，或諷刺權貴，或憂慮時局，都富有現實意義，同時又在社會寫實中流露出詩人「清奇僻苦」(張為《詩人主客圖》)的主體感受。

　　孟郊是位刻意於藝術創造的詩人。他的詩以追求奇險受到韓愈推崇，「及其為詩，劌目鉥心，刃迎縷解，鉤章棘句，掐擢胃腎，神施鬼設，間見層出，唯其大玩於詞，而與世抹摋」(《貞曜先生墓誌銘》)。從時間上看，韓愈詩派的怪奇不始於韓而始於孟⑱，所以黃庭堅曾有「東野潤色退之」之說(《苕溪漁隱叢話》前集引)。孟郊的奇，首先表現在造境別開生面，思新意奇，但又不脫離生活實際感受。如寫窮愁的「借車載家具，家具少於車」(《借車》)，「吹霞弄日光不定，暖得曲身成直身」(《答友人贈炭》)；寫景物的「南山塞天地，日月石上生」(《遊終南山》)，「千山不隱響，一葉動亦聞」(《桐廬山中贈李明府》)等，都是以平常語寫新奇境的名句。其次，孟郊善於精思巧煉，以奇語奇句創造奇境。他很少像韓愈那樣，以文為詩，逞才使氣，他的功夫用在深處細處。這也許正是因為他的才力不如韓愈，而選擇了較適合於自己的方向。如寫窮愁的「冷露滴夢破，峭風梳骨寒」、「瘦坐形欲折，腹饑心將崩」(《秋懷》)；寫世情的「道路如抽蠶，宛轉羈腸縻」(《出東門》)，「楚屈入水死，詩孟踏雪僵」(《答盧仝》)；寫景物的「舟行素冰折，聲作青瑤嘶」(《寒溪》)，「溪鏡不隱發，樹衣常禦寒」(《送無懷道士遊富春山水》)等，都可見著意苦吟的痕迹，形成韓愈所說的「硬語」。

在詩體上，孟郊也獨有所好。他專寫古詩，集中五百餘首詩，以短篇五古最多，無一律詩。他把寫古體作爲自己崇古道求古心，並有意矯正中唐前期虛華纖弱詩風的一種手段。他是寫樂府五古的能手。這些詩語言平易，情感深厚，風格樸實，「詩從肺腑出，出輒愁肺腑」（蘇軾《讀孟郊詩》），故眞切感人。如：

> 慈母手中線，遊子身上衣。臨行密密縫，意恐遲遲歸。誰言寸草心，報得三春暉！（《遊子吟》）

> 松上雲繚繞，萍路水分離。雲去有歸日，水分無合時。春芳役雙眼，春色柔四支。楊柳織別愁，千條萬條絲。（《古離別》）

這些詩表現了孟郊風格的另一面，與他同時代的張籍、王建等人的樂府詩風是相通的，它反映了中唐兩大詩派之間的內在聯繫。無論是求奇，還是求俗，都是爲了創新，爲唐詩的繼續發展尋找和開闢新的路徑。

孟郊的詩在當時和後世都有影響。李肇《唐國史補》說，元和以後，「學矯激於孟郊」。唐末張爲作《詩人主客圖》，以孟郊爲「清奇僻苦主」。宋詩人梅堯臣、謝翱，清詩人胡天游、江湜、許承堯等均受到他的影響。

㈢賈島

1、賈島的生平

賈島（公元 779～843 年），字浪仙，一作閬仙，范陽（今北京附近）人。出身於布衣之家。早年曾爲僧，法名無本。元和間，以詩謁韓愈，深得賞識。還俗應試屢不中。後曾任遂州長江（今四川蓬溪）主簿、普州司倉參軍等低級官職。有《長江集》十

卷。《全唐詩》編其詩爲四卷。

2、賈島的詩歌特色

賈島和孟郊一樣，都是以詩歌爲自己的生命，以苦吟爲創作旨趣的詩人。孟郊「一生空吟詩，不覺成白頭」（《送盧郎中汀》）；賈島「一日不作詩，心源如廢井」（《戲贈友人》）。孟郊曾以詩廢官務被罰半俸；賈島則因走路吟哦，神遊象外，衝撞了京兆尹⑲。

賈島是孟郊的晚輩，詩學孟郊的清苦。「鬢邊雖有絲，不堪織寒衣。」（《客喜》）「坐聞西牀琴，凍折兩三弦。」（《朝饑》）他曾因科舉下第，有過憤激和不平：「十年磨一劍，霜刃未曾試。今日把示君，誰有不平事？」（《劍客》）也曾尖銳地諷刺過公卿的豪奢：「破除千家作一池，不栽桃李種薔薇。薔薇花落秋風起，荊棘滿庭君始知。」（《題興化園亭》）但他不像孟郊那樣推己及人，關心人民，他的詩作幾乎都是在個人以及與朋友唱酬交遊的狹窄天地裡尋找題材，進行詩歌藝術的慘淡經營。在詩歌形式上，他選擇了元和詩壇大家們所不注重的五律，一意專攻（集中三百餘首詩，五律占 80％ 以上）。在詩歌風格上，他「避千門萬戶之廣衢，走羊腸鳥道之仄徑」（許印芳《詩法萃編》），以瘦硬僻澀取勝。如「怪禽啼曠野，落日恐行人」（《暮過山村》），「獨行潭底影，數息樹邊身」（《送無可上人》）等都是著意用生澀的語句刻畫幽冷意境的著名例子。他甚至在「獨行」二句下自注一絕：「兩句三年得，一吟雙淚流。知音如不賞，歸臥故山秋。」表明他的苦心和自負。而其中亦確有佳作，如《憶江上吳處士》：

閩國揚帆去，蟾蜍虧復圓。秋風吹渭水，落葉滿長安。此地聚會夕，當時雷雨寒。蘭橈殊未返，消息海雲端。

頷聯語句自然而境界闊大，對蕭瑟秋景的描繪有力地烘托了沈重的離情。又如《尋隱者不遇》：

> 松下問童子，言師採藥去。只在此山中，雲深不知處。

輕快的問答，寫出了隱者的生活和情趣，也寄託了詩人的傾慕嚮往之心。景外有象，留給人無限遐想。但由於意境比較狹窄，賈島的詩大多數「誠有警句，視其全篇，意思殊餒」（司空圖《與李生論詩書》）。

(四)姚合

賈島的朋友、《極玄集》編者姚合（約公元 779～約 846年），詩與賈島齊名，稱「姚賈」。元和十一年（公元 816）進士，授武功主簿，官終祕書少監。著有《姚少監詩集》十卷。

姚合善於摹寫自然景物和蕭條官況，標舉「清峭」的詩風。如：「東門送客道，春色如死灰。一客失意行，十客顏色低。」（《送張宗原》）清苦似孟郊而無其險崛；「移花兼蝶至，買石得雲饒」（《武功縣中作》），「馬嘶山稍暖，人語店初明」（《送杜立歸蜀》），新奇似賈島，而無其僻澀，故自成一格。他尤善於表現不得志的小官的閑情野趣，如《武功縣中作》：「朝朝眉不展，多病怕逢迎。引水遠通澗，壘山高過城。秋燈照樹色，寒雨落池聲。好是吟詩夜，披衣坐到明。」後世多稱姚合爲「姚武功」，稱其詩派爲「武功體」，而稱「姚少監」者反較少，這也許是一個重要原因。

賈島、姚合的詩歌從審美取向看，實際上是以怪奇爲主導傾向的韓孟詩派的別支。他們那種「於事物理態，毫忽體認」（胡

震亨《唐音癸籤》引方岳語）的苦吟精神，他們所追求的那種淡漠世事的寒狹境界和孤寂情調，很容易引起那些遭際相似的失意文人的共鳴。故對後代有頗大影響。晚唐和五代都有賈島的崇拜者⑳，南宋的四靈詩派、江湖詩人「獨喜賈島、姚合之詩，稍稍復就清苦之詞」（嚴羽《滄浪詩話》），明末竟陵派也喜歡仿效他們。「幾乎每個朝代的末葉都有回到賈島的趨勢。」（聞一多《唐詩雜論》）這成爲文學史上一個值得注意和研究的現象。

㈤韓愈詩派其他詩人

　　韓愈詩派的追隨者還有盧仝、馬異、劉叉等人。盧仝（公元785～835年），自號玉川子，有《玉川子集》二卷，《外集》一卷。曾作《月蝕歌》，長達一千八百餘字，運用奇特的幻想境界和散文化語句描繪月蝕過程，寓譏時之意。《與馬異結交詩》也是「怪異驚衆之作」（《唐才子傳》）。馬異生卒年不詳，僅存詩四首，《答盧仝結交詩》有「長河拔作數條絲，太華磨成一拳石」之語，詩風與盧仝相似。劉叉（生卒年不詳），酷好盧仝、孟郊之體，有詩集一卷，其中《冰柱》、《雪車》二詩，以奇崛之筆於寫景之外，直斥時政，格調在盧、馬之上。他們學韓愈的雄奇而偏於險崛粗放，頗不同於孟郊、賈島之流的苦吟精練，而尚奇避俗則是一致的。

第五節　李賀

　　在唐代羣星璀璨的詩歌天國裡，李賀是一顆劃過長空的耀眼的流星。他是韓愈詩派中最有創造性的年輕詩人。

(一)李賀的生平和詩作

李賀（公元 790～816 年），字長吉，福昌（今河南宜陽）
人。祖籍隴西，家居福昌昌谷。他是唐宗室鄭王的後裔[21]，父親
李晉肅曾在「邊上從事」（《唐摭言》），任過陝縣令，至李賀時
家庭已經沒落。李賀少年時即有詩名，十八歲至洛陽即爲韓愈所
愛重[22]，但在赴京應進士試時卻因被指責爲犯父諱（「晋」與
「進」同音）而被迫放棄考試。後來只做過低微的奉禮郎。辭官
歸家後爲生計所迫又再次外出依人。年僅二十七歲即因病逝世。
他自編詩作爲四編授友人沈子明。他死後不久，沈子明囑杜牧寫
《李長吉歌詩紋》，李商隱作《李長吉小傳》。

李賀詩集刊本，今有汲古閣校刻的北宋趙欽止本，黃氏誦芬
室和蔣氏密韻樓兩家影印的北宋宣城本，集名《李賀歌詩編》；
《續古逸叢書》影印南宋本，集名《李長吉文集》；《四部叢刊》影印
司馬光家本，名《李賀歌詩編》。注釋本最早的是宋吳正子《箋注
李長吉歌詩》。清王琦《李長吉歌詩匯解》，彙集諸家評注，有《四
部備要》本。一九五九年上海中華書局滙集王琦《滙解》、姚文燮
《昌谷集注》、方扶南批注《李長吉詩集》三書，以《三家評注李長
吉歌詩》爲書名出版，一九七八年上海古籍出版社校正標點改爲
《李賀詩歌集注》出版。一九八四年出版的《李賀年譜會箋》是兼年
譜與詩注性質的新著。劉衍復在上二書的基礎上撰《李賀詩校箋
證異》（湖南出版社出版），亦可參考。

李賀是一位遭遇不幸的天才詩人。他生活在貞元、元和年間
唐帝國各種矛盾複雜交織、國勢不振、政治腐朽的時代，淪落的
家境，險惡的世態，卑微的官職，乃至屛弱多病的身體，都給這
位富於幻想、熱情衝動、渴望實現遠大抱負的青年以沈重的打
擊。理想與現實的尖銳衝突又使他愈益沈溺於主觀情感和幻想之

中。他把詩歌作爲嘔心瀝血的事業，用自己的獨特創造實現著生命的價值。他終於在詩歌中獲得了永生㉓。

㈡李賀詩歌的主題

李賀詩歌的重要主題，就是抒發自己執著的人生追求和懷才不遇的悲憤。從「男兒何不帶吳鈎？收取關山五十州。請君暫上凌煙閣，若個書生萬戶侯？」（《南園十三首》）「大漠沙如雪，燕山月似鈎。何當金絡腦，快走踏清秋」（《馬詩》其五）等詩可以看到，年輕的詩人有一種可貴的政治眼光和憂國情懷，他渴求建功立業、大展雄圖，以挽救和改變日趨頹落的國勢，收復淪陷的故土。然而在無情的現實壓迫下，他終於只能成爲一個「尋章摘句」的書生。這給他帶來極大的精神痛苦，他呼喊：「我有迷魂招不得，雄雞一聲天下白。少年心事當拏雲，誰念幽寒坐鳴呃？」（《致酒行》）他憤恨：「我當二十不得意，一心愁謝如枯蘭。衣如飛鶉馬如狗，臨歧擊劍生銅吼。」（《開愁歌》）他的悲憤向著廣袤的現實、歷史和幻想的時空延伸，如《秋來》：

> 桐風驚心壯士苦，衰燈絡緯啼寒素。誰看青簡一編書，不遣花蟲粉空蠹？思牽今夜腸應直，雨冷香魂弔書客。秋墳鬼唱鮑家詩，恨血千年土中碧。

吹落桐葉的秋風，燈下啼鳴的秋蟲，都使他感到時光的流逝和壯志的消磨。苦心創作，無人問津，徒然飽蠹蟲之腹，孤苦的詩人只能得到「恨血千年」的淒怨鬼魂的共鳴。幽冥世界的描寫，表現了詩人對現實世界的絕望。明王思任說李賀「以其哀激之思，變爲晦澀之調。喜用『鬼』字，『泣』字，『死』字，『血』字」（《昌谷詩解序》），這並不是偶然的。

　　為了擺脫現實的壓迫，李賀執著追求幻想的自由。只有在自己的幻想天地裡，他才能任情馳騁，享受他在人世間被剝奪的幸福。他並不相信長生求仙的謬說，但是為了慰藉自己孤寂的心靈，他似乎寧可希望神仙世界的存在，並且儘可能把它們想像得無比美好。如《天上謠》：

> 天河夜轉漂迴星，銀浦流雲學水聲。玉宮桂樹花未落，仙妾採香垂珮纓。秦妃卷簾北窗曉，窗前植桐青鳳小。王子吹笙鵝管長，呼龍耕煙種瑤草。粉霞紅綬藕絲裙，青洲步拾蘭苕春。東指羲和能走馬，海塵新生石山下。

天上有著同人間一樣的景物和生活：河水浮雲，鮮花芳草，宮闕房舍，種植耕耘，男女之愛，笙歌之樂。不同的是這裡一切都是那麼和諧、純真、自在而且永恆。充滿人情味而又富於神奇性，正是這位涉世未深的詩人所描繪的幻想世界的特點。結尾二句的對照很重要。生命至促和孤憤不遇，這本是困擾李賀的雙重精神苦悶。他渴望超脫現實，但卻終於不能忘懷人生。他的追求未必有明確的理想內容，卻能折射出現實的矛盾苦悶和詩人的批判態度。

　　由於年齡和經歷的限制，李賀的政治時事詩歌不多，但是內容相當廣泛。如《公無出門》描繪了一幅「天迷迷，地密密，熊虺食人魂，雪霜斷人骨」，志潔行芳之士不容於世的政局畫圖；《猛虎行》以「舉頭為城，掉尾為旌」影射藩鎮割據；《呂將軍歌》以「傅粉女郎火旗下」、「遙聞篋中花箭香」的辛辣語句諷刺宦官監軍；《苦晝短》借「劉徹茂陵多滯骨，嬴政梓棺費鮑魚」批評憲宗服食求仙等等。值得注意的是，年輕的詩人並沒有因為個人失意而忽視人民的痛苦，《感諷》（其一）和《老夫採玉歌》就是突

出例子。

> 採玉採玉須水碧，琢作步搖徒好色。老夫飢寒龍為愁，藍溪
> 水氣無清白。夜雨岡頭食蓁子，杜鵑口血老夫淚。藍溪之水厭生
> 人，身死千年恨溪水。斜山柏風雨如嘯，泉腳掛繩青裊裊。村寒
> 白屋念嬌嬰，古臺石磴懸腸草。

詩人運用出奇的比擬想像手法描寫採玉工人飢寒死亡的悲慘情
景，並突出地刻畫了一位老玉工的形象。當他在狂風暴雨中從懸
崖上冒死下水採玉時，還一心掛牽著家中幼弱的兒孫。而這一切
痛苦，都是為了滿足統治者奢靡享樂的需要。景物描寫與心理描
寫的自然融合，加強了情感的內蘊。

㈢李賀詩歌的藝術特色

杜牧曾指出，李賀詩歌具有內容上「怨恨悲愁」和藝術上
「虛荒誕幻」的特色㉔。李賀詩歌的幻想意象，瑰怪奇詭，層現
疊出，構思奇特，組接自由，具有濃烈的情感色彩和極大的主觀
隨意性。這使他不同於前代的浪漫詩人。他把生命的活力賦予想
像中的每一種事物，用情感邏輯代替客觀事理邏輯。在他的筆
下，銅駝可以流淚：「憶君清淚如鉛水。」（《金銅仙人辭漢
歌》）金釵可以言語：「曉釵催鬢語南風。」（《江樓曲》）浮雲
可以發出水聲：「銀浦流雲學水聲。」（《天上謠》）也可以填滿
心事：「心事填空雲。」（《自昌谷到洛後門》）太陽可以敲出玻
璃般的音響：「羲和敲日玻璃聲。」（《秦王飲酒》）風景可以變
得衰老而沈重：「老景沈重無驚飛。」（《河南府試十二月樂
詞》）詩人以情感和感受的表達為中心把各種幻想意象巧妙精心
而又不受拘束地聯綴組合起來，創造出「虛荒誕幻」的藝術境

界。如《李憑箜篌引》:

> 吳絲蜀桐張高秋,空山凝雲頹不流。湘娥啼竹素女愁,李憑
> 中國彈箜篌。昆山玉碎鳳凰叫,芙蓉泣露香蘭笑。十二門前融冷
> 光,二十三弦動紫皇。女媧煉石補天處,石破天驚逗秋雨。夢入
> 神山教神嫗,老魚跳波瘦蛟舞。吳質不眠倚桂樹,露腳斜飛濕寒
> 兔。

從樂曲的效果寫音樂之美,是前人曾用過的藝術手法。但李賀卻
完全不從現實情景著筆,而任想像在幻想世界飛翔。這裡有自然
景物的比擬變形,更有神話形象和夢幻情境的滲透交織。而想像
的每一步開展,都包含著作者對樂曲的感受傳達。如「石破天驚
逗秋雨」誇張地寫出樂曲的強烈震撼力量,「露腳斜飛濕寒兔」
烘托出樂聲的悠遠美妙迷人。全詩錯綜複疊的意象組合,又使人
領受到箜篌演奏的樂聲曲折變化、動蕩起伏的完整過程,和清秋
月夜聞箜篌的豐富美感。

　　李賀刻意追求詩歌語言的瑰美奇峭。「李長吉詩,作不經人
道語」(《餘冬序錄》),「隻字片語,必新必奇」(李維貞《昌
谷詩解序》)。他是詩歌語言的創造者,他要用獨創的語匯表現
獨創的意象。李賀特別重視色彩意象的表現,他常常用色彩意象
來借代或比喻事物,直指本體,如「碧華」代暮雲,「長翠」代
水,「玉龍」代劍,「紫雲」喻紫硯等。善於運用通感,把特定
的環境氣氛和主觀情感注入客觀景物的色彩特徵之中,熔鑄詞語
意象,更是李賀常用的修辭手法。如「寒綠幽風生短絲」(《河
南府試十二月樂詞》)、「九山靜綠淚花紅」(《湘妃》)、「頹
綠愁墮地」(《昌谷詩》)、「閑綠搖暖雲」(《蘭香神女廟》)、
「秋風吹小綠」(《房中思》)等,在不同的情境、氛圍中,同一

色彩「綠」被賦予不同的意義和情感內涵，獲得了極大的表現力。這種設色穠妙，「如百家錦衲，五色眩曜，光奪眼目，使人不敢熟視」（趙宧光《彈雅》引陸游語）的特點，是詩人獨特的審美追求，也透露了中唐詩風向綺麗轉變的消息。這些豐富的詞語意象，被詩人通過暗示象徵等手法納入整體構思之中，形成藝術傑作。如《雁門太守行》：

> 黑雲壓城城欲摧，甲光向日金鱗開。角聲滿天秋色裡，塞上
> 臙脂凝夜紫。半捲紅旗臨易水，霜重鼓寒聲不起。報君黃金臺上
> 意，提攜玉龍為君死！

壓城的黑雲和向日的甲光顯示出敵我對陣的嚴峻形勢，滿天秋色與紫色塞土使人聯想到慘酷的犧牲，「霜重鼓寒」中的「半卷紅旗」暗示出擊失利，「提攜玉龍」表現決死的意志。這既是一次戰鬥過程的完整描述，更是一種悲壯獻身精神的崇高頌歌。除了修辭設色，李賀還廣泛運用通感、借代、借喻、曲喻等手法煉字煉句，如「畫欄桂樹懸秋香」（《金銅仙人辭漢歌》）、「空山凝雲頹不流」、「劫灰飛盡古今平」（《秦王飲酒》）等，以「變輕清者為凝重，使流易者具鋒芒」㉕，產生特殊的表達效果。

李賀是以屈原、李白為代表的古典詩歌浪漫傳統的繼承者。杜牧稱他「騷之苗裔，理雖不及，辭或過之」（《李長吉歌詩敘》），宋人也有「太白仙才，長吉鬼才」之語（《文獻通考》引宋祁語）。他還接受了南朝詩人鮑照、樂府民歌和齊梁宮體詩的影響。貞元元和年間以韓愈為代表的怪奇詩風更給他的創作以直接啟示和推動。他「筆補造化天無功」（《高軒過》）的創造精神和瑰奇幽峭的藝術風格對唐詩的發展作出了獨特的貢獻。當然，李賀還是一位思想上並未完全成熟的年輕詩人，「鋪陳追琢，景

象雖幽，懷抱不深」（錢鍾書《談藝錄》）是他的弱點。他的一些
詩歌內容狹隘，情調感傷，表達晦澀，詞語過於雕飾。這些積極
和消極的方面，對晚唐李商隱、溫庭筠等都有很大影響，後代詩
人仿效「昌谷體」的代不乏人，如謝翱、楊維楨、徐渭等即是。

附　註

①李益的生活年代較長，直至元和以後。但因其從軍及邊塞代表詩作
在建中貞元間，故仍列入本時期詩人中。

②宋計有功《唐詩紀事》載：「大曆十才子……盧綸、錢起、郎士元、
司空曙、李端、李益、苗發、皇甫曾、耿湋、李嘉祐。又云：吉
頊、夏侯審亦是。或云：錢起、盧綸、司空曙、皇甫曾、李嘉祐、
吉中孚、郎士元、李益、耿湋、李端。」嚴羽《滄浪詩話》把冷朝陽
列入「大曆才子」，但未明確爲「十才子」之一。清人異說更多，
見王士禎《分甘餘話》卷三、黃之雋《大曆十才子詩跋》、管世銘《讀
雪山房唐詩鈔》卷十八、翁方綱《石洲詩話》卷二。

③大曆初，盧綸曾數次應試未及第。後因元載、王縉推薦，任集賢學
士、監察御史等職。大曆十一年，元載被殺，王縉被貶，盧綸受牽
連。至建中元年始任昭應縣令。貞元中，在河中節度使渾瑊軍幕中
任元帥府判官。

④關於「五在兵間」。據卞孝萱說，依次是朔方節度使崔寧、幽州節
度使朱滔、鄜坊節度使論惟明、邠寧節度使張獻甫、幽州節度使劉
濟。時間在建中元年（公元 780 年）至貞元十三年（公元 797
年）。（見《李益年譜稿》)《唐才子傳校箋》有異同。

⑤李益詩今存 160 餘首，三分之一是七絕。明胡應麟說：「七言絕，
開元以下，便當以李益爲第一。如《夜上西城》、《從軍北征》、《受
降》、《春夜聞笛》諸篇，皆可與太白、龍標竟爽，非中唐所得有
也。」（《詩藪・內編》）就邊塞詩而言，確乎如此。

⑥肅宗至德年間，劉長卿曾任監察御史、長洲縣尉，乾元元年（公元759 年）貶爲嶺南的南巴尉。代宗大曆十年或十一年（公元 775 年或 776 年），以觸忤權貴被誣，從鄂岳轉運留後被貶爲睦州司馬。

⑦胡應麟稱：「詩到錢、劉，遂露中唐面目。」（《詩藪》）許學夷則說：「中唐雖稱錢劉，錢不如劉。」（《詩源體辨》）李重華說：「大曆名手，錢不如劉。」（《貞一齋詩話》）

⑧韋應物《逢楊開府》一詩曾自述其少年生活：「少事武皇帝，無賴恃恩私。身作里中橫，家藏亡命兒。朝持樗蒲局，暮竊東鄰姬。司隸不敢捕，立在白玉墀。驪山風雪夜，長楊羽獵時。一字都不識，飲酒肆頑癡。武皇升仙去，憔悴被人欺。讀書事已晚，把筆學題詩。」

⑨唐代有另一韋應物，與白居易、劉禹錫同時。曾任諸道鹽鐵轉運、江淮留後、御史中丞等職，劉禹錫《蘇州舉韋中丞（應物）自代狀》即指此人。

⑩韋應物罷洛陽丞後（公元 768 年），曾寄居洛陽城東隅的同德寺。辭櫟陽令（公元 779 年）後，曾退居鄠縣灃水岸邊的善福寺。罷蘇州刺史（公元 781 年）後，在城外永定寺「聊租二頃田，方課子弟耕。」（《寓永定精舍》）這幾段時間有一些田園生活經歷。

⑪永貞革新失敗後，永貞元年八月，憲宗即位，貶王伾爲開州司馬，王叔文爲渝州司戶；十一月，貶韓泰爲虔州司馬，韓曄爲饒州司馬，柳宗元爲永州司馬，劉禹錫爲朗州司馬，陳諫爲臺州司馬，凌準爲連州司馬，程异爲郴州司馬，韋執誼爲崖州司馬，史稱「二王八司馬事件」。

⑫劉禹錫《竹枝詞引》說：「四方之歌，異音而同樂。歲正月，余來建平，里中兒聯歌竹枝，吹短笛擊鼓以赴節，歌者揚袂睢舞，以曲多爲賢，聆其音，中黃鐘之羽，卒章激訐如吳聲，雖傖儜不可分，而含思宛轉，有淇澳之艷音。昔屈原居沅湘間，其民迎神詞多鄙陋，

乃爲作九歌，到於今荊楚歌舞之，故余亦作竹枝九篇，俾善歌者颺
之，附於末，後之聆巴歈，知變風之自焉。」又白居易《憶夢得》詩
自注：「夢得能唱《竹枝》，聽者愁絕。」

⑬《舊唐書》本傳：「柳宗元，字子厚，河東人。」另一說以柳宗元爲
吳人。《新唐書》本傳稱：「其先蓋河東人。……（父鎮）後徙於
吳。」全祖望《河東柳氏遷吳考》即以此認爲「柳柳州爲吳人」。柳
宗元出生在吳（今江蘇吳縣）或長安，但祖籍河東無疑，所以他自
稱「河東，古吾土也」（《送獨孤申叔傳親往河東序》）。

⑭柳宗元的唯物主義哲學思想，主要體現在《天對》、《天說》、《封建
論》、《非國語》等著作中。柳宗元認爲天地、元氣、陰陽都是客觀
存在的自然現象，天地和陰陽都統一於元氣，「合焉者三，一以統
同」（《天對》），天人「其事各行不相預」（《答劉禹錫天論
書》）。他的弱點是忽視人可以掌握自然規律，人定勝天。劉禹錫
比他的認識積極，提出了「天人交相勝」的觀點，「天之所能者，
生萬物也」；「人之所能者，治萬物也」，「人誠務勝乎天」
（《天論》）。

⑮關於韓愈的籍貫，舊有三說：(1)昌黎說。本於李翱《韓公行狀》
（《全唐文》卷六三九）、《舊唐書·韓愈傳》。韓愈本人及同時人裴
度、劉禹錫、柳宗元、門人李漢也稱「昌黎韓愈」。(2)南陽說。
《新唐書·韓愈傳》、王琦《李太白全集》卷二十九注。(3)由潁川徙陳
留說。見《元和姓纂》卷四「韓」。今人岑仲勉考辨，確定韓愈爲河
南河陽人。（《唐人行第錄》附《唐集質疑》）岑氏並指出韓愈自稱昌
黎人的原由：「唐初宰相，南陽有韓瑗，迄乎中葉，昌黎爲盛，正
所謂門閥之見，賢哲不免，依附稱謂，初不必爲愈諱矣。」韓愈爲
河陽人，也屢見自述，如《女挐壙志》、《祭十二郎文》。

⑯褒揚韓詩的，如唐司空圖（《題柳集後》）。宋張戒《歲寒堂詩話》
載：「韓退之詩，愛憎相半。愛者以爲雖杜子美亦不及，不愛者以

爲退之於詩本無所得，自陳無己輩皆有此論。」可見當時意見對立
的情況。金趙秉文以爲「昌黎以古文渾灝，溢而爲詩，而古今之變
盡」（《與李孟英書》）。而明王世貞則以爲「韓退之於詩，本無所
解」（《藝苑巵言》）。近代王闓運、章炳麟也持貶說。

⑰唐末張爲《詩人主客圖》列孟郊爲「清奇僻苦主」，賈島則爲「清奇
雅正」的升堂七人之一。宋歐陽修始以兩人並舉：「孟郊賈島之
徒，又得其悲愁鬱堙之氣。」（《書梅聖俞稿後》）「郊寒島瘦」是
蘇軾提出的，見《祭柳子玉文》。

⑱參看羅宗強《隋唐五代文學思想史》。早在建中元年（公元 780
年），孟郊的《往河陽宿峽陵寄李侍御》就顯露出怪奇傾向。而韓愈
於貞元八年（公元 792 年）以前，詩風並不怪奇。次年他送孟郊之
江南，和孟郊寫《遠遊聯句》，才開始表現出尚怪奇的傾向。

⑲此事有兩種記載。一爲《唐摭言》載：「（島）嘗跨驢張蓋，橫截天
衢。時秋風正厲，黃葉可掃，島忽吟曰：『落葉滿長安。』志重其衝
口直致，求之一聯，杳不可得，不知身之所從也。因之唐突大京兆
劉棲楚，被繫一夕而釋之。」（《無官受黜》之一條）一爲《苕溪漁
隱叢話》引宋黃朝英《湘素雜記》：「《劉公嘉話》云：島初赴舉京
師。一日，於驢上得句云：『島宿池邊樹，僧敲月下門。』始欲作
『推』字，又欲作『敲』字，練之未定。遂於驢上吟哦，時時引手作推
敲之勢。時韓愈吏部權京兆，島不覺衝至第三節，左右擁至尹前，
島具對所得詩句云云。韓立馬良久，謂島曰：『作敲字佳矣。』遂與
並轡而歸，留連論詩，與爲布衣之交。」

⑳如晚唐李洞「酷慕賈長江，遂銅寫島像，戴之巾中，常持數珠念賈
島佛，一日千遍。人有喜島者，洞必手錄島詩贈之。叮嚀再四曰：
『此無異佛經，歸焚香拜之。』」（《唐才子傳‧李洞》）五代南唐孫
晟也畫賈島像掛於壁上，朝夕禮拜。（《郡齋讀書志》）

㉑唐宗室封鄭王的有二人。一個是鄭孝王亮，高祖李淵之叔。另一個

是鄭王元懿，高祖第十三子。《新唐書》稱元懿爲鄭惠王，又謂唐時
稱元懿后爲小鄭王后，亦曰惠鄭王后，以別鄭王亮。（卷七十九）
朱自清《李賀年譜》認爲「賀當出於大鄭王」，爲鄭王亮的後裔。

㉒唐張固《幽閑鼓吹》云：「李賀以歌詩謁韓吏部，吏部時爲國子博士
分司，送客歸，極困。門人呈卷，解帶旋讀之。首篇《雁門太守行》
曰：『黑雲壓城城欲摧，甲光向日金鱗開。』即緩帶，命邀之。」時
元和二年（公元 807 年）。《唐摭言》、《唐才子傳》等載，賀七歲以
長短之歌名動京師，韓愈、皇甫湜奇之，連騎造門請見面試，賀援
筆立成《高軒過》詩，「二公大驚，遂以所乘馬命聯鑣而還所居，親
爲束髮。」按《高軒過》應作於元和四年以後，時賀已二十。《摭言》
所載事屬虛妄。

㉓李商隱《李長吉小傳》記：「長吉將死時，忽晝見一緋衣人駕赤虯，
持一板書若太古篆或霹靂石文者，云：『當召長吉。』長吉了不能
讀，欻下榻叩頭，言阿嬭老且病，賀不願去。緋衣人笑曰：『帝成
白玉樓，立召君爲記，天上差樂不苦也。』長吉獨泣，邊人盡見
之。少之，長吉氣絕。常所居窗中，焯焯有煙氣、聞行車嘒管之
聲。」張讀《宣室志》記賀母夢子相告已爲神仙中人，爲上帝作新宮
記、凝虛殿樂章之事。此類傳說，都表現了人們對李賀詩才的肯
定。

㉔杜牧在《李長吉歌詩敍》中描述李賀詩歌的特徵云：「雲煙綿聯，不
足爲其態也；水之迢迢，不足爲其情也；春之盎盎，不足爲其和
也；秋之明潔，不足爲其格也；風檣陣馬，不足爲其勇也；瓦棺篆
鼎，不足爲其古也；時花美女，不足爲其色也；荒國陊殿、梗莽邱
壟，不足爲其怨恨悲愁也；鯨吸鼇擲、牛鬼蛇神，不足爲其虛荒誕
幻也。」

㉕錢鍾書《談藝錄》中「長吉字法」條謂李賀好取金石硬性作比喻（如
「昆侖玉碎鳳凰叫」、「石破天驚逗秋雨」等）；喜用動字、形容

字之有硬性者（如「黑雲壓城城欲摧」、「塞上胭脂凝夜紫」
等），「皆變輕清者爲凝重，使流易者具鋒芒。」「至其用『骨』
字、『死』字、『寒』字、『冷』字句，多不勝舉，而作用適與『凝』字相
通。」又謂長吉之詩，「分而視之，詞藻凝重；合而詠之，氣體飄
動」，此其別開生面處。「其好用青白紫紅等顏色字，譬之繡鞶剪
綵，尚是描畫皮毛，非命脈所在也。」錢氏尚有「長吉詩境」、
「長吉曲喩」、「長吉用啼泣字」、「長吉與杜韓」、「長吉年命
之嗟」、「模寫自然與潤飾自然」等條，均可供參考。

第七章　晚唐詩人

　　晚唐詩歌包含兩個階段。晚唐前期（從文宗大和初到宣宗大中末，即公元 827～859 年），唐詩繼續發展。這一時期，社會雖維持表面繁榮，但時政日非，唐王朝的衰落已成定勢。有「小李杜」之稱的傑出詩人杜牧和李商隱，以他們帶著感傷情調和獨特藝術風格的政治詩和抒情詩，爲詩國最後抹上了一道「夕陽無限好」（李商隱《登樂遊原》）的霞彩。李商隱、溫庭筠的綺麗詩風一直延續到唐末。以近體勃興和詩律精熟爲標誌的唯美形式傾向則推動著唐詩藝術的繼續發展。晚唐後期（即懿宗咸通以後，公元 806～907 年），作者雖多，但不再出現詩歌大家。在唐末的社會動亂中，各種不同的政治、人生態度和審美追求都得到表現。寫實和社會批判詩歌成爲中唐寫實諷諭詩派的餘響，其他詩人或感時傷亂，或隱逸山水，或寄情聲色，思想消沈，藝術上也少有創新，唐詩的發展終於走到了盡頭。

第一節　杜牧

㈠杜牧的生平和著作

　　杜牧（公元 803～852? 年），字牧之，京兆萬年（今陝西西安）人。出身於世家大族。祖父杜佑歷任德宗、順宗、憲宗三朝宰相，著有《通典》。杜牧於大和二年（公元 828 年）進士及第，

制策考試登科，授弘文館校書郎。先後在江西、淮南、宣歙幕中做過近十年幕僚①。又因在牛李黨爭中受排擠出任黃州、池州、睦州刺史。官終中書舍人，居長安城南樊川別墅，故後世稱「杜紫薇」、「杜樊川」②。

他著有《樊川集》二十卷，爲其外甥裴延翰所編次，包括詩集四卷、文集十六卷，收詩文四百五十篇。後經人增補外集一卷，別集一卷共收輯詩歌一百七十餘首，附於書末，但其中混入一些他人作品。今存北宋刊本，《四部叢刊》本即爲此本之明代覆刻本（公元 1978 年出版了此本的新校本）。南宋時還出現過《續別集》三卷，但其中「十八九是許渾詩」（《後村詩話》）。有《續別集》的杜牧集今雖不見，但《全唐詩》所收杜牧詩八卷，其中前六卷是正、外、別三集中詩，而七、八卷大約來自《續別集》，大多非杜牧作品。杜集最通行的注釋本，爲清代馮集梧的《樊川詩集注》，態度審愼客觀，資料較爲豐富。

(二)杜牧詩歌的類型

1、杜牧政治時事詩及抒情詩

杜牧在文學史上曾被許多人當作「十年一覺揚州夢，贏得青樓薄倖名」（《遣懷》）的「風流才子」。他也的確有因失意而生活放蕩的一面③。但事實上，他首先是一位關注國事民生、富有識見才略的有志有爲之士。年輕時他就廣泛閱讀了《尙書》、《詩經》、《左傳》、《國語》和唐以前十三代史書，留心「治亂興亡之迹，財賦兵甲之事，地形之險易遠近，古人之長短得失」（《上李中丞書》），自負經世之才，敢於論列大事，指陳利病。面對晚唐藩鎭割據、外族侵掠、宦官專權、朋黨紛爭、國勢日蹙的政治局面，他憂心如焚。二十三歲時，他針對「寶曆（唐敬宗年號）廣聲色」的荒淫生活，寫作了《阿房宮賦》，藉古諷今，直刺

最高統治者。任幕僚期間，他憤於河北三鎮之跋扈，以為「為國家者，兵最為大」（《孫子兵法序》），注《孫子兵法》，並作《罪言》、《原十六衛》等，積極提出平藩建議。在晚唐詩人中，他是一個寫作政治時事詩和政治抒情詩較多的人。在《感懷詩》、《郡齋獨酌》、《雪中書懷》等長詩中，他縱論時事，抒發自己的政治思想。《郡齋獨酌》中寫道：

> ……平生五色線，願補舜衣裳。弦歌教燕趙，蘭芷浴河湟。腥膻一掃灑，凶狠皆披攘。生人但眠食，壽域富農桑。……

安史之亂後，北方（燕趙）藩鎮割據之亂屢起，西方（河湟）又為吐蕃佔據，人民不得安居樂業。杜牧此詩即針對這一現實，表現他救國安民的強烈願望。他尤其對被吐蕃長期侵占的河湟失地，以及在回鶻侵擾下流離失所的北方邊境人民的痛苦寄予深切的關懷。會昌二年（公元 842 年），回鶻南侵，他作《早雁》一詩：

> 金河秋半虜弦開，雲外驚飛四散哀。仙掌月明孤影過，長門燈暗數聲來。須知胡騎紛紛在，豈逐春風一一回。莫厭瀟湘少人處，水多菰米岸莓苔。

作者當時在黃州任上，他遙想邊地情景，用比興手法表達了對南逃難民的真摯同情。他渴望親自參加收復河湟的事業：「何當提筆侍巡狩，前驅白旆弔河湟。」（《皇風》）「誰知我亦輕生者，不得君王丈二殳。」（《聞慶州趙縱使君與黨項戰中箭身死長句》）後來，他又為河湟人民起義歸回祖國而歡欣鼓舞（《今皇帝陛下一詔徵兵，不日功集，河湟諸郡，次第歸降，臣獲睹聖功，

輒獻歌詠》）。

　　杜牧對社會問題的關注還表現在他對婦女不幸命運的描寫上。《杜秋娘詩》、《張好好詩》是繼白居易《琵琶行》之後以淪落的女子爲題材的長篇敍事詩。杜秋娘曾爲帝王姬妾、皇子傅姆，仍不免成爲統治階級內部矛盾的犧牲品。張好好以善歌得寵，寵衰即被拋棄。她們的身世浮沈，典型地反映了封建社會婦女的依附性地位，這正是女性悲劇命運的根源。「淸血灑不盡，仰天知問誰？」（《杜秋娘詩》）作者在盛衰榮枯的對比描寫中不但滿含同情熱淚，而且感慨戾深。他的一些小詩，從古代的息嬀、綠珠等著名美人，到當時的宮娥、村女，對各種女性被壓迫的痛苦都能予以細緻體察和表現：

　　　　繁華事散逐香塵，流水無情草自春。日暮東風怨啼鳥，落花猶似墜樓人。（《金谷園》）

　　　　三樹稚桑春未到，扶牀乳女午啼饑。潛銷暗鑠歸何處，萬指侯家自不知。（《題村舍》）

　　　　銀燭秋光冷畫屏，輕羅小扇撲流螢。天階夜色涼如水，臥看牽牛織女星。（《秋夕》）

結合不同身分、地位、環境、女性的特點寫出了各自深隱的內心悲苦。

2、杜牧的詠史和寫景抒情絕句

　　杜牧的詩歌聲譽很高。前人評爲「情致豪邁」（《新唐書・杜牧傳》），「雄姿英發」（劉熙載《藝概》），風格「俊爽」（胡應麟《詩藪》），是詩人超逸的才華、灑脫的個性和熱烈的情

感相融合的產物。他的古體詩抒情、議論、敍事舒卷自如，筆力
豪健；他的律詩清新流麗，毫無雕琢痕迹。有人認爲：「律詩至
晚唐，李義山而下，惟杜牧之爲最。」（楊愼《升菴詩話》）但他
成就最高的，還是詠史和寫景抒情的七絕。這些詩精練、含蓄、
婉曲、深折，用旁敲側擊之法，表達豐富的情思，摹寫生動的景
象，以少勝多，耐人尋味。

　　杜牧的詠史絕句，以構思新穎、意味深永見長。如《過華淸
宮》三首之一：

　　　　長安回望繡成堆，山頂千門次第開。一騎紅塵妃子笑，無人
　　知是荔枝來。

首二句極寫富麗深嚴的皇宮氣象，後二句卻轉爲冷雋的特寫，在
色調的對比映襯中，最後道出「無人知是荔枝來」，巧妙而又深
刻地揭露了唐明皇之重色好奢，實在已到了人們無法想像的地
步。這是寓議於敍的寫法。杜牧的另一類敍議結合的史論詩更爲
膾炙人口，如《赤壁》：

　　　　折戟沈沙鐵未銷，自將磨洗認前朝。東風不與周郎便，銅雀
　　春深鎖二喬。

詩題《赤壁》，卻提出了一個與史家和常人對赤壁之戰的認識大相
徑庭的觀點。作者以假設推論譏評周瑜勝利來得偶然，並不僅僅
是爲了標新立異做翻案文章，而是藉以寄託詩人對個人才略的自
負和不得其時的嘆惋。這種史論筆法常爲後人仿效，卻很少有杜
牧這樣深沈的寄託。

　　詠史詩歷代都有，但中唐後期至晚唐大量出現，成爲一種値

得注意的創作傾向。從劉禹錫、李賀，到杜牧、李商隱、許渾、胡曾等，都以詠史著名④。他們或借古諷今，或弔古傷今，或詠史抒懷，大都情調悲涼。「長空澹澹孤鳥沒，萬古銷沈向此中。看取漢家何事業？五陵無樹起秋風。」（杜牧《登樂遊原》）這些詩反映了敏感的詩人對唐王朝無可挽回的沒落的濃重的失望和憂患心理，有著鮮明的時代折光。

杜牧的寫景抒情絕句，情韻俱佳。他既善於用凝練的語言勾勒鮮明的景物意象，又善於把悠遠的情思寄託在具體畫面之中。如《泊秦淮》：

> 煙籠寒水月籠沙，夜泊秦淮近酒家。商女不知亡國恨，隔江
> 猶唱《後庭花》。

迷茫朦朧的江邊月色和柔曼頹靡的流行曲調，構成一幅色彩凄涼暗淡、人物醉生夢死的世情生活圖畫，而這一切又從抒情主人公的視聽感覺中寫出，並引起他對前朝亡國教訓的聯想。清醒與麻木，歷史與現實的對照映射，傳達出一種濃厚的憂時嫉俗的感傷情懷。又如《江南春》：

> 千里鶯啼綠映紅，水村山郭酒旗風。南朝四百八十寺，多少
> 樓臺煙雨中。

《贈別》之一：

> 多情卻似總無情，惟覺罇前笑不成。蠟燭有心還惜別，替人
> 垂淚到天明。

前一首寫景意境開闊，既有明麗的色彩和地域文化特徵，又自然融進了歷史興亡的深沈感喟。後一首抒情體貼入微，通過人物的外在情態刻畫曲折微妙的內心活動：一對戀人真誠相愛但又強爲壓抑。末二句移情入景，更加重了離情的分量。

杜牧在《獻詩啓》中說：「某苦心爲詩，本求高絕。」他論文主張：「以意爲主，以氣爲輔，以辭彩章句爲之兵衛。」（《答莊充書》）他的詩歌創作實踐了自己的主張，形成了高華俊爽的獨特風格。在七絕發展史上，他和李商隱堪稱晚唐大家，佔有重要的地位。他的辭賦和古文也有成就。這些都對後代產生了良好影響。但他的生活和創作的消極方面也曾投合了某些思想情調不夠健康的知識分子的精神需要。

第二節　李商隱

㈠李商隱的生平和著作

李商隱（公元 813～858 年），字義山，號玉溪生，又號樊南生，原籍懷州河內（今河南沁陽），自祖父起遷居鄭州滎陽（今屬河南）。出生於小官僚家庭。九歲父亡後，「四海無可歸之地，九族無可倚之親」（《祭裴氏姊文》）。發憤苦學，十七歲時以文才受天平軍節度使令狐楚賞識，聘於幕下，令與其子令狐綯同學騈文。後又得令狐綯推薦，於開成二年（公元 837 年）登進士第。令狐楚死後，李商隱入涇原節度使王茂元幕，並被招爲婿。當時朝廷內部牛李黨爭激烈⑤，令狐楚父子屬牛黨，王茂元接近李黨，李商隱因此被指責爲「背恩」、「無行」，在朋黨相爭的峽谷中長期受到壓抑。除一度入京任祕書省校書郎、正字等低微官職外，先後在桂林、徐州、梓州等地作幕僚⑥。大中二年

罷鹽鐵推官，不久病卒。

　　他著有《玉溪生詩》三卷，《樊南四六甲乙集》共四十卷，賦一卷，文一卷（據《新唐書・藝文志》）。傳至明代，詩三卷基本保存，文集則散佚。今存有明汲古閣刻本，《唐詩百名家全集》本《李義山詩集》三卷和《四部叢刊》影印明嘉靖蔣氏刻本《李義山詩集》六卷。爲李商隱詩作注釋的主要在清以後，重要的有順治十六年（公元 1659 年）朱鶴齡《李義山詩集箋注》三卷，朱鶴齡輯錄，徐樹穀、徐炯加注的《李義山文集箋注》十卷，後者是傳世的第一個李商隱文集的輯注本。後有沈厚塽《李義山詩集輯評》。清雍正乾隆年間，注家頗多，以馮浩《玉溪生詩集箋注》三卷（收入《四部備要》），《樊南文集詳注》八卷，內容詳密，最爲流行。道光咸豐年間，錢振倫輯馮氏未收駢文，編《樊南文集補編》十二卷並箋注。今人劉學錯、余恕誠復總結前人注釋李詩的成就，撰《李商隱詩歌集輯》（中華書局出版），並附有詳細校記。

(二)李商隱詩歌的內容

1、李商隱的政治詩

　　李商隱年輕時就關心國事，富有政治熱情，面對晚唐國勢，懷著「欲回天地入扁舟」（《安定城樓》）的抱負。現存約六百多首詩中，政治詩占了六分之一，包括直接反映現實政治的時事詩和包含著政治批判內容的詠史詩。在晚唐詩人中，很少有人像李商隱這樣對社會政治問題深切關注而又敢於進行直接的揭露批判。《行次西郊一百韻》是繼杜甫《奉先詠懷》、《北征》之後又一首具有「詩史」性質的長篇政治時事詩。作者不但眞實描寫了「依依過村落，十室無一存」的社會經濟破敗景象，而且對唐王朝從貞觀之治到甘露之變的歷史進行了高度的概括，並着重依據治亂「繫人不繫天」的觀點對當時存在的嚴重社會危機予以廣泛揭

露。從邊患日深(「筋體半痿痺,肘腋生臊膻」)到藩鎮兵亂
(「中間遂作梗,狼藉用戈鋋」);從政苛民貧(「國蹙賦更
重,人稀役彌繁」,「盜賊亭午起,問誰多窮民」)到朝廷昏暗
(「九重黯已隔,涕泗空沾唇」,「使典作尚書,廝養爲將
軍」),大氣包舉,直陳無諱。他生活的時代發生的許多重大政
治事件都在他的詩中有所反映,並敢於表現出鮮明的愛憎態度。
大和九年(公元 835 年),發生了宦官大規模誅殺朝臣的「甘露
之變」,在嚴峻險惡的政治氣候中,年僅二十四歲、尚未及第的
年輕詩人就寫了《隋師東》、《有感二首》、《重有感》等尖銳批判宦
官亂政的作品。約會昌元年(公元 841 年),曾在制科對策中猛
烈抨擊宦官的劉蕡遭貶含冤而死⑦,李商隱懷著滿腔悲憤,先後
寫了《贈劉司戶蕡》、《哭劉蕡》、《哭劉司戶二首》、《哭劉司戶蕡》
等一系列作品,爲劉蕡鳴冤,把怒火燒向當朝帝王:

> 上帝深宮閉九閽,巫咸不下問銜冤。黃陵別後春濤隔,湓浦
> 書來秋雨翻。只有安仁能作誄,何曾宋玉解招魂?平生風義兼師
> 友,不敢同君哭寢門。(《哭劉蕡》)

　　詠史詩是李商隱政治詩的一種特殊形式。他的詠史詩分爲兩
類:一類是以古鑒今,一類是借古諷今。前一類詩歌,如《吳
宮》、《齊宮詞》、《北齊》、《南朝》、《隋宮》、《華清宮》、《馬嵬》
等,作者主要選取歷史上一些因貪奢荒淫而亡國禍身的帝王作爲
諷刺對象,向當代最高統治者提供鑒戒。在寫法上,多截取特定
場景或特徵細節加以想像渲染,以小見大,不著議論而寄意綿
邈。

> 永壽兵來夜不扃,金蓮無復印中庭。梁臺歌管三更罷,猶自

風搖九子鈴。（《齊宮詞》）

　　海外徒聞更九州，他生未卜此生休。空聞虎旅傳宵柝，無復
雞人報曉籌。此日六軍同駐馬，當時七夕笑牽牛。如何四紀為天
子，不及盧家有莫愁。（《馬嵬》）

以九子鈴感嘆齊的覆亡，以七夕盟誓映襯馬嵬事變，在對歷史畫
面的傳神白描中包含著作者的因果認識，確乎「詞微而顯，得風
人之旨」（羅大經《鶴林玉露》）。
　　另一類詠史詩，如《富平少侯》、《陳後宮》、《賈生》、《瑤
池》、《茂陵》等，則有較強的現實針對性。作者借對歷史人物或
事件的某些相似特徵的藝術描寫，影射現實生活，達到諷諭時政
的目的，用筆婉曲而意味深永。

　　宣室求賢訪逐臣，賈生才調更無倫。可憐夜半虛前席，不問
蒼生問鬼神。（《賈生》）

這首詩採用欲抑先揚的寫法，諷刺統治者並不真正重視人才，而
「問鬼神」又正是對中晚唐一些皇帝求仙好道的荒唐行徑的針
砭。作者表達的從是否有利於人民來看待人才問題的卓越見解，
更使這首詩遠遠高出以同一題材表現傳統的士不遇主題的其他作
品。

2、李商隱的愛情詩

　　李商隱是唐代最優秀的愛情詩人。以大部分《無題》詩為代表
的這類詩歌⑧，其中有些可能另有寄託，而人們對作者的戀愛本
事又不甚了然，故從古至今，各家的解釋紛紜，莫衷一是⑨，但
它們以愛情描寫為文本內容，卻是無可爭辯的事實。李商隱繼承

了中唐豔情詩的傳統，但他不同於元稹，直接描寫自己的情感生活甚至感官享樂，也不同於李賀，只把第三者作為抒情主體，而是以真實的愛情體驗為基礎，著力於情感心理的細膩刻畫和意境的精心創造。他所描寫的愛情，都是悲劇性的愛情，在與客觀現實環境的衝突中，在戀愛者之間的情感糾葛中，抒情主人公的理想追求、忠貞品質、執著意志和纏綿情思得到極為動人的表現，它們不但從一個側面反映了過去的時代對人性的壓迫和摧殘，也成為人類崇高美好的情感的悲歌和頌歌，具有普遍長久的藝術魅力。

> 相見時難別亦難，東風無力百花殘。春蠶到死絲方盡，蠟炬成灰淚始乾。曉鏡但愁雲鬢改，夜吟應覺月光寒。蓬山此去無多路，青鳥殷勤為探看。(《無題》)

這是一種為外力所阻隔而無法實現的愛情，但又是一種寧願為此承擔一切痛苦和犧牲的愛情。割不斷的思戀，無法捨棄的追求，百折不撓的意志，在絕望中燃燒的不熄的希望之火，使這首短詩成為著名的愛情絕唱。「劉郎已恨蓬山遠，更隔蓬山一萬重」、「春心莫共花爭發，一寸相思一寸灰」、「身無彩鳳雙飛翼，心有靈犀一點通」、「直道相思了無益，未妨惆悵是清狂」、「春蠶到死絲方盡，蠟炬成灰淚始乾」等等，這些感傷淒惻而又深情綿邈的詩句，是李商隱愛情詩的最強音。它所表現的超越感官滿足、追求心靈契合的審美情趣，提高了古代愛情詩的美學品位。它所特有的濃厚的悲劇情調，包蘊著深刻的社會與人生內涵。這種情調，與詩人在現實壓迫下理想抱負不得實現而又執著不捨的厄塞牢愁有某種相通或相似之處，因此，詩人的社會政治情感就在某些愛情詩歌中找到了寄託。這就是李商隱所謂「楚雨含情皆

有托」(《梓州罷吟》)的含意。但即使如此，它們也首先是愛情詩，是靠愛情主人公那纏綿悱惻、固結不解之情來打動人心的。

(三)李商隱詩歌的藝術

　　李商隱是一個富有藝術獨創性的詩人。前人曾用「包蘊密致」(《韻語陽秋》引楊億語)、「綺密瑰妍」(敖器之《詩評》)、「深情綿邈」(劉熙載《藝概》)、「沈博絕麗」(朱鶴齡《李義山詩集箋注序》)、「頓挫曲折」(何焯《義門讀書記》)等詞語描述義山詩的獨特風格。在李杜詩歌雄視百代，中唐諸家異彩紛呈的情況下，李商隱詩以意蘊的深細婉曲和詞采的典麗精工開闢了朦朧詩美的新天地，爲古典詩歌的發展作出了自己的重要貢獻。

　　李商隱善於曲折抒情，含蓄構境。他較少採用直抒胸臆的方式，總是努力使詩歌的藝術構思千回百轉，一波三折，做到「味無窮而炙愈出，鑽彌堅而酌不竭」(葛立方《韻語陽秋》引楊億語)。他常借助環境景物的描繪烘托情思或暗寓情事，如以「秋陰不散霜飛晚，留得枯荷聽雨聲(《宿駱氏亭寄懷崔雍崔兗》)寫永夜不寐，相思意深；以「紅樓隔雨相望冷，珠箔飄燈燭自歸」(《春雨》)寫愛情受阻，追求無望；以「於今腐草無螢火，終古垂楊有暮鴉」(《隋宮》)諷煬帝以荒淫逸樂亡國等。他大量運用比興寄託的手法，或借古喻今，或托物詠志，或「爲芳草以怨王孫，借美人以喻君子」(《謝河東公和詩啓》)，如他的一些無題詩、詠史詩和詠物詩。即使是他用白描手法寫作的小詩，也極盡委曲之能事，如《夜雨寄北》：

　　　君問歸期未有期，巴山夜雨漲秋池。何當共剪西窗燭，卻話巴山夜雨時。

表達對遠方妻子的懷念，卻從擬想中對方的詢問起筆。「巴山夜
雨」的景物意象，曲折反復地出現，既寄託著今日兩地阻隔的愁
懷，也包蘊著對未來重逢話舊的熱望。幻想的歡聚似乎沖淡了現
實的離情，實際上卻添加和反襯著相思的孤苦。難怪有人稱讚它
「即景見情，清空微妙，玉溪集中第一流也」（屈復《詩意》）。

李商隱的詩歌語言典雅精美，情韻深長。他不但對前代詩人
從屈原、樂府民歌、齊梁詩體，到杜甫、韓愈、白居易、李賀等
各有所師，博採眾長，而且由於早年師令狐楚學駢文，積累了大
量的詞藻和語言技巧⑩，熔鑄成自己的語言風格。他善於用典，
工於造境。他的詩歌有豐富的典故意象、比喻象徵意象、景物意
象、人物情態意象，而且都能驅遣自如、精心組織，其中尤以典
故的運用達到了很高的藝術水平。

> 迢遞高城百尺樓，綠楊枝外盡汀洲。賈生年少虛垂涕，王粲
> 春來更遠遊。永憶江湖歸白髮，欲迴天地入扁舟。不知腐鼠成滋
> 味，猜意鵷雛竟未休。（《安定城樓》）

這是詩人應博學宏詞科試落選後回涇原幕府時寫的一首詩，時年
二十六歲。清新自然的寫景白描，切合情事的典故借代，精心錘
煉的抒懷寫志，含蓄幽默的寓言比譬，交相疊映，準確而又意味
深長地表達出一位有遠大抱負、高尚志趣的年輕士子遭到壓抑黜
落後沈重然而自矜的複雜心情。「永憶」一聯是慘淡經營的名
句，被王安石激賞爲「雖老杜無以過也」（《蔡寬夫詩話》）。

獨特的表情方式和語言方式，給李商隱詩歌帶來了特有的朦
朧美。朦朧美，是對古典詩歌含蓄詩美的豐富和拓展。它「深情
幽怨，意旨微茫，令人測之無端，玩之無盡」（沈德潛《唐詩別
裁》）。尤其是他的一些愛情詩、詠物詩，繁複的象喻（包括典

故）和片斷意象的錯落排比，常常使人們很難把握作者的眞實意
旨和深層情感寄託，以至千百年來，人言人殊，但這些詩卻因能
提供多方面的美感聯想和啓示而流傳不朽。如《錦瑟》：「錦瑟無
端五十弦，一弦一柱思華年。莊生曉夢迷蝴蝶，望帝春心託杜
鵑。滄海月明珠有淚，藍田日暖玉生煙。此情可待成追憶，只是
當時已惘然。」五個象喻，喻體本身都不同程度地帶有朦朧的、
多層次的性質，而本體又未出現，這就使得「一篇《錦瑟》解人
難」，成爲詩家之「謎」⑪。但另一方面，籠罩著全詩諸意象的
那種濃烈的迷惘感傷的情思又是確定的，它使得所有的探尋解說
都無法離開詩人的感情指向。這正是李商隱朦朧詩美的成就和特
色。當然，過分的朦朧又會走向晦澀。

義山詩中由於用典太多或過於生僻，情感包蘊過於深曲，也
存在這種弊病，給後人帶來了一些消極影響。

在詩歌形式上，李商隱以七言絕句和律詩成就最高。葉燮稱
讚他的七絕「寄託深而措辭婉」，是繼李白、王昌齡之後「可空
百代，無其匹」的大家（《原詩》）。他的律詩尤其是七律，是杜
甫之後少有的傑作。故後人稱：「唐人知學老杜而得其藩籬者，
惟義山一人而已。」（《蔡寬夫詩話》引王安石語）唐詩體制形
式，經歷了初唐律化完成、古近體分立，盛唐和中唐古近體交替
興盛和全面發展，至晚唐則呈現出古風漸衰，近體特別是律詩空
前繁榮的局面。湧現了許渾（公元 788～858 年，有《丁卯集》）
等許多專攻近體的詩人。這既顯示了詩歌創作從關注現實轉向唯
美追求的變化趨勢，也反映了以律化爲形式特徵的唐詩詩藝愈益
規範化、精密化的內在要求。在這一追求詩律高度精熟的藝術進
程中，李商隱及杜牧是作出了傑出貢獻的詩人。元好問曾以「精
純」評價義山詩。（《論詩三十首》）。義山詩在文學史上有著重
要影響，從晚唐的韓偓、宋初的西崑體、黃庭堅，詞中的婉約

派，直到清代的吳偉業、馮班、黃景仁、龔自珍等人都從不同方面學習他。對其詩歌的欣賞和研究，始終是古代文學領域中一個引人感興趣的問題。

第三節　溫庭筠、韋莊和晚唐其他詩人

(一)溫庭筠

1、溫庭筠的生平

溫庭筠（公元 812～870 年），本名岐，字飛卿，太原祁（今山西祁縣）人。先世爲貴族，後來衰微。他作詩才思敏捷，「凡八叉手而八韻成」，有「溫八叉」之稱（《北夢瑣言》、《唐才子傳》），精通音律，「能逐弦吹之音，爲側艷之詞」（《舊唐書·溫庭筠傳》）。屢試不第。他喜譏刺權貴，且不修邊幅，縱酒放浪，因而一生潦倒。大中十三年（公元 859 年）四十八歲才授隋縣尉，後任方城尉，國子助教。

他著有《握蘭集》三卷，《金荃集》十卷，《詩集》五卷，《漢南眞稿》五卷（據《新唐書·藝文志》），但宋以後大都散失。僅存《金荃集》七卷及外集，明末有汲古閣刻本。清初有錢曾轉抄宋本《溫飛卿集》七卷別集一卷（《四部叢刊》影印）。清初顧嗣立撰《溫飛卿詩集箋注》九卷，並輯補佚詩，使溫存詩達三百餘首。

2、溫庭筠的詩歌特色

溫庭筠的詩當時與李商隱齊名，時號「溫李」。他的詩可分兩類。一類是五七言古體，大多爲篇幅較短的古題樂府詩。詩風穠麗，受李賀的影響。其中有些是直接或間接反映現實的，如《燒歌》不但具體描寫了楚越燒山的民俗，而且揭露了官府的殘酷剝削：「誰知蒼翠容，盡作官家稅。」《雞鳴埭曲》：「南朝天子

射雉時，銀河耿耿星參差。銅壺漏斷夢初覺，寶馬塵高人未知。」含借古諷今之意。但這類詩的大多數是描寫歌兒舞女、艷情逸樂的。「他愛用《織錦詞》、《夜宴謠》、《曉仙謠》、《舞衣曲》、《水仙謠》、《照影曲》、《晚歸曲》之類的題目，而他的詩材便也似題目般的那麼繁縟而閃爍。」⑬這些詩歌同他的艷詞風格一致，在當時很有影響。晚唐至唐末被稱爲「溫李」一派的詩人，都繼承和仿效他們的這一類詩歌，形成一種綺艷柔美的詩風，反映著那個即將崩潰的時代裡追求享樂和形式美的病態的社會心理。但溫馥綺麗並不能代表溫詩的全部風格。

　　他的另一類詩歌，多爲近體詩，則較少華藻，清新流暢，感情激切。有的借弔古抒發自己懷才不遇的悲憤，如《過陳琳墓》：

　　　　曾於青史見遺文，今日飄蓬過此墳。詞客有靈應識我，霸才無主始憐君。石麟埋沒藏春草，銅雀荒涼對暮雲。莫怪臨風倍惆悵，欲將書劍學從軍。

《蘇武廟》、《過五丈原》等也是佳作。不過他的詠史懷古之作很少像李商隱那樣諷諭時政，只是表現個人感慨。他還有些詩以寫景著名：

　　　　澹然空水對斜暉，曲島蒼茫接翠微。波上馬嘶看棹去，柳邊人歇待船歸。數叢沙草羣鷗散，萬頃江田一鷺飛。誰解乘舟尋范蠡，五湖煙水獨忘機。（《利州南渡》）

　　　　晨起動征鐸，客行悲故鄉。雞聲茅店月，人迹板橋霜。槲葉落山路，枳花明驛牆。因思杜陵夢，鳧雁滿回塘。（《商山早行》）

後一首的頷聯，純用名詞性詞組構成一幅深秋早行圖，寫盡旅況悲涼，爲人傳誦不絕。

溫庭筠更重要的文學成就是詞的創作。

(二)李羣玉

1、李羣玉的生平

與溫庭筠同時的李羣玉（約公元 813～861 年）是晚唐一位有成就的湖湘詩人。李羣玉字文山，澧州（今湖南澧縣）人。應進士試不第。大中八年（公元 854 年）赴京詣闕自獻詩三百篇，僅得裴休、令狐綯薦授弘文館校書郎。不久，棄官回鄉。存《李羣玉詩集》三卷，《後集》五卷，有《四部叢刊》影印宋刊本。《全唐詩》編其詩爲三卷。今人羊春秋有《李羣玉詩集》輯注本八卷及補遺、附錄（岳麓書社 1987 年版），較爲完備。

2、李羣玉的詩歌特色

李羣玉自稱「居住沅湘間，宗師屈宋，楓江蘭浦，蕩思搖情」（《進詩表》），表明他對以屈原爲代表的源遠流長的楚文化傳統的自覺繼承。他「清才曠逸，不樂仕進」（《唐才子傳》）。但他的「安貧樂道，遠謝名利」（令狐綯《薦處士李羣玉狀》），並非不願用世，而是由於對晚唐時政和世情的憤懣失望。「鳳兮衰已盡，犬也吠何繁」（《吾道》），「孤醒立衆醉，古道何由昌？」（《自澧浦東遊江表途出巴丘投員外從公虔》）「慘慘心如虺，營營舌似蠅。誰於銷骨地，一鑒玉壺冰？」（《宵民》）「人間無樂事，直擬到華胥。」（《晝寐》）這些詩句，都包含著痛切的社會批判內容。不過，李羣玉大多數的詩，是把失落的政治追求，轉化爲登山臨水、懷人送歸的情事感慨。如爲詩家稱賞的「遠客坐長夜，雨聲孤寺秋。請量東海水，看取淺深愁」（《雨夜呈長官》）。不僅能「曲盡羈旅坎壈之情」（《唐才子傳》），

顯然還有更深沈的愁懷寄託。他的詩尤多詠湖湘景物名勝之作，具有鮮明的地域文化特色，引人注目。如七律《黃陵廟》：

> 小姑洲北浦雲邊，二女啼妝自儼然。野廟向江春寂寂，古碑無字草芊芊。風迴日暮吹芳芷，月落山深哭杜鵑。猶似含顰望巡狩，九疑如黛隔湘川。

以著名的湘妃二女神話作題材，在憑弔古蹟中，塑造了動人的愛情悲劇形象。他的另一首《黃陵廟》絕句則描寫一位可愛的船家姑娘：「黃陵廟前莎草春，黃陵女兒茜裙新。輕舟短棹唱歌去，水遠山長愁煞人。」李羣玉善於寫景狀物，「正穿詰曲崎嶇路，更聽鉤輈格磔聲」（《九子坡聞鷓鴣》），以寫山行聞鷓鴣聲貼切精巧聞名。他「詩篇姸麗，才力遒健」（《唐摭言》），無輕靡僻澀之氣，風格近溫李而較為明暢。

(三)韓偓

1、韓偓的生平

屬於溫李一派較有特色的詩人韓偓。韓偓（公元 842～923 年），字致堯，一作致光，京兆萬年（今陝西西安）人。少有詩才，為李商隱所稱⑭。龍紀元年（公元 889 年）進士，入仕後在唐末社會動亂中始終忠於唐王室。有《韓內翰別集》一卷，補遺一卷（明汲古閣刻本）。另有《香奩集》，是他的艷情詩集，其中一部分作品寫士大夫的狎妓生活，庸俗輕薄；另一些寫愛情心理，含蓄細密，詩風綺麗。如《已涼》：

> 碧闌干外繡簾垂，猩色屏風畫折枝。八尺龍鬚方錦褥，已涼天氣未寒時。

展現了富麗的居室環境和季節變化，隱約傳達出一個貴家少婦於
孤寂中對愛情的渴求。

2、韓偓的詩歌特色

韓偓詩中感時傷亂之作頗多，前人稱許其再現了唐末歷史，
「始末歷然如鏡，可補史傳之闕」（毛晉《韓內翰別集跋語》）。
他喜歡用近體尤其是七律寫時事，紀事與抒懷相結合，繼承了杜
甫、李商隱的傳統，但境界不夠闊大渾厚。他也善於在景物描寫
中抒發時世之感，如：「水自潺湲日自斜，盡無雞犬有鳴鴉。千
村萬落如寒食，不見人煙空見花。」（《自沙縣抵龍溪縣，值泉
州軍過後，村落皆空，因有一絕》）被認為是畫筆與史筆結合的
佳作。

(四)韋莊

1、韋莊的生平

以感時傷亂為重要題材，與韓偓、羅隱並稱「華嶽三峯」
（鄭方坤《五代詩話》）的韋莊也是唐末的重要詩人。

韋莊（約公元 836～910 年），字端己，京兆杜陵（今陝西
西安）人。韋應物四世孫。家庭寒微，曾經歷了黃巢起義後的戰
亂，客居江南。乾寧元年（公元 894 年）五十九歲方中進士。天
復元年（公元 901 年）入蜀依王建，參與建立前蜀政權，官至宰
相。著作頗多，有《韋莊集》二十卷，《浣花集》五卷及《諫草》、
《蜀程記》、《峽程記》等雜著。今僅存《浣花集》殘本（有明汲古閣
刻本和《四部叢刊》影明正德本），及所選唐人詩集《又玄集》⑮。
近人向迪琮編有《韋莊集》，收詩三百餘首，詞五十五首，較為通
行。

2、韋莊的詩歌特色

韋莊的詩歌廣泛地反映了唐末動蕩的社會面貌。《秦婦吟》是

其代表作。全詩二百三十八句，一千六百六十六字，是現存最長的唐代敍事詩。它借詩人與一個從長安逃出的貴家姬妾的問答，以「秦婦」爲敍述人，反映了黃巢起義時代複雜的社會現實。詩中對黃巢義軍進入長安的詆毀，既符合「秦婦」的身分地位，也表現了作者維護唐王朝統治的政治立場。儘管如此，這一部分內容也透露出官軍腐朽不堪一擊，和黃巢義軍嚴厲打擊當權統治者的眞實情況。「內庫燒爲錦繡灰，天街踏盡公卿骨」的詩句當時就令人震驚。詩中最有意義的是乞漿老翁控訴官軍劫殺百姓的罪行的部分：「自從洛下屯師旅，日夜巡兵入村塢。匣中秋水拔青蛇，旗下高風吹白虎。入門下馬若旋風，罄室傾囊如卷土。……」全詩內容豐富，頭緒紛繁而敍述得法，層次分明，標誌著古代敍事詩歌藝術的發展。它曾經廣泛流傳，韋莊也因此有「秦婦吟秀才」之稱。但以後長期失傳，也未被收入《浣花集》中⑯，直到本世紀初在敦煌石窟藏書中發現抄寫本，才重見天日。韋莊其他的詩以懷古、傷古、羈旅和寫景爲多，詩風清麗婉曲。如《臺城》：

> 江雨霏霏江草齊，六朝如夢鳥空啼。無情最是臺城柳，依舊煙籠十里堤。

清秀的詞句，淒涼的氛圍，傳達出詩人弔古兼傷今的哀愁。又如《古離別》：

> 晴煙漠漠柳毿毿，不那離情酒半酣。更把玉鞭雲外指，斷腸春色在江南。

前人評說：「韋端己送別詩多佳。」（楊愼《升庵詩話》）這類名

作還有《送日本國僧敬龍歸》等。

在唐末的社會亂離時代，還有一些企圖在遠離現實的生活和詩境中保持心靈平靜的詩人。他們於香奩側艷的感時傷亂之外，追求一種淡泊超逸的情思和境界。著名詩論家司空圖可為代表。

(五)司空圖

1、司空圖的生平

司空圖（公元 837～908 年），字表聖，自號耐辱居士、知非子，河中（今山西永濟）人。咸通十年（公元 869 年）進士，曾官至中書舍人。因世亂退隱，歸居中條山別墅。唐亡，絕食而死。有《司空表聖文集》十卷，《司空表聖詩集》唐志著錄十卷，今僅存五卷，有《四部叢刊》影印《唐音統籤》本。其詩多寫隱逸生活，表現「甘得寂寥能到老」（《偶詩五首》）、「無心無迹亦無猜」（《狂題十八首》）的沖淡平和的心境。

2、司空圖的詩歌特色

司空圖以其《詩品》二十四則（一名《二十四詩品》）奠定了在詩歌理論史上的地位。《詩品》不載《司空表聖文集》、《詩集》，但收於《全唐詩》內，別有單行本數種。《詩品》所論，是詩歌的風貌問題。他超越了對具體作家作品的品評，對詩歌的風貌（主要是風格）進行總體的類型研究，把它們歸納為二十四品，並用形象描述的方法揭示每一風格類型的境界特點⑰。如「纖穠」，他的描述是：

　　采采流水，蓬蓬遠春；窈窈深谷，時見美人。碧桃滿樹，風日水濱；柳蔭路曲，流鶯比鄰。

有些則夾以議論解釋，如：「沖淡」一品，在描述後接著說：

「遇之匪深，即之愈希。脫有形似，握手已違。」這種方法是司空圖的創造。但更重要的是司空圖提出了「韻外之致，味外之旨」（《與李生論詩書》）、「象外之象，景外之景」（《與極浦談詩書》）的詩歌美學思想，並把它運用到詩歌風格的品評之中。他推崇的「超以象外，得其環中」（「雄渾」），「不著一字，盡得風流」（「含蓄」），「妙造自然，伊誰與裁」（「精神」），「遇之匪深，即之愈希」（「沖淡」）的「韻致」，在一定程度上體現了中國古典詩歌的特點和藝術傳統，是對唐詩二百餘年創作經驗的總結。但他過於強調高情遠韻，表現出作者藝術眼光的侷限性，也正反映了唐末一部分士大夫追求脫離現實的淡泊情趣的創作傾向。《詩品》影響深遠，宋嚴羽的「興趣」「妙悟」說，清王士禎的「神韻」說都是與他一脈相承的。他的品詩形式也爲後人所仿效。

㈥齊己

　　唐末多詩僧，也是上述創作傾向的反映。長沙人（一說益陽人）齊己是較著名的一位。齊己俗姓胡，名得生，自號衡嶽沙門。有《白蓮集》十卷、《風騷旨格》一卷行世。長於五律，《四庫總目》謂其詩沿姚合一派而「風格獨遒」。「前村深雪裡，昨夜一枝開」（《早梅》）、「四邊空碧落，絕頂正清秋」（《登祝融峯》）等可作代表。傳說《早梅》詩中的「一枝」原作「數枝」，經詩友鄭谷（公元 851～910? 年）指正而改，成爲文壇有名的「一字之師」的佳話。（《五代史補・僧齊己》）

第四節　唐末寫實和社會批判詩歌

　　唐王朝自咸通以後（公元 860～907 年），尖銳的社會矛盾

終於釀成了嚴重動亂。從浙東裘甫起義、徐州龐勛兵變到歷時十
年（公元 874～884 年）震動全國的王仙芝、黃巢領導的起義，
以及在鎮壓起義後出現的軍閥混戰，最後導致了唐帝國統治的結
束。在這個歷史劇變和人民苦難深重的時代，一些詩人自覺繼承
杜甫和中唐寫實諷諭詩派的傳統，創作了一批具有現實意義的詩
歌。由於對腐朽的統治者已失去信心，詩人們已不再把藝術寫實
和以詩議政當作諷諭手段，而是作爲社會批判的武器。其中以皮
日休、聶夷中、杜荀鶴成就較高。皮日休提倡樂府詩，他和羅隱
兼寫諷刺詩文。杜荀鶴好用近體。聶夷中和于濆、曹鄴、劉駕等
人都致力於樂府民歌和古詩，有意反對當時的柔弱詩風。

(一)皮日休

1、皮日休的生平

　　皮日休（公元 834?～883? 年），字襲美，一字逸少，復州
竟陵（今湖北天門）人。一說襄陽人。年輕時曾隱居襄陽鹿門
山，自號鹿門子。咸通八年（公元 867 年）進士，應博學宏詞試
不第。離京東遊，至蘇州與陸龜蒙結識，相互酬唱。後入京爲太
常博士。乾符六年（公元 879 年）陷黃巢軍中。黃巢攻入長安，
以皮日休爲翰林學士。他的死，說法不一⑱。曾自編《皮子文藪》
十卷，收其前期作品。《全唐詩》錄其詩爲九卷，詩三百餘首。今
人蕭滌非、鄭文篤整理本《皮子文藪》較完備。

2、皮日休的詩歌特色

　　皮日休論詩主美刺，是樂府詩傳統和中唐寫實諷諭詩論的自
覺繼承者。他說：「樂府，蓋古聖王採天下之詩，欲以知國之利
病，民之休戚者也。詩之美也，聞之足以觀乎功；詩之刺也，聞
之足以戒乎政。」（《正樂府序》）他的代表作是《三羞詩》三首和
《正樂府》十首。其中如《卒妻怨》、《橡媼嘆》、《貪官怨》、《農父

謠》、《哀隴民》等都是真實反映嚴重社會問題的詩篇。如《橡媼嘆》：

> 秋深橡子熟，散落榛蕪岡。傴傴黃髮媼，拾之踐晨霜。移時
> 始盈掬，盡日方滿筐。幾曝復幾蒸，用作三冬糧。山前有熟稻，
> 紫穗襲人香。細穫又精舂，粒粒如玉璫。持之納於官，私室無倉
> 箱。如何一石餘，只作五斗量！狡吏不畏刑，貪官不避贓。農時
> 作私債，農畢歸官倉。自冬及於春，橡實誑飢腸。吾聞田成子，
> 詐仁猶自王。吁嗟逢橡媼，不覺淚沾裳。

對農民苦難的同情，對貪官汙吏的鞭撻，對社會危機的隱憂，都
通過橡媼形象的刻畫鮮明地表現出來。他還描寫了「去為萬騎
風，住作一川肉」的邊庭征戰；「荒村墓鳥樹」、「兒童齧草
根」的蝗災旱禍（《三羞詩》）；「愚者若混沌，毒者如雄虺」的
腐敗吏治（《貪官怨》）；為統治者登隴坂捕捉鸚鵡，「百禽不得
一，十人九死焉」的隴民慘劇。這些詩雖然為數不多，但作者的
批判鋒芒是尖銳的。

　　皮日休還寫了大量的山水詩和唱和詩。包括有二十首五古的
大型紀遊組詩《太湖詩》，採取系列創作的形式完整地描述了遊歷
經過和太湖的美麗景觀，不失為一種創造。至於他和陸龜蒙的大
量唱和之作，把元和以來元白等開創的次韻唱酬之風推向繁盛，
「以言巧稱工，誇多鬥麗」，殊不足法。

(二)聶夷中

1、聶夷中的生平

　　聶夷中（公元 837～？年），字坦之，河東（今山西永濟）
人。一說河南人。少貧苦，「奮身草澤，備嘗辛楚」（《唐才子

傳》）。咸通十二年（公元 871 年）進士，及第後一度困守長安，後任華陰縣尉。為政期間，「多傷時閔俗之舉」，但「才足而命屯，有志卒爽」（同上）。晚年思想漸趨消極。有詩二卷，今佚。《全唐詩》收其存詩三十七首。

2、聶夷中的詩歌特色

聶夷中詩歌的突出特點是關心和同情農民。現存詩中涉及農村和農民問題的幾乎占三分之一，以《詠田家》最著名：

> 二月賣新絲，五月糶新穀。醫得眼前瘡，剜卻心頭肉。我願君王心，化作光明燭。不照綺羅筵，只照逃亡屋。

「剜肉補瘡」的比喻，形象地揭示了殘酷的剝削已經破壞了農民基本的生產秩序和生活條件，成為流傳人口的格言。詩中對「君王心」發出的強烈呼籲，包含著作者對晚唐社會矛盾的深刻認識和預感。《田家》、《公子行》、《公子家》、《胡無人行》、《大垂手》等詩，也都是社會寫實之作。

聶夷中喜歡用接近口語的淺俗語言寫詩，就連七律也寫得明白如話，如《聞人說海北事有感》：「故鄉歸路隔高雷，見說年來事可哀。村落日中眠虎豹，田園雨後長蒿萊。海隅久已無春色，地底眞成有劫灰。荊棘滿山行不得，不知當日是誰栽？」他善於在短詩中刻畫典型細節，寄託思想內涵。如《公子家》：

> 種花滿西園，花發青樓道。花下一禾生，去之為惡草。

後二句不但表現了貴公子養尊處優，不識五穀，而且影射現實的混濁顛倒。

(三)杜荀鶴

1、杜荀鶴的生平

杜荀鶴（公元 846～904 年），字彥之，自號九華山人，池州石埭（今安徽石臺）人。出身寒微⑲，年輕時曾與朋友在九華山隱居讀書，過著「深巖貧復病」的生活。數次應考，不第還山。大順二年（公元 891 年）得朱溫推薦中進士，後爲翰林學士、主客員外郎。自編其詩爲《唐風集》三卷。《全唐詩》收其詩爲三卷，存詩三百餘首。

2、杜荀鶴的詩歌特色

杜荀鶴生活在唐末動亂時代。他既目睹過「農夫背上題軍號，賈客船頭插戰旗」（《贈秋浦張明府》）的人民起義，也經歷過「遍搜寶貨無藏處，亂殺平人不怕天」的兵亂匪禍（《旅泊遇郡中叛亂示同志》），自己也受盡人生挫折與磨難：「上國獻詩還不遇，故園經亂又空歸」（《下第東歸將及故園有作》），「百口度荒均食易，數年經亂保家難」（《入關因別舍弟》）。他的詩歌鮮明地反映出當時亂世的特徵，「殊多憂惋思慮之語」（《唐才子傳》）。其詩雖全爲近體，無樂府古詩，然而「詩旨未能忘救物」（《自敘》），他始終把對人民苦難的描寫作爲重要主題。他的《山中寡婦》、《亂後逢村叟》、《題所居村舍》、《傷硤石縣病叟》、《田翁》、《蠶婦》、《再經胡城縣》、《塞上傷戰士》等，都是成功的藝術寫實之作。如：

> 經亂衰翁居破村，村中何事不傷魂。因供寨木無桑柘，爲點鄉兵絕子孫。還似平寧徵賦稅，未嘗州縣略安存。至今雞犬皆星散，日落前山獨倚門。（《亂後逢村叟》）

把對老翁形象的刻畫和對亂後「村中何事不傷魂」的描寫結合起來，並揭露戰亂和賦斂敲剝乃是造成村中慘象的原因，具有較高的藝術概括力。在《再經胡城縣》中，這種揭露就變成了憤怒的控訴和鞭撻：

> 去歲曾經此縣城，縣民無口不冤聲。今來縣宰加朱紱，便是生靈血染成。

以近體律絕（尤其是七言律詩）寫民生疾苦，是杜甫的創造。像杜荀鶴這樣有意繼承者並不多。而其語言的淺近自然明確的社會批判意識，又顯然接受了中唐寫實諷諭詩派的影響。在短篇格律體制中概括生活，反映現實，不用典故，不追求藻飾，卻能「變俗爲雅，極事物之情」（《唐才子傳》），這是他對提高近體詩表現能力的貢獻。但杜荀鶴又是一個熱中於功名利祿的人，他多次向權貴獻詩以求薦引。被人推爲「唐人宮詞第一」的《春宮怨》：「早被嬋娟誤，欲妝臨鏡慵。承恩不在貌，教妾若爲容？風暖鳥聲碎，日高花影重。年年越溪女，相憶採芙蓉。」實際上是借宮女希寵寄託干祿之心，格調不高。

(四)羅隱

1、羅隱的生平

羅隱（公元 833～909 年），字昭諫，號江東生，杭州新城（今浙江桐廬）人。十試不第，後投奔錢鏐，受愛重。著有詩集《甲乙集》十卷，後集五卷，有《四部叢刊》影宋刻本及明汲古閣本。文集《讒書》五卷及雜著數種。

2、羅隱的詩歌特色

羅隱「詩文凡以譏刺爲主。」（《唐才子傳》）他善於用詠史

和詠物詩的形式諷刺現實，辛辣有力。如《西施》：「家國興亡自有時，吳人何苦怨西施。西施若解傾吳國，越國亡來又是誰？」《蜂》：「不論平地與山尖，無限風光盡被占。採得百花成蜜後，為誰辛苦為誰甜？」他的另一些小詩即事抒感，構思新穎，如《感弄猴人賜朱紱》：「十二三年就試期，五湖煙月奈相違。何如買取胡孫弄，一笑君王便著緋。」諷刺皇帝重猴戲而輕人才，抒發了長期不遇的怨憤。

(五)其他

　　于濆、曹鄴、劉駕等是一批自覺與當時「嘲雲戲月，刻翠粘紅，不見補於采風，無少裨於化育」的頹靡詩風相對立的詩人。于濆（生卒年不詳），字子漪。咸通二年（公元 861 年）進士。有《于濆詩集》一卷，存詩四十多首，均為五古。「患當時作詩者，拘束聲律而入輕浮，故作《古風》三十篇，以矯弊俗。」（《唐才子傳》）。

　　曹鄴（生卒年不詳），字鄴之。大中四年（公元 850 年）進士。有《曹祠部詩集》二卷。多採用民間口語寫詩。

　　劉駕（生卒年不詳），字司南。大中六年（公元 852 年）進士。有《劉駕詩集》一卷。

　　他們揭露時弊，詩風樸實。如「壠上扶犂兒，手種腹長飢；窗下拋梭女，手織身無衣。我願燕趙姝，化為嫫母姿；一笑不值錢，自然家國肥。」（于濆《苦辛吟》）「天子好征戰，百姓不種桑；天子好年少，無人薦馮唐；天子好美女，夫婦不成雙。」（曹鄴《捕魚謠》）劉駕詩多以同情的態度描寫商人甚至富賈的風險痛苦，這與中唐詩人的諷刺筆調是很不相同的，但其目的仍在揭發社會的普遍不平。如《反賈客樂》：「無言賈客樂，賈客多無墓。行舟觸風浪，盡入魚腹去。農夫更苦辛，所以羨爾身。」

附　註

①大和二年（公元 828 年），江西觀察使沈傳師辟召杜牧爲江西團練
　巡官，試大理評事。大和四年（公元 830 年），隨沈傳師至宣歙觀
　察使幕。七年（公元 833 年），應淮南節度使牛僧孺聘至揚州，爲
　淮南節度推官，轉掌書記。開成二年（公元 837 年），應宣歙觀察
　使崔鄲辟召，爲宣州團練判官。

②唐開元元年，改中書省曰紫微省，中書令曰紫微令。「微」亦作
　「薇」。杜牧官終中書舍人，故有「杜紫薇」之稱。

③見《太平廣記》卷二七三引《唐闕史》「杜牧揚州逸遊」條，胡仔《苕
　溪漁隱叢話》卷十五引《芝田錄》，孟棨《本事詩・高逸第三》「杜爲
　御史，分務洛陽時」條，高彥休《唐闕史》卷上「杜舍人牧湖州」
　條，辛文房《唐才子傳》「杜牧」條等。

④許渾有《金陵懷古》、《咸陽城東樓》、《姑蘇懷古》、《途經秦始皇
　墓》、《金谷園》、《登故洛陽城》、《驪山》等詩，胡曾有《詠史詩》150
　首，溫庭筠有《過陳琳墓》、《過五丈原》、《蘇武廟》、《蔡中郎墳》等
　詩，羅隱有《西施》、《覽晉史》、《湖南春日懷古》、《登瓦棺寺閣》、
　《籌筆驛》、《王夷甫》、《金陵思古》等，韋莊有《上元縣》、《臺城》
　等，章碣有《焚書坑》等詩。

⑤指文宗、武宗、宣宗期間以牛僧孺、李宗閔爲代表的一派和以李德
　裕爲代表的一派官員之間的朋黨之爭。它是歷史上庶族與士族鬥爭
　的延續，但在當時作爲朋黨，相互攻訐傾軋排陷，已無積極意義可
　言。在具體問題上的是非則須具體分析。如李黨主張消滅藩鎮割
　據，牛黨則主張姑息維持；牛黨主張科舉選士，李黨則主張重用門
　蔭子弟。

⑥大中元年（公元 847 年），桂管觀察使（治桂州）鄭亞聘李商隱爲
　掌書記；大中三年（公元 849 年），武寧軍節度使（治徐州）盧弘

正辟商隱入幕爲判官；大中五年（公元 851 年），柳仲郢任東川節度使（治梓州），辟商隱爲節度書記，後改判官，至大中九年（公元 855 年）。

⑦參看《新唐書‧劉蕡傳》。劉蕡字去華，昌平（今北京）人。大和二年，舉賢良方正，能極言直諫，對策猛烈抨擊宦官擅權，指出「宮闈將變，社稷將危，天下將傾，海內將亂」。考官馮宿、賈餗等見狀對嗟伏，以爲過古晁、董，但畏宦官嫉恨，不敢取。對策後七年，有甘露之難。令狐楚、牛僧孺節度山南東西道，皆表蕡幕府，以師禮禮之。但宦官誣以罪名，把他貶爲柳州司戶參軍，卒於途中。

⑧《無題》，指作者不寫或不願寫出詩題而以《無題》作詩的一類詩。這類詩情況較複雜。紀昀指出（見沈厚塽《李義山詩集輯評》中《無題》二首「幽人不倦賞」批語），《無題》諸詩，有確有寄託者，有戲爲艷情者，有失去本題而後人題曰《無題》者，有與《無題》詩相連，失去本題偶合爲一者。可資參考。但因《無題》中大部分是愛情詩，所以後人也常以《無題》代指李商隱的愛情詩。

⑨關於李商隱愛情詩的主旨，歷來有兩種基本意見。一種認爲是確有本事的愛情描寫，如馮浩《箋注》認爲：「其艷情有二；一爲柳枝而發，一爲學仙玉陽時所歡而發。」（《河陽詩》按語）。今人朱偰《李商隱詩新詮》，蘇雪林《李義山戀愛事迹考》等又有發揮。另一種認爲「楚雨含情皆有托」。如朱鶴齡《箋注李義山詩集序》、杭世駿《李義山詩注序》等，杭世駿認爲：「凡其緣情綺靡之微詞，莫非后塞牢愁之寄託。」今人周振甫《李商隱選集》亦持此說。吳調公《李商隱研究》認爲，李商隱的愛情詩的抒情對象有三類：一類是青年時代的戀愛對象，即就婚王氏以前，如洛陽女兒柳枝和女道士宋華陽。第二類是詩人的妻子王氏，從婚前的愛慕，婚後引爲平生知己，直至妻死後的悼亡，數量和佳作比前一類多。第三類是對象不

詳的作品，不限於一人一事而富有藝術概括性，不執著於具體實事的機械摹寫而著力渲染意境，大部分以《無題》為題，而又以七律出之，藝術成就相當高。所論較全面，可供參考。

⑩錢鍾書指出：「商隱以駢文為詩」，「樊南四六與玉溪詩消息相通，猶昌黎文與韓詩也。」（周振甫《李商隱選集》引，周氏亦持此說，見該書《前言》）

⑪對《錦瑟》一詩的解釋，主要有：(1)悼亡說。朱彝尊、姚培廉、程夢星、馮浩、孟森等持此說。朱彝尊認為：「意亡者喜彈此，故睹物思人，因而托物起興也。瑟本二十五弦，弦斷而為五十弦矣，故曰『無端』也，取斷弦之意也。一弦一柱而思接華年，言二十五歲而致歿也。蝴蝶、杜鵑，言已化去也。『珠有淚』，哭之也；『玉生煙』，已葬也，猶言埋香瘞玉也。此情豈待今日追憶乎？是當時生存之日，已常憂其至此預為之惘然，必其婉弱多病，故云然也。」（沈厚塽輯評《李義山詩集》卷上）(2)自傷說。何焯、汪師韓、紀昀、張采田等人持此說。何焯認為此詩表現了騷人所謂美人遲暮之感，他的解釋是：「『莊生』句言付之夢寐，『望帝』句言猶待之來也；滄海、藍田，言埋韞而不得自見；月明、日暖，則清時而獨為不遇之人，尤可悲也。……感年華之易邁，借錦瑟以發端。『思華年』三字，一篇之骨」（同上）(3)自況說。姜石認為此義山一生自況之作，兼自論其詩。他的解釋是：「此義山行年五十而以錦瑟自況也。……此五十年中，其樂也，如莊生之夢為蝴蝶而極其樂也；其哀也，如望帝之化為杜鵑而極其哀也。哀樂之情，發之於詩，往往以艷野之辭寓淒涼之意，正如珠生滄海，一珠一淚，暗投於世，誰見知者？然而光氣上騰，自不可掩；又如藍田產玉，必有發越之氣，記所謂精神見於山川是也。則望氣者亦或相賞於形聲之外矣。……末二言詩之所見皆吾情之所鍾，不歷歷堪憶乎？然在當時用情而不知情之何以如此深，作詩而不知思之何以如此苦，有惘然相忘

於文字之外者，又豈能追憶耶？……此義山自評其詩，故以爲全集之冠也。」（南開大學圖書館藏馮浩《玉溪生詩詳注》無名氏過錄）

(4)自題其詩說。錢鍾書發揮姜石「自況說」中「自評其詩」的見解，並詳加疏解：「自題其詩，開宗明義，略同編集之自序。拈錦瑟發興，猶杜甫《西閣》第一首『朱紱猶紗帽，新詩近玉琴』；錦瑟玉琴，殊堪連類。首二句言華年已逝，篇什猶留，畢生心力，平生歡戚，淸和適怨，開卷歷歷。『莊生曉夢迷蝴蝶，望帝春心托杜鵑』，此一聯言作詩之法也。心之所思，情之所感，寓言假物，譬喻擬象，如飛蝶徵莊生之逸興，啼鵑見望帝之沈哀，均義歸比興，無取直白。舉事宣心，故『托』；旨隱詞婉，故『迷』。……『滄海月明珠有淚，藍田日暖玉生煙』，此一聯言詩成之風格或境界，如司空圖所形容之『詩品』。……今不曰『珠是淚』，而曰『珠有淚』，已見雖化珠圓，仍含淚熱，已成珍玩，尚帶酸辛，具寶質而不失人氣；暖日生煙，此物此志，言不同常玉之堅冷。蓋喻己詩雖琢煉精瑩，而眞情流露，生氣蓬勃，異於雕繪奪情、工巧傷氣之作。若後世所謂『昆體』，非不珠光玉色，而淚枯煙滅矣！珠淚玉煙，亦正以『形象』體示抽象之詩品也。」（錢鍾書《馮注玉溪生詩集詮評》未刊稿，轉引自周振甫《詩詞例話》第 19 頁）對李商隱朦朧詩境的闡述，可參看羅宗强《隋唐五代文學思想史》（第 9 章第 3 節）

⑫參見下面的施子愉《唐代科舉制度與五言詩的關係》一文中就《全唐詩》存詩一卷以上的詩人作品依四唐分期所制分體統計表。（原載《東方雜誌》第 40 卷第 8 號，轉引自許總《唐詩史》下冊 389 頁江蘇教育出版社 1994 年版）

體　別	初　唐	盛　唐	中　唐	晚　唐
五言古詩	633	1795	2447	561
七言古詩	58	521	1006	193

五言律詩	823	1651	3233	3864
七言律詩	72	300	1848	3683
五言排律	188	329	807	601
七言排律		8	36	26
五言絕句	172	279	1015	674
七言絕句	77	472	2930	3591

⑬見鄭振鐸《插圖本中國文學史》第三十章。代表這種風格的詩句如：
「晴碧煙滋重疊山，羅屏半掩桃花月」（《郭處士擊甌歌》），「金
梭淅瀝透空薄，剪落鮫鮹吹斷雲」（《舞衣曲》），「雲髻幾迷芳草
蝶，額黃無限夕陽山」（《偶遊》），「涼簪墜髮春眠重，玉兔燼香
柳如夢」（《春愁曲》）等，鄭氏把它們比喻爲「綺麗膩滑的錦繡或
彩緞」。

⑭韓偓是李商隱的內姪。韓瞻與商隱爲連襟。兩人又係同年進士。
商隱有《韓冬郎（即韓偓）即席爲詩相送，一座盡驚。他日余方追
吟「連宵侍坐徘徊久」之句，有老成之風，因成二絕寄酬，兼呈畏
之員外（即韓瞻）》二詩，其一云：「十歲裁詩走馬成，冷灰殘燭
動離情。桐花萬里丹山路，雛鳳清於老鳳聲。」讚韓偓詩才。

⑮《浣花集》爲韋莊弟韋藹所編。韋莊入蜀時，曾定居浣花溪杜甫舊
宅，故名。藹序說，韋莊在「庚子（公元 880 年）亂離前」的作
品，大都亡佚，到編集時，他才搜集到 1000 多首。但今傳《浣花
集》僅存詩 244 首。《又玄集》係繼姚合《極玄集》而選編，共選錄杜
甫等 142 人的詩 297 首，以「清詞麗句」爲旨。

⑯《北夢瑣言》卷六曰：「蜀相韋莊應舉時，遇黃寇犯闕，著《秦婦吟》
一篇，內一聯云：『內庫燒爲錦繡灰，天街踏盡公卿骨。』爾後公卿
亦多垂訝，莊乃諱之。時人號『秦婦吟秀才』。他日撰家戒，內不許
垂《秦婦吟》障子，以此止謗，亦無及也。」《秦婦吟》不載《浣花集》

中，恐係遵韋莊之戒。

⑰《詩品》論詩二十四品爲：雄渾、沖淡、纖濃、沈著、高古、典雅、洗煉、勁健、綺麗、自然、含蓄、豪放、精神、縝密、疏野、清奇、委曲、實境、悲慨、形容、超詣、飄逸、曠達、流動。其中多數是詩的風格，少數屬於表現方法、表現特點。許印芳《二十四詩品跋》分別把它們稱爲「品格」和「功用」。

⑱關於皮日休參加黃巢義軍後的下落，後人記述有三種說法：《北夢瑣言》、《南部新書》、《郡齋讀書志》、《直齋書錄解題》、《唐才子傳》、《唐詩紀事》等皆謂其爲黃巢作讖語，不合巢意而被殺。陸游《老學庵筆記》引《該聞錄》（已佚）則謂皮日休爲「巢敗被誅」。第三種說法是皮逃奔吳越，依錢鏐「官太常博士，贈禮部尙書」。這是北宋尹洙《大理丞皮子良墓誌》中的說法，皮子良爲皮日休曾孫。

⑲周必大《二老堂詩話》、計有功《唐詩紀事》記載，杜牧在會昌末年任池州刺史時，妾程氏有孕，爲杜妻所逐，嫁長林鄉正杜筠而生荀鶴。

第八章　古文運動和韓愈、柳宗元的散文

　　貞元中至元和年間，在韓愈的倡導及柳宗元大力支持下，出現了一次影響廣泛的古代散文文體和文風的改革，文學史上稱之為「古文運動」。古文就是散體文，它是和駢體的時文相對立的概念①。韓愈、柳宗元倡導這種文體，意在恢復先秦兩漢以散行單句為特徵的散文，推動散文的革新和發展。

　　古文運動是散文史上的重要里程碑。經過這次改革，魏晉以來駢體取代散體統治文壇的局面終於結束。古代散文經過否定之否定的歷史過程，迎來了蓬勃發展的新階段。

　　韓愈、柳宗元的散文是唐代古文運動的最高成就。韓柳之後，古文運動衰落，但晚唐小品文繼續顯示著古文運動的業績。

第一節　古文運動的興起

　　古文運動的發生，從根本上說，是古代散文自身矛盾運動的結果。

　　駢偶本來是單音節漢字對稱地表情達意時自然形成的一種形式美。但在魏晉以後崇尚文采、麗辭、聲律的文學浪潮中，它卻發展成為規範化的文體形式。駢文的出現，反映了散文在發展過程中由樸而華、逐漸重視自身審美特徵的歷史趨勢，也為散文藝術提供和積累了許多寶貴經驗。然而，駢文在本質上是一種以形式限制內容為特徵的文體，它在發展中又愈益走向凝固和僵化，

這就必然導致內容對形式的反抗和形式的自我否定。因此，當駢文主宰文壇的時期，不但散體文並未中斷，而且要求改革形式主義文體和文風的思潮就已出現，並且逐步發展。由於散文在很大程度上是社會政治文化生活中的實用性語文工具，所以這種思潮一開始就帶有濃厚的功利主義色彩。

(一)古文運動的醞釀

　　最早自覺地提倡改革文體文風的，當推西魏宇文泰（公元507～556年）、蘇綽（公元498～546年）。《周書·蘇綽傳》說：「自有晉之季，文章競為浮華，遂成風俗。太祖（宇文泰）遂革其弊，因魏帝祭廟，羣臣畢至，乃命綽為大誥……自是之後，文筆皆依此體。」其後，隋代李諤曾上書文帝改革文風，文帝將其奏書頒示天下。王通（公元584～618年）在《文中子》中痛斥六朝「言文而不及理，是天下無文」，又說：「古之文也約以達，今之文也繁以塞。」明確提出復古方向。初唐魏徵反對「競採浮艷之詞」，「飾雕蟲之小技」（《羣書治要序》），其所作奏議，平易暢達，透露出文風嬗變的消息。陳子昂提倡風雅興寄，雖然主要就詩歌而言，但實際上也是針對「文章道弊五百年」（《與東方左史虬修竹篇序》）發出的革新號召。盛唐至中唐前期，文體和文風改革漸趨活躍，蕭穎士（公元708～759年，有《蕭茂挺文集》）、李華（約公元715～774年，有《李遐叔文集》四卷）、元結、獨孤及（公元725～777年，有《毗陵集》二十卷）、梁肅（公元753～793年，有《文集》十卷）、柳冕（公元?～797年）等相繼進行過古文的理論探討和寫作。蕭穎士自謂「平生屬文，格不近俗，凡所擬議，必希古人，魏晉以還，未嘗留意」（《贈韋司業書》），提出了古文的取法界線。但提倡古文在他們看來並不是一個單純的寫作問題，而是同崇儒宗經的政教

需要聯繫在一起的一項重要的思想文化任務。「文本於道。」
（梁肅《補闕李君前集序》）「以五經爲源泉。」（獨孤及《毗陵
集》卷十三）「文章本於敎化，形於治亂，繫於國風。」（柳冕
《與徐給事論文書》）「蓋言敎化發乎性情，繫乎國風者，謂之
道。故君子之交，必有其道。」（柳冕《答衢州鄭使君論文書》）
這種功利主義古文觀，至柳冕時已相當系統了。它顯然帶有嚴重
忽視散文文學特徵的片面性，但它的正統儒學立場在當時卻是批
判駢文和浮華文風的有力武器，對韓柳古文運動起了理論先導作
用。

在散文創作方面，韓柳以前已呈現出由駢而散的明顯趨勢。
一是散體文寫作逐漸增多，從奏議到序、傳、書、記等，都出現
了散體名篇，如王績《醉鄉記》、陳子昂《諫靈駕入京書》、盧藏用
（公元 664?～713? 年）《右拾遺陳子昂文集序》、李白《與韓荊州
書》、元結《七不如篇》、《右溪記》等。建中元年（公元 780
年），科舉考試的制策和對策也開始用散體。一是駢體文的自我
改造，如出現了張說、蘇頲（公元 670～727 年）、張九齡、陸
贄（公元 754～805 年，有《翰苑集》二十二卷）等人的去華趨
實、不事雕琢的駢儷之作和王維《山中與裴秀才迪書》、李白《春
夜宴從弟桃李園序》等一些駢散兼行、自然流暢的佳作。創作的
初步變化和成績，從實踐上顯示了文體文風改革的合理性和必然
性，爲古文運動順利展開打下了基礎。

(二)韓、柳古文運動的理論主張

韓愈和柳宗元先後於貞元中（公元 795 年前後）登上文壇。
他們在繼承和揚棄前人思想的基礎上，全面提出了古文運動的理
論主張。

首先，他們從當時政治和思想鬥爭的需要出發，明確闡述了

「文以明道」的原則，作為古文運動的思想綱領。韓愈反覆強調「古文」與「古道」的一致性：「修其辭以明其道。」（《爭臣論》）「愈之所志於古者，不惟其辭之好，好其道焉爾。」（《答李秀才書》）「愈之為古文，豈獨取其句讀不類於今者耶？……通其辭者，本志乎古道者也。」（《題歐陽生哀辭後》）而且闡明他的「道」就是以「仁義」為核心內容的儒家道統。他的復古，首先就是要恢復和確立儒家道統在思想領域中的統治地位。韓愈倡導儒學復興，有其現實的政治思想目的，即「欲為聖明除弊事」（《左遷至藍關示侄孫湘》），挽救唐王朝在中唐時期的嚴重社會危機。其主要內容一是反佛老，特別是佛教迷信對社會政治經濟的危害，他主張「人其人，火其書，廬其居，明先王之道以道之」（《原道》）；一是正君臣之名分，加強中央集權，特別是反對「臣不行君之令而致之民」（同前）的藩鎮割據。這兩個方面在當時都有其積極意義。柳宗元是王叔文政治革新的積極參加者，他也強調「文者以明道」（《答韋中立論師道書》），但他沒有韓愈那樣濃厚的儒學正統觀念，他提出「以輔時及物為道」（《答吳武陵論非國語書》）。這種「道」的目的在於「利於人，備於事」，切合現實需要。「文之用，辭令褒貶，導揚諷諭而已」（《楊評事文集後序》）。韓柳的「明道」主張，雖然具體內涵有別，但都是從內容對形式的決定作用出發提倡古文，反對駢文。他們強調散文的政教工具性質，固然是前人宗經思想的繼續，但重視散文的實際社會功能，卻對批判形式主義文風具有重要意義。

韓愈還繼承司馬遷的「發憤著書」說，提出了「不平則鳴」的創作口號。他說：「大凡物不得其平則鳴……人之於言也亦然，有不得已而後言，其歌也有思，其哭也有懷。其出口而為聲者，其皆有弗平者乎！」（《送孟東野序》）在韓愈所處的時代乃

至整個封建社會裡，「不平」者總是被壓迫的不幸者。因此「不平則鳴」，「自鳴其不幸」，不但從社會根源上肯定了文學（包括散文）的表情功能，而且特別肯定了它們的社會批判功能。柳宗元被貶謫後在作品中「嬉笑之怒，甚於裂眥；長歌之哀，過於慟哭」（《對賀者》），就是這種「不平之鳴」的強烈表現。從一定意義上說，「不平則鳴」比「文以明道」的口號更能揭示文學的審美特性，也更有現實意義。

韓愈、柳宗元的古文寫作論，具體闡述了學習古文的途徑、方法和古文寫作的要求。他們都強調作者的道德修養是作文的根本：「根之茂者其實遂，膏之沃者其光曄，仁義之人，其言藹如也」（韓愈《答李翊書》）；「文以行為本」（柳宗元《報袁君陳秀才避師名書》）。他們都強調向先秦兩漢諸家廣泛學習，博采眾長。韓愈在《進學解》中自述其「沈浸醲郁，含英咀華，作為文章，其書滿家」的情況時，列舉了「五經」、莊子、《左傳》、屈原、司馬遷、司馬相如、揚雄等作家作品，表明正是這些作家作品使他終於達到「閎其中而肆其外」的境地；柳宗元在《答韋中立論師道書》等文章中，也介紹了自己取原經書並向孟、荀、老、莊、《左傳》、《國語》、《離騷》、《史記》等「旁推交通」而進行散文創作的經驗。特別重要的是，他們都提倡創新。關於古文寫作的語言要求，韓愈提出了「文從字順」和「詞必己出」兩個方面的要求，但他更重視後者。「惟古於詞必己出，降而不能乃剽賊」（《樊紹述墓志銘》），「不蹈襲前人一言一句」（同上），「惟陳言之務去」（《答李翊書》），「師其意不師其辭」（《答劉正夫書》）。這與他在詩歌創作中以怪奇為美的創新探索，在精神實質上是相通的。柳宗元也反對「漁獵前作」，主張「引筆行墨，快意累累，意盡便止」（《復杜溫夫書》）。這些包含著他們創作實踐的寶貴經驗的論述，對古文運動的開展起到了

實際的指導作用。

　　韓柳的古文理論，是建立在內容與形式統一的認識基礎上的。內容上提倡明道抒憤（不平則鳴），形式上提倡學古創新（詞必己出），二者相互聯繫，就較好地解決了散文的政教功能和表情功能的關係，以及文體文風的繼承與變革的關係，避免在反對駢儷文風時，走上單純復古擬古的另一形式主義道路。值得指出的是，韓愈倡導古文，但並沒有對駢文採取全盤否定的態度。韓愈明確表示，他並非僅以「句讀不類於今」為追求目標，他的古文以散馭駢或散駢兼行者是處可見。柳宗元則是古文大家，又是駢文高手。清劉開在評蘇軾對韓愈「文起八代之衰」（《韓文公廟碑》）的評價時曾指出：「夫退之起八代之衰，非盡掃八代而去之也，但取其精而汰其粗，化其腐而出其奇。其實八代之美，退之未嘗不備有也。」（《孟塗文集》卷四《與阮芸臺宮保論文書》）劉熙載也指出：「韓文起八代之衰，實集八代之成。蓋惟善用古者能變古，以無所不包故能無所不掃也。」（《藝概・文概》）於是，他們才能在批判形式主義文風的基礎上，全面繼承前人遺產，以復古為革新，創造出一種適應時代和文學發展要求的新型散文。過分強調古文運動與儒學復古思潮的聯繫而忽視散文發展的內在進程是不對的，籠統地說古文運動反對駢文而看不到散文發展否定之否定的揚棄過程也是不對的。

　　總之，韓柳的古文理論，反映了中唐社會政治思想變革對散文發展的客觀要求和散文自身矛盾運動的歷史趨勢，也在一定程度上克服了古文前輩重道輕文、重功利輕審美、重復古輕創新的理論的片面性，他們的傑出創作成就更為「後學之士，取為師法。當時作者甚眾，無以過之」（《舊唐書・韓愈傳》）。改革文體和文風終於成為蓬勃發展的時代潮流，古文運動興起了。

第二節　韓愈的散文

(一)韓愈散文的貢獻

　　韓愈是唐代最大的散文作家。他雖然以儒家道統的繼承者自居，但由於他具有關心國家命運和民生疾苦的比較進步的政治態度，科舉功名和仕途屢受挫折也使他常常「不平則鳴」，因此，他的散文創作實際上突破了正統儒學的束縛和「修其辭以明其道」的狹窄藩籬，表現了廣泛的社會內容。這是他的散文取得高度成就的重要原因。

　　韓愈對散文發展的貢獻，是他不但恢復了先秦兩漢的古文傳統和歷史地位，而且擴大了散文的應用範圍，使這種原來主要用於著述的文體，眞正成爲自由交流思想、描述事物、表達情感、在日常生活中具有多樣化社會功能的語文工具，從而開闢了散文創作的廣闊天地。諸如辭賦、贈序、雜感、奏議、表狀、碑志、書啓、哀祭、記傳等等，凡是原來用騈文寫作的，他都用散文表達。雖然其中大多是實用文體②，但由於他十分重視文學特徵的表現和文學手段的運用，「以筆爲文」（劉師培《論文雜記》），所以許多優秀之作已經成爲文學散文或具有文學因素的散文。他提高了散文的審美品格，也因此奠定了他在文學史上的崇高地位。

(二)韓愈散文的藝術成就

　　韓愈的散文形式自由，構思巧妙，表現方法不拘一格，議論、敍述、描寫、抒情、說明各臻其妙而又綜合運用，具有高度的創造性。他的議論文，既有以「明道」爲宗旨的嚴肅莊重的政

治思想論文，如《諫佛骨表》、《原道》、《師說》；也有托物寓意、生動活潑的文學性雜文，如《雜說》、《送窮文》等。他的記敍文，既有古樸典雅的《平淮西碑》，也有「以文為戲」的《毛穎傳》、《石鼎聯句詩序》，還有融史傳和議論為一爐的《張中丞傳後敍》。他的抒情文，既有滿紙血淚、哀感悱惻的哀祭體《祭十二郎文》，也有「悲思慕戀，惻然自肺腑流出」的書啟如《與崔羣書》等。他靈活自如地運用各種古代文體，一無成法，妙思泉湧，新意疊出。以贈序這種「君子贈人以言」的文體為例，有的全篇記事，寓命意於敍述之中。如《送石處士序》，全文主要由兩段對話構成，第一段寫與大夫對話，介紹石先生的為人；第二段為餞行時人們的祝願和石先生的答辭；結尾只一句「於是東都之人士咸知大夫與先生果能相與以有成也」，就曲折地表達出作者對統治者「以義取人」、才智之士「以道自任」，雙方共謀國事的熱切期望。有的議論縱橫，大開大合，闡述政見思理。如《送孟東野序》，一開始就提出「大凡物不得其平則鳴」的觀點，隨即從物到人、從古到今地馳騁議論，最後才收束到送孟郊上，說明作文的緣由：「東野之役於江南也，有若不釋然者，故吾道其命於天者以解之。」表達對朋友遭際的同情與寬慰。但實際上作者已把這篇贈序寫成了一篇重要的文學創作論文。有的記敍、抒情、議論巧妙結合，「奇氣噴湧，異彩怒發」。如《送李愿歸盤谷序》，文章的主旨是通過被送者李愿的議論間接表現的，送者反而成了陪襯。首段簡潔敍述後，次段忽開異境：

　　愿之言曰：「人之稱大丈夫者，我知之矣。利澤施於人，名聲昭於時，坐於廟朝，進退百官而佐天子出令。其在外，則樹旗旄，羅弓矢，武夫前呵，從者塞途，供給之人，各執其物，夾道而疾馳。喜有賞，怒有刑。才畯滿前，道古今而譽盛德，入耳而

不煩。曲眉豐頰，清聲而便體，秀外而惠中，飄輕裾，翳長袖，粉白黛綠者，列屋而閒閑居，妬寵而負恃，爭妍而取憐。大丈夫之遇知於天子，用力於當世者之所為也。吾非惡此而逃之，是有命焉，不可幸而致也。窮居而野處，升高而望遠，坐茂樹以終日，濯清泉以自潔。採於山，美可茹；釣於水，鮮可食。起居無時，惟適之安。與其有譽於前，孰若無毀於其後；與其有樂於身，孰若無憂於其心。車服不維，刀鋸不加，理亂不知，黜陟不聞。大丈夫不遇於時者之所為也，我則行之。伺候於公卿之門，奔走於形勢之途，足將進而趑趄，口將言而囁嚅，處穢污而不羞，觸刑辟而誅戮，徼倖於萬一，老死而後止者，其於為人，賢不肖何如也？」

生動地描述了三種人的形象、作為和處世態度，褒貶取捨，作者卻不著一辭。第三段才用「昌黎韓愈聞其言而壯之」並作歌，表明願「從子於盤兮終吾生以徜徉」，方為作者之言，在對隱士的讚美之中寄託著對當時昏暗的政治、驕奢的權貴和趨附之徒的批判。文章「兼用偶儷之體，而非偶儷之文」（劉大櫆評）首段散體；次段以散馭駢，排比鋪張，得駢偶辭賦之法，又貫串著散文的氣勢；末段韻語。句法與章法對應，各盡其能而又渾然一體，確實顯示出「哲匠之妙用」（劉大櫆評）。

　　韓愈的散文具有充沛的邏輯力量和情感力量，形成韓文特有的雄奇恣肆、浩大奔放的氣勢。這是韓文突出的風格特徵，也是韓愈散文文學特徵的重要內容。蘇洵曾用形象的語言描述韓文在氣勢上給人的感受：「韓子之文，如長江大河，渾浩流轉，魚鱉蛟龍，萬怪惶惑，而抑遏蔽掩，不使自露，而人望見其淵然之光，蒼然之色，亦自畏避不敢近視。」（《上歐陽內翰第一書》）韓愈重視「氣」即作家的精神狀態在創作中的作用。在《答李翊

書》中，他提出了「氣盛則言之短長與聲之高下者皆宜」的著名
論點。韓文的浩大氣勢，在他雄辯有力、縱橫開合的議論和抒情
中得到集中表現。韓愈擅長議論。他的議論不但概念明確，邏輯
嚴謹，而且善於運用對照、排比、比喻、反諷等手段加強論辯力
量。如《原毀》以「古之君子」與「今之君子」兩大段對比為主體
展開議論，兩段之內，又各以「責己」與「待人」對比；推論毀
謗的原因時，又以「譽」與「毀」兩方面對比。在層層深入的對
比論述中，詞語、句式和句羣的反複，排偶對稱的追求，又成為
增強文章氣勢的特殊手段。《進學解》是一篇運用反諷手法以自嘲
抒憤的辭賦體雜文。作者假設先生與太學生的論難，先生堂皇正
大的正面教育卻被學生以先生本人的遭遇所駁斥：

> 言未既，有笑於列者曰：「先生欺余哉！弟子事先生，於茲
> 有年矣。先生口不絕吟於六藝之文，手不停披於百家之編；記事
> 者必提其要，纂言者必鈎其玄；貪多務得，細大不捐；焚膏油以
> 繼晷，恆兀兀以窮年。先生之業，可謂勤矣。觝排異端，攘斥佛
> 老；補苴罅漏，張皇幽眇；尋墜緒之茫茫，獨旁搜而遠紹；障百
> 川而東之，迴狂瀾於既倒。先生之於儒，可謂有勞矣。沈浸濃
> 郁，含英咀華，作為文章，其書滿家。上規姚姒，渾渾無涯，周
> 誥殷盤，詰屈聱牙，《春秋》謹嚴，《左氏》浮誇，《易》奇而法，
> 《詩》正而葩，上逮《莊》《騷》，太史所錄，子雲相如，同工異曲。
> 先生之於文，可謂閎其中而肆其外矣。少始知學，勇於敢為；長
> 通於方，左右具宜。先生之於為人，可謂成矣。然而公不見信於
> 人，私不見助於友。跋前躓後，動輒得咎。暫為御史，遂竄南
> 夷。三年博士，冗不見治。命與仇謀，取敗幾時。冬暖而兒號
> 寒，年豐而妻啼饑。頭童齒豁，竟死何裨。不知慮此，而反教人
> 為？」

　　這一段鋪張揚厲的文字是文章的中心。學生的諷嘲，實際上正是先生內心的不平之鳴，其中包含著自我肯定和批判現實雙重意蘊。然而，學生的反駁卻又招致先生的批評。先生的回答，看似自我貶抑和爲現實辯護，實際上卻更加巧妙地發泄了對封建社會壓抑人才的不滿。全文於正反虛實之間，用筆變幻莫測，確有使人「畏避不敢迫視」的力量。韓文的議論，在邏輯辨析中滲透著情感力度。這種情感力度也是韓文氣勢的重要來源。它表現了作者積極入世的人生態度、強烈的社會使命感和愛憎熱烈的情感氣質。在《柳子厚墓誌銘》、《送董邵南序》等許多文章中，我們都可以看出這種融議論抒情爲一體的特點和優長。在純粹的抒情文字裡，作者的感情更是不可遏抑地噴薄而出，給人以震撼和感染。《祭十二郎文》中，作者把接到侄兒韓老成不幸病亡的消息時，由驚而疑，由疑而信，而大悲大慟，以至沈思感嘆的心理過程抒寫得淋漓盡致而又波瀾曲折。

　　　　孰謂少者殁而長者存，強者夭而病者全乎？嗚呼！其信然邪？其夢邪？其傳之非其真邪？信也，吾兄之盛德而夭其嗣乎？汝之純明而不克蒙其澤乎？少者強者而夭殁，長者衰者而存全乎？未可以為信也。夢也，傳之非其真也？東野之書，耿蘭之報，何為而在吾側也？嗚呼！其信然矣！吾兄之盛德而夭其嗣矣！汝之純明宜業其家者，不克蒙其澤矣！所謂天者誠難測，而神者誠難明矣！所謂理者不可推，而壽者不可知矣！

難怪此文被譽爲「祭文中千年絕調」了。

　　簡潔生動的形象描述是韓愈散文的又一重要文學特徵。它既表現在記述文字中，也表現在作者所運用的形象化的議論抒情手法上。在記敘中，作者善於以簡練的筆墨突出特徵細節，刻畫人

物的精神面貌。如《張中丞傳後敘》寫南霽雲向賀蘭進明求救，進明不肯出師，設宴款待霽雲，霽雲慷慨陳詞，拒不就食，「因拔所佩刀，斷一指，血淋漓以示賀蘭，一座大驚，皆感激爲雲泣下」。在離城時，又以箭射佛寺塔頂，「曰：吾歸破賊，必滅賀蘭，此矢所以志也」。寫張巡於被俘就義前，「巡起旋，其衆見巡起，或起或泣，巡曰：『汝勿怖，死，命也。』衆泣不能仰視」。都是寥寥數筆，即爲兩位英雄人物傳神。甚至在一些墓誌銘中，韓愈也注意人物典型細節的描述。《試大理評事王君墓誌銘》寫懷才不遇的落拓文人王適。作者特地在嚴肅的碑志裡，穿插王適騙娶某處士賢女的喜劇性事件，把這個人物狂放不羈的個性栩栩如生地表現出來。在議論抒情文字裡，作者多運用比喻、寓言、俳諧等手法加强形象性。著名的《雜說四》就是以比喻組織全篇議論的：

　　　　世有伯樂，然後有千里馬。千里馬常有，而伯樂不常有。故雖有名馬，祇辱於奴隸人之手，駢死於槽櫪之間，不以千里稱也。

　　　　馬之千里者，一食或盡粟一石，食馬者不知其能千里而食也。是馬也，雖有千里之能，食不飽，力不足，才美不外見，且欲與常馬等不可得，安求其能千里也？

　　　　策之不以其道，食之不能盡其材，鳴之而不能通其意，執策而臨之，曰：「天下無馬。」嗚呼！其真無馬邪？其真不知馬也！

作者發揮伯樂相馬的故事，展開人才問題的議論。第一層以伯樂與千里馬的關係，闡述識別人材的重要；第二層以「食馬」爲喻，論述盡人之材的條件；第三層以策馬爲喻，說明使用人材的

道理。結尾意味深長的感嘆，表達出對壓抑和埋沒人材的現實政治的不滿。多方設喻，曲折盡理。《毛穎傳》是一篇把毛筆擬人化的寓言。作者組織有關毛筆的典故爲「毛穎」立傳，諷刺對人材刻薄寡恩、賞不酬勞的統治者。《送窮文》、《祭鱷魚文》都是以俳諧爲體的文字。前者設想「窮鬼」與主人的對話，抒發內心鬱憤；後者藉對鱷魚的告白，表明自己爲民除害以致太平的決心，都把難於傳達的抽象情感化爲可直接感知的具體形象，使之成爲富有情趣的文學散文。

韓愈高超的語言藝術也是使其應用散文具有文學價值的重要條件。他繼承先秦兩漢古文散體語言表達自由的優長，充分提煉口語的自然句法和詞彙，吸收和融化駢文辭賦的修辭技巧，形成了自己獨特的富於情感性、形式美和表現力的文學語言。他提煉和創造的許多詞語和詞組結構，如氣盛言宜、志得意滿、一身二任、垂頭喪氣、傷風敗俗、同工異曲、動輒得咎、特立獨行、蠅營狗苟、僥倖於萬一、迴狂瀾於旣倒等等；他創造的以散馭駢、奇偶相生的句羣，一氣貫注、鋪排而下的長句，明白如話的口語短句，以及駕馭虛詞的高超技巧等等，對古代漢語的發展有著深遠影響，有的至今仍保持著生命活力。他是古代有數的語言大師，對民族語言的發展作出了寶貴貢獻。

(三)韓愈弟子的散文

韓門弟子甚衆，較著名的有李翱（公元 772～841 年，有《李文公文集》十八卷）、皇甫湜（約公元 777～835 年，有《皇甫持正文集》六卷）、沈亞之（公元 781～832 年，有《沈下賢集》十二卷）等人。李翱論文主張「文、理、義兼並」，「創意造言，皆不相師」（《答朱載言書》）。皇甫湜論文主張「文奇而理正」（《答李生第二書》）。他們都注重發揮韓愈文學思想中貴獨創的

一面，但爲文則各行其道。李翱是韓愈的侄婿，他繼承並發展了韓愈文從字順的一面，善寫平易之文，「辭致渾厚，見推當時」（《新唐書・李翱傳》），如《楊烈婦傳》、《韓吏部行狀》等。其《來南錄》開後來日記體遊記散文的先聲。皇甫湜繼承了韓愈尙怪奇的一面，字奇語簡，生澀艱深，如《韓文公墓誌銘》。這樣的散文自然無法把古文運動推向前進。而沈亞之以古文寫傳奇小說，則留下了一些佳作。

第三節　柳宗元的散文

永貞元年（公元 805 年）八月，柳宗元參加的政治革新失敗，隨後被貶永州。在沈重的現實打擊下，三十三歲的柳宗元開始了從實現政治抱負到致力文學詞章的轉變。他的散文創作主要是在貶謫以後進行的。柳宗元沒有寫過像韓愈那麼多的應用文字，除了政治哲學論文如《天說》、《封建論》等，他的散文具有更鮮明的文學特徵。其中尤以雜文、山水記和寓言三類文體成就突出。他的創作使古文運動發生了更加廣泛的影響，「衡湘以南爲進士者，皆以子厚爲師。其經承子厚口講指畫爲文詞者，悉有法度可觀」（韓愈《柳子厚墓誌銘》）。

㈠柳宗元的雜文

柳宗元的雜文，見解深刻，立意新穎，表現手法多樣，體現了思想性和藝術性的統一。他的史論善於從對歷史事實和傳統觀念的重新審視中，表達先進的政治思想觀點。他在《桐葉封弟辨》中對維護封建君主專制制度的「天子無戲言」的說法提出質疑，認爲「凡王者之德，在行之何若。」他的《六逆論》批判了《左傳》以「賤妨貴、遠間親、新間舊」爲亂之本的維護舊等級秩序和

「任人唯親」的觀點，尖銳地指出，任人唯賢是「擇君置臣之道，天下理亂之大本」。他在《舜禹之道》中，把堯舜禪讓和曹魏代漢這兩件後人褒貶對立的事件相提並論，認為它們的共同之處在於都能得到人心擁護，即所謂「前者立，後者繫」，對「易代授位」之事作了合乎歷史發展要求的解釋。在《敵戒》中，他提出了具有深刻辯證法內容的「敵存滅禍，敵去召過」的論斷。他的時事雜文，善於以小見大，就事論理，借題發揮，從平常的生活事件中揭示出各種尖銳的現實矛盾，在簡潔的敘事框架中包涵著深厚的思想內核。《永州鐵爐步志》以名不副實的鐵爐步作引子，諷刺了無位無德的門閥子弟和有位無德的統治者。《種樹郭橐駝傳》把郭橐駝「順木之天以致其性」的「種樹之道」移之於為官之理，抨擊令煩擾民的弊政。《觀八駿圖說》則從觀圖引出感想，破除對「聖人」的迷信，並進而指出「慕聖人者，不求之人……故終不能有得於聖人也」，這實際上是呼籲發現被埋沒的人材。《捕蛇者說》寫永州人民不顧生命危險爭捕毒蛇以逃避賦稅的事實，文章主要通過蔣氏的遭遇和自白，形象地展示了「蛇毒」與「賦斂之毒」的悲慘對照，以及人民在苛政下的恐懼和痛苦心理，從而得出「賦斂之毒有甚是蛇者」的結論，比「苛政猛於虎」的傳統命題具有更強烈的控訴力量和現實針對性，是一篇典範的寓理於事的雜文。

柳宗元還善於運用寓言體構思和反諷手法寫抒憤雜文。寓言體雜文不同於文學體裁的寓言，它有寓意形象而缺乏完整情節，重在議論而不在描述。作於元和九年（公元 814 年）的《起廢答》以幽默的筆墨，敘述關於「東祠壁浮圖，中廄病羸之駒」這兩個廢物被起用而引起的一場回答，對照自己被貶十年，一廢不復，「曾不若躄足涎額之猶有遭也」。在淒涼的自我嘲弄中抨擊了朝政腐敗。《愚溪對》設想與溪神的對話，用正言反說的手法自述其

「愚」：

> 冰雪之交，眾裘我締。溽暑之鑠，眾從之風，而我從之火。
> 吾蕩而趨，不知太行之異乎九衢，以敗吾車。吾放而遊，不知呂
> 梁之異乎安流，以沒吾舟。吾足蹈坎井，頭抵木石，衝冒榛棘，
> 僵仆虺蜴，而不知恍惕。……

這實際上是對政治革新失敗經歷的沈痛回顧，但並無絲毫悔恨，
而是旣表達了自己不同流俗的高風亮節，又反嘲了政治黑暗、官
場險惡的現實社會。曲折反諷，是柳宗元以待罪之身貶處荒遠時
所採用的特殊抒憤手段，而他對現實弊政則往往是借事論理，直
接批判。這些構成了柳宗元雜文的戰鬥性與文藝性結合的兩種基
本形式。

(二)柳宗元的寓言

　　柳宗元是唐代最傑出的寓言作家。在此之前，先秦寓言主要
是作爲一種論理的輔助手段存在於諸子散文和策士言辭之中。兩
漢至南北朝，雖然出現了一些包含著寓言的故事集，但寓言並沒
有同傳說分離而取得獨立的文體地位。唐宋時期，我國古代寓言
進入一個新的發展階段，寓言成爲由作家自覺創作單獨名篇的專
門文學樣式，內容也從先秦的政治哲理主題、兩漢的勸誡主題轉
變爲社會諷刺主題。其中柳宗元的寓言以其形式多樣（包括散
體、詩體、賦體、小說）、數量豐富、藝術成就高，貢獻尤大
③。

　　柳宗元的寓言散文重視生動傳神的形象描寫和諷刺內涵的深
刻寄託。他善於對動物進行擬人化創造，旣賦予它們特定的人物
類型特徵，又不失其固有的生物特性，栩栩如生而又意味深永。

人們既可以從這些形象和故事領會作者對社會政治的諷諭批判意旨，又可以結合自己的思想和生活經驗，從不同的角度認識它們豐厚的客觀意蘊。《三戒》、《蝜蝂傳》、《羆說》、《鶻說》、《謫龍說》、《鞭賈》、《設漁者對智伯》等都是如此。如《三戒》中的《黔之驢》：

> 　　黔無驢，有好事者船載以入。至則無可用，放之山下，虎見之，龐然大物也，以為神。蔽林間窺之，稍出近之，憖憖然莫相知。
>
> 　　他日，驢一鳴，虎大駭遠遁，以為且噬己也，甚恐。然往來視之，覺無異能者。益習其聲。又近出前後，終不敢搏。稍近益狎，蕩倚衝冒，驢不勝怒，蹄之。虎因喜，計之曰：「技止此耳！」因跳踉大㘎，斷其喉，盡其肉，乃去。
>
> 　　噫！形之龐也類有德，聲之宏也類有能，向不出其技，虎雖猛，疑畏，卒不敢取。今若是焉，悲夫！

作者對虎發現驢「龐然大物」的形體到最後認識驢「技止此耳」這一過程的活動、情態、心理變化作了細心的體察和想像，以「黔驢技窮」諷刺了那種無德無能、外強中乾的腐朽社會勢力。人們也可以從這個故事得出要認識事物本質的哲理，或者得到以小勝大、以智勝愚的啟迪。柳宗元的人物寓言多用類比影射手法，但重點仍在對作為寓體的人物形象的刻畫上：

> 　　市之鬻鞭者，人問之，其賈宜五十，必曰五萬。復之以五十，則伏而笑；以五百，則小怒；五千，則大怒；必以五萬而後可。

這是《鞭賈》的開頭一段，寥寥數語，描述了鞭商討價還價時的情態，顯示出他既狡詐過人，又善於裝腔作勢的性格特徵。後文作者繼續生動地描寫了劣鞭的現形，借以尖銳抨擊「空空之內，糞壤之理」的腐敗官僚。這種寫法為明代劉基《賣柑者言》等所繼承。柳宗元還較多地用賦體寫雜文和寓言，上舉《起廢答》、《愚溪對》即是賦中的問答體，此外還有《乞巧文》、《罵尸蟲文》等。有些賦的序文是寓言，如《憎王孫文》、《哀溺文》，正文展開的是借此喻彼的抒情議論，是他對雜文和寓言形式的豐富和發展。《河間婦傳》則是一篇傳奇體寓言，即寓言小說，它與韓愈的《毛穎傳》等作品反映了古文運動和傳奇小說的相互影響。從一定意義上說，柳宗元寓言的情節和形象的具體性生動性都是他借鑒吸收小說創作手法的結果。

(三)柳宗元的遊記

柳宗元是唐代第一個大量寫作山水記特別是遊記的作家。他的山水記代表作《永州八記》和《遊黃溪記》、《柳州山水近治可遊者記》等都是貶謫以後的作品④。《新唐書·柳宗元傳》說他「既竄斥，地又荒癘，因自放山澤間，其堙厄感鬱，一寓諸文」。大自然既是他投閒置散之後可以怡情悅性的審美對象，又是貶謫生活中唯一資以排除積鬱的精神寄託。他在窮荒之地發現了自然山水之美，又從自然山水之美中進一步發現和認識了自身的美好情操與價值，堅定了人生信念和社會批判意識。因此，在他的筆下，狀物之態與感物之情、人的自然化和自然的人化達到了高度的和諧統一。一方面，他用精確的語言、細膩的描寫，展示了形神兼備的景物圖畫；另一方面，又通過主觀感受的強烈介入和鮮明表現，創造出情景交融的藝術境界。因此，他的山水遊記把魏晉南北朝時期以模山範水、繁辭麗句為特徵，重客觀輕主觀的山

水散文創作提高到了一個新的水平⑤，確立了山水散文在文學史
上獨立發展的藝術傳統。

《鈷鉧潭西小丘記》和《至小丘西小石潭記》是柳宗元山水散文
中兩篇各有特色的傑作。前一篇作者用比喻和擬人的手法描寫了
小丘之勝，重在傳景物之神：

> 其石之突怒偃蹇、負土而出、爭為奇狀者，殆不可數。其嶔
> 然相累而下者，若牛馬之飲於溪；其衝然角列而上者，若熊羆之
> 登於山。
> ……
> 嘉木立，美竹露，奇石顯。由其中以望，則山之高、雲之
> 浮、溪之流、鳥獸之遨遊，舉熙熙然迴巧獻技，以效茲丘之下。
> 枕席而臥，則清冷之狀與目謀，瀯瀯之聲與耳謀，悠然而虛者與
> 神謀，淵然而靜者與心謀。……

景物特徵打上了人的情感感受的濃厚印記，突出了人與景的內在
同一。接著文章轉而就自己賤價得丘抒發對美景埋沒的感慨，隱
以自喻，結尾「賀茲丘之遭」卻又內含人不如丘的比照，語婉意
曲地傳達出被謫居棄擲的孤憤。全文敘事寫景和抒情有機結合。
《小石潭記》則重在景物形象的具體刻畫，從「如鳴佩環」的水聲
引出潭水，寫水底巨石，寫周圍樹木，寫水中游魚，寫水勢水
源，從各個方面烘托出「水尤清冽」的特徵和小石潭的幽深之
美：

> 從小丘西行百二十步，隔篁竹，聞水聲，如鳴佩環，心樂
> 之。伐竹取道，下見小潭，水尤清冽。全石以為底，近岸，卷石
> 底以出，為坻、為嶼、為嵁、為巖。青樹翠蔓，蒙絡搖綴，參差

披拂。潭中魚可百許頭，皆若空遊無所依。日光下澈，影布石
上，怡然不動；俶爾遠逝，往來翕忽，似與游者相樂。潭西南而
望，斗折蛇行，明滅可見。其岸勢犬牙差互，不可知其源。坐潭
上，四面竹樹環合，寂寥無人，淒神寒骨，悄愴幽邃。以其境過
清，不可久居，乃記之而去。……

用詞狀物極爲準確精細。寫魚游於清水之中的情態，僅四十字，
寫了水的空明和魚的自在，寫了光和影，寫了靜態和動態，還巧
妙地寫出遊者的陶醉忘情。但這種忘情只是瞬間之樂。「坐潭
上」幾句，表明作者無法擺脫現實壓迫的孤寂淒涼，「過清」二
字，含蓄地透露出遊潭時從樂到悲的情感變化。這兩篇遊記體現
了柳宗元山水遊記的兩種基本寫法，但其境界的渾融完整又是共
同的，它們反映了柳宗元對盛唐以來取得高度成就的山水田園詩
歌包括他自己的詩歌創作的藝術經驗的吸收運用，是詩化的散
文。其風格的幽深峭潔，又完美地體現了柳宗元的人品文風，是
個性化的散文。前人評價：「夫古之善記山川，莫如柳子厚。」
（茅坤《復王蝸谷乞文書》）他是當之無愧的。

　　此外，柳宗元的傳記散文也有較高成就。他取材現實，善於
選擇典型材料和進行細節描寫，如《童區寄傳》、《段太尉逸事狀》
等。他曾自許「傳信傳著」，「比畫工傳容貌尚差勝」（《與史
官韓愈致〈段太尉逸事〉書》）。重視人物的精神特質和形象的眞實
性，正是他傳記散文成功的原因。

第四節　晚唐小品文

　　魯迅說：「唐末詩風衰落，而小品放了光輝。」（《南腔北

調集‧小品文的危機》）這裡說的小品，主要是指諷刺小品，即
雜文和寓言。晚唐小品文的興盛和成就，是由於古文運動，特別
是韓柳雜文的影響，也是晚唐尖銳的社會危機對散文創作刺激和
推動的結果。

晚唐小品文的代表作家是羅隱、皮日休和陸龜蒙三人。

㈠羅隱

羅隱著有《讒書》五卷⑥。這部書「幾乎全部是抗爭和憤激之
談」（魯迅語），矛頭指向黑暗政治。羅隱的文章語言鋒利，立
論深刻。在《英雄之言》中，他一針見血地揭露打著救民塗炭的旗
號追求個人私欲的野心家，實際上是一伙「視國家而取之」的
「盜」。這是對晚唐軍閥割據的嚴屬批判。《說天雞》一文則採用
寓言筆法，諷刺朝廷官僚的腐朽和用人之道的敗壞：

> 狙氏子不得父術，而得雞之性焉。其父畜養者，冠距不舉，
> 毛羽不彰，兀然若無飲啄意。泊見敵，則他雞之雄也，伺晨，則
> 他雞之先也，故謂之天雞。狙氏死，傳其術於子焉。且反先人之
> 道，非毛羽彩錯，觜距銛利者不與其栖，無復向時伺晨之儔，見
> 敵之勇，峨冠高步，飲啄而已，吁，道之壞也，有是夫！

羅隱善於聯想發揮，無論史實、傳說、片言隻語、瑣事細物，都
可以信手拈來，議論成章，寄託諷諭，多有耐人尋味之處。《越
婦言》、《書馬嵬驛》、《市儺》等都是這類佳作。

㈡皮日休

皮日休的雜文，收在他中進士以前、咸通七年（公元 866）
編的《皮子文藪》中。他善於以古喻今，借此論彼，而其思想鋒

芒，常表現出明顯的叛逆色彩。在《讀司馬法》中，他指出：「古
之取天下也，以民心；今之取天下，以民命。」在《鹿門隱書》
中，他說：「古之置吏也，將以逐盜；今之置吏也，將以為
盜。」矛頭都是指向最高統治者的。《原謗》一文中，作者採取由
遠及近、層層推進的寫法，議論「民謗」的由來。最後作者大聲
疾呼：「堯舜大聖也，民且謗之；後之王天下，有不為堯舜之行
者，則民扼其吭、碎其首，辱而逐之，折而族之，不為甚矣。」
這簡直是鼓勵人民起來反抗和消滅封建暴君。《惑雷刑》、《悲摯
獸》等，則先敍一個故事，然後展開議論，揭示主旨，是另一種
寫法。

(三)陸龜蒙

　　陸龜蒙（公元？～約 881 年），著有《笠澤叢書》，係乾符六
年（公元 879 年）自編。他的小品，或托物寄諷，或比譬引申，
筆鋒犀利，藝術手法多樣。《招野龍對》、《記稻鼠》、《蠹化》都是
以物喻人之作。前者是一篇寓言，諷刺為功名利祿所牢籠的士人
最終成為統治者的犧牲品。後二篇則敍議結合，但敍事部分有相
當生動的形象描寫，分別以「鼠」和「蠹」的不同特點尖刻地諷
刺了腐敗的官吏。他最著名的小品文是《野廟碑》。為野廟立碑，
題目本身就含有幽默嘲諷意味。作者先描寫甌越間「毗竭其力，
以奉無名之土木」的淫祀習俗，但其主意卻不在批判鬼神迷信，
而是筆鋒一轉，把「無名之土木」與身居高位、享受富貴卻禍國
殃民的封建官僚進行類比，指出他們乃是「竊吾君之祿位」的
「纓弁言語之土木」：

　　　　今之雄毅而碩者有之，溫愿而少者有之。升階級、坐堂筵、
　　耳弦匏、口粱肉、載車馬、擁徒隸者，皆是也。解民之懸，清民

之暍，未嘗貯於胸中。民之當奉者，一日懈怠，則發悍吏，肆淫
刑，毆之以就事。較神之禍福，孰為輕重哉？平居無事，指為賢
良；一旦有天下之憂，當報國之日，則恇撓脆怯，顛躓竄踣，乞
為囚虜之不暇。此乃纓弁言語之土木耳，又何責其真土木耶？

這種批判是大膽而有力的。作者在序言中自稱：「凡所諱中，略
無避焉。」他的確是這樣做的。陸龜蒙曾長期隱居甫里（今江蘇
松江境內），自號甫里先生、江湖散人、天隨子。但從他散文的
憤世嫉俗之詞看來，他並沒有忘記天下，所以魯迅稱讚他和皮日
休的小品文「正是一塌糊塗的泥塘裡的光彩和鋒芒」（《小品文
的危機》）。由於他更重視比興寄託和形象刻畫，所以他的散文
文學色彩更濃。

㈣孫樵

　　除上之外，孫樵的散文也較著名。孫樵（生卒年不詳），字
可之。大中九年（公元 855 年）進士。他是韓愈的三傳弟子，著
有《唐孫樵集》十卷。他論文尚「奇」。他的《書何易於》、《書襄
城驛壁》，深刻針砭時弊，文字遒勁激切。他是唐代古文運動的
最後一位作家。

附　註

①公元 545 年，北朝蘇綽仿《尚書》文體作《大誥》，以為文章標準，時
　稱「古文」。但把「古文」作為與駢體的「時文」對立的文體概
　念，則始於韓愈。見《題歐陽生哀辭後》、《師說》、《與馮宿論文
　書》、《考功員外盧君墓誌銘》等。

②韓愈詩文集為其門人李漢所編。據李漢《昌黎先生集序》稱，韓愈逝
　世後，他「收拾遺文，無所失墜，得賦四，古詩二百一十，聯句十

一，律詩一百六十，雜著六十五，書啓序九十六，哀辭祭文三十九，碑誌七十六，筆硯鱷魚文三，表狀五十二，總七百一十六，并目錄合爲四十一卷，目爲《昌黎先生集》，傳於代。又有《注論語》十卷傳學者，《順宗實錄》五卷列於史書，不在集中」。據此，韓愈古文共計 331 篇，其中各類應用文字 266 篇，占 80%。

③先秦即有「寓言」之名。《莊子·寓言》：「寓言十九。」寓言即有所寄託之言。作爲文體的寓言則是作者有所寄託的故事，是一種敍事性文學體裁。柳宗元的《永州鐵爐步志》、《種樹郭橐駝傳》、《起廢答》等，作者雖另有寄託，但並無完整的故事情節，而是借題發揮，重在議論，應爲寓言體雜文，即古「寓言」。而《三戒》、《蝜蝂傳》等作品才體現了寓言的文體特徵。關於寓言的發展過程，可參看陳蒲清《中國古代寓言史》、《世界寓言通論》（湖南教育出版社）。

④《永州八記》包括《始得西山宴遊記》、《鈷鉧潭記》、《鈷鉧潭西小丘記》、《至小丘西小石潭記》、《袁家渴記》、《石渠記》、《石洞記》、《小石城山記》八篇。前四篇是元和四年和友人吳武陵等遊歷西山的結果，後四篇是元和七年他再次遊歷西山到小石城山的結果。

⑤晉代已出現了山川記體裁的作品。秦榮光《補晉書藝文志·地理類山水之類》（《二十五史補編》）列舉了從賀循《石箕山記》到慧遠《廬山記略》共 13 篇作品。其中《廬山記略》今存於《全晉文》卷一六二。此外，《藝文類聚》卷八十八存有王羲之《遊四郡記》的片斷。劉宋時山水記今存有宋謝靈運《遊名山志》（嚴可均輯本《全宋文》卷三十三）、梁陶弘景《尋山志》（《藝文類聚》卷三十六）、劉伯峻《東陽金華山棲志》（《廣弘明集》卷二十四）等，書信體山水散文有鮑照《登大雷岸與妹書》、吳均《與朱元思書》等。北魏酈道元《水經注》則代表這個時期山水散文的最高成就。

⑥關於《讕書》的命名，作者在序中說：「《讕書》者何？江東羅生所著

之書也。生少時自道有言語，及來京師七年，寒飢相接，殆不似尋
常人。丁亥年春正月，取其所爲書詆之曰：『他人用是以爲榮，而
予用是以辱；他人用是以富貴，而予用是以困窮。苟如是，予之書
乃自讒耳。』目曰《讒書》。卷軸無多少，編次無前後，有可以讒者
則讒之，亦多言之一派也。而今而後，有誚予以譁自矜者，則對
曰：『不能學揚子雲寂寞以誑人。』」可見作者意在發泄心中不平和
進行社會諷刺，「著私書而疏善惡，斯所以警世而誡將來也」
（《重序》）。

第九章　唐代的賦和駢文

第一節　唐賦的發展和成就①

　　唐賦是我國辭賦發展的重要階段。清人王芑孫認爲：「詩莫盛於唐，賦亦莫盛於唐。總魏、晉、宋、齊、梁、陳、隋八朝之衆軌，啓宋、元、明三代之支流，踵武姬漢，蔚然翔躍，百體爭開，曷其盈矣。」（《讀賦卮言》），現存唐賦一千餘篇，不但在數量上超過前此任何一代，而且思想藝術成就也爲前代所不及。不過由於詩歌、散文、小說等領域的燦爛光芒的遮映，也由於賦文體的特殊性，其成就有時併入其他領域（如散文），不大單獨爲人注意罷了。

(一)唐賦的成就

　　唐賦的成就突出表現在兩個方面：

　　其一，社會功能的轉化。

　　賦從以頌美形容爲主轉向以社會諷刺爲主，是唐賦的突出特點。諷刺抒情小賦雖然在東漢末年即已出現，但唐代諷刺小賦的數量和質量均超過前此任何一代，並出現了柳宗元等諷刺賦大家。賦成爲作家進行社會批判的手段，這是賦體社會功能的拓展。

　　其二，文體形式的革新。

　　在古文運動的影響下，唐代出現了一批運用散文的句法和氣

勢，語言比較平易的新體文賦②，騷體賦和四言詩體賦的形式也
變得較爲生動活潑。在都市繁榮和變文等俗文學影響下，又產生
了用於民間說唱的俗賦。

此外，由於科舉考試的影響，在齊梁小賦的基礎上又形成了
律賦。新文賦和俗賦對後世有重要影響，俗賦更是後世俗文學的
先驅之一。唐代出現了賦史上未曾有過的「百體爭開」的局面，
與此相聯繫，賦的藝術水平也有了明顯提高。

(二)唐賦的發展

唐賦的發展同唐詩的發展有大體相同的軌迹，但又不盡相
同。賦的發展高潮遲滯於詩。大致說來，可以分爲四個階段：

第一階段，從唐初到開元前（公元 618～713 年）。

賦仍以駢體爲宗，並進一步向四六句式定型化方向發展，但
一些較優秀的作者已力求克服齊梁靡麗之習，增加清新剛健之
氣。王績、魏徵（公元 580～643 年）、「初唐四傑」及東方
虬、徐彥伯（公元？～714 年）、陳子昂等是這種傾向的代表。
王績《遊北山賦》用清新自然的語言描寫田園山水和隱居講學的情
趣：「觸石橫胘，逢流洗耳。取樂經籍，忘懷憂喜。時挾策而驅
羊，或投竿而釣鯉。何圖一旦，邈成千紀。木壞山頹，舟移谷
徙。北崗之上，東巖之前，講堂猶在，碑書宛然。想問道於中
壺，憶橫經於下筵。壇場草樹，院宇風煙。……」洗盡鉛華，一
新時人耳目。王勃《澗底寒松賦》詠物寫懷，尤多磊落不平之情，
文氣也較挺拔：

> 憔松之植，於澗之幽。盤柯挺險，沓抵憑流。寓天地兮何
> 日，凌霜露兮幾秋！見時華之屢變，知俗態之多浮。故其磊落殊
> 狀，森梢峻節。紫葉吟風，蒼條振雪。嗟英鑑之稀遇，保真容之

未缺。攀翠崿而形瘦，指丹霞而望絕。已矣哉，蓋用輕則資眾，器宏則施寡。信棟梁之已成，非榱桷之相假。徒志遠而心屈，遂才高而位下。斯在物而有焉，余何為而悲者。

徐彥伯《登長城賦》、韋承慶（公元？～707年）《靈臺賦》、東方虬《蟾蜍賦》等都是佳作。

第二階段，開元至大曆間（公元713～779年）。

這是唐詩發展的高峯，賦則尚處在改革的醞釀階段，但已開始顯示出唐賦的新面貌。從內容上說，這時不僅出現了像李白《明堂賦》、杜甫《三大禮賦》這樣反映盛唐文物制度的作品，更重要的是出現了一些反映安史之亂及其前後歷史面貌的篇章，如蕭穎士《登故宜城賦》、李華《言醫》和元結等人的一些作品。至於通過抒情反映某種社會政治問題的就更多了。從形式上說，也在前期的基礎上繼續發生變化：律賦已經形成；古賦雖仍有不同程度的駢儷色彩，但已脫出繁縟輕靡的餘風，顯示出簡潔遒勁的新貌；新體文賦的雛形也已出現。新體文賦是賦體的重要革新。它在體格上，特別在運用散文的氣勢和句法上已恢復了漢文賦的傳統，但文字比較平易，描寫也比較具體生動，沒有漢文賦那種羅列名物、堆砌生造詞語和僻難字的毛病。古文運動的先驅李華的《弔古戰場文》、《言醫》等作品，可以作為這種正在形成過程中的新文賦的代表。

《弔古戰場文》是有感於統治者窮兵黷武、造成嚴重死亡和災難的開邊戰爭而寫的。作者一改過去弔文以抒情為主的寫法，由描寫鋪述引出議論，並且無論描寫或議論，都是高屋建瓴，一瀉而下，雖然全文仍基本上以四言句式為主，但氣勢充沛旺盛。《唐語林》稱它「感激頓挫，雖是辭賦，而健筆有縱橫之意」。如末段在對比古代李牧、尹吉甫的衞邊戰爭和秦漢「荼毒生靈」、

「功不補患」的開邊戰爭後，作者懷著強烈的感情議論想像：

> 蒼蒼蒸民，誰無父母？提攜捧負，畏其不壽。誰無兄弟，如
> 足如手？誰無夫婦，如賓如友？生也何恩？殺之何咎？其存其
> 沒，家莫聞知；人或有言，將信將疑；悁悁心目，寤寐見之。布
> 奠傾觴，哭望天涯。天地為愁，草木淒悲。弔祭不至，精魂無
> 依。必有凶年，人其流離。嗚呼噫嘻，時耶命耶？從古如斯，為
> 之奈何？守在四夷。

其中不少散文句法。這種寫法，對宋代歐陽修、蘇軾的文賦有頗
大的影響。蕭穎士的《登故宜城賦》是繼庾信《哀江南賦》之後又一
篇感時傷事的傑作，規模宏闊，唯文辭不及《弔古戰場文》有氣
勢。

第三階段為建中至長慶年間（公元 780～824 年）。

其中貞元後期至元和年間是唐代文學的第二個高潮，也是唐
賦發展的高峯時期。這時，新體文賦已正式形成，律賦已漸定
型，其他各種賦體也繼續得到發展，形成了百花齊放的局面。

柳宗元是這一時期也是唐代最傑出的賦家。尤以揭露政治黑
暗和人情世態醜惡的諷刺小賦著稱。在他的近三十篇賦中，諷刺
小賦有十二篇③。這些賦實際上是有韻的雜文，起著社會批判的
作用，如《罵尸蟲文》。尸蟲是道教傳說中一種在人腹中作祟的
「神」。它專門伺察人的隱微失誤，待人昏睡之際，便溜出去向
天帝進讒以禍人。作者借「尸蟲」影射那些為非作歹的宦官和其
他為皇帝寵幸的奸險小人，在巧妙地把聽信讒言的「帝」撇開之
後，對「尸蟲」所代表的黑暗勢力大張撻伐：

> 來！尸蟲！汝曷不自形其形，陰幽詭側而寓乎人，以賊厥

靈。膏肓是處兮,不擇穢卑。潛窺默聽兮,導人為非。冥持札牘
兮,搖動禍機。卑陬拳縮兮,宅體險微。以曲為形,以邪為質;
以仁為凶,以偽為吉;以淫諛諂諓為族類,以中正和平為罪疾;
以通行直遂為顛躓,以逆施反鬥為安佚。譖下謾上,恒其心術;
妬人之能,幸人之失。利昏伺睡,旁睨竊出,走讒於帝,遽入自
屈,冪然無聲,其意乃畢。求味己口,胡人之恤!彼脩蛕羗心,
短蟯穴胃,外搜疥癧,下索瘻痔,侵人肌膚,為己得味,世皆禍
之,則維汝類。良醫刮殺,聚毒攻餌,旋死無餘,乃行正氣。汝
雖巧能,未必為利。帝之聰明,宜好正直,寧懸嘉饗,答汝讒
慝。叱付九關,貽虎豹食。下民舞蹈,荷帝之力。是則宜然,何
利之得。速收汝之生,速滅汝之精。蕁收震怒,將勅雷霆,擊汝
酆都,糜爛縱橫。俟帝之命,乃施於刑。羣邪殄夷,大道顯明;
害氣永革,厚人之生,豈不聖且神歟?

柳宗元很講究諷刺藝術,在這篇賦中,譴責「尸蟲」不遺餘力,
而對「帝」的微詞則是通過正面的希冀之詞表達出來的。《乞巧
文》模仿婦女乞巧,極寫自己不屑逢迎趨附、偽善虛誇之
「拙」,和社會上「周旋獲笑,顛倒逢嘻」,「變情徇勢,射利
抵巇」之「巧」,正言反說,對種種世相醜態給予辛辣嘲諷,表
現了自己堅持節操、決不同流合汙的意志,冷峻的筆調中包藏著
悲憤的激情:

　　王侯之門,狂吠狴犴。臣到百步,喉喘顴汗。睢盱逆走,魄
遁神叛。欣欣巧夫,徐入縱誕,毛羣掉尾,百怒一散。世途昏
險,擬步如漆。左低右昂,鬥冒衝突。鬼神恐悸,聖智危慄。泯
焉直透,所至如一。是獨何工,縱橫不恤。非天所假,彼智焉
出,獨齧於臣,恒使玷黜。……

這正是「嘻笑之怒，甚乎裂眦」(《對賀者》)。柳宗元還有一些
抒發正面理想的作品，如《牛賦》、《瓶賦》等。而《懲咎賦》、《囚
山賦》等則流露出受打擊後悲觀消沈的情緒。柳宗元的賦，體式
多樣，有騷賦，四言詩體賦，更有成熟了的新體文賦，但不論哪
一種賦，每一篇都有獨特的構思和表達方式，而語言簡潔挺拔又
同其峻潔的文風完全一致。他的賦，尤其是諷刺小賦對唐末和後
世有較大影響。晚唐李商隱、陸龜蒙、孫樵，宋代梅堯臣、劉克
莊和明清一些作家的諷刺小賦都是同柳賦一脈相承的。

　　韓愈、劉禹錫也對賦體革新作出了貢獻。韓愈的賦多運以散
文的氣勢，如《別知賦》、《弔田橫墓文》，他著名的以散馭駢的韻
文《進學解》，係仿東方朔《答客難》，《送窮文》係仿揚雄《逐窮
賦》，也是賦體。劉禹錫的賦同他的詩歌一樣，格調較高，如《秋
聲賦》中「聆朔風而心動，盼天籟而神驚。力將疼兮足受綑，猶
奮迅於秋聲」，正與其《秋詞》詩相似。楊敬之的《華山賦》氣魄雄
偉，柳宗元曾稱贊他為當世「希屈馬者之一」(《與楊憑書》)，
其寫法對杜牧《阿房宮賦》有明顯影響。

　　第四階段，從寶曆至唐末（公元 825～907 年）的賦，基本
上沿著元和前後作家所開闢的道路發展。

　　特別是諷刺性或諷諭性很強的賦在這時有長足的發展。杜牧
的《阿房宮賦》代表這一時期新體文賦的最高成就。它不同於柳宗
元的峭拔峻潔，而以才情文采和議論氣勢見長。在描寫鋪敘部
分，作者充分展開藝術想像：「長橋臥波，未雲何龍？複道行
空，不霽何虹？」「明星熒熒，開粧鏡也；綠雲擾擾，梳曉鬟
也；渭流漲膩，棄脂水也；煙斜霧橫，焚椒蘭也；雷霆乍驚，宮
車迴也；轆轆遠聽，杳不知其所之也。」極寫阿房宮之壯麗弘深
和秦皇的奢靡享樂，為下文議論張本，而議論的深刻之處則在作
者揭示了獨夫與人民的尖銳對立以表達對歷史規律的某種認識，

並以此警告當朝「大起宮室廣聲色」的統治者：

> 嗟乎，一人之心，千萬人之心也。秦愛紛奢，人亦念其家。
> 奈何取之盡錙銖，用之如泥沙？使負棟之柱，多於南畝之農夫；
> 架梁之椽，多於機上之工女；釘頭磷磷，多於在庾之粟粒；瓦縫
> 參差，多於周身之帛縷；直欄橫檻，多於九土之城郭；管弦嘔
> 啞，多於市人之言語。使天下之人，不敢言而敢怒。獨夫之心，
> 日益驕固。戍卒叫，函谷舉，楚人一炬，可憐焦土！
> 　嗚呼！滅六國者六國也，非秦也。族秦者秦也，非天下也。
> 嗟乎！使六國各愛其人，則足以拒秦；使秦復愛六國之人，則遞
> 三世可至萬世而為君，誰得而族滅也？秦人不暇自哀，而後人哀
> 之；後人哀之而不鑒之，亦使後人而復哀後人也。

李商隱則以創造諷刺短賦發展了賦體的形式。他現存的《虱
賦》、《蝎賦》，每篇四言八句，諷刺辛辣，言簡意深。如《虱
賦》：

> 亦氣而孕，亦卵而成。晨鷺露鵠，不知其生。汝職惟嚙，而
> 不善嚙。回臭而多，跖香而絕。

諷刺專門陷害良善的奸邪之徒。這種形式源於齊梁時的「賦
體」，類似駢文中的「連珠」。宋人王應麟云：「李義山賦怪
物，言佞魖、讒鵲、貪魅，曲盡小人之情狀，魑魅之夏鼎也。」
（《困學紀聞》）可見他原來作的諷刺賦不少，可惜大多散失。晚
唐皮日休、陸龜蒙、羅隱、孫樵等也多有諷刺賦作。陸龜蒙仿李
義山《虱賦》，作《後虱賦》，借虱「棄瘠涵肥」諷刺趨炎附勢的小
人，顯然是另闢蹊徑。他還有《蠹賦》，以及羅隱的《秋蟲賦》、

《後雪賦》、《屏賦》等，都是詠物諷刺小賦。孫樵的《罵僮志》、《乞巧對》、《逐痁鬼文》等則仿柳宗元《乞巧文》構思，抨擊社會黑暗，頗覺痛快淋漓。

晚唐賦的藝術描寫水平也有進一步提高。由於語言趨向平易自然，故雖鋪張而不覺堆疊，排比而不妨暢達。杜牧之《晚晴賦》通體用比喻，且以人擬物，十分新鮮別致，如以松爲「冠劍大臣」，竹林如「十萬丈夫」，紅芰「姹然如婦，斂然如女」，雜花參差「或妾或婢」等等。舒元輿（公元？～835年.）《牡丹賦》吸取韓愈《南山詩》的排比句式，而妙於想像，狀牡丹怒放之種種美態：

> 暮春氣極，綠苞如珠。清露宵偃，韶光曉驅，動蕩枝節，如解凝結。百脈融暢，氣不可遏，兀然盛怒，如將憤泄。淑色披開，照耀酷烈。美膚膩體，萬狀皆絕。赤者如日，白者如月；淡者如赭，殷者如血；向者如迎，背者如訣；坼者如語，含者如咽；俯者如愁，仰者如悅；裊者如舞，側者如跌；亞者如醉，曲者如折；密者如織，疏者如缺；鮮者如濯，慘者如別。初朧朧而下上，次鱗鱗而重疊，錦衾相覆，繡帳連接，晴籠畫薰，宿露宵裛。或灼灼騰秀，或亭亭露奇；或颸然如招，或儼然如思；或帶風如吟，或泫露如悲；或重然如縋，或爛然如披；或迎日擁砌，或照影臨池；或山雞已馴，或威鳳將飛，其態萬方，胡可立辨，下窺天府，孰得而見，乍疑孫武，來此教戰。……

句式整齊，然一氣直下，無纖弱之志，與古文家的賦相近。

在晚唐，作爲科舉制度產物的律賦也發生了變化④。有的作家敢於擺脫功令目標的約束，把原來局限於頌祥瑞、歌功德、述典制、釋格言、描寫高雅事物和帝京景象，形式限制又很嚴格的

應試賦體，變成了一種抒情賦體。如第一篇寫私家樓閣的《白雪樓賦》（王棨），描寫人民疾苦的《寒賦》（徐寅），歌頌下層豪俠遊士的《漁父辭劍賦》（宋言），甚至有專寫愛情的律賦。可惜這樣做的作者還不多，加之律賦形式過於板滯，故雖宋、清兩代作者仍很多，卻因其始終與封建王朝的考試制度相聯繫，而未能成為有發展前途的抒情賦體。

㈢唐代俗賦

　　唐代俗賦的崛起是一件有深遠影響的事情。所謂俗賦，是指從敦煌石室中發現的用接近口語的通俗語言寫作的賦和賦體文。它們大都出自都市的下層文人之手。這些文人適應繁榮的城市經濟中普通市民文化娛樂生活的要求，利用傳統賦體不歌而誦便於朗讀講述而長於鋪紋的特點，在古代俗賦（如王褒《僮約》、曹植《鷦雀賦》）和俳諧文的基礎上創造了這種新興的紋事體裁。敦煌發現的俗賦有《晏子賦》、《韓朋賦》、《燕子賦》（二篇，其一殘）、《茶酒論》、《齖齗新婦文》。俗賦語言淺顯生動，能展開曲折的情節和細致的描寫，如《燕子賦》紋雀兒佔據燕子之巢，燕子向鳳凰告狀，鳳凰派鵃鵠提雀兒對案時的一段：

　　　鵃鵠奉命，不敢久停，半走半驟，疾如奔星。行至門外，良久立聽。正聞雀兒窟裡語聲云：「昨夜夢惡，今朝眼潤，若不私門，赴被官嗔。比來傜役，征已應頻，多是燕子，下牒申論。約束男女，必莫開門。有人覓找，道向東村。」鵃鵠隔門遙喚：「阿你莫漫軵藏，向來聞你所說，急出共我平章。何謂奪他宅舍，仍更打他損傷！鳳凰命遣我追捉，身作還自抵當。入孔亦不得脫，任你百種思量。」雀兒怕怖，悚懼恐惶。渾家大小，亦總驚忙。遂出發跪拜鵃鵠，喚作大郎、二郎，使人遠來衝熱，且向

　　窟裡逐涼。

　　這些充滿生活氣息的描述，在文人賦中是決然看不到的。俗賦不但對宋元話本的形成有直接影響（如《快嘴李翠蓮記》即由《齟齬新婦文》演變而成），而且成爲後代說唱文學的重要源頭之一。直到現在，有韻的故事講述仍然是一種流行的民間文藝形式。

第二節　唐代駢文概況⑤

　　在歷經魏晉至隋四百年的發展演變之後，駢文到唐代進入衰變，乃是勢所必然。古文運動的興起，標誌著駢文高踞文壇的時代的終結。但駢文既然是在單音節漢字易於整齊屬對這一民族語文特點的基礎上出現的文體，就不會完全喪失其生命力。駢偶不但被古文自然吸收，而且在有唐一代，始終是一種流行文體，上至詔敕章表，下至碑誌書啓，多習用駢文，且不乏優秀作家作品。尤其值得注意的是，唐代駢文「體雖沿乎舊制，才已引其新機」（錢振倫《唐文節鈔序》），這是駢文在新的文學時期爲求得生存發展的自然變革。這種新變，主要表現爲駢文向散文靠攏。從初唐四傑，盛唐的張說、蘇頲，中唐的陸贄，到晚唐的李商隱等人，都在不同程度上表現出這種趨勢。此外，與賦相似，駢文也發生了向俗文學的滲透遷變。

　　以「四傑」爲代表的初唐駢文，從體制風格上承六朝餘緒而又有自己的特點。劉麟生謂：「四傑之駢文，大率措辭綺麗，屬對工整，平仄協調，多用四六之句，絕少單行之調。」（《中國駢文史》）這是說它在形式上進一步格律化，反映了格律詩賦的影響。但另一方面它又重氣勢，常通篇一氣呵成，音調鏗鏘，疏快俊逸，被稱之爲「現代化之駢體文」（同前）。《滕王閣序》就

是其最優秀的代表。韓愈是反對駢儷浮華的古文大家，獨對王勃此序備加推崇，其《新修滕王閣記》云：「江南多臨觀之美，而滕王閣獨爲第一。」及得王勃等三人所作《序》、《賦》、《記》，「壯其文辭，益欲往一觀」。相傳王勃作此序時援筆立成⑥，正可見其氣勢貫注的特點。作者從滕王閣的形勢、景物、宴會落筆，自然抒發人生抱負和個人感慨。潛氣內轉，新境迭出：

> 窮睇眄於中天，極娛游於暇日。天高地迥，覺宇宙之無窮；興盡悲來，識盈虛之有數。望長安於日下，目吳會於雲間。地勢極而南溟深，天柱高而北辰遠。關山難越，誰悲失路之人？萍水相逢，盡是他鄉之客。懷帝閽而不見，奉宣室以何年？

人們從這種文字裡已經很難看到六朝的華靡之習，更多的是感覺到一種清新剛健的時代氣息。駱賓王的《代李敬業傳檄天下文》之所以膾炙人口，其原因也在於此。如「喑嗚則山嶽崩頹，叱咤則風雲變色。」「一抔之土未乾，六尺之孤安在？」「請看今日之域中，竟是誰家之天下」等，雄健暢達，意氣縱橫。

　　從玄宗即位前後至代宗大曆前，唐代文風開始了崇雅黜浮的變化，駢文以劉知幾、張說、蘇頲爲代表。劉知幾（公元661～721年）著《史通》二十卷，從序至末，基本上都是駢體，「以整齊諧美的風格來發揮嬉笑怒罵的文章，簡直是古今無兩」（瞿兌之《中國駢文概論》）。《史通》是我國古代的史學名著，於文學也有許多精闢見解。作者既用駢文寫作，又批評「蕪音累句」，「彌漫重沓」，「虛加練飾，輕事雕彩」的不良文風，表現出文體仍舊而文風初變的過渡期特徵。張說（公元667～730年），封燕國公，著有《張燕公集》二十五卷。蘇頲（公元670～727年），封許國公，有文集三十卷，已佚，少數文章保存於《全唐

文》中。兩人皆以文辭見長，自中宗景龍（公元 707 年）後，朝
廷重要文件多出二人之手，時號「燕許大手筆」（《新唐書》卷一
二五）。其中張說成就較高。他的文章，如《請置屯田表》、《洛
州張司馬集序》等，不用生僻典故，不務華詞麗句，率皆渾融自
然；句式整齊，但不限於四六，是運散體之氣於駢體之中、由駢
復散的過渡期的大家。

貞元元和年間是唐代文體和文風的變革時期。但古文運動的
大家並沒有對駢文採取全盤否定和排斥的態度。韓愈的《進學
解》、《送李愿歸盤谷序》等名作就以自然運用駢偶鋪陳爲人稱
道；柳宗元雖然諷刺過「駢四儷六，錦心繡口」（《乞巧文》）的
文風，但實際上他又是人們公認的唐代駢文有成就的作家之一，
他所存的表狀都是駢儷。中唐時期最傑出的駢文家是陸贄，他的
駢文奏議不但稱譽當時，對後世影響也很大，被認爲是駢文的特
出之才。

陸贄（公元 754～805 年），字敬輿，蘇州嘉興（今屬浙
江）人。德宗召爲翰林學士，仕至宰相，後被貶爲忠州別駕。陸
贄之文今存《翰苑集》二十二卷。建中四年（公元 783 年），朱泚
兵亂，贄隨德宗逃奉天，「千端萬緒，一日之內，詔書數百。贄
揮翰起草，思如泉注。初若不經思慮，既成之後，莫不曲盡事
情，中於機會」（《舊唐書‧陸贄傳》）。這些駢體官牘用淺近、
樸實的語言周密論理，曲折達情，往往以坦率懇切打動人心，在
當時曾經發揮過很好的宣傳感奮作用。如他代德宗草擬的《奉天
改元大赦制》用「不念率德，誠莫追於既往；永言思咎，期有復
於將來」，「長於深宮之中，暗於經國之務，積習易溺，居安忘
危」，「暴命峻於誅求，疲甿空於杼軸」，「天譴於上而朕不
悟，人怨於下而朕不知」等話語表達帝王的反省自責態度，確實
能使久受壓迫以至心懷不滿的臣民感到親切誠摯，故當時有「山

東士卒聞書詔之辭，無不感泣，思奮臣節」的傳說（《權德輿〈陸宣公翰苑集〉序》）。陸贄的奏議內容以直言敢諫著稱，文風則明白曉暢。雖然是駢體，卻力避傳統駢文大量用典、艱澀堆砌之弊而又保留其鋪陳排比之特色，寫得雄肆而有氣勢，說理剴切詳明，句法運單成複，「真意篤摯，反復曲暢，不復見排偶之迹」（《四庫全書簡明目錄》卷十五）。實際上是駢文體裁的一次自我革新和解放。如《奉天請罷瓊林、大盈二庫狀》的開頭：

> 臣聞：作法於涼，其弊猶貪；作法於貪，弊得安救？示人以義，其患猶私；示人以私，患必難弭。故聖人之立教也，賤貨而尊讓，遠利而尚廉。天子不問有無，諸侯不言多少；百乘之室，不畜聚斂之臣。夫豈能忘其欲賄之心哉？誠懼賄之生人心而開禍端，傷風教而亂邦家耳。是以務鳩斂而厚其帑櫝之積者，匹夫之富也；務散發而收其兆庶之心者，天子之富也。天子所作，與天同方；生之長之，而不恃其為；成之收之，而不私其有；付物以道，混然忘情。取之不為貪，散之不為費；以言乎體則博大，以言乎術則精微；亦何必撓廢公方，崇聚私貨，降至尊而代有司之守，辱萬乘以效匹夫之藏。虧法失人，誘姦聚怨，以斯制事，豈不過哉！

瓊林、大盈二庫，本是開元年間所設的國庫之外專供皇帝揮霍享受、賞賜親近的私庫。德宗於奉天行在，仍重設二庫，陸贄以此狀極諫，終於使德宗採納了他的建議。此文起始即從正反兩面闡述天子立教治國的基本原則，為全文立論之本。這樣的駢文，在其文風、句法和氣勢方面，已同不久之後的韓柳古文相當接近了。有人說，陸贄的奏議使作為美文的駢文獲得了應用文體的價值，這是不錯的。但從另一方面說，又是他使奏議這樣的應用文

體獲得了駢文的某種審美價值。後代駢文長期通用於制詔章奏一
類文體，與陸宣公奏議的影響是頗有關係的。

　　駢文之以四六字句爲基本句式，早在六朝，而直接名其文爲
四六者，則始於晚唐李商隱的《樊南四六》甲乙集。李商隱學駢文
於令狐楚，而終於成爲大家。李商隱自稱「或時得好對切事，聲
勢物景，哀上浮壯，能感動人」（《樊南甲集序》）。他的駢文雖
稱四六而駢散兼行，得錯綜之美，富有情韻。如《謝河東公和詩
啓》：「某前因暇日，出次西溪，旣惜斜陽，聊裁短什。蓋以徘
徊勝境，顧慕佳辰，爲芳草以怨王孫，借美人以喻君子。」即景
抒情，清新流麗。又如他妻子死後，府主柳仲郢欲把歌女給他作
侍姬，他寫信婉辭：「至於南國妖姬，叢臺妙妓，雖有涉於篇
什，實不接於風流。」（《上河東公啓》）切事達情，並臻佳妙，
終於使柳仲郢打消了這一念頭。他的《祭小姪女寄寄文》：「爾生
四年，方復本族；旣復數月，奄然歸無。於鞠育而未深，結悲傷
而何極！來也何故？去也何緣？念當稚戲之辰，孰測死生之
位！」以通常文字，抒骨肉至情，淒婉動人，被認爲是商隱駢文
的壓卷之作。但後代尤其是宋初西崑體作家只學李商隱「章擒造
次之華，句挾驚人之艷，以磔裂爲工，以纖妍爲態」（朱鶴齡
《新編李義山文集序》）的一面，接受其消極影響，他的眞正成就
反而被掩蓋了。

　　駢文進入俗文學是唐代駢文發展的重要動向。如張鷟的傳奇
小說《遊仙窟》全用駢文寫作，他還有《龍筋鳳髓判》四卷，亦用駢
文作判詞，這種四六制牘沿用至清。其他唐傳奇小說也大多文辭
華美，行文之中，間作對偶之辭，顯然是駢儷影響。今所見敦煌
遺書中的變文俗賦之類也多用駢體或雜以駢語，如《妙法蓮華經
講經文》、《伍子胥變文》、《韓朋賦》等。原來是上層社會特別是
六朝士族階層文學專利品的駢文被吸收進入下層社會，滲入市井

民間的娛樂性文藝，從唐代小說和講唱文學起，直到明清小說戲曲和其他俗文學樣式，幾乎處處可以看到它的痕迹。

附　註

① 本節所論，主要觀點和材料依據馬積高《賦史》（上海古籍出版社1987 年版）。書中認爲，賦是一種不歌而誦的文體，唐賦是賦的發展高峯。參看《賦史》第一、七、八章。由於賦和駢文是我國兩種最具民族特色的文體，所以我們在唐代散文之外，另立專章。

② 稱「新體文賦」或「新文賦」，是爲了表明它們同宋玉、司馬相如等人的古文賦的繼承和變革關係。過去籠統地把唐宋古文家寫的「押韻之文」稱爲「文賦」，是不妥的。參看《賦史》第一章。

③ 這 12 篇諷刺小賦是：《罵尸蟲文》、《招海賈文》、《哀溺文》、《乞巧文》、《辨伏神文》、《憎王孫文》、《愬螭文》、《宥蝮蛇文》、《斬曲幾文》、《起廢答》、《愚溪對》和《答問》。

④ 律賦是由於唐代進士科舉考試詩賦而產生的。它大約形成於唐中宗時。其特點是限韻和要求開頭破題，篇幅比較短小，通體排偶。其所限韻數，原無定格，至大和（公元 827～835 年）以後，始以八韻爲常。參看洪邁《容齋隨筆》「試賦用韻」條，《賦史》第八章 360～363 頁。

⑤ 本節所論，參考了姜書閣《駢文史論》（人民文學出版社 1986 年版）和劉麟生《中國駢文史》（商務印書館民國 25 年版）。

⑥ 關於王勃作《滕王閣序》的傳說，可參看《唐摭言》卷五「切磋」條，《太平廣記》卷一七五「王勃」條，《新唐書・王勃傳》，《類說》卷三十四「摭遺滕王閣記」等。

第十章　唐代傳奇和變文

第一節　唐傳奇的興起和發展

㈠唐傳奇的興起

　　唐傳奇指唐代出現的具有成熟形態的文言短篇小說。晚唐裴鉶以「傳奇」作為自己小說集的名稱。宋以後，人們根據這類小說多傳寫奇聞異事的特點，泛稱唐人小說為「傳奇」①。但「傳奇」這一名稱，在不同時代，還有其他含義。在南宋和金代也指諸宮調，元代也指雜劇，明清時代則指用南曲演唱的長篇戲劇。

　　唐傳奇是古代小說發展的新階段。魯迅說：「小說亦如詩，至唐代而一變。雖尚不離於搜奇記逸，然敘述宛轉，文辭華艷，與六朝之粗陳梗概者較，演進之迹甚明。而尤顯者乃在是時則始有意為小說。」（《中國小說史略》）這是對唐傳奇文學特徵的準確概括。唐傳奇雖然源於漢魏六朝志怪小說，而敘事寫人，亦有取於史傳，尤多受到「雜史」類中人物傳記的啓發，中唐以前傳奇小說多名為傳或記，即表現它們之間的聯繫。但史傳為紀實，志怪小說則「多是傳錄舛訛，未必盡幻設語，至唐人乃作意好奇，假小說以寄筆端」（胡應麟《少室山房筆叢》）。從唐傳奇開始，小說作者才擺脫了史家的「實錄」傳統，有意識進行藝術虛構，小說才真正成為作家的自覺創造。與此相聯繫，唐傳奇改變了六朝小說粗陳梗概的敘述方式，開始進行具體細緻的人物、情

節和生活場景的描寫。這一切，都標誌著我國古代小說作爲一種
文學體裁已經眞正成熟。

　　唐傳奇是新興的文學樣式（唐代小說，除傳奇外，還有傳統
的筆記體志怪和軼事小說）。傳奇小說的興起和繁榮，體現了古
代小說文體自覺的內在要求。六朝志怪和軼事小說開始擺脫對歷
史的依附，具有獨立的敍事形態，但一般說來，作者皆「非有意
爲小說。蓋當時以爲幽明雖殊塗，而人鬼乃皆實有，故其敍述異
事，與記載人間常事，自視固無誠妄之別矣」（魯迅《中國小說
史略》）。這種「實錄」「紀聞」的史家傳統觀念，使作者無法
劃清歷史著述與文學創作的界線，也就使小說無法獲得獨立的文
學品格，因而成爲小說文體自覺的嚴重障礙。南北朝後期，在佛
道宗教幻想和民間幻想的啓發和影響下，已出現了一些明顯帶有
藝術虛構和藻飾性質的作品。如由古印度《舊雜譬喻經》演化而來
並且中國化了的《續齊諧記》（梁吳均撰）中的「陽羨書生」的故
事；上承《幽明錄》（宋劉義慶撰）傳說而充分擴展鋪張的《冥祥
記》（梁王琰撰）中的「趙泰魂遊地獄」的故事等等，都已非紀
聞而完全是文學創造想像的產物。其篇幅規模也漸次擴大。《冥
祥記》中「趙泰」條全文一千一百餘字，描寫生動細緻。該書千
字以上文有三則，五百字以上的有十二則，大大超過以前志怪的
規模。這些情況說明，以志怪爲主體的早期小說，施之藻繪，擴
其波瀾，發展成幻設爲文的傳奇小說，乃是小說文體演變的必然
趨勢。而在唐代適逢其會。唐代社會和文學土壤，是傳奇小說產
生發展的理想環境條件。

　　唐代是一個思想解放、藝術創造力蓬勃高漲的時代。大批庶
族知識分子登上文壇，特別是以文才仕進的進士，他們不但致力
於傳統的詩賦，也把新起的傳奇小說作爲顯露才華、自我表現的
工具，「蓋此等文備衆體，可見史才、詩筆、議論」（趙彥衛

《雲麓漫鈔》卷八）。傳奇沒有「載道」或「紀實」的內容要求，沒有詩賦的格律形式束縛，可以容納當時比較正規的文體所不能容納的內容，可以比較自由地運用敍事和抒情文學的各種表現手段。雖然從傳統眼光看來，這種新興文體不免「有以累於令德」（張籍《與韓愈書》），但許多眼光敏銳、思想開放的士子卻看到了傳奇小說可以「揉變化之理，察神人之際，著文章之美，傳要妙之情」（沈既濟《任氏傳》）的優長，有的並把它作爲科擧「行卷」、「溫卷」的手段。趙彥衞記載：「唐之擧人，先借當世顯人，以姓名達之主司，然後投獻所業（按：此謂之「行卷」），逾數日又投，謂之溫卷。如《幽怪錄》、《傳奇》等皆是也。」（《雲麓漫鈔》卷八）傳奇受到科擧士子以至進士的青睞，決非偶然②。沒有這批具有高度文化素養和文學才能的作者進入傳奇創作隊伍，古代小說的成熟是不可能的。

唐代社會的繁榮，特別是中唐以來城市經濟的發展，對唐傳奇的興起有重要影響。五光十色的社會政治、經濟、文化生活，給作家多方面地參與現實、認識現實提供了充分的機會，也是傳奇創作的素材來源。爲滿足市民階層的娛樂需要而出現的「市人小說」（一種民間說話技藝）和「俗講」（由僧侶創制以講唱佛教故事爲主）相當流行，也爲傳奇作者所矚目。元稹、白居易曾經以在自己的宅第裡聽說話爲樂。著名傳奇《李娃傳》就取材於民間說話《一枝花》③。

唐代其他文學形式的蓬勃發展，給唐傳奇以藝術滋養。唐傳奇的繁榮與古文運動的開展恰在中唐同步，二者相互推動，相互聯繫。散句單行的古文比較起整飭藻麗的駢文，更適合於敍述故事，描寫人物。況且在六朝唐初，文人記事寫史，仍沿用散體而不用駢體，傳奇作者自難例外。故絕大多數傳奇都用散體寫作，與古文家相呼應。而古文家韓愈、柳宗元等也都寫過「以文爲

戲」的傳奇體散文（如《毛穎傳》、《河間婦傳》）。唐傳奇敍述與詩情相結合的特徵則顯然是這個古典詩歌的黃金時代打下的特殊印記。另外，佛敎文學特別是佛經變文中的閎闊玄想和奇妙描繪，道敎關於神仙世界的想像和神性傳說，都豐富了唐傳奇的題材和藝術表現手段。

(二)唐傳奇的發展

唐傳奇的發展大體可分爲三個階段：

初盛唐是唐傳奇的形成期。

這一時期現存的主要作品有王度（隋開皇初至唐武德年間人）的《古鏡記》、無名氏《補江總白猿傳》和張鷟（約公元660～740年）《遊仙窟》等。《古鏡記》作於隋末唐初，敍述王度和其弟王績所攜的一面古鏡的奇異經歷，貫串大小十幾個故事，其中有的描寫相當細緻動人，但仍帶有較濃厚的志怪色彩，表現出轉變時期的特點，是唐傳奇的開山之作。《補江總白猿傳》是在志怪小說原型基礎上創作的④，但敍述委曲，情節集中。尤其是《遊仙窟》，雖用駢文寫作，但洋洋萬餘言，鋪張綺靡，規模爲唐傳奇之冠；對話中有較多的口語、俗語，反映了作者對民間文學的吸收。這篇小說大約在盛唐時流入日本，產生了廣泛影響，而在國內反而失傳，直至本世紀初才從日刻本抄寫回國⑤。它也是我國古代少有的第一人稱自敍體小說。此外，這個時期還出現了第一部傳奇小說集──牛肅（武后至代宗間人）的《紀聞》（十卷，原書已佚，《太平廣記》採錄一百餘條）。此書內容基本上是「實錄」，但描寫較具體生動，體現了傳奇的初期特點。初盛唐時，文人方致力於詩歌創作，散文文體改革尚未進行，恐怕是傳奇作者較少的原因。

中唐是唐傳奇的成熟期。

　　由於完全擺脫了六朝志怪題材和寫法的束縛，主要進行面向現實的創作，故湧現了一大批著名作家作品。如沈既濟（約公元750～800 年）的《任氏傳》和《枕中記》，白行簡（公元 776～826年）的《李娃傳》、《三夢記》，元稹的《鶯鶯傳》，陳鴻（貞元元和間人）的《長恨歌傳》、《東城老父傳》，蔣防（元和長慶時人）的《霍小玉傳》，李公佐（貞元元和時人⑥）的《南柯太守傳》、《謝小娥傳》、《馮媼傳》、《古嶽瀆經》，沈亞之（約公元 781～832年）的《湘中怨解》、《異夢錄》、《馮燕傳》、《秦夢記》，李朝威（生卒年不詳）的《柳毅》，陳玄祐（生卒年不詳）的《離魂記》，李景亮（生卒年不詳，曾應貞元十年科舉）的《李章武傳》等。除單篇作品外，這一時期還出現了傳奇小說集，如牛僧孺（公元779～848年）的《玄怪錄》，李復言（貞元至大和間人）的《續玄怪錄》等。中唐傳奇題材，以愛情婚姻和政治時事為主。無論從社會意義和藝術水平看，中唐都是唐傳奇的高峯。

　　晚唐，是唐傳奇的演變時期。

　　這一時期的特點，是一方面大量傳奇作品特別是專集的出現，表明唐傳奇的創作仍處於繁榮階段，其數量甚至超過中唐。單篇如《楊娼傳》（房千里，約公元 840 年前後在世，文宗太和進士）、《無雙傳》（薛調，公元 830～927 年）、《鄭德璘傳》（無名氏）、《虬髯客傳》（杜光庭，懿宗咸通進士）等。傳奇專集，有《甘澤謠》（袁郊，咸通間人）一卷，《傳奇》（裴鉶，唐懿宗僖宗時人）三卷（原書已佚，今輯三十一篇），《集異記》（薛用弱，長慶大和時人）三卷（原書已佚，今輯八十八篇），《河東記》（薛漁思，生卒年不詳）三卷，《三水小牘》（皇甫枚，咸通光啓時人）三卷（佚一卷，今輯六十一則），《劇談錄》（康軿，僖宗乾符進士，今有《學津討原》本），《原化記》（皇甫氏，名不詳，唐末人）一卷（今存五十餘則）等。但另一方面，這個時期

又出現了數量眾多的筆記雜錄體的志怪和軼事小說集，如志怪小說集《酉陽雜俎》（段成式）二十卷、續集十卷，《瀟湘錄》（柳祥）十卷，《乾馔子》（溫庭筠）三卷，《宣室志》（張讀）十卷、補遺一卷；軼事小說集《唐國史補》（李肇）三卷，《幽閒鼓吹》（張固）一卷，《雲溪友議》（范攄）三卷（一為十二卷本），《北里志》（孫棨）一卷，《杜陽雜編》（蘇鶚）三卷等。但實際上二者界線相當模糊⑦。魯迅評《杜陽雜編》等「雖間有實錄，而亦言見夢昇仙，故皆傳奇，但稍遷變」，《劇談錄》等「雖若彌近人情，遠於靈怪，然選事則新穎，行文則透迤，固仍以傳奇為骨者也」（《中國小說史略》）。這種情況表明，作為文學體裁的唐傳奇已逐漸模糊其自身特徵，出現與六朝筆記體小說相混合或融合的趨勢。在題材方面，晚唐傳奇小說大多遠離現實，劍俠、鬼神、靈異故事較多，呈現志怪色彩。所以，晚唐傳奇的演變從總體上說，並不是新的發展，而是在一定程度上向六朝志怪為代表的古小說的回歸。它反映了晚唐文學創造精神的衰落和小說發展的曲折。

第二節　唐傳奇的思想內容

　　唐傳奇的內容與以「明神道之不誣」為主旨的六朝志怪的最大區別，是把現實人物和事件作為描述對象。雖然不少傳奇作品中依然存在幻想形象和情節，作家也普遍有尚奇的審美追求，但面向人生、參與現實始終是唐代小說的基本特徵。這是古代小說創作的重大進步。

　　唐傳奇的思想內容，集中表現在三類題材中，即愛情婚姻題材、社會政治題材和俠義題材。

(一)愛情婚姻題材

早期傳奇只有一篇寫文人風流韻事的《遊仙窟》，但中唐以後，愛情婚姻問題成了小說家的創作重心。這一現象與這一時期愛情題材詩歌的大量出現相聯繫，反映了文學對個體情感和幸福追求的重視與肯定，作家熱中於用抒情（詩歌）和敍事（小說）手段表現自我愛情觀念和對社會愛情問題的關心。對男女自由和忠貞愛情的謳歌，幾乎是這類題材所有小說的主題。《任氏傳》寫鄭生明知任氏爲狐妖，仍然執著地愛著她；而任氏爲了忠於與鄭生的愛情，不但敢於反抗凌辱，而且甘於冒難犯死。這種「遇暴不失節，徇人以至死」的操守並不是對抽象道德綱常的服從，而完全是情感的奉獻。張倩娘爲了實現與王宙的愛情，不顧父親阻撓，靈魂離體隨情人私奔（《離魂記》），步飛煙不滿於爲媒妁欺騙的婚姻，與鄰居趙象發生私情，被丈夫殘酷鞭撻至死，卻堅定地表示「生得相親，死亦何恨？」（《步飛煙傳》）王仙客歷盡磨難，尋找愛人（《無雙傳》），李章武不憚陰魂，與情人幽會（《李章武傳》）。在這些悲喜劇中，無論男女主人公，都表現出可貴的愛情品質。

對愛情自由和忠誠的肯定，必然導致對背棄和破壞愛情幸福的社會勢力與行爲的暴露批判。其中，對封建門閥婚姻制度與觀念的批判，是唐傳奇愛情小說的突出主題。《李娃傳》、《霍小玉傳》是其中最優秀的篇章。《霍小玉傳》描寫淪落娼門的霍小玉與書生李益的愛情悲劇。李益在與霍小玉熱戀時，「引諭山河，指誠日月」，誓同偕老，但一旦赴任當官，母親又爲他聘定了大族盧氏之女，他便背棄了小玉的愛情，小玉癡情落空，終於含恨而死。這一悲劇的產生，固然與李益品行浮蕩分不開，但其根本原因則在於當時的門閥婚姻制度並不容許他們的結合。唐代「民間

修婚姻，不尚官品而尚閥閱」（《新唐書·杜兼傳》）。士人皆以與崔（清河、博陵）、盧（范陽）、王（太原）、鄭（滎陽）、李（趙郡、隴西）五大姓聯姻爲榮，希圖有利仕進。出自賤庶的霍小玉一開始就意識到她與出自隴西大姓的李益的階級差距，在與李益離別時，她只要求李益給她八年的相愛之期，然後「另選高門，以諧秦晉」，自己便「捨棄人事，剪髮披緇，夙昔之願，於此足矣。」然而，就連這點可憐的願望也無法實現。小說通過「風流之士，共感玉之多情；豪俠之倫，皆怒生之薄行」的社會反應，和小玉對李益的復仇懲罰，憤怒譴責了李益的負心和他對腐朽的門第婚姻的屈從。小說把倫理批判和社會批判成功地結合起來，具有深刻的思想意義。

在唐傳奇愛情小說中，《鶯鶯傳》可以說是獨一無二的爲負心男子辯護的作品。張生的「始亂終棄」被稱許爲「善補過者」，這顯然與作者元稹自身的經歷和思想有關⑧。但作者爲了表現張生的「忍情」而著意描寫鶯鶯的美麗動人和深情幽怨，則在客觀上塑造了一位令人同情的愛情追求者的悲劇形象。鶯鶯是一位大家閨秀，「貞愼自保」，但又「往往沈吟章句」，內心壓抑著對愛情的渴求。當張生應其詩約而來相會時，她端服麗容，嚴詞責備。而當張生陷入絕望之時，她竟又主動投身於情人的懷抱。爲了衝破禮法束縛，她走著一條比市井女性更艱難曲折因而也更多精神痛苦的道路。但她終於只能成爲封建禮法的犧牲品，在與張生離別乃至被棄置後纏綿自哀。她的悲劇具有一定的典型性，因而不斷引起後人的共鳴。

(二)社會政治題材

唐代社會的複雜矛盾和政治鬥爭在唐傳奇中也得到相當廣泛的反映。這種反映常常以其強烈的主體意識的介入而具有鮮明的

政治批判色彩。《枕中記》和《南柯太守傳》是兩篇借夢幻寫官場政治的小說。作者雖然意在宣揚佛老的出世思想，認爲功名富貴虛幻難恃，不過是「黃粱一夢」、「南柯一夢」，但他著重描寫和揭露的則是統治階級內部醜惡的權利爭奪和朝廷的種種弊政。《南柯太守傳》中的淳于棼原是一個放蕩無行的酒徒，因某種機緣被招爲駙馬而暴發富貴，且蔭及子女，連酒友都得到援引騰達。一旦禦敵失利，公主夭亡，就寵衰讒起，終被遣返，醒後才知道自己一番夢中經歷全在蟻穴之中。所謂「貴極祿位，權傾國都，達人視此，蟻聚何殊」。這種巧妙的寓言構思包含著對中唐時期政治現實的辛辣諷刺。陳鴻的《東城老父傳》和《長恨歌傳》是兩篇從宮廷生活的側面反映社會政治面貌的作品。這種特殊的角度使小說能夠把批判的矛頭直接指向最高統治者。前者寫年僅十三歲的賈昌因善於鬥雞受到玄宗的寵幸，成爲五百雞坊小兒之長，時人爲之語曰：「生兒不用識文字，鬥雞走馬勝讀書。」後者寫玄宗因愛幸女色而導致政治昏亂，當時謠詠：「男不封侯女作妃，看女卻爲門上楣。」正是這位開元盛世的英主，由於腐化享樂而終於成爲天寶亂世的禍首。小說的諷諭意義十分鮮明。晚唐傳奇《海山記》、《迷樓記》、《開河記》雖然寫的是歷史題材，但作者借古喻今，以隋煬帝荒淫亡國的教訓警誡當時統治者，與這一時期大量詠史詩的意圖指向是一致的。

(三)俠義題材

唐代社會盛行遊俠。早在初唐，盧照鄰、駱賓王就描寫過「挾彈飛鷹杜陵北，探丸借客渭橋西」（《長安古意》），「倡家桃李自芳菲，京華遊俠盛輕肥」（《帝京篇》）的情況，遊俠精神也成爲唐代士人浪漫進取精神的重要表現。書劍風塵是許多知識分子走過的人生道路，遊俠題材不絕於詩。進入小說則首先表現

爲對赴人急難，己諾必誠的俠義精神的歌頌。《柳毅》把下第儒生柳毅描寫成一位「丈夫」。他既不辭勞苦，脫人於苦難；又不圖私利，施恩不望報，還敢面對橫暴，大義凜然。他拒絕了强加的婚姻，卻獲得眞誠的愛情。這篇小說包含了俠義與愛情雙重主題，但柳毅是文人而非武俠。《霍小玉傳》中的黃衫豪士，《柳氏傳》中的虞侯許俊等，才是俠義與俠藝（武功）相結合的豪俠人物，他們在這些愛情小說中因打抱不平，曾一顯身手。豪俠眞正成爲傳奇的主角是在晚唐。晚唐藩鎭割據混戰，多招納俠客死士以爲黨羽⑨；社會黑暗，無力反抗的一般民衆也容易產生對豪俠行爲的幻想，這是豪俠故事盛行的社會原因。《聶隱娘》、《韋自東》、《崑崙奴》（均出自《傳奇》）、《紅線》（《甘澤謠》）、《車中女子》、《崔愼思》（《原化記》）等都是有名的作品。這些小說的俠義內容相當複雜，有的是赴人之急、排難解紛（《崑崙奴》），有的是平息戰禍，使「兩地保其城池，萬人全其性命」（《紅線》），有的則純粹是爲了報一己之私恩而甘心充當藩鎭鬥爭的工具（《聶隱娘》）。其共同特點則是在表現豪俠行爲時極力宣揚一種超乎尋常的武功。這是中國武俠小說的開端。只有《虬髯客傳》不同凡響，於俠義、武功之外，著重表現了豪俠的政治追求。紅拂棄楊素而私奔李靖，李靖攜紅拂投奔李世民，都表現出慧眼知人的膽略識見。而素有王霸之志的虬髯客及其道兄，見到李世民後卻慘然心死，囑李靖夫婦「佐眞主贊功業」之後，自己則到海外去另創新業，終成扶餘國主。這篇小說意在藉宣揚眞命天子，證明唐王朝統治的合理性和永恒性。在唐末的歷史條件下，它具有反對割據紛爭、維護國家統一的積極意義。

第三節　唐傳奇的藝術成就和影響

㈠唐傳奇的藝術成就

　　作爲一種成熟的小說形態，唐傳奇無論在人物藝術、敍事藝術和語言藝術等方面都取得了很高的成就。

1、唐傳奇人物藝術

　　唐傳奇開始了古代小說利用藝術虛構塑造人物形象的階段。優秀的傳奇小說能夠對現實生活中的人物進行藝術概括，並且把人物性格放在現實社會關係和特定生活環境中加以表現，因而能夠創造出具有一定典型性和特徵性的藝術形象。作者既著力突出人物性格的某一或某些側面，又不使性格特徵成爲類型符號，而是在具體描寫中表現出人物性格生動實在的內涵，使人物形象具有眞實的個體生命。《李娃傳》就是其中的傑出代表。作品主要通過妓女李娃與大族公子滎陽鄭生的關係發展變化的曲折過程反映當時的社會生活環境，揭示李娃性格中的豐富深刻的內涵。李娃與鄭生初見時雖然是一般狎客和妓女的關係，但從她「迴眸凝睇，情甚相慕」和沒有忘記鄭生是「前時遺策郎」等細節，又可看出她對鄭生確有一定的好感。而她與鄭生「詼諧調笑，無所不至」，又正是老於世故的風塵手腕。這種矛盾的雙重心理促使李娃在鄭生資財蕩盡之後，一方面「姥意漸怠，娃情彌篤」，另一方面卻終於不露聲色地同老姥合作，設計拋棄了困難中的鄭生。可是，當鄭生淪落爲丐，四處乞討，「枯瘠疥癘，殆非人狀」時，李娃又「前抱其頸，以繡襦擁而歸於西廂。失聲長慟曰：『令子一朝及此，我之罪也！』絕而復蘇。」並毅然自贖其身，護理鄭生，全力幫助他成就功名。但當鄭生入仕之際，李娃竟又主

動提出與鄭生分手：「今之復子本軀，某不相負也。願以殘年，歸養老姥。君當結媛鼎族，以奉蒸嘗。中外婚媾，無自黷也。勉思自愛，某從此去矣。」這一出人意料的舉動，不但顯示了李娃深沈、果決、冷靜的性格特徵，表現了她救護鄭生的善良品德和無私的心境，而且深刻揭示了封建等級觀念和門閥婚姻制度給這位賤民女子帶來的心靈痛苦。李娃是唐傳奇中塑造得最成功的寫實性藝術形象。只有李娃被封為汧國夫人的結尾帶有虛幻的理想色彩。在人物描寫方法上，唐傳奇受文言和篇幅限制，一般不對生活過程進行委曲詳盡的描述，而是通過特定場景和細節的提煉來突出人物性格特徵和內心活動。如《霍小玉傳》寫霍小玉於久病中聽說李益為豪士挾持來家的一段：

> 玉沈綿日久，轉側須人，忽聞生來，欻然自起，更衣而出，恍若有神，遂與生相見，含怒凝視，不復有言。羸質嬌姿，如不勝致，時復掩袂，返顧李生。感物傷人，坐皆欷歔。因遂陳設，相就而坐。玉乃側身轉面斜視生，良久，遂舉杯酒酬地，曰：「我為女子，薄命如斯；君是丈夫，負心若此；韶顏稚齒，飲恨而終。慈母在堂，不能供養；綺羅弦管，從此永休；徵痛黃泉，皆君所致。李君李君，今當永訣！我死之後，必為厲鬼，使君妻妾，終日不安！」乃引左手握生臂，擲杯於地，長慟號哭，數聲而絕。

通過一連串情態、動作細節和臨死前的訣辭，表現了小玉對負心郎的憤恨，也傳達出她見到昔日情人時的複雜心情。這裡有決絕和譴責，也未嘗沒有執著和眷戀。正是這種情感的複雜性，才使小玉的癡情性格得以最後完成。胡應麟評《霍小玉傳》說：「唐人小說，綽有情緻。此篇尤為唐人最精彩動人之傳奇，故傳誦弗

衰。」（汪辟疆《唐人小說》引）其得力於人物描寫，是顯然的。

2、唐傳奇的敍事藝術

　　唐傳奇也開始了古代小說對敍事藝術的自覺追求。在此以前，以紀聞實錄爲基礎的早期小說，一般說來尚無結構構思可言，唐代小說家善於運用各種藝術手段構思情節，或取材時事，純粹寫實（如《李娃傳》）；或把寫實和虛幻境界糅合銜接（如《長恨歌傳》）；或借助於神話傳說，創造人神人鬼人妖交通的故事（如《任氏傳》）；或者利用寓言，演繹某種抽象的觀念情感（如《枕中記》）等等。但無論哪種形式，「敍述宛轉」都是作家的共同追求。它既表現爲曲折生動的故事情節，又表現爲謹嚴巧妙的結構布局，是敍述內容與敍述方式的結合和統一。以《柳毅》爲例：《柳毅》的俠義與愛情雙重主題，主要通過柳毅傳書和龍女報恩兩大部分情節內容分別體現。柳毅仗義傳書，使龍女得以脫離苦難，而性情暴烈的錢塘君的出現又使情節頓生波瀾曲折。錢塘君掃蕩八百里涇川，救出姪女，又想用同樣的態度威逼柳毅成婚。柳毅以義行爲志，不畏強暴，堅決拒絕，這就進一步突出了人物的俠義品質。但離別龍宮時，柳毅卻「殊有嘆恨之色」，透露出他對龍女內心深處的眷戀，爲愛情故事的展開埋下了伏筆。第二部分龍女變爲凡女嫁給柳毅，卻在一段時間裡隱瞞了眞情，直到生了兒子以後方和盤托出，與柳毅共述往事，互訴衷腸。這一曲折既表現了龍女的纈思摯情，突出了愛情主題，又是對柳毅俠義性格的烘托，補充完成了俠義主題。作品一開頭就點明柳毅是下第儒生，結尾則讓柳毅與龍女一起成仙，並讓謫官的表弟薛嘏與之對比：「兄爲神仙，弟爲枯骨。」把表現俠義與愛情主題的故事情節置於這樣一個敍述框架中，不但使結構渾然一體，而且顯示出小說的深層意蘊，即寄託不得志的知識分子棄儒從道、獨善其身的人生追求。

3、唐傳奇的語言藝術

　　如果說，唐傳奇的人物塑造藝術和敍事藝術較多地體現著作家對史傳文學藝術傳統的吸收和創新，那麼，唐傳奇的語言藝術則更多地體現著對詩和古文成就的借鑒和吸收。唐傳奇充分顯示出這個詩的時代的特色，許多傳奇名作可以說就是詩化的小說。這不但表現在作者常常有意識地把詩歌辭賦組織到情節敍述之中，而且表現在作品經常運用凝練優美的語言創造情景交融的藝術意境，或渲染氣氛，或烘托形象，或傳達心理，或推動情節。《湘中怨解》寫湘中蛟女汜人與鄭生相戀後被迫分離，十餘年後，鄭生於岳陽樓上飲酒愁吟，有畫艫浮漾而來：

> 　　其中一人起舞，含頩淒怨，形類汜人。舞而歌曰：「泝青山兮江之隅，拖湘波兮褭綠裾。荷拳拳兮未舒，匪同歸兮將焉如！」舞畢，斂袖，翔然凝望。樓中縱觀方怡。須臾，風濤崩怒，遂迷所往。

事、詩、情、景融合無間，表達了無窮盡的愁思悵惘。前人曾稱許「唐人小說，小小情事，淒惋欲絕，洵有神遇而不自知者」（洪邁《〈唐人說薈〉凡例》）。詩意情境的創造應是一個重要因素。

　　「文辭華美」是唐傳奇語言的基本風格特徵。比較早期小說質樸的敍述語言，這是一個飛躍。唐傳奇主要用流暢的古文即散體語言寫作，同時適當吸收了駢文精練整飭、口語傳神自然的詞語句式，描摹人情物態，於細膩處備極委曲，於簡要處則含蓄雋永。如《任氏傳》為突出任氏的美麗，曾四次用筆。最精彩的是韋崟派家僮去窺視任氏容貌的一段，渲染得淋漓盡致：

俄而奔走返命，氣吁汗洽。崟迎問之：「有乎？」又問：「容若何？」曰：「奇怪也！天下未嘗見之矣！」崟姻族廣茂，且凤從逸游，多識美麗。乃問曰：「孰若某美？」僮曰：「非其倫也！」崟遍比其佳者四五人，皆曰：「非其倫。」是時吳王之女有第六者，則崟之內妹，穠艷如神仙，中表素推第一。崟問曰：「孰與吳王家第六女美？」又曰：「非其倫也。」崟撫手大駭曰：「天下豈有斯人乎？」遽命汲水澡頸，巾首膏唇而往。

但接著寫韋崟親自去看任氏的正面筆墨，反而只有寥寥數句：「迫而察焉，見任氏戢身匿於扇間。崟別出就明而觀之，殆過於所傳矣。」虛實相映，留給人們豐富的想像。唐傳奇語言的描寫優長在此得到充分表現。

㈡唐傳奇的的影響

　　唐傳奇是唐代文學的一朵奇葩。早在宋代，洪邁就卓有眼力地把唐人小說與詩歌並稱為「一代之奇」。唐傳奇開闢了古代小說作為一種文學體裁獨立發展的道路。傳奇體裁成為文言短篇小說的基本體式，歷代相承，至清初終於發展成為《聊齋志異》那樣的藝術傑構，並出現了中長篇文言小說。唐傳奇的藝術方法也為後代小說家所繼承和發展，對形成古代小說的民族傳統具有重要意義。唐傳奇成為後代通俗小說、戲曲、講唱文學的重要題材來源，元雜劇《西廂記》、《倩女離魂》、《柳毅傳書》，明傳奇《邯鄲記》、《南柯記》、《紫釵記》，清傳奇《長生殿》等和一些話本、擬話本都直接取材於此。唐傳奇在公元八九世紀即已成熟，表明我國古代短篇小說的發展走在世界的前列。《遊仙窟》等傳到日本，對日本物語文學的發展產生了重大影響。而歐洲的短篇小說則遲至十四世紀《十日談》的出現才走向成熟。

　　唐傳奇的結集，始於晚唐陳翰之《異聞集》（十卷，已佚）。宋初李昉等編《太平廣記》五百卷，分類編纂自漢魏以迄宋初的小說、野史、雜記等，是保存漢魏六朝和唐代小說的淵藪。魯迅專採唐宋單篇傳奇爲《唐宋傳奇集》並附《稗邊小綴》，後汪辟疆《唐人小說》一書除單篇外，還選錄了部分專集之代表作品，二書均精於考訂。唐傳奇的專集，現在陸續整理出版。自魯迅《中國小說史略》以來，對唐傳奇的研究逐步深入，它的重要意義和價值，必將進一步被認識和發掘出來。

第四節　唐代變文

㈠變文的源起

　　至遲在公元七世紀末以前，唐代寺院盛行一種說唱體通俗文學，叫做「俗講」⑩。這種「俗講」的底本就是「變文」。寺院僧侶在宣講佛教經義和故事時，一面講唱一面展開一種稱爲「變相」的圖畫相配合，「變文」的名稱或即由此而來⑪。

　　俗講是在唐代社會崇佛風氣盛行和城市經濟繁榮的歷史條件下出現的通俗化的文藝宣傳形式，其目的首先是把佛教經典藝術化、形象化。從事這種宣傳的俗講僧把梵唄、轉讀、唱導⑫等佛教宣講形式和中國古代的說唱文學傳統融合起來，變文就這樣產生了。爲了吸引聽衆，擴大宣傳效果，除佛經故事以外，俗講僧也不斷加進一些歷史故事、民間傳說和其他現實內容，並使說唱形式逐漸完善。這種形式後來又爲民間藝人所接受，除寺廟以外，還在民間娛樂場所演出，甚至深入宮禁⑬。於是，講唱變文就從一種宗教通俗宣傳變成了大衆娛樂形式。韓愈《華山女》詩描述當時佛道都利用俗講爭奪羣衆，造成「聽衆狎恰排浮萍」、

「驊騮塞路連輻軒」、「觀中人滿坐觀外,後至無地無由聽」的熱烈場面。趙璘《因話錄》記載晚唐俗講僧文漵講唱時,「假托經論,所言並非淫穢鄙褻之事,不逞之徒轉相鼓扇扶樹,愚夫冶婦,樂聞其說,聽者塡咽寺舍,瞻禮崇奉,呼爲和尚教坊,效其聲調,以爲歌曲」。這些顯然並非宗教狂熱,而是說明講唱變文滿足了廣大市民的文化娛樂需求。北宋以後,說話、雜劇等民間技藝發達起來,加以宋眞宗時曾明令禁止僧人講唱變文,故變文曾淹沒了數百年。清光緒二十五年(公元 1899 年)敦煌千佛洞中的藏經洞石窟發現大批手抄本變文,這份寶貴的文化遺產才重見天日。但人們所稱的「敦煌變文」,除宣講佛經的講經文、講唱故事的變文外,還包括石室藏書中發現的唐人話本、俗賦、詞文等通俗文學作品,比「變文」的實際含義要廣泛一些。這些作品的大部分被英人斯坦因、法人伯希和等盜走,流入倫敦不列顚博物院、巴黎國家圖書館等處。我國學者王重民、王慶菽等經數十年辛勤搜集、攝照、校勘,於五十年代編集出版了《敦煌變文集》一書,輯錄變文及其他作品共七十八篇,是研究變文較完善的輯本。

(二)變文的形式特徵和內容

變文的形式特徵,一般是說唱相間,散韻結合。說白用淺近文言,雜有四六句式,唱詞主要是七言詩句。先用散文敍述故事,再用韻文復述故事主要內容,或者描寫重要的場面和人物對話。這樣說一段,唱一段,直到故事結尾。說唱的比重各不相同。有的以唱爲主,如《目連救母變文》、《王昭君變文》等,有的以說爲主,如《降魔變文》、《伍子胥變文》、《漢將王陵變》等。現存的有些變文只有唱詞,如《董永變文》,可能是說白沒有記錄保存下來。與此相似的是《敦煌變文集》中的詞文,如《季布罵陣詞

文》，全用七言詩，四千四百多字，從結尾「莫道詞人唱不真」一句看，這是一種用作演唱的長篇敘事詩歌。還有一種押座文，如《八相押座文》、《維摩經押座文》，全係韻文，「押座」即「壓座」，大概是講經以前爲使聽衆安定下來的唱詞。後代說話的「入話」，彈詞的「開篇」，顯然就是這種形式的繼承和發展。

變文實際上是一種說唱結合的長篇敘事文學。對於長篇敘事詩不夠發達的漢民族，它無疑是一種新的文學形式。演唱佛經故事的變文雖然意在弘揚佛法，但它們帶來了佛敎文學幻想瑰麗奇特、布局宏大壯偉的特色。如《目連變文》描寫目連尋母時所見的各種地獄慘景，《降魔變文》描寫舍利佛與六師鬥法，皆窮極想象、動人心魄。以下是鬥法變化的一段：

> 六師聞語，忽然化出寶山。高數由旬，欽岑碧玉，崔嵬白銀，頂侵天漢，叢竹芳薪。東西日月，南北參辰。亦有松樹參天，藤蘿萬段，頂上隱士安居，更有諸仙遊觀，駕鶴乘龍，仙歌繚亂。四衆誰不驚嗟，見者咸皆稱嘆。舍利佛雖見此山，心裡都無畏難，須臾之頃，忽然化出金剛。其金剛乃作何形狀？其金剛乃頭圓像天，天圓祇堪爲蓋；足方萬里，大地才足爲鑽。眉鬱翠如青山之兩崇，口呀呀猶江海之廣闊。手執寶杵，杵上火焰衝天，一擬邪山，登時粉碎。山花萎悴飄零，竹木莫知所在。百僚齊嘆希奇，四衆一時唱快。

下文接著「故云金剛智杵破邪山處」之後，是一段復述以上情景的唱詞。這些充滿藝術奇境的描寫，對生活在黃土地上的務實民族是具有刺激性的，它給中國文學帶來了新鮮的養料，並直接開啓了後代《西遊記》、《封神演義》等神魔小說的先河。

演說俗事的變文是一種市民文學。其內容具有鮮明的現實

性，反映了廣大民眾的愛憎心理。它們有的揭露統治者的殘暴罪惡，如《孟姜女變文》（殘缺）中，孟姜女的傳說已經從主要表現婦女貞烈轉變為反映繁重勞役造成的悲慘死亡；《董永變文》則生動展現了窮苦百姓難以自存的痛苦。有的歌頌收復失地的愛國將領，如《張義潮變文》、《張淮深變文》都直接描寫時事，表達了安史之亂後長期被外族侵占的敦煌地區人民回歸唐朝的民族感情。有的歌詠歷史上的傑出人物，如《伍子胥變文》、《漢將王陵變》等。這些變文雖然從形式上模仿說經變文，但能根據內容表現的需要處理說與唱的關係，特別是重視人物形象的刻畫。如《伍子胥變文》中的唱詞，只有少數是對情節的簡要復述，多數則用來描寫人物對話或獨白，以細緻地刻畫人物的內心活動。文中寫到漁人送子胥渡過吳江後，覆舟自沈，「子胥愧荷漁人，哽咽悲啼不已，遂作悲歌而嘆曰」：

> 大江水兮淼無邊，雲與水兮相接連。痛兮痛兮難可忍，苦兮苦兮冤復冤。自古人情有離別，生死富貴總關天。先生恨胥何勿事？遂向江中而覆船。波浪舟兮浮沒沈，唱冤枉兮痛切深。一寸愁腸似刀割，途中不禁淚沾襟。望吳邦兮不可到，思帝鄉兮懷恨深。儻值明主得遷達，施展英雄一片心。

唱詞主要抒發伍子胥的震驚痛苦和英雄抱負。由於說和唱有了較明確的分工，故能充分發揮散文的敘事功能和詩歌的抒情功能。這是變文的進步。它對後代戲劇和說唱文學產生了艮好的影響。

《敦煌變文集》中還搜集了敦煌藏書中保存的唐代話本，包括《廬山遠公話》、《韓擒虎話》、《葉淨能詩》⑩和殘存的《唐太宗入冥記》等，反映了唐代「說話」技藝的發展情況和文學成就。話本就是說話的底本。話本以散文敘述故事，很少或沒有詩歌配

合。散文使用的是淺近文言，但人物對話吸收了較多的口語成分。情節生動，故事性強，適合於口頭講述。話本的傾向性是很鮮明的，它常把統治者作爲暴露與諷刺的對象。《唐太宗入冥記》描述唐太宗生魂被拘入冥府，因爲與判官崔子玉達成了交易，許諾崔升遷陽職，故而得以延壽。有關此事的民間傳說早已流行，張鷟《朝野僉載》中即有記述。對當朝的一代英主進行嘲諷，揭露鬼神世界與人間帝王的互相收買、通同作弊，這種大膽的批判顯然不是深受儒家思想教育的文人所能做到的。話本的對話描寫相當成功，頗能傳達出人物的口吻和心理。如崔子玉爲了讓太宗給他封官，故意提出「問頭」（問題），質問太宗爲何殺弟囚父奪帝位，令皇帝無辭可答。然後再要挾太宗，果然得到「蒲州刺史兼河北廿四州採訪使，官至御史大夫，賜紫金魚袋，仍賜蒲州縣庫錢二萬貫」的獎勵。這就把兩人的陰暗心理都暴露無遺。《葉淨能詩》雖然主要宣揚神仙道術，但葉淨能僅因一時過失，竟幾乎招致殺身之禍，其矛頭也是指向寡恩的唐明皇的。

(三)變文的影響

唐代「變文」和「話本」的出現，是我國文學史上有重大意義的事情。「變文」不但是後代彈詞、寶卷等民間通俗文學的源頭，而且影響到我國古代小說戲劇體制的形成和發展。戲曲的曲白結合，話本小說和章回小說中詩詞歌賦駢文描寫的摻雜，都可以從變文散韻相間、說唱結合的形式中看到脫胎的印記。唐代話本是白話小說的雛形，它爲宋元話本所直接繼承，導致後代白話文學的成熟。如果說，唐傳奇標誌著古代小說文體的成立，那麼，唐代話本則標誌著古代小說語體變革的開始。

附　註

①元稹《鶯鶯傳》原來也題《傳奇》，不載於本集，唐末陳翰編《異聞集》
　收此文。《太平廣記》收錄時改作《鶯鶯傳》。晁公武《郡齋讀書志》在
　評論《異聞錄》所收唐人小說時說：「以傳記所載唐朝奇怪事，類爲
　一書。」可知對「傳奇」一詞的理解。宋人也曾把「用對話說時
　景」的文章稱爲「傳奇體」，見《後山詩話》。魯迅則認爲「此類文
　字……時亦近於俳諧，故論者每訾其卑下，貶之曰『傳奇』，以別於
　韓柳輩之高文」（《中國小說史略》）。

②據馮沅君《唐傳奇作者身份的估計》（《文訊》九卷四期）考證，在
　21 位出身行事可考的唐傳奇作者中，舉進士 15 人，明經1人，擢
　制科 1 人，應進士不第 1 人，進士或制科出身的 3 人。早期傳奇作
　者張鷟凡入試皆登甲科，有「青錢學士」之稱。可見傳奇受到科舉
　士子的喜愛。

③元稹《酬翰林白學士代書一百韻》詩有「光陰聽話移」之句，並自
　注：「又嘗於新昌宅（按：白居易住處）聽一枝花話，自寅至巳，
　猶未畢詞也。」「一枝花」即李娃。宋曾慥《類說》所輯唐陳翰編
　《異聞集》，其中《汧國夫人（按：即李娃）傳》篇末注：「舊名一枝
　花。」另外一些唐傳奇篇本，也往往述及其寫作與朋友間「說話」
　的關係。如「晝宴夜話」（《任氏傳》）、「宵話徵異」（《廬江馮
　媼傳》）、「因話奇事」（《續玄怪錄》），可見文士間流行「說
　話」之風。

④《補江總白猿傳》所本當爲焦延壽《易林》「南山大玃，盜我媚妾」，
　及晉張華《博物志》、梁任昉《述異記》所載猴玃盜婦人事。

⑤汪辟疆《唐人小說》據日本天平之世的山上憶良之《沈痾自哀文》引
　《遊仙窟》文，此文作於山上末年，正當唐開元廿一年，斷定此書於
　開元張鷟尚在之時，即已傳至日本。

⑥李公佐，史不詳其生平。據其所作諸篇自述推斷，大約爲貞元元和間人。元和八年（公元813年）罷江南西道觀察使判官，十三年夏歸長安。杜光庭《神仙感遇傳》載「李公佐」一條，謂其字顓蒙。又《舊唐書·宣宗紀》載有前揚府錄事參軍李公佐，於大中二年（公元848年）削官，不知是否一人。

⑦《宣室志》中之「鄭德茂」、「許貞」條，《乾𦠆子》之「華州參軍」條，《逸史》（盧肇）之「盧李二生」、「太陰夫人」條，《雲溪友議》之「玉簫化」條等，都是一些委曲動人的傳奇小說。又《酉陽雜俎》20卷爲博物雜記，以類相從，但其中《諾皋記》2卷《支諾皋》3卷卻可視爲傳奇專集。

⑧關於張生的原型，舊有張籍（文昌）、張珙（君瑞）、張先（子野）三說。宋王銍作《〈傳奇〉辨證》考證爲元稹本人，後無異說。關於崔鶯鶯的原型，有各種說法，陳寅恪認爲鶯鶯所出必非高門，甚至可能是倡伎，見其所著《元白詩箋證稿》。今人卞孝萱《元稹年譜》也有考辨。

⑨如《資治通鑑》憲宗元和十年記載，平盧節度使李師道「素養叛客奸人數十人，厚資給之」。師道並譴刺客殺宰相武元衡，刺傷裴度。

⑪據日本沙門圓珍所撰《佛說觀普賢菩薩行法經記》：「唐土兩講」，「一爲俗講，二爲僧講」。僧講，以講解經文爲主，對象爲出家人；俗講，一般以講故事爲主，對象爲一般世俗男女。胡士瑩《話本小說概論》認爲，僧講的底本叫「講經文」（包括講經押座文，解座文），俗講的底本就叫變文。但大多數文學史和《敦煌變文集》都把「講經文」包括在「變文」之內。

⑪「變文」名稱的涵義，學術界意見不一。主要說法有：(1)「變」指佛經中的「神變」。佛經中描繪神變故事的圖畫叫「變相」，配合「變相」講唱的文字叫「變文」。（游國恩等《中國文學史》，本書從此說）(2)「變」爲「奇異」之意，「變文」就是說唱奇異故事的

文字。（劉大杰《中國文學發展史》）(3)「變」是改變之意。變文是
將以前所譯經文改為當時口語的文字。（中科院文研所《中國文學
史》）(4)「變文」的意義，和演義差不多的。就是說，把古典的故
事，重新再演說一番，變化一番，使人們容易明白。（鄭振鐸《插
圖本中國文學史》）(5)變文之變，亦如正變之變。通俗文是經文的
變體。（胡士瑩《話本小說概論》）

⑫梁慧皎《高僧傳》：「天竺方俗，凡是歌詠法言，皆稱為『唄』。至於
此土，詠經則稱為『轉讀』，歌贊則號為『梵唄』。」又：「唱導者蓋
以宣唱法理，開導衆心也。」其方法「或雜序因緣，或旁引譬
喻。」又述唱導的情形說：「談無常則令人形戰慄，話地獄則怖淚
交零，徵昔因如見往業，核當果則已示來報，談怡樂則情抱暢說，
敘哀戚則灑泣含酸。於是闔衆傾心，舉堂側愴。五體輸席，碎首陳
哀。各各彈指，人人唱佛。」可見唱導已是一種通俗化、形象化的
佛經講唱形式。

⑬郭湜《高力士外傳》記玄宗為太上皇移居西內後，「每日上皇與高司
親看掃除庭院，芟薙草本。或講經、論議、轉變、說話，雖不近文
律，終冀悅聖情」。轉變，即說唱變文。

⑭《葉淨能詩》原文無前題，文後題作《葉淨能詩》，疑「詩」為「話」
字之誤寫。

第十一章　唐五代詞

第一節　詞的起源、發展和體制

　　詞是曲子詞的簡稱，即有曲譜的歌詞。清宋翔鳳《樂府餘論》說：「以文寫之則爲詞，以聲度之則爲曲。」說明詞是一種密切配合音樂用以歌唱的新興抒情詩體。其別稱很多，除詩餘、長短句外，又稱樂府、樂章、曲子、歌曲、倚聲、琴趣等等，它的大部分稱謂，均可說明詞是一種音樂化的文學樣式。

㈠詞的源起

　　詞起源於何時，至今未取得一致看法。有人認爲劉宋樂府裡某些歌辭如蕭衍、沈約寫的《江南弄》即其雛形。南宋朱弁《曲洧舊聞》說：「詞起於唐人，而六代已濫觴矣。」更多的宋人認爲詞最早產生於隋代。王灼《碧雞漫志》卷一說：「蓋隋以來，今之所謂曲子者漸興。」張炎《詞源》卷下也說：「粵自隋唐以來，聲詩間爲長短句。」

　　詞既是一種音樂文學，詞體的產生必然與音樂有關，音樂是促進詞這一新興詩體出現的一個主要因素。詞所配合的音樂，與《詩經》所配合的雅樂及漢魏六朝樂府所配的清樂不同，其合樂的方式也與前二者有很大區別。

　　唐代隨著城市經濟的繁榮，市民階層文化需求的擴大，民間流傳的俚曲小調被大量吸收入城市之中。又自南北朝以來，西域

音樂不斷傳入，並漸漸與我國民間歌曲相結合，至唐代已產生出許多動聽的樂曲，這種新樂曲往往被選作宴會時的演奏曲，稱爲燕樂（讌樂、宴樂）。其樂器以琵琶爲主，琵琶四弦二十八調，音域寬廣，表現力豐富，故能以壓倒優勢取代從容舒緩的雅樂和清樂，並吸引詩人紛紛爲之作詞應歌，詞主要就是爲配合這種燕樂而創作的。《舊唐書·音樂志》：「自開元以來，歌者雜用胡夷、里巷之曲。」可知正是這種胡夷新聲和里巷俗曲的結合，促成了詞的眞正興起和發展。

中國歷來就有詩樂結合的傳統，但詞與音樂結合的方式卻與以前的詩歌不同。大致說來，先秦時期以樂從詩，樂曲形式由詩之抒寫情志的需要和體制所決定；漢至六朝，採詩入樂，入樂歌詩都必須依據曲題、聲調、樂譜，經過協律方可演唱。但樂府詩入樂，往往由樂工在文辭上進行分割拼湊以適應樂曲變化，辭曲並非完美結合，這種詩樂結合的情況與唐以來有意識地倚聲填詞是不同的。因此，無論是詩經，還是漢魏六朝樂府，乃至唐代的五七言絕句，詩樂的結合方式大多是「選詞以配樂」。唐宋詞則是「由樂以定詞」，即本備曲度，詞人根據樂曲的旋律、節拍等要求填上歌詞。因爲繁複多變的燕樂曲調與五七言詩的整齊句式發生了矛盾，即使是添加幾個「和聲」、「泛聲」也不能使之和諧①。於是「依曲拍爲句」便成了詞的創作方式，這是詞體確立的一個重要標誌。大體說來，詞在燕樂風行的初盛唐於民間孕育生長，中晚唐、五代時經過一些文人的創作逐步成熟和定型，至兩宋而大盛。

(二)詞的體制

詞的獨特體制主要有如下特徵：

1、依曲調爲詞調，不另立題。

　　每首詞都有詞調，這是因爲每首樂曲都有曲名，詞人據樂曲填上詞後，便以原來的曲名爲詞名，而無須根據詞意另外立題②。每個詞調都有相對固定的形式，在字數、句數、平仄、用韻、分片上都有定規。表示詞調名稱的是詞牌，最初的詞牌名稱與詞的內容大多相關，如〔浣溪紗〕詠西施事，〔漁歌子〕詠漁父等。但後來的詞人則只依聲塡詞、按譜塡詞，內容可以和詞牌名稱毫不相干。而且同一詞牌在流傳中還派生出一些不同的稱謂，造成「同體異名」現象，如〔念奴嬌〕又稱〔百字令〕、〔大江東去〕、〔酹江月〕等；與此相對而言，又有「同調多體」情況，即正體外還有若干別體③。隨著詞體的繁衍，詞牌也越來越多。

　　2、依樂段分片，片有定式。

　　「片」即遍，是個音樂名詞。唐宋時把樂曲從頭到尾演奏一次叫一遍；音樂演奏完畢稱爲「樂闋」，故一首詞又可稱一遍或一闋。唐宋曲調大多分段，故詞調也隨之分爲單調、雙調、三疊、四疊四種，而以雙調爲主。雙調既是詞的基本形式，在全部詞調中數量也最多，引、序、慢、近、令諸體皆有④。其中有上下片句式全同的，稱「重頭」；有上下片開頭句式不同的，稱「換頭」。下片開頭處又稱爲「過片」、「過變」、「過拍」等，表示由上段樂曲轉入下段樂曲，這是詞中最吃緊處，歷來受到詞曲家、樂律家的重視。三疊詞根據結構形式的不同分爲兩種。一種是雙拽頭，前兩段的句式、平仄全同，形式上好像第三段的雙頭，如〔瑞龍吟〕、〔繞佛閣〕等；另一種是非雙拽頭，如〔蘭陵王〕、〔戚氏〕寺。四疊詞如南宋吳文英的〔鶯啼序〕，二百四十字，爲最長的詞調。

　　3、依詞腔押韻，韻位疏密無定。

　　近體詩一般逢雙句押韻，詞的韻位卻有疏有密。韻疏者如〔月下笛〕、〔早梅芳慢〕，上下片有六句一韻的；韻密者幾乎一句

一韻，如〔漁家傲〕。這是因爲詞的韻位全由詞腔的音樂段落所決定。沈義父《樂府指迷》說：「詞腔謂之均，均即韻也。」王易《詞曲史·構律第六》指出：「拍之多少，以均而定，約兩拍爲一均。」「一均略如詩之一聯，有上下句，下句住韻。」樂曲中的一小段稱一均，一均相當於詞中一韻。不同的詞調各有其固定的押韻格式，不可隨意變更。但詞韻較詩韻寬，鄰韻可通押，押韻方式也不同於近體詩，有押平、押仄、平仄互押、入聲獨押及中間轉韻等。唐宋時詞人依聲塡詞，至淸代戈載始參酌唐宋名家詞而撰《詞林正韻》，是較爲精密的韻書。

4、依曲拍爲句，句式長短不齊。

長短句是詞最明顯的外部特徵，因詞依曲拍爲句，而拍子有急有緩，有長有短，詞句也就長短參差了。最短的是一字句，最長的是十一字句。詞不僅句子長短不齊，即使五七言句，句法也與詩歌有異⑤。

5、依唱腔用字，講究四聲。

因爲詞是用來歌唱的，因此不僅和詩一樣講究平仄，甚至達到「三仄更須分上去，兩平還要辨陰陽」的地步。李淸照《詞論》說：「蓋詩文分平側，而歌詞分五音，又分五聲，又分六律，又分淸濁輕重。」所謂「詩律寬而詞律嚴」，主要表現在審音用字上，即根據樂聲的高下升降，來選擇確定陰平、陽平、上、去、入等字，以使聲腔與用字平仄取得一致，創造出一種能合之管弦、付之歌喉的歌詞，尤其在一首詞的緊要處如換頭、結拍、領字等更加嚴格。

上述五個方面都說明詞與音樂的密切關係，但並非每個作者都知音識曲，再加上詞樂失傳，後人塡詞一般都依照前人詞的格式，明淸以後始有詞譜。現今收詞譜最多的，當推淸代萬樹所編《詞律》（六百六十調，一千一百八十餘體）和王奕淸等人奉旨編

纂的《欽定詞譜》（八百二十六調，二千三百零六體）。

詞作爲一種音樂文學，在體制上的這些具體要求僅爲其外部特徵。詞還有其內部特徵，即在取象、造境、抒情等方面具有與詩不同的面貌、特質。王國維《人間詞話・删稿》說：「詞之爲體，要眇宜修，能言詩之所不能言，而不能盡言詩之所能言。詩之境闊，詞之言長。」詩詞本質上都是抒情的，但卻各有適合於自己的表現領域，藝術上各有專擅和偏勝。詩所涉及的領域比詞要廣泛，藝術手段也更豐富，而詞卻能更深入地表達人們敏感而隱祕的內心世界，更長於描摹那些微妙卻又無法明言的情態。由於這種根本的特質區別，故詩中多碧海鯨魚的宏偉之境，詞中則多翡翠蘭苕的幽細之境。相對而言，詩的抒情方向廣而闊，詞的抒情方向狹而深。總之，詩詞互補，在文壇上各領風騷。

第二節　敦煌曲子詞

光緒二十五年（公元 1899 年），從敦煌莫高窟藏經洞中發現了詞的抄卷，王重民輯爲《敦煌曲子詞集》三卷，所收共一百六十一首。除少數有署名的作者如溫庭筠等人外，絕大多數爲民間無名氏所作，這是現存最早的唐五代民間詞，大多作於玄宗朝至五代時。其中的主要抄卷是《雲謠集雜曲子》，共三十首。它的結集較《花間集》要早三十年左右⑥，是我國第一部詞的總集。

敦煌詞的題材十分廣泛，王重民《敦煌曲子詞集・敍錄》說：「今茲所獲，有邊客遊子之呻吟，忠臣義士之壯語，隱君子之怡情悅志，少年學子之熱望與失望，以及佛子之贊頌，醫生之歌訣，莫不入調。」其中雖也有閨情花柳之作，但總的說來，它多半反映的是下層民眾的生活狀態和思想感情，主要有以下幾方面：

一、表現男女戀情以及女子的不幸命運。

在敦煌曲子詞中這類作品所占比重較大，藝術水平也頗高。如〔菩薩蠻〕：

> 枕前發盡千般願：要休且待青山爛，水面上秤錘浮，直待黃河徹底枯。　　白日參辰現，北斗迴南面。休即未能休，且待三更見日頭。

這般海枯石爛的誓言何等眞摯動人！與漢樂府《上邪》可謂異曲同工。再如〔鵲踏枝〕：

> 「叵耐靈鵲多謾語，送喜何曾有憑據！幾度飛來活捉取，鎖上金籠休共語。」　　「比擬好心來送喜，誰知鎖我在金籠裡。欲他征夫早歸來，騰身卻放我向青雲裡。」

詞中運用擬人化手法，通過婦人與靈鵲的對話表現了女子思念丈夫的深切感情。反映當時婦女的不幸命運和內心悲怨的曲子詞，更多也更感人，下面這首〔望江南〕即其中的名篇：

> 莫攀我，攀我太心偏。我是曲江臨池柳，者人折了那人攀，恩愛一時間。

以女子悲憤怨恨的控訴口吻，展示了當時婦女的可悲地位，比起後來一些文人清客的遊戲消閑之作，其價值要高得多。

二、反映戰爭問題和征夫思婦的思想感情。

唐代經久不息的開邊戰爭給人民造成了很多災難，敦煌曲子詞或以征夫之詞訴說「十四十五上戰場」的兵役之苦，或借思婦

之口表示對戰爭的不滿。如〔鳳歸雲〕：

> 征夫數載，萍寄他邦。去便無消息，累換星霜。月下愁聽砧杵，擬塞雁行。孤眠鸞帳裡，枉勞魂夢，夜夜飛颺。　　想君薄行，更不思量。誰為傳書與，表妾衷腸？倚牖無言垂血淚，闇祝三光。萬般無那處，一爐香盡，又更添香。

這類作品還有〔洞仙歌〕「悲雁隨陽」、〔破陣子〕「風送征軒迢遞」等等。為戰亂所苦的老百姓渴求和平生活，一些曲子詞就呼籲「萬方休戰爭」、「休磨戰馬蹄」（〔菩薩蠻〕）。而對真正的勇士、為民族統一作出了貢獻的將領，人民又是衷心擁戴的，如〔劍器詞〕「丈夫氣力全」、〔菩薩蠻〕「敦煌古往出神將」等，表達了老百姓的愛國熱忱。

三、記載民間傳說和重大歷史事件。

敦煌曲子詞中有五首〔搗練子〕，組成聯章體形式，歌吟孟姜女的故事，反映了人民對暴政的憎惡，對受害者的同情。另一首〔酒泉子〕「每見惶惶」則形象地描繪了黃巢起義軍「驚御輦」、「犯皇宮」、「奪九重」的浩大聲威，也活現了唐王室驚慌逃竄的狼狽情狀，很有史料價值。

四、描寫商人、書生、船夫等人物的生活狀況與精神面貌。

如〔長相思〕「作客在江西」三首譴責「貪歡逐樂」的富商巨賈，同情貧病交加的小商，對貧富懸殊的現實深致不滿。敦煌曲子詞還較多地反映了知識分子的辛酸，他們勤學苦讀：「也曾鑿壁偷光露。輦雪聚飛螢」（〔菩薩蠻〕），但因無權貴做靠山，「幾度龍門點額退」（〔蘇幕遮〕），只有悲嘆「淼淼三江水，半是儒生淚」（〔菩薩蠻〕）。〔浣溪沙〕「五量竿頭風欲平」則描寫了船夫行船的情形，又顯示出輕快灑脫的格調。

　　敦煌曲子詞中還有一些頌揚皇帝功德、鼓吹菩薩靈驗、渲染妓女庸俗情態以及類似醫師湯頭歌訣的作品，則無價值可言。

　　敦煌曲子詞的形式也反映了詞創體初期的狀態和民間狀態，如有襯字、有和聲、字數不定、平仄不拘、叶韻不嚴，詠調名本意者多，等等，說明早期詞尚未定型，格律上還比較粗糙，也表現了民間詞清新質樸甚至俚俗的風格。朱祖謀跋《雲謠集雜曲子》：「其為詞拙樸可喜，洵倚聲椎輪大輅；且為中土千餘年來未睹之祕籍。」敦煌曲子詞的特點，正在於它保存了原始詞的本來面貌，因此在詞史上有著不可替代的特殊價值。

第三節　初期文人詞

　　唐中葉後，由於民間詞廣泛傳播，一些詩人也開始了詞的創作。張志和、韋應物、戴叔倫、王建、白居易、劉禹錫等是公認的第一批文人詞作者，傳世的作品雖不多，且限於小令，但有不少佳作。

張志和等

　　張志和有〔漁歌子〕五首，其中如：

　　　　西塞山前白鷺飛，桃花流水鱖魚肥。青箬笠，綠蓑衣，斜風細雨不須歸。

詞中漁父的形象既清高脫俗，又自得其樂，在一定程度上是詞人自我精神面貌的寫照，與盛唐山水田園詩人的作品有著一致之處。正因為寫出了文人雅士的情懷，故傳播極廣，連日本嵯峨天皇亦曾依調和作五首⑦。

　　王建、韋應物、戴叔倫的傳世之作有〔調笑令〕。王建詞或寫民間離別之悲（如「楊柳，楊柳」），或寫美人宮怨（如「團扇，團扇」），皆形象鮮明，語言清新，感情真摯。韋應物的「胡馬，胡馬」和戴叔倫的「邊草，邊草」，或通過跑沙跑雪的胡馬象徵遠戍絕塞的士卒，或通過雪月交映的邊塞風光襯托征人久戍不歸的愁恨，是最早描寫邊塞景象的文人詞，與中唐邊塞詩也有相通之處。

　　劉禹錫、白居易在中唐詩壇並稱「劉白」，在詞的創作上也同樣取得了較大成績，在詞的發展史上占有重要地位。

劉禹錫

　　劉禹錫在朗州（今湖南常德）、夔州（今四川奉節）等貶地學習巴楚民歌曲辭而創作的十一首《竹枝詞》，雖用句式整齊的七言絕句體，但其內容情調和民間曲詞十分吻合。他寫的〔憶江南〕、〔瀟湘神〕等就完全是長短句的詞體形式了。如〔憶江南〕：

> 春去也！多謝洛城人。弱柳從風疑舉袂，叢蘭裛露似霑巾。獨坐亦含嚬。

寫洛城少女的惜春之情，但不落俗套。不直接寫人惜春，而通過擬人手法寫春意戀人，風中弱柳似離人揮手告別，叢蘭露珠像別時的眼淚。末句則將少女和春天兩情相依的意境生動地表現出來。全詞構思新巧，筆觸婉妙，前人評價甚高，清況周頤《蕙風詞話》評價此詞「流麗之筆，下開北宋子野、少游一派」。

白居易

　　白居易作的〔憶江南〕三首，淺顯平易，流暢自然，與其詩風

一致。如第一首：

> 江南好，風景舊曾諳。日出江花紅勝火，春來江水綠如藍，能不憶江南？

開篇便用「江南好」三字高度概括江南風物，再從諳熟於心、舉不勝舉的江南美景中提煉出「日出江花紅勝火，春來江水綠如藍」二句，設色鮮麗，用喻新巧。最後用「能不憶江南」反問作結，感情更加強烈。他的〔長相思〕亦非常有名：

> 汴水流，泗水流，流到瓜洲古渡頭，吳山點點愁。　　思悠悠，恨悠悠，恨到歸時方始休，月明人倚樓。

作者用象徵、反覆、蟬聯、重疊、對比等手法，巧妙地以恨寫愛，刻畫出一個女子月下倚樓懷人之情狀。全詞用淺顯清麗之語，抒婉曲幽深之情，既有民間詞的清醇，又有文人詞的典雅，藝術造詣很高。

李白

相傳李白也作有詞二首：

> 平林漠漠煙如織，寒山一帶傷心碧。暝色入高樓，有人樓上愁。　　玉階空佇立，宿鳥歸飛急。何處是歸程？長亭連短亭。（〔菩薩蠻〕）

> 簫聲咽，秦娥夢斷秦樓月。秦樓月，年年柳色，灞陵傷別。樂遊原上清秋節，咸陽古道音塵絕。音塵絕，西風殘照，漢

家陵闕。（〔憶秦娥〕）

這兩首詞並不見於古本李太白集，其中〔憶秦娥〕最早見於兩宋之交邵博的《邵氏聞見後錄》卷十九。南宋黃昇《唐宋諸賢絕妙詞選》收錄這兩首詞，題李白作，並說：「二詞爲百代詞曲之祖。」以後各家多從其說。但也有人提出懷疑，胡應麟《少室山房筆叢》說：「二詞雖工麗，而氣亦衰颯，於太白超然之致，不啻穹壤，借令眞出靑蓮，必不作如是語。詳其語調，絕類溫方城輩。蓋晚唐人詞，嫁名太白。」此說不無道理。從詞本身看，如〔憶秦娥〕以長安爲對象，寫出了時間的悠遠和空間的廣漠，充溢著時光易逝與帝業空虛、人生事功渺小等種種反省交織而成的悲壯情緒，顯得氣象闊大而蕭颯，情懷深沈而孤獨，語調哀婉而淒迷，帶有鮮明的晚唐詩風特點。

唐代初期文人詞有以下幾個特點：一是形式短小；二是題材廣泛；三是受民間詞影響較明顯，風格多清新、明快、活潑；四是多以寫詩手法寫詞，較少適應詞調特點而形成獨特風格。作家於詞多間或爲之，詞作皆附錄於其詩集中。這種現象一直到晚唐溫庭筠才有改變。

第四節　溫庭筠、韋莊和花間詞人

(一)溫庭筠

在晚唐的知名作家中，溫庭筠是第一個大量寫詞的詞人。他爲文人詞的創作翻開了新的一頁。

溫庭筠是晚唐著名詩人，與李商隱齊名。他精通音律，《舊唐書》本傳說他「能逐弦吹之音，爲側艷之詞」，詩、樂皆擅

場，故其詞在格律上律精韻勝，流傳甚廣。所存之詞，《花間集》收六十六首，《全唐詩》附詞五十九首，近人劉毓盤輯成《金荃詞》一卷七十六首。

劉熙載《藝概・詞曲概》評溫詞「精妙絕人，然類不出乎綺怨」，即以反映婦女生活和戀情爲主。由於溫庭筠政治上失意，在少數「綺怨」詞中也暗寓著某些身世之感。

在藝術上，溫詞的第一大特色是濃艷香軟。在描寫婦女形象時，他往往從容貌、服飾、情態上細致描畫，筆觸柔媚，設色綺麗，散發著濃烈的脂粉氣，故孫光憲在《北夢瑣言》裡以「香而軟」概括他的詞風。他的〔菩薩蠻〕十四首，最能代表這種特色。如：

> 小山重疊金明滅，鬢雲欲度香腮雪。懶起畫蛾眉，弄妝梳洗遲。　　照花前後鏡，花面交相映。新帖繡羅襦，雙雙金鷓鴣。

詞寫一少婦初醒的容態和梳妝打扮的生活片斷，標舉精美的名物，選用華麗的詞藻，敷設鮮艷的色彩，點染濃烈的粉香，將居室之富麗，少婦之美艷及情思之慵懶表現得窮極妍態。其他詞中，紅袖翠翹、金縷繡衫、香腮玉腕之類比比皆是，帶有明顯的裝飾美。王國維《人間詞話》說：「『畫屏金鷓鴣』，飛卿語也，其詞品似之。」確實概括了溫詞艷麗精工、流金溢彩的形象特點。

溫詞的第二大特色是深隱細密。他很善於把握感情的每一絲細微波瀾，卻又不明說出來，只運用一些暗示性的詞語，讓讀者通過聯想去體察詞中隱含的綿密情思，從而產生「言有盡而意無窮」的藝術效果。如前面所舉〔菩薩蠻〕就運用了「金明滅」、「香腮雪」之類詞語，使讀者通過聯想去了解人物身分、優裕生活及美麗容貌；從「懶起畫蛾眉，弄妝梳洗遲」去體會她「誰適

為容」的心情；從「照花前後鏡，花面交相映」去感受她紅顏易老、顧影自憐的心境；特別是煞拍「新帖繡羅襦，雙雙金鷓鴣」，暗示著主人公對幸福生活的希望和目前孤獨無偶的感傷。全詞著色濃艷而心情黯淡，但失望孤獨之感全不明說，只借服飾、動作暗示出來。

　　溫詞深隱綿密的特色還表現在意象組合和結構安排方面。溫詞注重對客觀物象作精細描繪，多用實景實物構成境界，表情達意，且在一首詞中往往敍述好幾條線和好幾層意思，又很少用虛字劃清脈絡，造成意象的閃動和時空的跳躍，顯得深隱曲折，不易理解。如〔菩薩蠻〕：

> 　　水精簾裡頗黎枕，暖香惹夢鴛鴦錦。江上柳如煙，雁飛殘月天。　　藕絲秋色淺，人勝參差剪。雙鬢隔香紅，玉釵頭上風。

首二句寫香閨，標舉水精簾、頗黎枕、暖香、鴛鴦錦等精美名物。三、四句轉入旅途，列舉江天、柳樹、飛雁、殘月等淒清之景；下片又轉入閨中，接以藕絲、人勝、香紅、玉釵等物。通篇如縟繡繁弦，惑人耳目，似不易解。其實這也是一首感嘆韶華過隙的深閨遙怨之詞。上片由富麗的閨幃到淒寂的江天，由居人到離人，寫出兩個人物，兩種環境，兩種心情，包蘊極豐。下片似乎只寫了閨中人的服飾裝扮，但女主人公黯然凝佇之態，意在言外。整首詞只截取女主人公感情生活的幾個片斷，組成紛至沓來、若斷若續的意象，幾乎看不見連綴的針線，而其間的環節，全靠讀者通過遐想去補充。周濟《介存齋論詞雜著》評溫詞「神理超越，不復可以迹象求矣。然細繹之，正字字有脈絡」。但由於感情過於隱伏不露，也使詞意過於晦澀。

　　溫詞中也一些淡遠清麗、明快自然的作品。如〔夢江南〕：

> 梳洗罷，獨倚望江樓。過盡千帆皆不是，斜暉脈脈水悠悠，
> 腸斷白蘋洲。

這首詞刻畫了一個滿懷深情盼望丈夫歸來的思婦形象，充分揭示
出她失望後的痛苦，寫得樸素自然，開朗清新，人物形象生動傳
神，又含思淒惋，臻於妙境，極得唐人絕句的丰神，可惜這類詞
並不多。

溫詞極富音樂性，突出表現在用字謹嚴上。他講究平仄四
聲、雙聲疊韻的運用，多用聲音響亮的去聲字，如〔菩薩蠻〕「小
山重疊金明滅」換頭處多用去聲，再加上「明滅」、「鬢雲」等
雙聲疊韻，顯得既跌宕飛動，又和諧動聽。他還多用繁音促節的
詞調，如〔河傳〕：

> 湖上，閒望。雨蕭蕭，煙浦花橋路遙。謝娘翠娥愁不銷，終
> 朝，夢魂迷晚潮。　蕩子天涯歸棹遠，春已晚，鶯語空腸斷。若
> 耶溪，溪水西，柳堤，不聞郎馬嘶。

長短參差，換韻頻繁，但筆致寬舒，語意連貫。

溫庭筠以自己的創作對詞壇作出了重大貢獻，並對後世產生
深遠的影響。

第一，由於他寫出了大量的、藝術性頗高的詞作，使詞真正
從巷陌新聲轉為士大夫雅奏，奠定了詞在文壇上的地位，真正開
始了文人詞的傳統。

第二，溫詞在當時就流傳極廣，他在詞作上的獨特造詣和成
就，吸引後代文人爭相仿效，而他濃艷香軟、深隱細密的詞風，
直接影響了五代的一批詞人，形成一個尊他為鼻祖的花間詞派。

第三，由於他精通音律，故對詞調的創新和格律的規範化也

有較大貢獻。吳梅說：「至其所創各體，……雖亦就詩中變化而出，然參差緩急，首首有法度可循，與詩之句調，絕不相類。所謂解其聲，故能制其調也。」（《詞學通論》第六章）

(二)韋莊

花間詞人中另一個有很大成就的是韋莊，他與溫庭筠並稱「溫韋」，同爲領袖詞壇的作家，但他所倡導的是與溫詞略有不同的另一種風格，被稱爲花間別調。他的詞，《全唐詩》收五十四首，其中四十八首載於《花間集》，後劉毓盤輯爲《浣花詞》一卷共五十五首。

韋莊詞與溫庭筠詞不同之處在於：語言修辭上，溫詞濃艷，韋詞淡雅；篇章結構上，溫詞綿密，韋詞疏朗；造境抒情上，溫詞以深隱含蓄取勝，韋詞則以明朗顯露見長。

韋詞不事雕飾，多著色清淡，自然秀發，如〔菩薩蠻〕：

> 人人盡說江南好，遊人只合江南老。春水碧於天，畫船聽雨眠。　　鑪邊人似月，皓腕凝霜雪。未老莫還鄉，還鄉須斷腸。

這裡純用白描手法，以樸素自然的語言抒寫江南遊子春日所見所思。前面兩用「江南」，後面兩用「還鄉」，也是接受了民歌的影響。韋詞清淡的一個重要表現是：他不像溫庭筠那樣注重描繪客觀實景和人物外貌，而偏重於人物神情的勾勒，遺貌取神，如「暗想玉容何所似？一枝春雪凍梅花，滿身香霧簇朝霞」（〔浣溪沙〕），不從五官容態著筆，仍顯得淡雅而有神韻。

韋詞結構疏朗，往往一首詞甚或幾首詞只敍說一件事或一層意思。如〔女冠子〕兩首：

四月十七，正是去年今日，別君時。忍淚佯低面，含羞半斂
眉。　　　不知魂已斷，空有夢相隨。除卻天邊月，沒人知。

昨夜夜半，枕上分明夢見。語多時。依舊桃花面，頻低柳葉
眉。　　　半羞還半喜，欲去又依依。覺來知是夢，不勝悲。

兩首詞只寫一件事：情人惜別相思。前首女憶男，追憶兩人月下
相別之情；後首男憶女，描繪別後夢中相會之境。如同月下兩地
遙相唱和的情歌。如果說溫詞是「密不容針」，韋詞則是「疏可
走馬」，《歷代詞人考略》評韋詞「運密入疏，寓濃於淡」，頗為
允當。正因為韋詞不一味羅列實景實物，且多用虛字盤旋，所以
詞意連貫，上下一氣，脈絡分明，這就是王國維評其詞為「骨
秀」（《人間詞話》）的原因。

　韋莊詞最大的特點在於他比溫詞更注重抒發自己的真實感
情，而抒情的方式又以明白吐露為主。如〔思帝鄉〕：

春日遊，杏花吹滿頭。陌上誰家年少，足風流。　　　妾擬將
身嫁與，一生休。縱被無情棄，不能羞！

用極其淺切的語言，活脫脫地塑造出一個大膽追求愛情的少女形
象，其誓言的決絕簡直可與敦煌曲子詞〔菩薩蠻〕「枕前發盡千般
願」相媲美。清代賀裳稱此詞是「作決絕語而妙者」（《皺水軒
詞筌》）。再如〔菩薩蠻〕五首、〔浣溪沙〕「夜夜相思更漏殘」、
〔謁金門〕「空相憶」、〔荷葉杯〕「記得那年花下」等詞，都一氣
直下，沒有晦澀難懂的話，亦無矯揉造作之態，但卻蘊含著詞人
飄零之感，亂離之苦，思鄉之情，離別之思。王國維《人間詞話》
說：「『弦上黃鶯語』，端己語也，其詞品似之。」形象地指出了

它與溫詞「畫屏金鷓鴣」的區別。

溫韋兩家詞風不同的原因有以下幾方面：

第一，兩人詩風不同而影響其詞風。溫詩從齊梁宮體、六朝小賦而來，故濃艷；韋詩學白居易的樸素貼切，故清淡。

第二，兩人生活經歷、生活態度不同。溫庭筠雖一生潦倒，但與官僚貴族來往密切，所以其詞背景與貴族生活仍脫不了干係，充溢著濃艷的富貴氣；韋莊一生多在戰亂飄零中度過，生活貧困，又因長期受江南水鄉風光和民歌影響，洋溢著樸素明朗的氣息。

第三，兩人創作動機不同。溫詞多爲應歌，韋詞多爲抒情，這是兩家本質不同之處。

溫、韋詞的風格雖不同，但同爲詞史上第一批大量寫詞、並以詞名世的作家；在促進詞體的成熟、使詞逐漸擺脫完全依附於音樂和附庸於詩的地位而成爲有獨立生命的抒情詩體方面，具有同等的貢獻，故歷來溫、韋並稱。後世許多詞人，特別是五代時一批被稱爲「花間派」的詞人都深受其影響。

㈢花間詞人

花間詞人因詞集《花間集》而得名。五代後蜀衞尉少卿趙崇祚（字弘集）於後蜀廣政三年（公元 940 年）輯錄晚唐五代時溫庭筠、韋莊、皇甫松、孫光憲、薛昭蘊、牛嶠、張泌、毛文錫、牛希濟、歐陽炯、和凝、顧敻、魏承班、鹿虔扆、閻選、尹鶚、毛熙震、李珣十八家詞五百首，編爲《花間集》十卷，這是我國最早、規模最大的文人詞選集。十八家中除溫庭筠、皇甫松、和凝等人外，都是蜀人或遊宦於蜀者。在五代中原戰亂頻仍之際，偏安劍南的西蜀相對安定，因而聚集了一批文人，君臣相與逸樂，弦歌宴飲，許多詞即產生於其中，故詞風大體一致。歐陽炯《花

間集序》說:「則有綺筵公子,繡幌佳人,遞葉葉之花箋,文抽麗錦;舉纖纖之玉指,拍按香檀。不無清絕之詞,用助嬌嬈之態。自南朝之宮體,扇北里之倡風。何止言之不文,所謂秀而不實。」道出了花間詞創作的背景、緣由及主要特色。花間詞人大多以寫冶遊享樂和閨情離思見長,題材狹窄;藝術上講究辭藻華美,風格軟媚。但亦有少數詞人能跳出窠臼,自成風格。除溫、韋二人外,以孫光憲、鹿虔扆、李珣、顧敻、牛希濟等人較有特色。

孫光憲

孫光憲(公元?~968年),字孟文,自號葆光子,貴平(今四川仁壽東北)人。後避地江陵,署荊南從事,累官荊南節度副使。後降宋爲黃州刺史。他自幼好學,性嗜經籍,聚書凡數千卷,致力於唐及五代史事的撰述,曾作《北夢瑣言》二十卷,多採唐五代詞人逸事,可視爲詞林紀事之始。他的詞雖無專集,但流傳之作比溫、韋都多,《花間集》、《尊前集》錄其詞共八十四首⑧。在花間詞人中,孫光憲是自成一家的作者。他曾長期仕於荊南,地處西蜀下游、南唐上游,其詞風也正好介於西蜀、南唐之間。如果說溫詞的長處在體格的密麗工整,韋詞的長處在風韻的清疏秀逸,那麼孫詞的長處則在氣骨的矯健爽朗。陳廷焯《白雨齋詞話》說:「孫孟文詞,氣骨甚遒,措辭亦多警煉。」如〔謁金門〕:

> 留不得!留得也應無益。白紵青衫如雪色,揚州初去日。
> 輕別離,甘拋擲,江上滿帆風疾。卻羨綠鴛三十六,孤鸞還一隻!

詞寫離情，劈頭即斷言「留不得」，接下去不寫留不得的情勢，卻從反面說「留得也應無益」，正反兩面都說得直截了當，毫無餘地，但其中卻包含著許多未曾出口的情事。起得突然，轉得急促，似草率，實含蓄，這便是孫詞矯健爽朗的特色。以下正面寫別離的人物形象、別離的情景及主人公的願望和現狀，皆簡勁中別具神采。其他詞中亦有許多奇警精練的辭句，如：「片帆煙際閃孤光」（〔浣溪沙〕）、「一庭疏雨濕春愁」（〔浣溪沙〕）、「寒影墮高檐，鉤垂一面簾」（〔菩薩蠻〕）、「滿庭噴玉蟾」（〔更漏子〕）之類，都在平凡事物中給人以一種特別新鮮的感覺，受到前人激賞。

　　值得注意的是孫光憲還寫了其他花間詞人所沒有的農村詞和邊塞詞。如〔風流子〕「茅舍槿籬溪曲」寫田家風物，樸素自然，生動親切；〔酒泉子〕「空磧無邊」刻畫一幅馬鳴人去、隴雲黯淡的塞外荒涼圖景，透露出征夫思婦對久戍邊地、遙無歸期的苦悶；〔定西番〕「雞祿山前遊騎」則寫邊地遊騎黎明彎弓射獵的場面，極有氣勢。這說明孫光憲除了應歌之作外，還擴大了當時流行的題材範圍。

鹿虔扆

　　鹿虔扆（約公元 933 年前後在世），字里無考。後蜀進士，累官學士，為永泰軍節度使，進檢校太尉，加太保。蜀亡不仕，詞多感慨之音。存詞僅六首，以〔臨江仙〕最膾炙人口：

　　　　金鎖重門荒苑靜，綺窗愁對秋空。翠華一去寂無蹤。玉樓歌吹，聲斷已隨風。　　煙月不知人事改，夜闌還照深宮。藕花相向野塘中。暗傷亡國，清露泣香紅。

抒寫後蜀亡國時的哀思，蒼涼沈痛，十分動人，在《花間集》中獨放異采。

李珣

李珣（約公元 896 年前後在世），字德潤，先世波斯商人，家梓州（今屬四川），前蜀秀才。其詞《花間》、《尊前》共錄五十九首。《歷代詞人考略》卷五曰：「李秀才詞，清疏之筆，下開北宋人體格。」他的〔漁歌子〕四首，可與張志和的小令媲美，不僅寫出其恬淡瀟灑的性情，且詞風清越。最傳誦人口的是他的〔南鄉子〕十七首，其中如：

> 乘綠舫，過蓮塘，棹歌驚起睡鴛鴦。遊女帶香偎伴笑，爭窈窕，競折團荷遮晚照。

> 相見處，晚晴天，剌桐花下越臺前。暗裡迴眸深屬意，遺雙翠，騎象背人先過水。

生動活潑地描繪出嶺南獨有的畫面，充滿了生活氣息和民歌情調，在花間詞中也獨標一格。

顧敻

顧敻（約 928 前後在世），字里無考。前蜀時爲宮廷小吏，後蜀時官至太尉。《花間集》收其詞五十五首。況周頤評：「顧敻艷詞，多質樸語，妙在分際恰合。」（《餐櫻廡詞話》）其〔訴衷情〕一詞可爲代表：

> 永夜抛人何處去，絕來音。香閣掩，眉斂，月將沈。　　爭

忍不相尋？怨孤衾。換我心，為你心，始知相憶深。

全篇用白描，情極而含蓄。《花草蒙拾》評末三句「自是透骨情語」。

| 牛希濟 |

　　牛希濟（約公元 913 年前後在世），另一花間詞人牛嶠之侄。前蜀時曾官至御史中丞，素以詩詞擅名，作詞重內涵，並以不藻飾、不妖艷而顯示出不蹈襲的變革精神。如〔生查子〕：

　　　　春山煙欲收，天澹稀星小。殘月臉邊明，別淚臨清曉。
　　語已多，情未了。回首猶重道：記得綠羅裙，處處憐芳草。

此詞將許多人都曾體驗過的男女離情委婉傳出，既悱惻溫厚，又坦露自然。

　　總的看來，花間詞中雖以描寫閨閣生活的作品居多，但亦有別具一格的作品。特別是它講究簡練含蓄，輕盈婉約，典雅華麗，藝術上有很高的美學價值。它反映了從唐末到五代初近五十年一代詞人的風貌以及他們的成就；是唐末和五代我國韻文史上的特殊產品，並直接成為宋詞的先導。宋人多奉《花間集》為詞的鼻祖，作詞論詞常以它為標準，其綺靡婉麗的詞風也成了詞的傳統風格，對後世詞的發展起了深遠影響。

第五節　李煜和南唐詞人

五代時，偏安江南的南唐也是一個詞的中心，與西蜀並峙。

北宋初陳世修《陽春集》序中說：「金陵盛時，內外無事，朋僚親舊，或當宴集，多運藻思爲樂府新詞，俾歌者倚絲竹而歌之，所以娛賓而遣興也。」說明南唐詞也像花間詞一樣，是適應統治者酣歌醉舞的享樂生活的需要而發展起來的。但由於南唐統治的江南地區經濟發展的程度較西蜀高，文化基礎也較厚，故南唐詞人除了追求花月歌酒的感官刺激外，還追求更高雅的精神生活，涉足於其他一些學術、藝術領域，因此，南唐詞與西蜀詞比較，所表現的審美情趣和藝術造詣都存在著區別。

南唐詞人的主要代表是馮延巳和李璟、李煜父子，其中以李煜的成就最高。

(一)馮延巳

1、馮延巳的生平及詞的特色

馮延巳（公元 903～906 年），一名延嗣，字正中，廣陵（今江蘇揚州）人。南唐烈祖李昇以爲祕書郎，使與李璟遊處。後李璟即位，馮延巳以舊恩驟升高位，官至中書侍郎、左僕射同平章事。他一生致力於詞，「雖貴且老不廢」（陸游《南唐書》本傳），有《陽春集》傳世，存詞百餘首，是晚唐五代詞人中作詞最多的一個。

馮延巳當政時，南唐國勢已漸衰頹，馮在政治上無所建樹，又捲入當時激烈的黨爭漩渦，曾被御史中丞江文蔚斥爲「善柔其色，才業無聞」，以之爲朝廷「四凶」之一（陸游《南唐書·江文蔚傳》）。這種處境所造成的種種複雜情懷，在其詞中有所流露。馮煦《陽春集》序云：「翁俯仰身世，所懷萬端，繆悠其辭，若顯若晦，揆之六義，比興爲多。……其旨隱，其詞微，類勞人、思婦、羈臣、屛子鬱伊愴怳之所爲，翁何致而然耶？周師南侵，國勢岌岌。……翁負其才略，不能有所匡救，危苦煩亂之

中，鬱不自達者，一於詞發之。」認爲馮詞都有政治寄託，不免穿鑿，但其多數詞中，或寫猜疑之意，或表希冀之情，或抒留戀、怨恨、憂傷之感，皆有情境恍惚而難以實指者，又不能說與他的處境和對國事的憂慮沒有關係。如〔采桑子〕：

> 華前失卻遊春侶，獨自尋芳。滿目悲涼，縱有笙歌亦斷腸。
> 林間戲蝶簾間燕，各自雙雙。忍更思量，綠樹青苔半夕陽。

上片寫花前尋芳無侶的悲涼，獨聽笙歌令人腸斷的難堪；過片以蝶燕雙雙反襯孤棲之苦，不敢動遊春之念，因爲已是「綠樹青苔半夕陽」，一切都無可挽回了！通篇寫沈痛悲涼的心境，其所悲者似愛情，又不似愛情；似寄寓著政治上的失意，卻又無線索可尋。總之，詞境惝恍迷離，似有寄託，似無寄託，耐人玩索。

　　2、馮詞的藝術成就

　　馮詞的題材雖與花間派並無二致，多寫歌舞宴飲、相思離別，但他既不像溫庭筠那樣醉心於描繪女人的容貌舉止和服飾，也不像韋莊那樣多寫具體情事，而是著力於描寫一種心理體驗，塑造一種感情境界。他的代表作〔鵲踏枝〕十四首很能體現這一點。如：

> 誰道閒情拋擲久？每到春來，惆悵還依舊。日日花前常病酒，不辭鏡裡朱顏瘦。　　河畔青蕪堤上柳，爲問新愁，何事年年有？獨立小橋風滿袖，平林新月人歸後。

這裡寫的不是某件具體事情，而是相同情境中人們都有可能產生的思緒，極易觸動讀者感情上的相似點，並聯想某種人生經歷，形成更爲深廣的境界。王國維評之爲「深美閎約」（《人間詞

話》），這對李煜詞有一定的啓發。馮延巳所著重抒寫的心理體驗主要有兩類：

一是內心深處不可明言的哀愁，像那「每到春來，惆悵還依舊」的閒情，那「心若垂楊千萬縷」（同前調），迷迷濛濛拂之不去的春愁，那「思量一夕成憔悴」（同前調）的不眠者的悲哀，等等。

二是爲擺脫這種處境而作的痛苦的掙扎，雖是枉然，卻始終不放棄，像「醉裡不辭金盞滿，陽關一曲腸千斷」，「日日花前常病酒，不辭鏡裡朱顏瘦」，以及「鮫綃掩淚思量遍」（同前調），「起舞不辭無氣力」（〔謁金門〕）等等。這種濃重而不可自拔的哀愁，這種執著而無望的追求，與艷麗的詞面交融，給人一種凄艷沈鬱之感。無怪乎王國維要以「和淚試嚴妝」（《人間詞話》）來評價其詞品。

馮詞不僅長於抒情，也長於寫景狀物。如「梅花繁枝千萬片，猶自多情，學雪隨風轉」，「滿眼游絲兼落絮，紅杏開時，一霎清明雨」（〔鵲踏枝〕），「春艷艷，江上晚山三四點，柳絲如剪花如染」（〔歸自謠〕）、「風乍起，吹皺一池春水」（〔謁金門〕）等等，都善於把握客觀景物的特徵而構成鮮明意象。

馮延巳在晚唐五代與溫庭筠、韋莊鼎足而立，處於溫韋之後轉變詞風的關鍵地位。王國維《人間詞話》說：「馮正中詞，雖不失五代風格，而堂廡特大，開北宋一代風氣。」即指馮詞在刻畫人物深層心態方面給北宋詞人開了先河。劉熙載亦指出：「馮延巳詞，晏同叔得其俊，歐陽永叔得其深。」（《藝概·詞曲概》）馮詞吐屬清華、情致纏綿等特色，確實給宋初晏殊、歐陽修很深影響。正因如此，馮詞在後世流傳中常和晏、歐之詞相混。

(二)李璟

李璟（公元 916～961 年），初名景通，字伯玉，二十八歲即位，世稱南唐中主，在位十九年。他多才藝，好讀書，但天性儒弱。即位之初尚有一定作為，後來卻荒於政事，致使國事日非，不得不向後周奉表稱臣，歲貢方物。他為自己的小王國和可悲處境憂愁難已，因此其詞作雖仍寫男女情事，卻融進了感時傷亂的慨嘆，滲透了國事風雨飄搖的危苦心情。其詞僅存四首，以〔攤破浣溪沙〕傳誦最廣：

> 菡萏香銷翠葉殘，西風愁起綠波間。還與韶光共憔悴，不堪看。　細雨夢回雞塞遠，小樓吹徹玉笙寒。多少淚珠無限恨，倚闌干。

寫悲秋念遠之情，格調雖低沈，但構思新穎，情景和諧，語言清新流暢。全詞層次轉折多，而靈活跳蕩，且意境闊大，概括力強，令人感到其旨遙深。馮延巳即贊賞「小樓吹徹玉笙寒」句而有君臣戲語⑨。據傳王安石亦對過片兩句大加稱許，甚至認為高於李煜「一江春水向東流」（《苕溪漁隱叢話》前集卷五十九引《雪浪齋日記》）。王國維《人間詞話》更認為起拍兩句大有《離騷》中「衆芳蕪穢，美人遲暮之感」。這種脫去浮艷氣息的詞，顯然成為李煜後期詞的前驅。

(三)李煜

1、李煜的生平

李煜（公元 937～978 年），初名重嘉，字重光，即位時改名煜，號鍾山隱士、蓮峯居士，為李璟第六子。他天資聰穎，又

從小生長在一個富有文學藝術氣氛的環境中，具有多方面的文藝才能。他工書畫，知音律，精鑒賞，好藏書，善詩文，尤擅長於詞。他著述頗豐，有《文集》三十卷，又著《雜說》百篇，惜多散佚，後人將其詞和李璟的詞合刊爲《南唐二主詞》。

李煜二十五歲即位，世稱李後主，時南唐已時刻處於北方宋朝的壓力之下。他雖心存憂慮，但天性懦弱，既無政治家任賢用能、治國禦敵的氣魄才幹，又無軍事家整軍治武的良策，只有年年卑辭厚禮，納貢求全，自己則在吟詠遊宴、參禪拜佛中苟且偷安了十五年。開寶八年（公元 975 年）冬，宋將曹彬攻破金陵，李煜肉袒出降。第二年正月被押往汴京，封違命侯，過了兩年七個月「此中日夕只以眼淚洗面」的囚徒生活。宋太平興國三年（公元 978 年）七夕，李煜四十二歲生日時，被宋太宗派人以牽機藥毒死。

2、李煜詞的特色

李煜詞流傳下來較可靠的有三十多首⑩，以亡國爲界限，呈現出兩種不同的面貌。

前期詞主要寫宮廷中的豪華生活和男女間的柔情蜜意。如〔浣溪沙〕：「紅日已高三丈透，金爐次第添香獸，紅錦地衣隨步皺。無人舞點金釵溜，酒惡時拈花蕊嗅，別殿遙聞簫鼓奏。」雖描寫縱情聲色的生活斷面，但刻畫精細，歌女的舞姿醉態形象鮮明，畫面多姿多彩，富於立體感。他的艷情詞雖未脫花間窠臼，但其筆下的女性形象已具備個性特徵和自然眞率的感情。如〔菩薩蠻〕：「花明月暗籠輕霧，今宵好向郎邊去。剗襪步香階，手提金縷鞋。　畫堂南畔見，一晌偎人顫。奴爲出來難，敎郎恣意憐。」寫一情竇初開的少女赴情人約會的情景，一系列的細節描寫，將人物因熱戀情至之極而不復檢束的心理表露無遺。這首詞相傳爲小周后而作，與另兩首同調詞「蓬萊院閉天臺女」、

「銅簧韻脆鏘寒竹」爲聯章體，如此則在題材和描寫上已衝破抒情小詞的界限而兼有敍事的性質了。

李煜前期詞中還有一些描寫離情別緒的佳作。如：

> 深院靜，小庭空，斷續寒砧斷續風。無奈夜長人不寐，數聲和月到簾櫳。（〔搗練子令〕）

> 別來春半，觸目愁腸斷。砌下落梅如雪亂，拂了一身還滿。雁來音信無憑，路遙歸夢難成。離恨恰如春草，更行更遠還生。（〔清平樂〕）

前詞集中了許多足以動情的景物，寫長夜迢遞、耿耿難眠的情懷；後詞以殘梅寫春去，結尾以春草喻愁恨，更能表達出那種旋滅旋生、排除不盡的苦況。總之，這些詞都善於通過環境氣氛的渲染烘托，創造出一種深遠的意境以及在特定環境中人物的內心活動和感情波瀾。

李煜後期詞全部寫他國亡家破的深悲巨痛和撫今追昔的無窮悔恨，風格亦由前期的風情旖旎、婉轉纏綿一變而爲厚重純樸、沈鬱淒愴。如〔烏夜啼〕兩首：

> 林花謝了春紅，太匆匆！無奈朝來寒雨晚來風。　胭脂淚，留人醉，幾時重？自是人生長恨水長東！

> 無言獨上西樓，月如鈎。寂寞梧桐深院鎖清秋。　剪不斷，理還亂，是離愁。別是一般滋味在心頭。

在傷春悲秋後面，表現的是對永逝不返的往昔歲月和「別時容易

見時難」的故國的無限追戀及無可奈何的悲哀。正因為這種不堪
忍受的環境和心情，使李煜常常在回憶和夢中尋找失去的歡樂，
他這時期寫夢的詞又多又淒惋，如〔望江南〕：「多少恨，昨夜夢
魂中。還似舊時游上苑，車如流水馬如龍，花月正春風。」〔菩
薩蠻〕：「人生愁恨何能免，銷魂獨我情何限。故國夢重歸，覺
來雙淚垂。　　高樓誰與上？長記秋晴望。往事已成空，還如一
夢中。」而寫夢寫得最傳神入化的是〔浪淘沙令〕：

　　　簾外雨潺潺，春意闌珊。羅衾不耐五更寒。夢裡不知身是
　　客，一晌貪歡。　　獨自莫憑欄，無限江山！別時容易見時難。
　　流水落花春去也，天上人間！

詞上片寫春夜入夢，夢中竟忘乎所以，縱情逸樂，著墨不多而神
情盡出。一晌貪歡與漫長、淒涼的春夜相映襯，其悲苦之不堪已
可想見。下片益加抒發，由往日歡樂之難再，想到故國江山之長
別，把悲苦之境界又向更深更廣的層次展開。最後，詞人發出了
「流水落花春去也，天上人間」的哀鳴：水流去了，花落盡了，
春歸去了。暗示人亦將不久於世了，「將四種了語，並合一處作
結，肝腸斷絕，遺恨千古」（唐圭璋《唐宋詞簡釋》）。蔡絛《西
清詩話》說：「後主歸朝後，每懷江國，且念嬪妾散落，鬱鬱不
自聊，嘗作長短句云（詞略），遂作此詞，含思淒惋，未幾下
世。」認為此詞是李煜絕筆，不為無據。

　　據說直接造成李煜死因的是〔虞美人〕：

　　　春花秋月何時了，往事知多少？小樓昨夜又東風，故國不堪
　　回首月明中。　　雕欄玉砌依然在，只是朱顏改。問君能有幾多
　　愁？恰似一江春水向東流！

此詞感懷故國，寫得悲憤已極。首句非常突兀，竟然希望春花秋月這些美好事物早日了結！從這一反常態的心理起筆，通過三度強烈的對比，造成物是人非的境界：春花秋月年年皆有，歡樂往事卻長逝不返；眼下東風又起，故國卻永不能再見；雕欄玉砌雖然依舊，自己卻紅顏憔悴。以此反復抒發自己無比慘痛的心境，從而逼出末兩句：「問君能有幾多愁？恰似一江春水向東流！」用高度的誇張和貼切的比喻，將抽象的愁情形象化。以春水喻愁，既寫出愁的深和多，又表現出愁的奔騰洶湧，永無盡期。至此，人生似乎只剩下一片滔滔滾滾的無窮哀愁了。故俞平伯用「恰似一江春水向東流」來概括李煜的詞品，認為它表現了一種「無盡之奔放」的感情境界（《讀詞偶得》）。

3、李煜詞的藝術成就

李煜從一個江南富國的風流帝王淪落為一個「以淚洗面」的階下囚，這種非常人所能體驗的巨痛卻使他的創作上升到一個新的高度。在他之前，詞的壟斷性題材是描寫婦女生活，李煜後期詞卻擺脫了這種傳統，直接在詞中抒發家國之痛，故王國維說他的詞是「以血書者」，認為「詞至李後主而眼界始大，感慨遂深，遂變伶工之詞而為士大夫之詞」（《人間詞話》）。李煜上承韋莊，將歌筵酒席上倚聲而作的艷曲進一步發展成為具有作家個性的言志之作，擴展了詞言志抒情的領域，對宋代蘇、辛等人以詩為詞、以文為詞起了某種先驅作用，並影響到宋詞各種藝術流派，這是李煜在詞史上的突出貢獻。

但李煜之所以成為五代詞壇上最偉大的作家，還由於他創作上獨闢蹊徑的藝術成就：

第一是直抒胸臆，真率自然。

無論是前期宮中的縱情享樂，還是後期囚居的悲苦心境，他都不加掩飾、毫無顧忌地抒寫出來，如他被俘北上後追憶國破時

所寫的〔破陣子〕：

> 四十年來家國，三千里地山河。鳳閣龍樓連霄漢，玉樹瓊枝作煙蘿，幾曾識干戈？　一旦歸爲臣虜，沈腰潘鬢銷磨。最是倉惶辭廟日，教坊猶奏別離歌，垂淚對宮娥。

身爲一國之主，在城陷國破之時，沒有像一般爲人君者那樣「慟哭於廟門之外，謝其民而後行」（洪邁《容齋隨筆》引蘇軾語），而只是如實記錄破國時他感到最令人不堪的場面：別廟聽歌垂淚，以此抒發他的家國之痛，將自己的親身感受無拘無束地寫入詞中而不借助於別的手段，自然給人以鮮活親切之感。

第二是藝術概括力強。

李煜善於造境，在他的詞中，產生某種感情的境界，往往既是具體的，又是極爲形象的，與馮延巳詞的境界往往惝恍迷離不同。其尤爲擅長之處，則是善於把某些具體的感情作更深入的概括，使之上升爲帶有一定普遍性的人生體驗，因而能使不同時代和階層的人在讀他的詞時常易忽略其產生某種情感的具體誘因，而從其帶普遍性的概括中受到觸發和感應。像「離恨恰如春草，更行更遠還生」、「剪不斷，理還亂，是離愁，別是一般滋味在心頭」、「自是人生長恨水長東」、「流水落花春去也，天上人間」、「問君能有幾多愁，恰似一江春水向東流」等等，雖然這都是表現亡國之君的哀愁，但因這哀愁是借助典型化的景物和富有詩意的比喻抒寫出來，又具有感情眞摯沈痛的特點，故極易引起人們的共鳴，被人用在不同場合來表達某種近似的情緒，這就是李煜詞之所以能夠撥動不同層次讀者的心弦，常讀常新，具有不衰的藝術生命力的重要原因。

第三是結構完整細密，意境渾成高遠。

他能通過完密巧妙的布局使全詞從句到篇都圍繞一個中心結合成和諧的整體，在此基礎上，再以極形象的語言提煉概括，總攝全詞並開拓出新的藝術境界。如〔虞美人〕通篇用虛設的問答，將詞人心靈上的波濤起伏和憂思難平一直貫注到結尾，再用「恰似一江春水向東流」總收全篇，語盡意不盡而又氣象闊大。再如〔浪淘沙令〕由簾外之景到簾內之人，從虛幻夢境到現實環境，語意回旋往復，末句「流水落花春去也，天上人間」與首句呼應，既傳達出詞人萬千身世之感，且構成沈痛高遠的意境。這種不受上下分片束縛，從整體著眼，大開大合而又一氣盤旋的結構藝術，使通篇氣勢渾成而又搖曳多姿，確實進入了「神秀」的境界（《人間詞話》）。

第四是形象鮮明，情景交融。

李煜不但善於通過人物動作、神態來構造富於立體感的畫面，予人以清晰鮮明的形象，如〔菩薩蠻〕寫少女的偷情，〔浣溪沙〕寫舞女的舞姿等等，更善於抓住客觀景物中最富特色的方面，注入主觀感情，造成特有的藝術氛圍。像前面所舉兩首〔烏夜啼〕，前首將風雨中林花飄零之景放置於「無奈」、「太匆匆」的感嘆之中，造成惋惜和惱恨的感情色彩；後首寫秋夜中梧桐深院之景，卻融進了「無言獨上」、空虛寂寞的況味，與「別是一般滋味」的離愁契合無間，給人以極深的藝術印象。

第五是語言明白如話而又精煉雋永。

他不用深奧的典故、艱澀的詞句和鏤金錯采的詞藻，主要用白描的語言，但讀來卻如行雲流水，舒展自然。即使是前期描繪豪華生活的詞也顯得明麗脫俗。他彷彿是有意讓生活本身的天生麗質呈現於讀者面前，一經雕飾反而是污染或損害。像「春花秋月何時了，往事知多少」，「別時容易見時難」，「秋風多，雨相和，簾外芭蕉三兩窠，夜長人奈何」（〔長相思〕）等等，脫口

而出，單純明淨，但詞中所包含的內容又是千萬言語難以說清的。周濟《介存齋論詞雜著》說：「毛嬙、西施，天下美婦人也，嚴妝佳，淡妝亦佳，粗服亂頭，不掩國色。飛卿，嚴妝也；端己，淡妝也；後主，則粗服亂頭矣。」確實道出了李煜詞風韻天成的審美意趣和藝術風格。

李煜在詞的藝術上所取得的成就，使他不僅成爲唐五代詞壇上最傑出的詞人，也成爲我國詞史上傑出的詞人之一。

總的來看，唐五代詞特別是晚唐五代文人詞，雖然在開拓詞這種新的抒情詩體上作出了重要的貢獻，但基本上是沿著寫男女之情的狹窄道路發展的。就是李煜後期寫亡國之痛的詞，也常不免與對花月春風、妃嬪宮娥的懷念聯繫在一起。劉熙載說：「齊梁小賦、唐末小詩、五代小詞，雖小卻好，雖好卻小。蓋所謂兒女情多，風雲氣少也。」（《藝概・詞曲概》）可謂的評。它的形成既有詞這種音樂文學的文體原因，也有時代、地域等方面的原因。它集前代文學作品中陰柔美之大成，成爲抒寫纏綿悱惻的兒女之情的典範。這是詞史發展中的一個關鍵階段，奠定了詞的總體風格。後代雖經柳永、蘇軾、辛棄疾等人多次變革，但這種婉約纖美的風格始終籠罩詞壇而被視爲正宗、本色。它盡管不如盛唐詩歌氣象萬千，卻也別有洞天，體現了古代詩人在對美的追求過程中的新探索和新貢獻。

唐五代詞的重要結集，除前已提到的《花間集》、《尊前集》外，還有南宋黃昇的《花庵詞選》（二十卷）中的前十卷《唐宋諸賢絕妙詞選》，選錄了唐五代至北宋一百三十四家詞。近人林大椿所輯《唐五代詞》，錄作家八十一人，詞一千一百四十八首。則將唐五代的文人詞收錄略備。今人張璋、黃畬編輯的《全唐五代詞》（上海古籍出版社 1986 年版）凡八卷，共收詞二千五百餘

首，有名可查者一百七十餘家，是目前最完備的一部總集。

附　註

①和聲、泛聲，指將整齊的詩句配成歌曲時，爲使曲調婉轉動聽而增
　添的一些虛聲。朱熹《朱子語類》云：「古樂府只是詩中間添卻許多
　泛聲。後來人怕失了那泛聲，逐一聲添個實字，遂成長短句，今曲
　子便是。」沈括《夢溪筆談》云：「詩之外又有和聲，則所謂曲也。
　古樂府有聲有詞，連屬書之，如『賀賀賀』、『何何何』之類，皆和聲
　也。」

②依曲調填詞，詞意與調名統一，如〔河瀆神〕是祭賽河神之曲，所填
　詞亦與賽河神有關。但後來此曲普遍流傳，不祭河神時也有人唱此
　曲，於是文人就用別的抒情意境填詞，詞意就與調名無關了。但初
　期詞多是小令，且多爲應歌而作，文句簡明，詞意一看便知，無需
　再加題目。後來詞的作用擴大，意境題材繁複，於是作者有必要再
　加一個詞題或詞序以說明此詞的創作動機及其內容。寫得簡單不成
　文的稱詞題，如蘇軾〔念奴嬌〕《赤壁懷古》；如用一段較長的文字來
　說明作詞緣起並略爲說明詞意，則稱爲詞序，如姜夔〔揚州慢〕、
　〔齊天樂〕等詞。

③指一種詞調有幾種甚至幾十種別體，如〔滿庭芳〕，《欽定詞譜》卷二
　十四列晏幾道、周邦彥、黃公度、程垓、趙長卿、元好問、無名氏
　等七體，並云：「此調以此（晏幾道）詞及周詞爲正體，若黃詞之
　減字，程、趙、元三詞之添字，與無名氏詞之轉調，皆變體也。」
　同調多體的表現形式主要有：(1)結構改變——如〔江城子〕，正體爲
　單調，別體爲雙調；(2)用韻不同——如〔滿江紅〕，正體押仄韻，別
　體押平韻；(3)節拍快慢有差異——產生了令、引、近、慢等調式差
　別（見注④）；(4)句式更動——產生「攤破」（增加字數或破一句
　爲兩句）、「促拍」（由增字而形成節奏變快的急曲子）、「減

字」（減少字數）、「偷聲」（簡化音樂節奏或改變聲韻、減少字數）、「轉調」、「犯調」（轉換宮調）等。

④引、序、慢、近、令等，原都是大曲（即大型歌舞曲）中某些樂段的名稱，宋王灼《碧雞漫志》卷三云：「凡大曲就本宮調制引、序、慢、近、令，蓋度曲者常態。」依照它們在大曲中的前後次序，代表不同樂段和節奏。引：為大曲中「中序」的開始部分，亦即歌唱的開始部分，相當於後來的引子，有《婆羅門引》、《柘枝引》等。序：引之後緊接著的第一個慢曲的專稱，後來統稱為慢曲，曲調較長，如《鶯啼序》。慢：又叫慢曲，與急曲相對而言，曲調較長，節奏較慢，多用散板或一板三眼，每一字聲中有許多修飾，較為抒情，如《聲聲慢》。注意：慢曲與長調是有區別的，慢曲和急曲是指曲調節奏的緩急不同，長調或小令則是指詞調字數的多寡不同，不能混用。近：即近拍的省稱，慢曲之後，入破之前，在由慢漸快部分所用的曲調，如《訴衷情近》、《隔浦蓮近拍》等。令：狹義之令，專指大曲曲破部分所用節奏較快的曲調，一般都調長字多，如柳永《六么令》有 94 字，鄭意娘《勝州令》有 215 字；廣義之令則泛指一切較為短小的曲調，唐人宴席中多喜以歌舞行酒令，這些歌舞多出於時調小唱，一般篇章短小，稱為小令。總之，引、序、慢、近、令等主要從音樂樂段和節奏上區別，而詞學上另一組名詞小令、中調、長調，則純從字數篇幅上著眼。毛先舒《塡詞名解》云：「五十八字以內為小令，五十九字至九十字為中調，九十一字以外為長調。」但這種分法太過拘泥，一般來說，字較少者稱小令，字數適中者稱中調，字數較多者稱長調。

⑤五、七言句在詩中常是上二下三、上四下三，詞則常為上一下四、上三下四，如「漸霜風淒緊」（柳永《八聲甘州》），「向南樓一聲歸雁」（陳亮《水龍吟》）等。

⑥《雲謠集雜曲子》有伯二八三八、斯一四四一兩卷。伯二八三八寫於

僖宗中和四年（公元 884 年）《破除曆》背後，其同面之上文爲金山
天子之《雜齋文式》。唐哀帝天祐二年（公元 905 年）歸義軍節度使
張承奉自立爲白衣天子，建號西漢金山國。後梁乾化元年（公元
911 年），回鶻兵逼近沙州，金山天子張承奉力屈不支，降於回
鶻。故《雜齋文式》與《雲謠集雜曲子》至遲當寫於此年，而《花間集》
結集於後蜀廣政三年（公元 940 年）。

⑦日本嵯峨天皇有和張志和〔漁歌子〕五闋，作於日本平安朝弘仁十四
年（公元 823 年），即唐穆宗長慶三年。君臣俱有和作，詳載於神
田喜一郎《塡詞的濫觴》，見夏承燾《域外詞選》。

⑧輯者姓氏年代未定，大約是五代或宋初。收錄唐五代詞 39 家 261
首。一卷本有明抄本及民國朱祖謀輯《彊村叢書》本等；二卷本有明
毛晉輯《詞苑英華》本及《四庫全書·集部詞曲類》本等。

⑨馬令《南唐書》卷二十一：「元宗樂府辭云『小樓吹徹玉笙寒』，延巳
有『風乍起，吹皺一池春水』之句，皆爲警策。元宗嘗戲延巳曰：
『「吹皺一池春水」，干卿底事？』延巳曰：『未如陛下「小樓吹徹
玉笙寒」。』元宗悅。」

⑩據《崇文總目》、《宋史藝文志》載，李煜著有文集 10 卷，詩集 1
卷，但至明代已佚。今僅存文 12 篇，詩 18 首。李煜的詞，宋代即
輯有《南唐二主詞》（陳振孫《直齋書錄解題》），今存明代翻刻本多
種。其中李璟詞 4 首，李煜詞 33 首。後來經過清人劉繼曾、王國
維和今人唐圭璋等人輯補，共補入 12 首，使李璟詞增加到 6 首，
李煜詞增加到 44 首。但後人的這些輯補之詞，多數不可信。僅輯
自《花庵詞選》的〔烏夜啼〕「無言獨上」，輯自《墨莊漫錄》的〔楊柳
枝〕「風情漸老」，輯自《古今詩話》的〔漁父〕2 首「浪花有意」及
「一櫂春風」比較可靠。此外，原本《南唐二主詞》中所收之詞，亦
混入少數他人作品，如〔更漏子〕「金雀釵」，《花間集》作溫庭筠
詞；〔蝶戀花〕「遙夜亭皋」應爲歐陽修詞。因此，李煜留存之詞，

大約在 35 首左右。以上情況可參看唐圭璋《南唐二主詞彙箋》及詹安泰爲《李璟李煜詞》所作之箋校。

國家圖書館出版品預行編目資料

中國古代文學史 2 ／馬積高、黃鈞編, --初版
--臺北市：萬卷樓, 民 87
冊；　公分.
ISBN 957－739－175－3 (第 2 冊：平裝)
1.中國文學－歷史
820.9　　　　　　　　　　　87007700

中國古代文學史 2

主　　　編：馬積高・黃鈞
發 行 人：許素真
出 版 者：萬卷樓圖書股份有限公司
　　　　　臺北市羅斯福路二段 41 號 6 樓之 3
　　　　　電話(02)23216565・23952992
　　　　　傳真(02)23944113
　　　　　劃撥帳號 15624015
出版登記證：新聞局局版臺業字第 5655 號
網　　　址：http://www.wanjuan.com.tw
E － mail　：wanjuan@tpts5.seed.net.tw
承印廠商：晟齊實業有限公司
定　　　價：320 元
出版日期：1998 年 7 月初版
　　　　　2003 年 10 月初版三刷
　　　　　2005 年 9 月初版四刷

ISBN 957－739－175－3